红雨飞

HONG YU FEI

洪河 著

作家出版社

图书在版编目（CIP）数据

红雨飞／洪河著. -- 北京：作家出版社，2024.7

ISBN 978-7-5212-2911-0

Ⅰ. I247.5

中国国家版本馆CIP数据核字第2024AE4941号

红雨飞

作　　者：洪　河
封面题字：顾建平
责任编辑：李　雯
装帧设计：连鸿宾
出版发行：作家出版社有限公司
社　　址：北京农展馆南里10号　　邮　　编：100125
电话传真：86-10-65067186（发行中心及邮购部）
　　　　　86-10-65004079（总编室）
E-mail:zuojia@zuojia.net.cn
http://www.zuojiachubanshe.com
印　　刷：河北京平诚乾印刷有限公司
成品尺寸：152×230
字　　数：316千
印　　张：22.25
版　　次：2024年7月第1版
印　　次：2024年7月第1次印刷
ISBN　978-7-5212-2911-0
定　　价：59.00元

柳暗青烟密
花残红雨飞
（元）白朴

目录

上　部

下　部

上部

第一章

那一年开春，在垂柳树下，华兰蕊想到怀上娃时，差点一头栽进涝坝。

她直起身子时看到天塌了，云彩坠落下来，咔嚓嚓地砸向柳树，一树的麻雀都射了出去。她眼前闪过了那夜、那所大学、那间宿舍，还有心爱的鱼江河。随后，有两根魔绳，一根惊喜一根忧郁，盘互交错捆住了她，绳头系住脖颈，还向两边拖，扎面袋似的。

之前父亲打长途电话催她回家，说了一门好亲。她想拖一拖，泡软他的心，再返回省城。在这片熟悉的土地上活人，还不如跳崖呢。要以决心和耐心换取父亲的首肯。可这念头像一场冷子突袭了庄稼地，所有花花彩彩的心思折的折了、躺的躺倒。

她当然无法继续搓洗衣服，端起盆子时两弯柳叶眉都缩到一搭了，顺着沟沿，穿过一排树木守护的小路，跷进简陋的门楼。后来邻居说，她那天迈着细碎的旦角步，丁零当啷地快。往铁丝上晾衣服时，她胸口鼓胀着，半遮半掩地对坐在碌碡上的父亲说，退亲吧！父亲喷出无奈的苦笑，吐出烟雾，还是那些老套话："稻黍一料麦一茬，日月猴手猫脚过得快，二十冒了头，火烧眉毛了。塬上小你三五岁的女娃都出嫁了啊！我不老顽固，不愿做主，怕落埋怨，可你没瞅下中意的吗？眼目下，夏家那小子就是个好象口。"

她想只有求助母亲。前日二老拌了嘴，母亲去了姨妈家。临出门，她噗嗒噗嗒拉风箱，馏软馒头炒好菜才推出自行车。小路连着公路，公路南北躺着，在向屯田镇拐弯的西侧西坡村，红墙红瓦的房屋就是姨妈家。双脚绞着车轮，不能慢，慢了怕胸腔内的心跳出喉咙，跑了；慢了怕夏家娶亲的人明早就进了村，把她绑了去。踩着夜色进了院子，立在厢房门口，劝妈回家。母亲停下搓玉米棒子，擦拭女儿额头涔涔的汗珠：我若有个窝，就带着你过了！姨妈说："你爸和你妈，见天价打铁的日子咋过嘛？那老偏头，一句话不对他的心思，就动手。"她拉着妈粗糙的老手说，我爸给夏家说好了，把结婚日子都定咧。

窑顶的灯泡像火子。母亲硬着头皮试图掀翻丈夫的决定：蕊儿不称心……就退了吧！旱烟锅在炕沿磕了磕，华有德瞄了一眼杵在门槛外的女儿，瓮声瓮气："当爸的谁不想女子嫁给好人家？我就是瞎心肠，也只有一个独苗么，没多余的往火坑里推呀！若实心不肯，明儿就给媒人回话，把亲退咧，你抓紧找个满意的。"

原想母亲会和她结盟，不料却站到父亲那边，附和地说，也是，方圆几十里要找个年龄相当的男娃还真不容易！父亲不苟言笑，却慈祥："娃啊，再甭想入非非，考不上大学也是命，麻雀窝飞不出花野鸡，到哪一步，就说哪一步的话。夏氏在点将村是大家族，口碑好。尚秦个大，身体壮。他爸虽过世，当过煤矿工人，有家底。彩礼钱都交清了，过几天还要送踩门钱！人家敲锣打鼓要娶亲，咱没头没脑地退亲，哪是厚道人做派？昨天媒人还捎来话，过几天夏尚秦带你去买衣服呢。"

妈和爸竟然默契地达成联合阵线，这似乎是唯一的一次统一。睫毛像栅栏，挡不住泪水，眼泪骨碌碌滚下，敲打桌面的墨盒、书籍和毛笔。母亲倚着炕墙头，两手抱着肚子：退亲，你爸也能答应，只是退了再咋办？翻开中学相册，她恍惚地嘟哝：我不想结婚，宁愿一辈子单身！母亲硬硬地"咩"了一声：人么，心里想啥偏偏就缺啥，姓鱼的娃儿是大学生，咱还是找个门当户对的踏实。无法理解女儿隐秘的心思，黯然地握住她绵软的手，目光凝滞：人一辈子难活得很啊，要给自个宽心，遇事往好里想！

有好几次，肚里的秘密要出口时，她咽了下去，怕惊了母亲，还怕母亲做主拿掉。夜风很急，簌簌飒飒弄响山墙高窗熏黄的报纸，想溜进窑给她宽心。年前腊月的省城，喜庆占三分，匆忙倒有七分。大学生和打工的能把车站给挤爆。"再回首"酒店门口，红色旗袍包裹了修长的身材，衬托微笑，是表演给客人的。不是喜欢繁华的都市淡忘黄土高原的老家，也不是因为经理加薪挽留，是鱼江河就在这座城市读大学，为考研，他寒假要待在学校。虽未确定恋爱关系，没有得到过他爱呀情呀的句子，或者铿锵的承诺有意的暗示，但她心里灌满蜜浆。在情窦初开时，在屯田中学就爱上他，把他关进心灵的花园。闺蜜才小让说单相思把她扯下高考的榜单，不，绝不是！即使如此，也值得。父亲从镇上打来长途电话的那天下午，她请鱼江河吃了大餐，又去了他的学校。校园与梦境的重合，使她失落——因为同时得中丽影成双、读书读诗的理想没有变成现实。

那夜她整理宿舍也整理羞涩慌乱的心思，他说宿舍里就他一人不回家。好像两人都顺手翻书。他说求职难，准备考研。她虽然内心焦渴，想得到一句等了多年的话，却还是没有等到，像鸟滑过天空，没落也没叫。她隐隐记得说起父亲催婚时，他说心中永远有属于她的空间，只是打算毕业后再深造，再到外面闯一闯，没法过早考虑终身大事。她疼了，翻书声像冰碴划过胸内柔软处，却违心地说男人就该这样，可惜女子不能，一过二十爹妈就急咧！当他说你穿旗袍真漂亮，她脸倏地发烫，瞥见床下脸盆里泡了很久的衣服，蹲下身搓洗起来。他谈故乡，谈屯田中学。她眼神空洞地注视着盆里的泡沫……

她还能感受到当他握住冰水浸红的手，一股暖流迅捷地传导，脸肯定红了，日光灯也许有意把她的粉嫩和羞涩亮给他看。他谈轶闻趣事，可能是为了掩饰意乱情迷。坐在床边，伏桌而叙直至耳鬓厮磨，直至他抱住她吻她。是谁鼓舞了谁，是谁磁引了谁，她很难理出头绪，数年来积攒的那股潮水似的爱在前半夜释放了，畅快得很。后半夜他的沉默似给她嘴里塞进了一颗杏子，洇黄了却没有熟透，酸着牙又甜着心。剧跳了多年的心那时才平静下来，一摞摞的日日夜夜，在校园的垂柳树下、乡间小路上、槐椿墚的桃花树下、城市的街心花园，等待的就是这一刻，又似乎不是这一刻！

窑洞的窗户渗进亮色，摸摸小肚子，喃喃地说：鱼江河，我有你的孩子了啊！黑暗掩饰了眼眸里的喜悦与黯淡。应该留下来，在省城等他一句话？那夜是她生命中最长的一夜，又是最短的一夜。从未料想洞房之夜竟是简陋的宿舍，脏污的半边窗帘、散发淡淡汗渍味的床单，还有吱吱嘎嘎的铁架床。更未料到在没有海誓山盟隆重仪式的规程下，很随意地，她把从未染印过他人指纹的身子慷慨地献给了他，甘心惬意。激情过后他没有说话，睡得不那么踏实。黎明通过窗玻璃轻轻地唤她起床，整好衣服，掏出五十元钱放在床头，悄然离开。虽然和憧憬的洞房花烛之夜很有差距，但前往酒店的路上脚步轻盈得像腾云驾雾。

可是，元宵节的那天傍晚，兴冲冲地拎着一袋精心挑选的水果去敲那间宿舍门时，她预感到明天要走的路并不是朝霞绚丽的鲜花夹道。好久不见开门，下楼后在寒风里踱步，仰望那间宿舍窗户，她以为他外出了。雪花悄悄地飘洒着。为之一惊的是那间窗户亮起灯光，跑向楼洞入口，又一步两个台阶蹬上空荡荡的楼道，边敲门边叫他的名字，可房门始终没有打开。下楼后再次向上观望宿舍窗户并确认无误时，灯光却倏地熄灭。她蓦地明白——他就在宿舍，他回避她。雪松竭力罩住雪花，但一疙瘩雪块还是跌到了她头上，灌进后脖颈，针刺的冰凉沿着脊梁滑下来。最后她慢慢地上楼，轻轻地把水果袋系在宿舍的门把手上，姗姗地离去。雪毯被踩疼，一下一下地呻吟。她觉得对不起他，使他烦，不愿见她，至少给他带去不安。回酒店时街道被拉长，像皮筋。

她不死心。返乡的那天凌晨，去长途汽车站之前她拐了个弯，最后一次来到学校，在楼前和楼道徘徊，想把告别的话说给他听，把新买的一双黑色皮鞋挂上门把手，数次伸出手，没有碰到门就缩回来。她担心看见他的冷漠，怕他呵斥，也不愿给他平添烦恼，还是去了车站。长途汽车一整天的颠簸，将肚里甜甜酸酸、惬意失落摇晃成难以名状的滋味，好在困倦与懵懂给了她暂时的安宁。皮鞋一踩到故乡就被粘住被拖住，生活若从这片种植庄稼的土地再开始，那她就是一只鸟，高飞了一阵，翅膀上涂了云霞又掉进泥土，想停到柯杈上都难。可是昨日的南柯一梦，清醒后却无法与它一刀两断——腹部正在孕育一个幼小的生命！

她想过人流。那时"人流"在屯田塬还是个私密的词，对没出嫁的女子来说就是耻辱。

屯田镇也不愿落后，赶潮流，翻建扩建。她无心留意那些变化，频频地扫视医院大门。各种生理反应提醒她的确怀孕了，欣喜又茫然，怕惹母亲生气、责备，更担心母亲做主将它拿掉，她还没有下定决心。街上能动的不能动的，咋都长了眼睛？楼房的窗户就是眼睛，钻天杨的疤就是眼睛，小商贩滴溜溜的眼睛老是扫来扫去，穿白大褂的男大夫扎扎实实地盯了她一眼。这密密麻麻的眼睛都看出了肚子里的秘密。爹着胆走进去，说未婚先孕或响应计生政策，都不妥。躺上雪白的床单，脱下裤子，让白大褂晃着白生生的刀子，若是男大夫，臊死去！她依然固执地对她说，走进去，走进病房躺下来，做个手术，忍一忍疼，就掏空了，只怕掏空的是她的心，掏去的是鲜活丰腴的青春。这个正在发育的生命是他无意中送给她的礼物，比玫瑰比金银首饰比任何东西都好。

可要嫁人，嫁给另一个男人，咋办呢？带过"辩证唯物主义"的中学老师走过街道，她躲到街边的铁皮房后面。又看见男同学出现，急慌慌钻进小巷，踏上一边沟壑一边田野的小路。双腿缠得走不动，她没有忘记仰望小巷出口那处农宅，那栋带阁楼的房子，鱼江河的家院，故乡的家。不止一次憧憬过：着一身新娘红，喜庆隆重，嫁入鱼家，新房在二层阁楼上，甜蜜地生活。现在，她怀了鱼家的娃，可那两扇大门对她关着。

她不再提退亲，也不敢拖延，腹部会一天天隆起来。她想过离家出走。

没留意父亲就老了，皮肤变成洋芋色，头发像干枯的苞谷缨子，眼珠洇黄，紫唇还常爆皮。他的话有道理，也是替她着想。母亲的脸上，被岁月画上了或平或斜的几笔。她忽然消失，肯定会急坏老人，又咋向夏家交代？把娃生在娘家炕上，等于把痰吐在二老的脸上，也让她发芽抽穗的圪垯村臊名远扬了。村子活在屯田塬南边，活得年成久，活得顽强，从没跌下沟。倚靠着槐椿墚的树身，向南俯瞰塬下川道玉带似的红河，玉玺台上白墙青瓦曾经念书的学校，南山脚下的村庄，要入嫁的点将村。那宽阔厚实的土地，轻岚氤氲的峁塬，依崖活着的庄院，似乎宣告着女大当嫁的传统。

她也这样想过，和夏尚秦闹个别扭，退了亲再去省城。可一见面，他总是一脸的笑，一脸的幸福，啥都依她，好像天上掉下一颗蟠桃正好落在他怀里，满意得那一对招风耳都呼扇着。她挑不出吵架的由头，又于心不忍。他提议去县城买服饰，她拒绝了，没那心思，说去屯田镇就行了。曾经憧憬脖挂灿灿的项链手戴晶莹的戒指身披婚纱或旗袍，甜蜜地走进婚姻殿堂，携手的新郎是心仪的鱼江河。就在昨夜，似睡非睡，还是这样的场景，清晨发现枕巾湿润眼泛红丝。

夏尚秦也许认为她朴素节俭，不苛求，再听她说不破费买"三金"，打消了顾虑，不是那种半吊子城里人，就不那么心慌了。返回路上信口说，我有一喜一愁，喜时差点背过气，愁时连油饼都吃不下。她才仔细地打量了一下这个小伙子，不那么讨厌，偶尔还红一下脸，有点可爱。他说，喜的是要和你结婚，愁的是听说地球要爆炸。她扑哧笑了："这也信？法国古代的一个预言家说过，恐怖大王从天而降，可能有灾难。"他煞有介事，为免得遗憾，还是早点结婚吧！

她胸口鼓胀，在涝巴畔分手时，忍不住想坦白，低头说：我有话对你说……你还是回家吧！他眉心竖了"川"字：你这么好，嫁给我太亏。她俯视粼粼的水波：我没有你想的那么好，怕你后悔。他拍拍胸部，招风耳呼扇着保证：不后悔！巩俐也比不过你。他骑车下坡后，她才发现涝巴畔的陔垲下，一束开放的迎春花被昨夜的风雨袭击了，许多微小的黄花漂在切过小路的细流上，滑向泛青的山谷。还听到树上的鸟叫，好像有春天的音讯了。

她在门前不远处的槐椿墚作了青春祭。这里是她心灵的花园，十七岁时她栽下一棵树，相思的树。把红色塑料皮日记本放入纸盒，放入土坑，掬土掩埋，埋掉那成千上万个蚂蚁一般爱的精灵，还有泪珠，一颗追着一颗渗进坑里。爱过的人，冷冷地拒绝了她，拒她于千里之外。梦该醒了。弯曲的小路串起了树木田畴和庄稼，这是耕耘之路，过日月之路。头顶铺开巨大的灰色棚布，雷挣扎着咆哮着要撕开口子。春雨化作霏霏扬扬的大雪，急煞煞密匝匝地织起天网。她被网裹住，泪流满面：老天收网吧，送我去幽渺的浩瀚！

出嫁的前夜，母亲给她搓背时吃了一惊，这是女儿长大后第一次陪着洗身子。好像看到一株雨水充足的苞谷，长得高挑又饱满，胳膊和腿都长，还圆润，肩背向下收得自然，收得合适，皮肤像鸡蛋白，还劲噔噔的。退后再看时，灯泡把白涂成了黄，是淡淡的金黄，腰下像倒扣着长把子的葫芦瓢，招惹得那些水珠眨巴眼睛，就是不愿滑下来。她惊呆着。直到娘俩躺上炕，她望着女儿快要撑破新内衣的胸部，说，我女子长得啥都不缺，就是白爱了一个缺心眼儿的。兰蕊本想高兴一点，生怕出嫁后惹娘牵心，却没忍住，钻进母亲怀里，不出声只是流泪。还听到妈在耳边说：姓鱼的娃儿把书念瓜了，忘了他！兰蕊清楚自个的身子缺了什么又多了什么，忽然想把秘密说出来，又觉得一切都来不及了。

第二章

华兰蕊坐上娶亲的三轮车，就预感前面的路不由她做主了。

这三轮蹦蹦车口是心非，从圪垯村下到红河岸，走得坚定执拗，却反复絮叨：不不不不……只有红河心肠软，用一簇簇浪花阻拦车轮。她能感受到，车轮碾过的轨迹，几乎没有直线，尽是曲线和抛物线，不是平面的，是立体的、多维的，是函数无法求解的人生路。爬上红河南岸，被颠簸成碎片的思绪渐渐复原，刚才忍不住的那一声呜咽随河流走，再啜泣，咋面对送亲的长辈和不亏欠她的夏家人呢？拨开裹头的红包巾一角，玉玺台西侧一排小杨树哗哗啦啦地欢迎着撤退着，车过操场，瞥了一眼左边谪传的村民和右手的点将台。听阴阳说夏尚秦和她的属相犯冲，跪拜天地之前不能照面，夏家来了大伯哥代为娶亲。被他抱出娘家大门时，隐忧紧紧地捆住新装，迷茫令她颤抖。蹦蹦车盘山下行时，从熟悉的嗓音判断出身旁的大伯哥是小学老师夏尚洲，才略微放松。这条路不陌生，小时候在玉玺学校读书，操场东边的小坡直通校门。碾过燕子溪，向东通往夏家坪下丈许高曲成"S"的小路时，她蒙住脸，这是一段未知的窄路，靠外手是三五米高的陡崂。

三轮车在沟口梨树下停止了突突，夏老师不让她脚着地，抱她坐上自行车，两个男娃在后面推着上坡，在小叔子尚瀚的爆竹声里进入夏家门楼。她瞥了一眼窑门侧摆放供品点着香火的桌子，就被二伯夏自仁的指令控制，和尚秦拜完天地送进新窑。她从窗户看到院子一派热闹，放满菜肴的木盘和陆续进入中窑的客人，应该还是本地有名的"十三华"宴。这隆重的仪式就是向亲朋宣告她是夏家的媳妇了。大嫂桂霞送来一碗菜汤和馒头，劝她趁热吃上，临出门却瞥了一眼她的肚子，她本能地往下拉了拉红棉袄。接着是几个小伙子进来闹洞房，有个叫龙娃的趁乱袭胸。

她就剩下举起双手投降了，再不情愿也不能扫了男人们的兴头，闹洞房就是图欢喜，不能僵了场面，窝了亲朋的面子。新郎被抬上炕，拽着胳膊揪住耳朵做咬苹果抓虱子一类的游戏。心里再苦，脸上还得贴笑，本能的反抗却被他们认为是羞臊，终究犟不过健壮的胳膊，被后生们逼到炕角，屁股下发烫，猛然起身。堂姐夫揭席一看是炕塌了，裂缝了，烟熏的。洞房立刻泼了冰水。总管自仁破例进窑，折起毛毡和褥子，劝退闹洞房的，留下堂姐夫，指着山墙高窗台的清油灯叮咛：记得往碟子添清油，灯一夜不能灭。又说存良小心，别一觉醒来睡在炕腔。

后来她才知道，这是点将村传承"拨灯"习俗的最后一个花烛夜。姐夫脱下外衣故意睡在炕中间，说睡觉轻，老鼠溜出洞的响声都听得见。她希望天一直亮着，可还是黑了，曾经想象过的洞房夜是在二层楼房里，或者是大城市里，不是这样的，更不知道还要三人同炕，正好合了意，就这样坐到天亮最好。她怎能敞开胸怀，这么快地接纳另一个男人呢？扫一眼新郎尚秦，人都叫他小名存良，亲和的一张脸，眼神透着机灵。他殷勤地沏好冰糖蜂蜜茶，让姐夫连喝了好几杯，等他外出解溲时顺过灰扒顶住了门。

他跨上炕时她心忽地跳快了，渴望窗外学猫学狗叫的能进来，解救她。存良脸颊绯红，拉住她的手，解她衣扣，她越推越被抓得紧，最后是两行泪水让他停下手。甭拧扭，你嫌我没文化，心不甘，他说，可我知道疼媳妇。她斜靠红棉被，摇摇头，你是个好小伙。他似乎冷静了：听说你在城里找大学生，没弄成，大学生有啥了不起？咱乡上刘秘书也是个大学生，黑更半夜坐着三轮车，满村子抓大肚子婆娘，有啥好？乡上财税所的小文，一个女大学生，钻进农民羊圈里数羊头收税，弄的擦沟子的事。还有好多大学生没班上，不如当农民清静。

他的话温和暖心，可她的泪水却止不住。他有错吗？她亏欠他，怀着别人的娃却瞒着他。对他坦白？他会羞辱她吗？把她赶出洞房？她如何面对亲朋族人？人生一次花烛夜，她就这么给糟蹋了？随口说炕太烙之后，他给她擦泪，体贴地说咱俩睡到上炕，下炕那头冒死烟，熏人。红棉袄裹出一身汗，再不解开就渗出水了，她慢慢脱掉外衣。

他好像得到默许，莽撞地把她揽入身下。他脱去她的内衣伏上身时，她觉得生命里最珍贵最精彩最具灵魂的那部分被压住了、窒息了。随后她哽哽咽咽地要断气了，只能捂着小腹，无助地，任由他。泪水簌簌地渗入红枕巾，歪着头，白牙咬住红缎面。她隐隐看到黑暗里，新郎拿着棒子追打另一个男人，一棒接一棒，一棒紧逼一棒。随着那人逃跑的惨叫，她看清了模样，像鱼江河。

对于夏存良来说是真正的洞房夜，比河里耍水还受活。像伏天从漩涡旁的土台上扑向水面，先"一"字漂，接着"狗刨"，河水温暾暾的、软溜溜的，扑腾扑腾着，好像要沉下去，却被浪花托起，有两朵浪花，劲噔噔地弹着他的胸，不让他呛水。漩涡鬼得很，想把他吸进去，他双腿打着水面，打着水花，后来他想将计就计，试探水下的秘密，挣扎着想让漩涡把他吞进去，最后他的心被吸进去了，"哗"的一声河水也被吸干了，身子留在河滩了，气喘得凶，似乎不会死的，倒爽得舒坦。身下是温乎乎软绵绵的泥沙，他用手抓了抓时，却被一双手推下来，推到了炕上。他随后就闻到了一丝淡淡的香，那是初春苜蓿芽诱人的香味，顺着鼻腔，入脑，入心，入眠。

兰蕊用被角擦干眼睛，没有等到他问点啥，倒有点空落。他还亲了亲她，才满足地转头睡去，似乎不在乎她少了什么，她真想坦白她多了什么。那么，她只有抱着肚里的秘密向前走了。其实她料想不到，这秘密已经不是秘密了，前半夜就在邻家夏老师的热炕上泄露了。

夏尚洲一回家上炕，媳妇桂霞就说，新窑的土炕塌了是瞎兆头。别迷信，他拿过炕墙上的《庄子》说，娃娃伙嘛，尤其龙娃，闹腾得欢！看了一眼睡熟的两个儿子，她钻进丈夫的被窝，神道道地说，兰蕊肚里有咧！你越说越转辘辘，他变了脸，刚过门的新媳妇呀！我两个娃都生了，她说，看不出她怀孕?! 他冷脸唬道：再嚼舌根我捶你。她一骨碌翻起身，叫着丈夫的小名大安说，我侍候了能说话还要喂饱不会说话的，没明没黑，你在校享清闲，一个月一百元，还不够邓老铁一顿饭钱，回家就对我发狠，话也不让我说？大安息事宁人地说那就认命，别让斜窑的亲戚听着了。她瞪了瞪眼：这不关起门来对你说嘛。大安故作轻松地抹泥：电视里都有未婚先孕，不奇怪，无非存良早当爸嘛！她说，你榆木脑瓜，兰蕊年后才打工回来，婚前和存良见过几面？肚里娃可有三四个月咧！就在咱炕头说，大安沉默片刻，千万不敢到外面胡谣讲！

良宵苦短她却觉得长，春眠不觉晓的诗句不是啥地方都能用的。鸡叫头遍她穿上衣服，推开了迷糊的存良纠缠的手，下炕就拾掇柜盖和脚地的凌乱，这倒不是想当个好媳妇，是从小就养成的习惯。她盼望着快点出这窑门，可跐出门后就觉得身子属于这院子了。前天还简单地想，嫁了人肯定不会如意，不行就离。现在看来不是那么随意了，她已经被无形的东西给绊住了。是隆重的规程仪式，还是夏家老老少少敬重、喜悦、期盼的眼神呢？

按规矩翌日一早新人要跪拜老祖母。她随存良走到东墙外的敞院大窑门口，老祖母拄着树枝拐站在脚地，黑绒圆帽裹住盘扎的银丝，深蓝粗布衣还是侧开襟，裤腿由绷带缠系，小巧玲珑的布鞋里装着三寸金莲，笑吟吟地看着她，眼神里有夕阳的金色。存良叫着"老文化"，拉她跐进门槛。奶奶握住她的手，不让他们磕头。奶奶给了她干枣、核桃，还给了一枚红纸包的"袁大头"，说这稀罕物能镇宅招财。她觉得这是见过的最大最深的窑，窑礃的架板上摆着酒嗉子和青铜高脚油灯，木钉子上挂着拂尘。奶奶可能不知道，这都是值钱的古董。

后来存良说奶奶是最值钱的"古董"，年过八旬听得见蛐蛐叫看得清蚂蚁跑，还讲了"老文化"的来历。说一位大学历史系的教授进村发现了奶奶，说她是活着的中国历史，这衣着最形象，这方言和窑门下角的猫洞能从《诗经》里找到出处，尤其是一双小脚能和北京的故宫联系起来。教授发现时很惊喜，离去时却遗憾，奶奶既不是文物也不是古董，没法申报物质或非物质文化遗产，只好拍了照片。"老文化"的绰号就这么传开了。

就在她展不开眉头的日子里，却意外地遇见了同学杨素素。

跟存良往川地运肥时，素素正提着菜篮子走在田间小路上。她惊喜地连住手边走边说话，走过燕子溪与红河交汇的镰刀头，站在大柳树下。原来两人是邻家，还很近，就隔着个弧圈。素素只读了高一就嫁到点将村，丈夫任哲明在供销社，生了一个女子芽芽，难产，剖腹的。兰蕊结婚的那天是素素婆婆来帮忙，她带女儿去乡卫生院治感冒了。兰蕊说，你急着回家结婚，是找下干公家事的女婿啦。素素说，不图什么公家人，主要是他老实。又说，那时羡慕兰蕊，人漂亮，学习好，记得她有个抄诗歌的本子，估计她会上大学，去城里活人。最后，她试探地问，是不是和鱼江河好过。她黯然地说，高攀不上。素素猜出了什么，说以前那些情呀爱呀，就是小娃娃过家家，结婚才是一辈子的事，背起了责任过开了日月，安慰说存良人不错，心眼儿不坏。

那天直到芽芽叫妈妈，她们才分开。素素穿过七八绺梯田爬上 S 小路，爬上坪崖下两棵椿树掩映的砖瓦房宅院。她抚摸柳树，想起冬天河里溜冰，夏天随男生看鸟窝。那时生源足，玉玺小学扩为中学，塬上的娃娃也下来读书。西边是十几米高的玉玺台，老师说玉玺台八亩半，像大方块的玉玺，端正地放置在川当中。台上是玉玺小学，又称点将小学。土墙内一棵棵柏树沧桑威严地挺立着，守护白墙青瓦的教室。那时它很高，在校园里只能看见日月彩云，离天空很近的，她记得曾经渴望飞上去，飞得远远的。

有几次，她想对素素说悄悄话，说心里话，可都忍住了。肚子里的秘密是属于她自己的，属于那个不知情的心里人的。说出来生怕出意外，生怕消失了。那些日子，婆婆宠着，不让多做家务、下地，她却愿意干这干那，乐于地里劳作，有意忙碌，免得瞎想。

存良偶尔搞出恶作剧，使她放松，内心深处还没有把他当成男人，夜晚炕上他的举动不断提醒他是她的丈夫。她几乎整夜整夜地失眠。这个纯朴的家庭给了她温暖，也让她苦闷。年轻的梦、爱情的梦一股脑随着山沟里的炊烟升了天，散得啥也看不见了，可腹部的小生命努力将她拽回往昔。昨日是个精灵鬼，看得见摸不着，埋也埋不掉。

第三章

　　华兰蕊扛锄到村口止心慌，走过石桥，扫了一眼西面的点将台和村委会院子。大安老师说过，李自成率领农民起义军在这台上点过将。操场上聚了一群人，好像议着摸奖券。这里像个信息基站，散发各种消息，政治的、文化的和娱乐的，赛过山峁的信号塔。有人说"大奖是十万元"，消息一发射就有强劲的磁场。

　　龙娃有意叫她给大伙讲一讲咋摸奖，她知道眼前这个小伙子洞房夜袭过她的胸，还是不好窝他的面子。村民听明白抓彩票不仅凭运气，是要花两块钱的，便匆匆去找钱，或抓鸡卖蛋，都想去试试。蹦蹦轮胎压瘪了，车主夏家成按人头收费，承诺去了县城还返回。素素的到来和龙娃伸出的手把她拉上了车厢。和前些日子娶亲一样在这辆三轮车上她依然是中心人物，他们七嘴八舌扯大嗓门儿试图超过燃烧柴油的马达声询问彩票的话题，尽管她的嗓音逼近极限，但好几个人还是凑近了耳朵。

　　县城的街道，好像把全县人民都给吆喝来了。她想溜出人群，可被素素和龙娃捭掇着，被人流漩涌到中心，她能感受到还是那男子的手把她向票摊跟前推着。他红着脸淋着汗摸出十元钱，买来五张卡片让素素和她刮一刮，又帮着济民叔、桂霞嫂、月月嫂摸盒里的卡片。她在城里见得多了，知道刮也白刮。彩台上主持人声嘶力竭地渲染煽惑着。

男主持人把一位戴着浸透汗渍蓝帽的汉子拉上台，号叫中了三等奖，近乎休克地吼道：五万元呀！女主持人问清蓝帽汉子只花了二十块，惊叫：哇，二十元变五万呐！又问打算用这五万块做什么，汉子说先缴清拖欠多年的提留款、附加费，再给娃娶媳妇。女主持人追问剩下的钱呢，汉子依然回答给娃娶媳妇。男主持人惊讶地说娶两个媳妇，政策不允许。汉子解释有两个儿子。女主持人大声呼喊：买彩票改变命运，你们还等什么，等后悔吗？

礼仪小姐端着托盘走到台前，男主持人揭开红巾亮出五沓百元大钞，盘子先吸收了蓝帽汉子的绿光，又大把大把地吸收台下的绿光。男主持人摆弄一番现金才将钱装进汉子兜里，声称要保护他退出彩台。她苦笑了一下，明白那几沓钞票肯定不属于那农民。早就听说这是戏法，城里没人信了，现在又转移到乡村。骗一个人难，骗一群人倒容易了，更何况是朴实的老农民。她真想喊一嗓子，可谁会听谁又能听得见呢？

她被挤向一侧，找不见素素，逃出人流，抬头看见邮局才停下，想给鱼江河宿舍打个电话，说啥？他很可能会挂断。大桥似乎召唤着她，走过去才看到挖掘机正在开挖河岸树木，掩埋几年前高考时与同学的聚会：自信的笑脸、困惑的眼神、迷茫的泪水，理想、渴望……逗留得太久，泪湿衣襟，错过了蹦蹦车，只好赶到汽车站。闪过坐夜班车去省城的念头，去做啥？现在是夏家的媳妇了，太平乡点将村才是她的家呀！看不见的套索，才能把人拴死。差点又错过发往太平乡唯一的班车，步行七八里山路，擦天黑才走过石桥。

她没料想，新婚的第一次拌嘴，竟是因为摸彩票。

存良也去摸奖了，是第二拨坐三轮车去的。虽然失望地返回，可夜里梦到中了大奖，惊醒后就下了炕，在东山头冒红花花时扛着铁锹下地了，看见在镰刀头责任地扬撒粪土的济民叔，问还摸彩票不。白花钱，济民说，穷命，没得大奖的运气。昨天买彩票的人把县城里所有商店的方便面都买得拉脱了。存良不以为然，看你说的，世间啥事，都是物极必反，戏里唱的穷秀才可怜得没有上京赶考的路费，借了银子，结果中了状元；娶不起媳妇的放牛娃却能遇见天上的仙女，那"屠夫状元"里的胡山，救了个老太婆，还带了颗夜明珠，一下子啥都有咧。电视里常有中大奖的人。人生其实就是赌博，一次不行，两次；两次不行，三次。俗话说，十耙耙八耙耙，搂也搂到一个玉米苞苞！

济民内心波动：摸奖也得有钱啊?!存良兴致勃勃地说：钱少了还是抓不中，要钱多，多买几张，这就跟咱吃核桃一个理，砸开一个是瘪的，再砸开一个还是瘪的，咱索性整一麻袋，挨个砸，不会全是瘪的吧？济民哼笑：说得好听，可从哪儿弄那么多钱呢？存良抓抓脑袋：要是能借到钱就好了，或者向银行贷。向谁借？济民说，别人不骂你二百五吗？银行要能贷出钱，早给小刚娶媳妇了。

存良瞥见埂边啃草的黄牛，忽地眼睛亮了：大人，不如把你的牛卖掉！济民一惊后反对：咱只有这头牛的家当，卖掉，若中不了奖，咋耕地？存良说：你这么想就错咧，小刚近三十的人，你不怜念他黑夜咋熬，倒舍不得一头畜生?!济民低下头，心越跳越欢。

存良眉飞色舞：人活着，该拿定主意时就要果断，老是怕这怕那不行，干大事的人就和一般人想得不一样。你说三国时的鲁肃舍得把自家的粮食拿出来给周瑜喂马，后来成了孙权手下的大臣，你舍得吗？咱们人老祖辈只知道一分钱一分钱地死抠，只知道一把粮食一把粮食地往回收，结果呢，八辈子十辈子都在土里刨食。咱也要比别人多想一步。多年来，你家穷，被人看不起。头烂了，哪在乎一斧头？整！把牛卖了，抓个大奖，要啥有啥。再不下定决心，只怕等你快闭眼，小刚还打光棍哩！

济民心里一浪一浪地，看见埂头两只狗屁股对着屁股，心想人活得还不如这畜生。大侄子说得对着哩，那个老农民花二十块都中了奖，咱拿一千多元还能落了空？存良说，大半辈子这么穷着，还敢错过这么好的机会，天上下面粉，也得端着簸箕接呀，馍圈圈套上脖子，不转一转头也得饿死。就是的，再不跺脚拿主意，肯定要耽搁儿子一辈子。济民抬起头，看着红红的太阳，真敢卖吗？存良一挥拳，打气地说，敢！

济民这一冲动，差点走了无常。

牵牛步行一个多小时，两人来到屯田镇牲畜市场。牛贩子看上了牛，让牙行襟下捏指，就要达成一千八的交易时，听说牛是买去屠宰的，济民翻了脸，推开了给钱的手，硬邦邦地撂下话：牛要挨刀，我不卖！存良劝说，这是破无荒的价。济民抚摸着黄牛，小黄给我耕地几年，让它挨刀，还不如我挨刀呢。牛贩子再也搭不上话，牙行最后撮合卖给了一个庄稼汉，一千六。把缰绳交出时济民还摸了摸牛头，眼窝滴出老泪。牙行诧异生意就这么成了，捏着二十元中介费望着济民的背影咕哝：这老家伙，脑子让牛犄角给顶了吧？牛贩子走过来，沮丧地说肯定是让驴给踢了！存良没有埋怨却夸奖他心肠好，这是积德行善，好人有好报，还大胆地预言他下辈子转世肯定是富人家。

彩票销售摊前的人仍嚷嚷闹闹。存良接过十元钱：抓到十万元大奖，给我五百元，我逛一下西安城行不行？济民爽快地许诺：你大是抠门的人？存良先买来五张，小心翼翼地一张张撕开，一次次地摇头，接着又从彩票盒抽出十张，两颗脑袋一凑，撕完又失望了。最后说，盒里有奖也是一半张，要不偏不倚刚好抽出那张不可能，干脆一次买一盒，像老鹰抓小鸡，先把它整个儿扣进怀里。济民恍惚着赞成，掏出八张百元票。

存良从模样俊秀的小姐面前，很有派头地端来一个盒子，和济民蹲在百货大楼的台阶上一张一张地撕了好久，撕出一个五等奖。济民额头沁出汗珠，苍白多皱的老脸绽露微笑，问多少钱。存良说不是钱，是踏花被，盖的。沮丧抹上济民的脸：几百元买个盖的？存良安慰离大奖不远了，济民声音颤颤地说再没咋办。存良鼓气说碰也能碰到大奖，剩下的钱全都拿出来，省得一趟趟地钻出钻进费人。

济民悔怯想收手，还是让存良给说服了：到这步，抓不上大奖就不回家，豁出去，破釜沉舟！存良从济民抖抖索索的手里接过剩下的钞票，全换成彩票后蹾在楼前的台阶上，都撕成废纸片。济民浑浊的眼球燃起焦虑的火焰，老脸皱成砸开的卷心菜，大喊一声"天哪——"，抱头撞向大楼墙面。存良顾不上一头汗水，急忙拽扯额角流血瘫坐的大叔。以为他撞蒙了，一松手，济民便猫腰钻出人群，绕过猛然制动的大卡车，冲向大桥，就要翻身跨过栏杆，他随尻子追上揽腰抱住。人群也拥向大桥，看热闹。他喘着气说，大人，值得跳崖蹦井吗？济民挣扎着，悔恨自责，我老糊涂咧，我二百五呀！有一个庄稼汉子劝道，老人家，钱没了再挣嘛！谁都有糊涂的一阵，好歹不能走绝路。济民一把鼻涕一把泪：还有啥脸活人呢？大侄儿，放开，让我跳下去算咧！存良不敢松手：桥不高，跳下去摔不死，弄个七死八活九挣命，惨不说，躺在炕上就把小刚害苦了。最后是夏家成挤进人群，搭手解了围。警察疏散人群：快走，把路都堵了。

天麻乎乎时兰蕊看见存良跷进家门，就端过盘子。存良吃着臊子面，憋不住讲了卖牛抓彩票的事，说支招脱贫，济民叔却没那命，一点脏腑都没有，寻死觅活差点跳下县城大桥。她惊愕，焦虑地问人在哪儿，快去看看。见他迟疑，她匆忙起身出门，爬上庄院侧面被月色涂亮的小路，那头连着鼍鼍坪济民的庄院。赶到门前发现上了锁，呼叫"大人"没有回应，急燎燎地就地转圈，被隐隐的鼻息声吸引到侧面的破窑前，看见月光映照吊在空中的济民，她边跑边喊：上吊咧——。邻居赶来，家成国成兄弟麻利地解下绳索，掐人中压胸口地把济民折腾活了。自仁长舒一口气，缓过气咧。

济民虽被家成拉去吃了晚饭，听了一番开导，可一跷进大门槛，看不见摇着尾巴吃草的黄牛又懊恼又难过，佝偻着身子倚着门框，哇哇地哭了。咋做下这么糊涂的事！娃他妈死了多年，日子全靠父子俩向前扑腾，小刚老实，外出几次没拿回来钱，白出了大力。就这牛，还是他编笼、晒杏皮、卖黄花菜、粜麦子，再借钱才买下的，咋头脑一热就扬了麦草呢？活了大半辈子咋还让娃娃给煽惑了？多年硬攒硬抠置下的家当，就当灰给吹了。还活啥呢？吧唧吧唧地吸完老旱烟，没顾得上擦一擦眼角残留的泪痕，取下挂在墙角的麻绳，到庄膀子的敞口窑，系上横梁就想去见阎王爷。不能吊死在院里，儿子活着心里阴得很。

济民又回到阳间，躺上熟悉的热炕，惨兮兮地问留下来陪他的自仁，你能夜观天象，看我贼星落了没？自仁说将星能知道一二，贼星就是流星，恁常落，人常死，哪对得了号？济民问，你会麻衣相，我走得了无常吗？看了麻衣相，抬头不敢望，自仁说只学了点皮毛，就把书压了箱底，人一辈子，谁不是枝枝杈杈的？早知道了倒活得没劲咧！

存良躲在济民庄院外面的杏树下。出这主意，也是为他好，为了早日给小刚娶亲，中奖了，女子娃把门槛踏断呢。原想摸到大奖，回家劝老娘和媳妇也卖自家的犍牛。现在看来，把大人给日弄了，给推到了沟边。真要吊死了，别人不说他也觉得亏欠，欠下了人命咧。听院内的动静估计人活过来了，放下悬吊吊的心，踩着月色溜回家。眼前又闪过中了大奖的场面，十万元呀，一摇身成了富翁，多赢人，忍不住翻起媳妇的箱柜了。

兰蕊一跷进窑，存良嬉皮笑脸地央求，有钱拿出来，明儿再去试试。她说摸奖就是设局，他说"局"能设在县政府旁边的街上？她说大人差点吊死，你还不长记性？就一头牛的家当，还给出那馊主意，不愧心吗？存良脸上挂不住，愿赌服输，怨我弄屎啥？她说整天没个正形，还满嘴粗话。他呵斥，进门没几天，倒教训起老爷们了？这算粗话？别癞蛤蟆戴眼镜，充知识分子，现在你是农民，和田鼠一样是土里刨吃的，是我的老婆，甭给我上政治课。她转身欲走：不可理喻！啥理喻，他一把揪住，做我屋里人，就得乖乖的，当心熟你的皮。他的大手钳住她的胳膊，不容挣脱，她愤然、无奈和委屈的泪水才让他松了手。

回娘家和父亲在槐椿墚下面的阶地栽种苹果树苗，母亲反对，拌了嘴。父亲花完一万多的彩礼钱种果树是为了有稳定的收入，母亲的理由是村里好几户砍了果树覆膜种烟。栽苗浇水，刚松了口气，存良就登门道歉说软话，只好应承过两天回家。劝和二老，带上婚前喜欢的书本徒步走下曲折的山路，才留意到春天展开的图景。远处悠柔的波峰浪谷线上是淡蓝、乌蓝、纯蓝，一卷卷雪白、灰白、灰黑滚涌着；曲线下的黛灰里透着温和的金黄，一朵朵粉白、一朵朵粉红稳稳地浮在一层层阶梯弧线和庄院的周围，山下躲躲闪闪的淡黄丝带上移动着"甲壳虫"。点将村复活了。

身旁的这棵桃树已经站立了十几年了，见过她的羊角辫和千层底布鞋。她吃过它的果实，它又开花了。头顶的灰黑里拉下亮莹莹的帘子，湿了花，湿了脸。春花总是掩映梦想的柴门。现在她缺少往日的激动，只有胎动。生下这孩子吗？要不要去医院……坡洼的树木受了惊吓，瑟瑟地摇落花瓣。桃树真傻，冷风还在流窜，叶子都没有长出，你就急着开花呢，春天只是个假象呀。空中的珠帘飘忽忽显出一女子，蛾眉眼含春愁，樱桃口吐芳菲，婉约地吟哦："……芳草断烟南浦路，和别泪，看青山。昨宵结得梦夤缘，水云间，悄无言。争奈醒来，愁恨又依然……"这不是朱淑真吗？宋朝的那位江南女子，如何穿越而来？

兰蕊说可能怀孕时，存良只有惊喜，没一点怀疑。他高兴了几天后，天黑就出去了，后来有一夜归来时，竟浑身是土，像走了魂，神道道的。

第四章

　　那夜，兰蕊跨过燕子溪时天黑实了。村里的月月嫂问过她，去省城咋坐车，到城里咋才能找到旭日饭店。她写了一张纸，要送去。

　　她走上桃树坪来到家门前，差点让架子车给绊倒了，细看还有一辆倒地的摩托，疑惑着跷进半开的大门，上房窗户里的灯光映出，一男子抱住半推半就的月月嫂。她胸腔内怦怦着，不知是进是退。那男子是驻村的刘秘书，他松手坐在沙发上，脸酡红，月月嫂也红着脸坐在旁边。她蹑脚退出院子，站在开花的树下。要不要解围？可不一会儿，月月嫂出来拉进了架子车，刘秘书也出来，摇晃着扶起摩托车推进去，还关了大门从里上了闩。

　　好像是刘秘书要非礼，如果月月嫂呼救她就准备敲门。大门缝隙传出对话："做了一天的活，没洗。""脏就脏。"她迟疑了一下走向小溪，把手里的字条装进兜里，赖在门外似乎多余了。

　　她得空就去桥下的溪畔洗衣服，在家里心慌。溪畔的树木也有梦呀，把花交给了风交给了溪，让它带出了沟，跳下玉玺台前石子砌的塄坎，去了远方。她还想瞅空把字条交给月月嫂。抬头看到小溪上游不远处的桃树守护的红砖豪宅，想起存良说过，月月嫂的丈夫邓晖茂跟哥哥"邓老铁"去省城贩铁挺直了腰，把钱变成了房，阔气得很，还要安装电话，不争气的电信线没有延伸到红河川，撂下话下次回家带个手机，谁知一去几年没音讯，月月嫂一直想进城看一看，又脱不开身，得管娃上学呀。

这张字条没有交出去，倒是从潺湲的溪水闻到了炖鸡肉的香味。那天月月嫂出门挑水，本来就水灵的人变得粉粉的，前些日子脸上的漠然焕发了生气。她走过去递字条时，月月嫂说方向感差，去趟县城都要搭个伴，又说农活家务和娃娃串成了链条，铰着她转圈，就不去了。

正好夏家成和任葫芦扛着农具走来，有意无意地开玩笑："月月嫂，你家是不是进了黄鼠狼，咋老听得咬住了鸡脖子？""我有铁夹子专逮黄鼠狼，夜里给我留个门？""你一炖鸡汤，半个村子都闻得到，能把人香死嘛！""吃光鸡肉，给我喝碗汤吧？""鸡汤能补，以前你走路就像推土车子没抹油，嘎吱嘎吱涩得推不动，现在轻快得能追上摩托。"她笑盈盈地找借口，都怪村长，看我面情软，老给干部派饭。家成说，难怪刘秘书打出的酒嗝里有鸡肉味呢。任葫芦说，不进城找晖茂哥吗，当心他在城里包小蜜。月月嫂回击得很干脆，只要寄钱回来，爱做啥做啥，能把省长的女子弄到手，算他娃本事大呢！

兰蕊把那张字条揉成一疙瘩扔进溪水。她有两次就瞥见刘秘书从那个大门里走出来，走向桥头，走进村委会。刘秘书油光满面，一看就过得很滋润，还听人说他经常在村委会的屋子里打麻将。这一天，村委会门上了锁，他在石桥头先是遇到了夏自仁大叔，听他对种烤烟的看法，覆膜、上肥、喷药，摘叶、上架、烘烤，拣叶，累得肠子疼，种不出个工夫钱，要是乡上能统一收购还能盈利，老百姓苦呐。刘秘书也许不敢驳自仁的面子，因为自仁的儿子乐乐在省政府当处长；只说不这么做，乡镇干部和教师的工资都发不出来。

可他对迎面而来的邓社会就没那么客气了。邓社会是村里的告状专业户，抱拳作揖，要求解释电费一度一块八的由来，还掏出一沓字条："国家说减轻农民负担，你看这是提留款，这是林业特产税，这是教育附加费，这是乡上过交流会的人头费，这是乡镇企业集资款，这是乡上盖教学大楼的人头费，这是……"刘秘书不耐烦地说政府大门你早都走顺了，还问我呢？放着正经的农活不干，爬天跪地到处告状，没事干搂着老婆抱窝去。邓社会被激怒了，说正要去找政府，还要反映摸彩票的事，这是开赌场，害得人上吊，喊叫完跳上夏家成的三轮车去了县城。

兰蕊看见刘秘书黑着脸，对远去的蹦蹦车骂：看那瞎种，走路摇头晃尾巴像得了鸡瘟，三天两头地上访告状，世上咋来的恁号人咧，真是亏先人呢！她想，那天刘秘书胃里的鸡肉可能不好消化。

有一天，她洗衣时，发现一辆黑色轿车蹚过燕子溪后，上了南坡。一个小时后又下来了，在村口操场被邓社会拦住了，下来几个公家人上了玉玺小学。随后素素来了，说，邓社会上次告状，罗县长专门给济民叔送来了一千元，把济民叔感激得要下跪。她当时心里很安慰，多少是个弥补。回家向存良求证时，他点头，还说县长打听了乐乐哥的情况，让济民叔引着去见自仁叔。

存良还说，邓社会正在镰刀头革地，看到轿车，骑着毛驴奔过来，把县长的专车堵到了操场，硬是叫上了玉玺台，让领导们看看娃娃上学的教室，烂得雨天得打伞上课。邓社会急出一头汗，把一根柳条打成了几截子，最后把驴打急了，差点给撂到沟渠里了。存良还说，我听到秘书接手机，董所长打来的电话，说獾肉都炖熟了，还说喝什么茅台酒。可邓社会真能缠，罗县长急着要走，他非要罗县长答应修教室，把领导给惹躁了。最后是县长的司机，解开了驴缰绳，驴到溪边饮水时烂到泥里，县长才脱身了。

兰蕊从地里收工经过石桥，看到村口桃红柳绿花谢花飞，溪水呢喃，杜鹃叫得很欢。惦记劳动和收成，谁会留意这景呢？忽然一辆白色面包车开进操场，车上下来几个公务人员。车门关上后，她心里说，我爱的那个人若是能从这车上下来该多好呀！公务人员走来，叫住了她和存良。那位谦敬的人说，要了解一下驻村干部在基层工作的精神文明情况。存良看了一眼桃树坪那处豪宅，笑着说：白天很文明，就是不精神；夜里很精神，就是不文明。她差点笑出声了。

她和婆婆被济民请到家里做席，给小刚看对象。婆婆以前做过老席，吃过她炒的菜后不自信了，时代发展了，在城里大酒店见过世面的儿媳轻捉欠拿就能弄出有色有味的菜品，就让她主勺。济民前一天就赶集上街采购，大清早一头钻进鸡窝抓住大公鸡，放血拔毛开膛破肚。

媒婆慕绣花引来一个女子。济民父子虽一个劲地招呼女子父亲和叔叔，象征性地陪着搛了几下菜，但在谈到彩礼后就心里凉哇哇的。女子二大一擦油乎乎的嘴说："'三金一冒烟'是必需的，金项链、金戒指、金耳环，摩托车；票子就两万八吧；硬的二十个，要袁大头。"济民给绣花说满打满算，也只有一万三呀，还全是借的。女子爸临出大门说，我儿一万三娶不来媳妇呀！送走女方和媒人，济民沮丧地盯住木盘子里剩下的骨头：可惜了大公鸡。小刚赌气，我打光棍。济民懒懒地蹲靠窑墙，我无能啊！兰蕊走出厨屋窑，哑然失语，不知咋安慰。

存良不信媳妇的话，相信摸奖是真的，济民叔运气差。那些日子没弄到抓彩票的钱，到现在还心不甘。郁闷地爬上羊肠陡坡，走到夏家城堡下的庄院，想找夏稔年老爷解闷。院子一畦绿白紫红，小葱、韭菜、茄子、芹菜、西红柿，夏食新鲜冬吃干挂或窖藏。堡子东侧的两亩梯田，简种简收。老人虽已耄耋，还坐在敞院的柏树下编笼。存良惆怅地说：年老爷，扎下的穷根啥时才能拔掉，让人把愁帽抹咧！

稔年娓娓道来：同治年间，叛军作乱前，红河川南北两山地丰粮足，夏氏家族千八百号人口，除了几个摇宝耍钱馋嘴懒身子外，均为殷实之家，富庶一方。叛军攻破了夏家城，屠杀守城的棍棒手和躲难的族人，血水顺着堡内暗道淌下燕子溪，至今城堡西崖都是红土呐。你爷爷的爷爷还是个毛头娃娃，被叛军掳到外省放羊，冒死返乡后耕种撂荒的川田山地，四八战役时满囤的麦子颗颗被国军搓出来喂马。夏济孔一门，祖上也过得去，只是让大烟给祸害了。咋能说扎下穷根？听我的大人说，堡子暗道墙角还有暗室，藏过财宝，证明先人富裕。你碎碎的雀舌头竟埋怨起老祖宗了，夏氏宗祠让破了"四旧"，要不你得跪下赎罪。存良频频点头认错。

　　存良立在被风雨侵蚀四墙坍塌的旧堡前，滋生出探究古城内秘密的欲望，暗道和暗室是何等宽窄空间，若有财宝，就趁黑用筐提回家，啥都有了，别说兑现媳妇的"三金"，就是到县城买套楼房，做城里人都是可能的。数日发酵的欲望膨胀起来，这天后晌暖阳即将跌窝，提着铁锨装着手电筒鬼使神差来到堡前，环顾大道小径峁塬沟洼渺渺无人影，翻身跳进断垣，握锨下铲，从一处水溜眼拓开一米的口径，蹴下打灯俯察，溜入阒阒内，原来砖砌的内室经年灌流山水，陷出坑洞，直通堡子西崖，隐隐能看见深处巴掌大的亮光。确有半人高的单扇小木门，内有暗室，蒙蒙昏昏似有先人喘息与呻吟。

　　待霉湿气味淡去，猫腰钻进暗道，几米之后一个拐弯，呈现出阔大的砖室，并有陈列的物件，正要睁眼细看，脚下木板朽裂断开，身体滑入坡度极大的斜井，想抓却啥也没抓住，只觉得后背斜躺在流动的豌豆颗颗上舒坦地滑溜，借着忽闪的灯光明白是细碎的红胶泥土粒，急切等待垫住双脚的那个时刻迟迟没有到来，近似自由落体的下滑越来越快，心慌肉颤，眼前错乱地闪过牛头马面，还有阎王的笑，笑得他浑身的肉都颤嘟嘟的。

　　他迷迷糊糊恢复意识时，觉得面颊被舔舐，微睁眼皮看到黑暗中一尖嘴垂耳的野狼头在他脸上一拃处，猛然翻身握拳挥打，听猏猏叫声才知是土狗。从身旁的喁喁溪水和头顶一绺星空判断，这是距村口不远的燕子崖，向南的深沟是响潭和狼湾，是鬼怪的集市，阴森。手电不知去向，沿溪出行，忽地悟到是狗救了他，禁不住蹲下身子抚摸狗头。又异常疑惑，借助朦胧月色，察看落下之处，显然是从崖上土溜子滑下，再抬头仰望，断定是从峭壁岫窑滑落，后脊嗖嗖直蹿冷气，若要从此攀爬上行绝个可能，先辈们的逃生之路也彰显智慧。顿生愧疚与罪孽，图谋钱财的贪欲，搅扰了先人魂灵。只有屁股疼痛，腿脚都没事，这是先人打屁股警告哩！夜里回家，一身土的样子还把媳妇给吓着了。

　　存良从任葫芦嘴里听到勘探队在官厅村钻出多口油井，心里起了波澜。官厅村是点将村的西邻，近年来沟沟壑壑的磕头机多得像蚂蚱，没黑没明地抽，罐车一辆辆轰鸣着盘山而去。任葫芦的表兄是官厅村的支书，向勘探队打过招呼谋得看油井做零活的差事，让人眼红。他记得小时候，跟济民叔去官厅水银沟争抢过石油，将那黑亮亮稀糊糊的油物舀进铁桶担回，添入高脚青铜灯，火焰暗黄还刺刺啦啦冒死烟，熏黑窑洞和鼻腔，只好掩埋于门前的干土沟。如今科技发达，钻井队又来了，油旺，一天不抽就溢井。葫芦说采油的职工工资很高，月入万儿八千元，个个手握无绳电话，千里万里跟家人谝闲传。还透露勘探正向点将村地界推进，判断咱村地下也不乏石油。

他说很想看看咋个抽油法，葫芦就带他来到勘探队驻地，站在磕头机围栏边，愣愣地盯着这个铁玩意儿个把小时，没看出特别神奇的零件，不慌不忙鸡喝水似的就把地下的黑油打压上来，渐渐地失去神秘感，心眼儿活泛了，为啥不在自家地里打口井抽油呢？看磕头机的样子也不会太深。不就挖一口井么，多深也不怕，一天挖两米，一年就是一里多深，一年不见油，挖两年三年，咱有的是力气和时间，一旦见油就等于见到金银财宝，人都说石油是液体黄金。这事不能声张，要干就悄悄干，最好选在自家地里，免得他人眼红村委会给没收了。堡子沟二荒地，偏僻，地势又低，只有种地和偶尔过路的人。要马上动手，万一"油鬼子"进村，一开抽，没准给弄干了，那东西在地下也应该流动。他翻身下炕，怕惊醒兰蕊，轻手轻脚的。趁着月色，扛着铁锨去堡子沟采摸井地，得意起自己的聪明，靠山吃山就得有智慧。俄而又想，抽出的石油卖给谁？忽然想起曾经有人说过邻县就有土炼油厂，又转忧为喜。

第五章

华兰蕊说不清为啥一看见龙娃的猫眼就心跳，尽量地躲着他，可还是没躲过，到大梨树下的井台挑水时碰了个正着。

水桶的咯叽咯叽声勾住了那两股直勾勾的眼神，他正吊水，桶被辘轳绞上泼湿了两人的裤子和鞋面，她看到他左手指让井绳捆在辘轳上。几年后他抱着她说，当时她的脸盘倏地贴上两片红红的花瓣，说那天她就像个白骨精，羊毛衫是返青的草绿色的，裹住了腰，却没裹住屁股，头发是洗过的，黑亮黑亮地盘扎着，脸像瓷盘，里面粘了两颗葡萄，葡萄一笑算是打招呼。他的油嘴滑舌像冻住了，半天才问存良咋不挑水。她跺了一下脚，说他上山了。他没话找话地盘问进城咋坐车，得多少路费，说打算去找邓老铁贩铁，还帮她吊上了扑沿沿的两桶水。

此后她看到他不仅心跳，两腿还要抖一抖，那天在村口遇见他提着两只带血的兔子，腿抖得要抽筋了。他说搭乘三轮车，去镇上卖兔子。后来她回想当时，两腿抖得不是没有来由，他用兔子换回的那一串项链，不仅让她受到了屈辱，还让她和嫂子结了梁子。

龙娃在街道和市场转了几个来回没有遇到买主，返回时碰见操着外地口音的中年妇女推销水晶项链，愿用一串项链换两只兔子。龙娃欣然成交，跷着轻快的脚步回家。项链好看，却不适合他戴呀，送谁呢？母亲早逝，姐姐十几年前就从后山的姐夫家里跑了，像远飞的喜鹊。留下以后娶媳妇？慕媒婆说他家穷得像被水冲过，拉绳牵线，只能落个女方埋怨。一起玩大的存良家境好，娶的媳妇是世上最乖的女子，日他妈的，馋死人呢。人比人就得气死！隔溪相望的月月嫂庄院真阔气，是村里的皇宫。晖茂大哥也曾席抲子戳尻子，进城一做生意就挺直了腰杆，那年荣归时的派头谁不眼热呢？自己身上还是大安穿过的衣服，是桂霞没舍得扔。不能再推天度日了，就得去贩铁。路费从哪儿来？把能张口借钱的人在心头一过筛，只有村长和桂霞。何不把项链送给她呢？

龙娃在星星亮起来时走到大梨树下，望了一眼通往大安家的小坡，又扫视存良门前下了霜似的坡路。弯月暧昧地升起来，夜深人静等待别人的媳妇像偷鸡摸狗，还是白天再说。没走几步就遇见了胡桂霞，原来她从娘家归来。虽然夯口但还是张了嘴，她竟然爽快地应允，说发了大财可不能昧良心。他说你常帮我，我记着你的好，送你一串水晶项链玩去。她接过月光下闪闪发亮的链子，爱不释手：很贵吧？就给我买的？她一高兴就从兜里掏出一张百元票子塞给了他。他说明早就出发，先走了。

她站在秸秆垛旁望着他的背影，借着月光仔细端详项链，发现有人走来急忙装进裤兜。跷进家门看到儿子入睡大安未归，一摸裤兜啥也没有了，慌忙打着手电寻找。折腾几个往返只好悻悻地上炕，奇了怪咧，还没公鸡踏蛋的工夫它就飞了，真见了鬼。结婚这么多年，大安不曾给她买个链子镯子的，虽说是什么水晶项链，可那东西看着摸着都觉得稀罕，这么丢了不死心呀！

次日天色微明又去找寻，看见挑水上坡的兰蕊，思谋了一瞬认为也有必要问一下，没准拾到了呢。兰蕊一听丢了项链，放下桶担，热心地找了几遍，把路上跑的蚂蚁都数清了，就是没找见。项链没戴上，倒把钱搭出去了。又转念想借路费不会白忍肚子疼，进城贩铁的人都发了，听着就让人心热。龙娃有情义，没准还能拉攀一下大安，再不当社请教师，不给村里写标语、写对联，不挣钱倒搭笔墨和工夫。

兰蕊吃过晚饭走过东侧祖母的大窑门前去游门子，不只问项链的着落，还想拜见一下夏老师，因为他是她最尊重的小学老师，谦和严肃，学识渊博，兼备书法绘画的技艺。大安停下批改作业，招呼她到侧窑，说桂霞去商店买醋了。大安很客气，让她有些紧张，她还没有完成学生向弟妹角色的转换，摸了摸小侄子立立的头，盯住墙上的山水画——临摹的竟是镰刀头一方景色。大安说兴之所至，画着消遣，又说玉玺初中部撤销归并太平中学后，还见过她一次，春节前认出她在屯田镇街上写对联，惊鸿欲飞让他自豪。她的毛笔书法，实属受夏老师"大楷"的启蒙，她说是同学撺掇着让上街写对联。他打开上锁的柜子，取出一支陈旧但还未染墨的特制毛笔：这是爷爷留下的兼毫，很珍贵，一支我在用，这一支保存多年，就送你；汉字是祖先留下的宝中宝，写好它。

她随口问他的办公室是那个钟楼吗，想解开心中谜。

大安点头说以前的那口钟大，声音脆，奶奶最爱听庙上的钟声。她问晚上住学校害怕不。说那时上初一，宿舍在关公庙前，寄宿的女生常在万籁俱寂的后半夜被奇异的叫声惊醒，非禽非兽似人似鬼，还伴随沙沙的脚步声，像诡异的贼风敲击窗户玻璃。有个黑黝黝的人头多次透过窗户向里窥探，她们惊悚着呼叫，瑟缩着挤成一疙瘩，用被子蒙住头。还亲眼看到小偷半夜溜进无法锁紧的房门或窗户，把衣服统统翻一遍。一半人，一半鬼，他凝重地说，没有想到女娃娃夜里吓得吐苦胆水，我当了十几年的社请教师，从没有见到过鬼怪，倒是有人发现吴副校长行动诡秘，像夜猫子神出鬼没，总之已成悬案；也有可能，玉玺台独特的位置，校园里古典建筑与新校舍的布局使风吹过时发出异常的呼啸，听起来令人毛骨悚然。

她似乎释然了，又借了两本名著，走出窑门和桂霞碰了面，低声询问找见了没有。桂霞冷淡地说再不费心了，送走兰蕊，对丈夫说，大伯子哥和弟媳妇谝得热火呀！

这串项链没长翅膀，是桂霞没有完全装进衣兜掉出来了，直溜溜地掉进玉米秆的罅罅里。兰蕊婆婆起得早，去柴窑提笼揽穰柴顺手掬回梨树下的苞谷秆，点火做饭时在根茬上发现的。淘洗后闪闪发亮，她疑惑，惊喜，捏摩着"玻璃珠子"琢磨来路，左邻右舍就全村也没有见过谁戴如此金贵的东西，最后认为是过路的人掉下的，决定先收着，没人找问就留下。兰蕊这么好的媳子，乖顺孝顺，结婚时没有勒掯买个耳环手镯的，也别恓惶她。做婆婆的特想送她个念想，可多年来省吃俭用攒下的、存良爸挣下的卖命钱都娶了亲，还有妹子的两千块烂账没还。再想想今年高中毕业的小童，考上了要学费，考不上三五年要娶亲，能把人给愁死。兰蕊有了身孕，是喜事，让她戴了正好。

婆婆为此特意跟了两次集，去了南塬的曙光镇和北塬的屯田镇，没见戴的也没有卖的。一跷进大门槛就叫来兰蕊，先叮嘱干活甭太累，挑水担粪爬高下低的活就交给存良，掐指算出肚里怀的是女娃，看媳子羞愧立刻说男娃女娃都要生。再说你阿公出了矿难，留下兄弟俩，小童读书还要花钱，结婚没给你买个像样的首饰，过意不去。最后拿出"玻璃串子"，说是托小姨买的。兰蕊推辞说，我不在乎那些玩意儿，该省下这钱。又怕婆婆误会，以为嫌弃，就挂上脖颈，还说好看。她见过这水晶矿石做的项链，不算贵却好看。婆婆稀罕，说赶集或者回娘家时戴。

华兰蕊挺着大肚子和素素徒步二十几里路去跟交流会，不是看戏寻开心，是想给肚里的娃买婴儿用品。三轮车太颠，不能坐，爬上北坡走到柏油路，就是一本戏的时间。素素啜泣着诉说离开点将村的日子不远了，公公不容她，婆婆怜惜却没话语权，丈夫懦弱，无奈时只知道流眼泪。最后漠然地说："头胎就剖腹生下了女子，原想豁出命再生一个，可现在觉得这样做也挽救不了婚姻；哲明爸当过乡镇干部，自以为是，想做啥谁也挡不住，看不上谁，谁把心掏出来给他吃了，也是腥的。"兰蕊说，只要丈夫心里有你就甭担心。

这条柏油马路承载着无限感慨，这是青春之路梦想之路爱情之路，经过屯田镇中学门前一直通向远方，通向遥远的地平线和太阳月亮升起的地方。学校西面一望无垠的麦田在年轻的五月翻滚绿色的波浪，和鱼江河等同学一起谈论诗歌畅想未来的那条小路延伸到长满果树的山坡。"你想背上书包重返校园吗？"她被素素的问话叫醒，站在校门外的人流中，酸涩地说，真能那样该有多好啊！素素说她戴上项链好看，又摸了摸她粗糙的手和发红的脸蛋叹息，美人烤成了焦疙瘩！兰蕊哪能顾及被繁重的劳动塑成地道的村妇，那些青涩的记忆一直不依不饶地纠缠，心头灼痛着、酸楚着，像光着脚片子走在麦茬地里。

两人进入戏园，站在角落树下没看几眼台上的《赵氏孤儿》，却被身旁的另一出"戏"吸引了。村里风流女人"棒棒"的女儿任来凤瓜模傻样地唱着《虎口缘》："未开言来珠泪落，叫声相公小哥哥……"她描了眉搽了粉，红布条把头发扎成宝塔，套穿着一层层花花绿绿的衣裙，还甩舞着丝巾。她哥哥低眉红脸费了好大工夫才把她拽走了。她们无心看戏，出了戏园。素素去了哲明单位。

兰蕊精心挑选了婴儿衣服走出商场，碰见桂霞母子。桂霞打量她的穿着盯住脖颈的水晶项链：哟，娒妮，链子好看呀！她说是婆婆买的。她吃饭都舔碗，舍得给你买这么金贵的玩意儿？桂霞摸了摸，狐疑地说，很像我丢掉的那串，说不定就是同一条呢！未及辩白，桂霞直言快语：人心难测呀，弟媳妇，人活着别把钱财看得太重，重过人情，也就变成裆里搓下的垢甲。她脸色煞白：嫂子，我不骗你。"啥话也别说，快生了吧？有啥样的娘，就会有啥样的娃。"桂霞愤愤然，捽住强强的手，厉声说："儿子，走，咱做人要堂堂正正。"她望着嫂子的背影，委屈化成泪水。

她想解释，又认为有必要先问问婆婆，回家脚步就快了，跺进大门顾不上双脚肿胀，再三追问，婆婆才承认是捡的，在大梨树下的秸秆垛里。她说这是桂霞嫂子的。"那咋掉到秸秆垛里呢？也没见她戴？"婆婆说，"还给那个狼茬婆，以后有钱了我给你买金的。"

傍晚时兰蕊把项链还了，心里还是不畅快，大嫂似乎不相信她的解释，她不知道还能说些啥，信手摘下大窑院外的杏子吃。桂霞随后过来说，姚姤，杏还没黄不怕酸倒牙吗？又打量她的下身，说肚子都这么大了，快生了吧。继续神秘地问，婚前就怀上了吧？她惊恐，盯着碌碡：“嫂子……”桂霞两眼射出 X 光：结婚那天我看你就有咧！

她惊慌了好久，冷静了，从容了。事已至此，彻底打消流掉孩子的念头，这个小生命从城里返乡至今已经无法割舍，那缕缕毛根都温柔深入地扎进她的肌体，那是她的血肉，是她生命的核，是她年轻的花季绽放后分分秒秒长大的果实。不管明天是下冰雹还是地油子，是肿了头还是跌爬扑，自己选的路自己走。几个月前向存良吐露可能怀孕时，他没有怀疑只有欢喜。若是实话实说，他还笑得出来吗？他脸上还有幸福吗？夜晚热炕上的理解以及将为人父的喜悦倒让她不自在，愧疚的灰色情绪持久蔓延。她不忍心将喜讯变成“炸弹”，炸掉小院里的平静，炸伤一家人。她常常酸楚着，活得梦里梦外的。她这样想过，他若粗鲁地待她，就决绝地离婚出走，那样歉疚和痛苦就变得轻薄了。

而这个男人又不是那么让她生厌，有时倒有男人气。从黑白电视里看到北约对南联盟军队进行狂轰滥炸的新闻，他咋舌拊掌说，那个什么丹马斯的预言真是太准了，炸弹像冰雹似的扔下来，可不就是“恐怖大王从天而降”嘛?！她当时就笑了，他也因她的笑而笑，笑得释然笑到心里了。似有道理，几百年前的预言家如何想象得出现代战争？导弹爆了大使馆，他从杌子上腾起：狗日的美国欠揍！话粗，但解恨，胜过文质彬彬的书生。他在村口辱骂美国，招来围观疯子似的眼神。他还得意地卖派，向邓村长和乡亲们讲清了南斯拉夫与科索沃的关系，说是媳妇讲的。不难看出他爱她，敬重她，虽粗陋，也有温情。

只有投入繁重的劳动，才能减轻内心的郁闷。打扫屋内屋外的卫生，喂猪喂鸡喂牲口，做饭洗锅洗衣服，施肥间苗拔草，这都是每日必做的功课。暮春时地气上升，苞谷秧噌噌地蹿节，她在白花花的塑料薄膜里栽烟苗，咬几口冷馒头又和存良一起给小麦喷施肥料。掬起泉水解渴，揪下蒲公英解馋。想起打工时酒店里一桌桌令人油腻欲呕的鸡鸭鱼肉，就口水汹涌。婚后没有吃过个肉渣渣，馒头和漂着菜叶的面条就是惯常的食谱，一顿吞咽两大碗还不能消减嘴馋，肚子胀了喉舌还在渴望。

前一段的夏收，让她黑夜一上炕就入睡，连做梦的劲也没有。

空气燃烧着。她缓慢地蹲下，平衡好前凸的身子，左手揽住头顶芒刺的麦秆，右手挥着镰刀，呼吸着熏黑鼻孔的热浪，蚕食似的推进。折叠的身子僵硬疼痛，咕咚咚喝下凉水喘口气继续赶趟。她悟到开镰收割运回场院，环环相扣耽搁不起，暴雨常会捣乱。她给婆婆建议，趁月亮亮多收几绺子。婆婆解释深夜天凉有露水，受潮不好打碾，长时间暴晒耽误工夫。

从开镰收割、担挑肩背、车拉驴驮、场院打碾到麦草摞成大垛还不算完，拉上架子车装上上等麦粒，沿着河岸坎坷的泥水路艰难跋涉进入粮仓大院，验收合格缴完公购粮才松活一口气。婆婆让她好好地睡个懒觉。她醒来后浑身疼，双手麻木，脚胀得踩不到地上。晒黄花菜，捏皮核，摘花椒，算是轻头活儿了，还能换回零钱。

她听到那个叫"旋黄旋割"的鸟，像是古代的田畯投胎转世来的，素日隐居，只在麦黄时发声。那鸟夜宿桑树枝头，看着月下院子，看着她坐在小板凳上起不来，似乎笑着说：你以前仰头背诵粒粒皆辛苦，如今好好尝一尝锄禾日当午。

而这让人辛苦的土地，就是村民的命根子。存良以前犁地时铲倒了界石，因重栽时偏了一指，和桂霞拌了嘴。桂霞质问：重埋界石咋不偏到你地里？指望一两犁沟发不了家！存良豪气地说，麦子黄了你多收一绺子。她赔笑劝架，让存良马上把界石挪正。当然她料想不到，十年后这一埂的责任田都撂荒了，庄稼退出了，冰草和蒿子上场了。

兰蕊喜欢到燕子崖下的洼地里做活，这里像曾经读过诗文里的桃源。头顶的天像一条蓝色的飘带，品红的崖面鸟巢多，燕子颉颃。草洼自由地挺立着果树，陵塄边挂着柔韧的藤条，串起猩红的野莓。燕子溪从南塬沟壑蜿蜒流出，粼粼涠涠像银练，叙述悠长的经典。芬芳的气流托举着她，浮游着。她似乎看见草地洞口爬出了一只只猴子，背上的金毛嗞嗞哧哧燃烧起来。“华兰蕊”是标签吗？被微风从额头揭下，漂浮在溪水上。燕子溪出了沟就嫁给红河，进入泾河、渭河、黄河，直到远方的海。多年来没有变道，它变得了道吗？何必变道呢，沟渠为它的命运早已设计好了轨迹。

响潭传来闷闷的牛叫声，人们说这就预示要下雨。果然南塬上空垂下灰帘，山洪的轰隆声由细变粗，淹覆了清澈纤弱的溪流，漫上洼地。她看到崖根下枯枝虚掩处，浑水溢涌灌入新凿的井口，一个被泥水浆糊的人撑扶挣扎着蹬上地面，跪伏在水里呕吐，是土地爷显灵了？她吓得哆嗦时，那人撩水洗脸，现出原形，是存良。

存良挖油井本想秘密行动，却被灌了瞎鼢，爬上阶地，只好向媳妇讨教，想得到技术指导和精神支持。她忍不住笑了，说：再浅的石油也埋藏在地下一两千米的深处，即使这地下有油，按理说日日月月地坚持能打到那样的深度，可你不知道，黄土层下面还有砂土层、砂石层或者岩石层，也可能有流沙，结构复杂，要么被稀糊糊淹没，要么塌方幪到下面，还有料想不到的危险呢。

他怅然地说，我是呼哼哼叨在水泥杆子上，白费工夫不说，还可能整个伤残！她说退一步讲，挖出了石油，也是非法开采，要有许可证。凭啥要证？他感愤地说，咱人老祖辈就活在山里死在山里，靠山吃山天经地义，为啥外来的能挖咱倒不能挖？她说，回家，雨来了。

第六章

兰蕊默默地计算分娩的日子，还有一个半月，打算到时去镇上医院。她天真地对肚子说，娃呀，最好在里头多待些日子。

可是偏偏仲秋夜雨一次次降温，发出最后通牒：下种就要结束。等不及去县城看望小姨的存良，婆婆请来济民帮带小童犁地。小童高考落榜了。济民手把手教了两晌，小童就掌握了，自己去镰刀头耕地。婆婆捽住笼头牵引几趟就不担心了，娃没考上大学，会农行的活也行，吃不了公家粮就吃自个种下的。牛下不了麒麟猪下不了象，没啥大不了的，牛犊和猪崽总是有的，放心地回家去做饭。兰蕊停下撒籽，和小童坐在大柳树下小憩。

她望着浅滩卵石上的鹡鸰，劝小童复读，再努力一把就会改变命运。他抖出鞋窝的土粒：即使考上大学，也交不起学费呀！她说办法总会有的，他摇摇头。她说，那就忙完这一阵，去外面找活干，窝在山沟沟不是个事。他沉默了一会儿，信任地对她说，打算将来搞个农副加工厂，行吗？她眼睛一亮，行，啥事都是人干的，肯努力就能行。策勉一番，建议他去镇杏脯厂做工，捉鳖不在水深浅，只要走到鳖跟前。

虽然歇了一会儿，黑驴和黄牛仍然不默契。小童一扬柳条，驴绷紧肩上的套索，四蹄一蹬跨出一截，平衡板斜了，铧尖差点戳进牛蹄子。小童急于收尾，剩下埂边两犁沟毛驴胆怯不肯靠边，只好让兰蕊牵缰绳。他说埂边危险，她说小心就是了。驴到埂边，慌恐地擎头趔身子，一蹄踩入田鼠窝，猛然一蹿，收尾摇头。

她踩空了，脱手摔下一米高的土埂。小童"哦"停牲畜，"嗖"地跳下扶起她：嫂子，痛不？她挣扎着坐直，捂住肚子疼痛地呻吟，裤腿渗出殷红的鲜血。他慌乱地说流血了，她嗫嚅地说回家。他环顾四周无人，只好俯下身板鼓劲抱她，她怕累坏了他，右手扳住他的左肩。他艰难地站直身，脚步稳健可土地绵软。

正巧大安放学走到梨树下，跑过来搭帮。她双眼紧闭咬着下唇任由四只男人的手送她进入门楼，听见婆婆从厨屋出来，询问究竟。把她放到新窑炕上，小童气喘吁吁地说，跌下埂了……婆婆惊悸地说快去叫医生。她抓住炕褥强忍疼痛：妈……我……要生了。"啊？要早产？"婆婆惊疑地让小童去叫哲明妈。

她吞咽着哲明妈喂进口腔的馒头，挪到揭起半边被褥的炕席上，按指示用力，额头上滚着豆豆，无疑是汗珠，双手抓攥被褥大口吸气鼓入丹田使劲。这种撕扯的疼痛驱赶了所有的杂念，要生下孩子，要看清这个爱情的果子。数轮汗水与呻吟，哲明妈从容镇定，待到时机成熟喝令婆婆与她内外同时巧使气力，才成功分娩。在院子听差跑腿的小童将水盆剪刀搁置在窑门口的杌子上，听到婴儿啼哭才放松。哲明妈剪脐擦洗婴儿，夸赞生下了带把的。她轻松地看了婴儿一眼，指了指炕对面的柜子，说衣服在里面。

婆婆站在苹果树下，狐疑地问哲明妈，是早产吧?! 哲明妈说跌下埂，当然提前了，别担心，壮着呐！婆婆蹙眉：结婚才六七个月呀！不能和咱们年轻时比了。哲明妈说："你家存良，那是个省油的灯吗？快去熬米汤，在灶间偷着笑去吧！你有福气，'哇'的一声就来了孙子！哲明爸把眼睛都盼绿了，素素生下个女子，还剖腹产，老东西急了，硬让小两口离呢。"窑里兰蕊侧身欣赏睁开双眼的婴儿，渐渐恢复血色的面容闪过惬意的浅笑，身体的疼痛似乎消失了，双眸一忽儿阴暗下来，绺绺潮湿的头发散布在床单上，腹部空了，郁结的困惑忧戚排遣了，胸口却闷胀起来，充盈着浓浓的歉疚与不安。

有一股贼风溜进窗缝，让她哆嗦。她啥也不愿多想，试着给孩子喂奶。素素及时进来，伏在炕沿爱抚婴儿，教她，又麻利地拾掇一番炕头柜盖，可能捕捉到她眼神的惶惑迷茫，试探道：蕊儿，有心里话还瞒我吗，你和存良结婚才……

她有一肚子话，却不愿开口，看着熟睡的儿子，掖掖新絮的小花被，流着泪，沉默着，眼前不时闪过鱼江河的眉眼。月子里哭，往后常会流眼泪，素素急忙劝慰，别多想，摔下埂，早产了！又叮咛顾好，别落下月子病，有事让小童喊我。她捕捉到素素眼神里的关爱、担忧和迟疑，话都挤到嗓子眼儿了，只好目送素素离去的背影，合上双扇门。注视着婴儿鲜嫩小巧的嘴巴，细长的眼线崚崚的鼻梁，轻声说：没有爸爸的儿子呀，咱娘俩被抛弃咧！便揭起被子蒙住头，嘤嘤地啜泣。

存良踩着列石过了红河。桂霞停下摘茄子，走出菜园子，向他报喜：你当爸了，儿子都生到炕上咧。他愣了愣：真的？她嘴角贴着笑：你媳妇真有本事，进门才七个月就生下一个大胖小子，能把人眼热死。又眉目间闪烁诡秘：没看出来，兄弟还是个急性子，离清明还有八丈远就点籽下种咧。他狐疑的脸色倏地煞白，大步走了。她望着远去的背影：瓜兄弟，褡子再花哨的包子，若是烂肉馅的，看你咋咽得下去呢？

他急匆匆走过石桥，迎面走来的夏家成说：多称几斤肉，到时候给你娃过满月。他冷眼一瞥走上陂塝小路，家成莫名其妙。桥头村民好像从存良的神色瞅出端倪，窃窃私语。存良在小路拐弯处的大槐树下回了回头，似乎看到嘲讽的眼神，一股热血蹿上脑门，恼羞成怒跑向梨树。

她被一把扯下炕，存良的巴掌抡过来，疼痛瞬间自下而上地转移了，是什么随着啪啪声摔到地上碎了？窑里几乎装不下他的吼叫：不要脸的骚货！打死你！让我做乌龟、做王八，我叫你去做小鬼，去死！看到他嘴脸扭曲眼珠鼓出的模样，她意识到做下大错咧！恐怖的网越收越紧，她挣扎着直起身，挡在婴儿前头的炕沿边，木愣愣地，也不知躲避他。

他被愤怒牢牢地控制，踢打着质问：我不能不明不白地让你死，那小杂种是谁的？她两腮粘着泪珠，嘴角流出血虫，不让他靠近炕头，说：我对不起你！你别生气，我抱娃走……他揪住她衣领：走？走哪儿去？那不便宜了你！她双眼流露死亡的灰暗，理了理散乱的长发：你要让我咋样？他狠狠地吼：我要掐死这小杂种。小童跐进门槛，拉住哥哥。母亲站在门口说，二杆子，那也是命命呀！说毕急匆匆向茅厕走了几步。

所有的心绪聚焦成一个信念——保护孩子，这个信念使她孱弱的身子顿时充盈力量。存良喘着粗气，看到她嘴角血水溢流滴渗衣襟，捕捉到她由惧怯变得坚定果敢甚至拼命的神色，带着哭腔喊：我还有脸活人吗?!

闻讯而至的自仁走进院子，说，小童，把你哥拉出去。存良脸色煞白，跑出了大门。婆婆正要关大门，桂霞出现了，一副不知情的模样，问询出了啥事，就走向新窑门口：哟，咋啦，娅姤，血丝糊拉的？这兄弟，就是个暴脾气。兰蕊默默地整饬脚地和炕上凌乱的衣服被褥。桂霞跨进窑，伏身炕沿逗弄婴儿，夸奖洋气，又主动给她擦拭下颔的血渍，眼神闪过一丝歉疚，也许后悔多舌。

存良后来后悔自己的鲁莽，可当时就是没有忍住。

从田间小路向镰刀头走去，绕过村口，蹚过红河爬上陡峭的羊肠小路直奔圪垯村华家，愤懑仿佛是强劲的助推器，屁大工夫就把他从川道发射到塬上。一脚跨进大门槛，撞见荷锄扛锨的岳父母，脸色铁青，吼叫：你们做老人的，到我家去看看，你女子生娃了，生了个野种——才七个月。这余音还蹿进了窑洞，嗡嗡地荡着回声。

二老惊诧地撒下了农具。岳父面色骤变，裤腿抖着，像要倒地。岳母眉锁疑愁：存良娃，慢慢说，早产了吧？他说：早产个屁！岳母看到门口有旁人，低声劝他进窑里说。他甩开岳母的手，闷沉沉地说：一道红河川的人都知道了，我脸上都糊了稀屎啊！岳父腿软得靠墙蹲着，色黑神滞，瓮声瓮气：若是真的，看我不砸断她的腿！存良抹了一下脸，眼睛水火交融：你把不要脸的女子嫁给我，要了那么多彩礼钱，她值吗？说毕摔门而去。

胡桂霞证实了最初的判断心里着实得意，看到兰蕊的惨相又有点不是滋味，存良下手也太狠了。夜晚，她绘声绘色地描述存良暴打媳妇的情景，大安怒睁双眼：你那张嘴，就一敞口窑，没遮没拦，到处拉闲话。她忽地拉下脸：谁说我拉老婆舌？就算我说了，也没瞎说呀？他说好歹也是夏家的媳妇嘛。她说这丢了夏家媳妇的脸，我都害臊呢！

他扔掉半截香烟，跷出门槛。她追过去拽住：你偏心眼儿，你是谁的男人？他甩脱不开，唬道：再不放开，我踢你一脚！她一挺肚子：往这小肚子上踢，把里面的娃踢出来。他一愣，又怀上了？明儿去做了吧？她坚决地说：不，我要生，我没女子，老百年后，没有上坟哭丧的。

素素夜色下去存良家，脚步重得很，像有梭梭草绊住了鞋子。家里又"打了铁"，公公一听邻家生了儿娃心里不畅快，连饭都不吃地找碴，当然是婆婆让步，她一辈子没有生养成了短处。昨夜从兰蕊吞吞吐吐的表情预感到孩子降生很可能带来不小的风波，婆婆以她多年的接生经验私密地说婴儿不是早产，毋庸置疑婚前就怀上了，可以判断不是存良的，在城里……本想了解真相琢磨对策，毕竟摔下土垱，可兰蕊不愿提过去，更不愿撒谎，真不知怎么想的！提着心吊着胆走进存良院子，知道一切已经发生了。

她又跑回家，取来自家备用的药品给兰蕊敷上，愤愤然：他不娶你，却弄这事？兰蕊俯视炕褥的孩子，平静地说："是我情愿的，打，我挨了，他的怒气也发泄了。明儿跟他说清，我抱娃走，让他再找个好媳妇。"素素苦笑："你呀……你以为那是到集市上买猪娃，说捉就捉回一个？存良妈辛辛苦苦大半辈子，从牙缝里抠钱娶媳子，那么容易就重找一个？"

兰蕊说要外出打工挣钱，还存良的账。素素叹息："念书那么聪明，做人怎么犯糊涂呢？这一两万元的彩礼钱是那么容易还的？多少年才能挣够？娃咋办？存良虽说打你，要离婚怕是不肯。"兰蕊愣怔，茫然地流泪。素素坐上炕沿，倏地伤感：咱俩真像一根蔓上的两颗苦瓜，我也是屎壳郎推驴粪蛋，越往前越难滚，老公公已经不给脸子咧！

存良整天未进食，身心麻木疲惫，趁着夜色潜进村口，亏了先人，掉进粪坑的事让他给碰上了。一村子的人他看着眼生，走了多年的路脚生，咋一下子就活得没眉眼咧？漩涡那里水哗哗的，像是召唤着他。挪动脚步走向玉玺台下透着灯光的窑洞，他直入小华的商店，从货架上取下一瓶白酒，咬开铁盖咕咕咚咚灌入口腔，等到小华反应过来时瓶里只剩下一口。然后爬上炕倒头就睡，半句话也没说。

小华后晌从聚集在商店门口的村民口中知道了这炸雷似的新闻，也不意外，帮他脱鞋盖被子，从穿开裆裤一起玩到大，了解他的脾性。可没料到他一睡三四个小时没动静，猛摇也不醒，拨开眼皮顿时惊愕，瞳孔散大，打着手电跑步叫来小童和邓医生。邓医生摸脉后说：酒精中毒，输一瓶液！

桂霞给祖母送了唯一的一次早饭，其实是想报告隔墙院子发生的"败坏门风"的事。奶奶搁下热乎乎的饭碗，立即拄拐蹒跚地走过桑树杏树和枣树，小巧的三寸金莲跷进门槛时依然灵活与坚定。兰蕊听到院子里节奏缓慢清晰有力的嘭嘭声，透过窗棂看到祖母，急忙翻身下炕，跨出门槛，羞怯地问好。奶奶正色命令她马上进屋，免受风凉，看到炕上的婴儿，皱纹间流溢喜悦，嚅动窝陷的嘴唇：多乖的娃呀！

奶奶又直起身，一只脚跷出门槛，唤来小童和母亲，让他们站在门口，然后退回那只脚，肃然道：小童，马上去叫你几个大人到我窑里，给你哥说道说道。老文化将拐杖在门槛上铿锵地敲了敲，厉声警诫存良妈：往后，谁也不许给我的兰蕊脸子看，要不然我可不饶；茶饭不能耽搁，做细详，把我养的那只老母鸡抓来炖咧。小童点头走了，婆婆低眉顺眼允诺而去。

祖母爬上炕，慈祥地说：安心坐月子，晌午我就调教存良，熟他的皮，让他今黑去大窑睡，我陪你坐月子，免得你受委屈。老文化没有丝毫的嫌弃，倒使兰蕊更愧疚：奶奶，我⋯⋯祖母搓摩着她的手：你心善，即使以前做错了啥，也能成个好媳妇的。兰蕊泪花喷涌。奶奶立即阻止，娓娓地说了许多宽心话，才下炕拄拐离去。

第七章

这是华有德一辈子走得最缠脚的一段路。

去女婿家的路不远，下坡路，只是绕得弯弯多些。华有德却走得艰难，走得头大。存良闯进家门一闹，两口子再没吃饭，也没睡觉，吃得下睡得着吗？瓜女子咋弄下这天大的丢人事，我这一辈子也没亏过人呀！用不了几天，这川川塬塬的人都知道了，这种事就是粪坑里撂进了炸弹，溅得到处都是臭点点，不止臊了华家的脸皮。他想起小时候拿着笊篱收蜜蜂时被蜇了眼皮，半拉脸肿得像酵母面发了，一只眼睛都眯住了，屯田街道的人一见就瘆得闪躲。只怕"野种"的话题不是闪躲的事，是要指指点点，瓜嘴咧开嘲笑了。人活到这份上还不如寻个无常呢！死是个简单的事，只是女子还在夏家，还在火上烤着呢，不去不行。女儿自小听话，从不犟嘴，婚前她转弯抹角直到最后杵在窑门口抗婚，他咋就没有想到会有别的因由呢？咋就硬给做了主？死女子，给爹不好说，就不能对你妈说？烧料子婆娘，也不留心女子的变化，不探问她的心事。

他肚子里翻腾着浆水，天没亮就出门，十头八里的下坡路却走到快中午了，跷进夏家大门楼，见到女儿，沉默好久才说：做下这种不要脸的事，咋不早说？如今害人害己。我这张老脸让你一把屎抹了！进了这院子，咋出这门？咋出这村？真恨不得有个老鼠窝钻进去！兰蕊看到父亲皱纹深刻脸色泛青，泪珠唰唰地流：爸，我给你丢人了，就让我抱着娃离开夏家，离开咱屯田塬，找个陌生的地方，把娃养大。他双手抱头，闷闷地呆坐在机子上：唉，事已至此，甭那么想了；离吧，回家凑够彩礼钱，全退给夏家，娃儿咱抱回，你拾掇东西。

婆婆叫亲家到正窑吃饭。他面有愧色：亲家母呀，我还有脸吃饭？她强作欢颜：娃娃一时糊涂，咱亲家还是亲家，饭总要吃嘛。他老泪纵横，悔恨地说还是我糊涂，不该硬做主这门亲事，害了存良娃呀，也污了夏家门面。婆婆说：蕊儿过门后，懂事又勤快，我喜欢得很，生怕存良瞎脾气伤着她；存良从小给惯坏了，我没料到会跑到你家闹腾。不怪女婿娃，是我的错，他诚恳地说，我一辈子没亏过人，今儿把话说清，彩礼钱一分不少地退还，我领着女子回家，约个日子到乡上把离婚手续办咧。婆婆涨红眼圈：等存良冷静了再说，我也舍不下蕊儿，先吃饭。

大窑脚地板凳上，坐着耷拉着脑袋的存良。老文化依靠炕崖中间就坐，两旁坐着夏自仁、夏自义、夏自智和夏自信堂兄弟，早逝的存良父亲夏自礼缺席，济民闻讯赶来。家门里惯常主事的自仁老汉绵里藏针："你个冷娃，打了媳妇还不够，从川里闹到塬上，等于给你岳父母扇了几耳光，叫他们咋活人？你已经是外前人、男子汉、大丈夫了，遇事咋还二杆子呢？"存良面容苍白，双目黯淡，痛苦地说："我……我气得很！臊得很！这种见不得人的事，咋偏偏落到我头上？"自仁说："这么闹，就不气了？不臊了？咋不想后果？男人为啥叫大丈夫，就是要有大肚量，知道原谅媳妇，心疼女人！"

大安父亲夏自义素日缄默，气流摩擦喉管："正是兰蕊有过错，才要你体谅，才彰显你是个男人！即使外人低看她，你也要挺直腰板爱护。"

小华父亲夏自智开办过砖瓦厂，当过"冒尖户"，目光熠熠："兰蕊是个聪慧的乖女子，兴许在外面打工遇到啥坏人了，一个女娃娃，能咋的？电视里常演的农村女子进城，长得好看的，就被那些瞎了良心的老板给糟蹋了，即使和哪个男娃好过，也是一时糊涂。她若是被人抛弃，上了当，心里苦，你应该暖热她的心才对。若是她自愿离开别人嫁给你，说明她看上你的好，好就该做出个好模样，甬寒她的心。"济民说："后山方家坷垴方大头的女娃，吆了一群羊放着，村里几个男娃追着耍，缠三磨四把肚子弄大，还不知道是谁的。前年嫁出去，日子也过得好好的。"曾经是公家人在乡上当过电影放映员的夏自信说："你媳妇心里肯定很苦楚，苦得没处说不能说，还挨你的拳脚。你能善待她，既往不咎，她会记着你的情，会对你好，人一辈子长拉拉的，要的就是以心换心。"

自仁的寿眉垂下眼角：你大哥乐乐在城里生活，前些年就说城里比咱乡下开放，男女之间啥事都不稀罕。你平心静气地想一下，是离婚还是继续过日子。离婚，你岳父说礼钱一个子不少地退。若不离，不能东一榔头西一棒子地敲打闹腾。狗肚子里藏不下酥油，心里装不下点事那就不是个大男人。给兰蕊一段做好媳妇的日月，也给你改过长大的机会，油盐酱醋一个锅里搅拌着就情意相投咧。看到存良面露悔色，又说：马上到正窑里给你岳父认错，给兰蕊说句软话把她留下。

济民满面焦急：这么俊模样有文化明事理的媳妇，把鞋跟子磨破都难找。瓜娃子，兰蕊若是回了娘家，你就没戏唱咧。小童跑过来对奶奶说，嫂子抱娃出了大门。一直沉默的祖母大声命令存良：快去，一定要把我的孙媳子留住！

兰蕊抱娃跟随提包的父亲走过照壁，婆婆慌忙追出竭力挽留。她去意已定，表达歉意却未停下脚步。存良和济民紧步追上，在杏树下拦住。济民说：亲家留步，女婿娃有话给兰蕊说。华有德面色灰暗：我父女还有啥脸留在这儿呢？济民拉住他走向老文化的大窑：亲家，娃娃不懂事窝了你面子，做长辈的给你认错。

兰蕊红肿的双眼噙着泪珠，对挡在面前的婆婆说："妈，你放我走，我对不住您和存良，对不住夏家……给您留个清净日子。"甬说对不起，存良伤了你，该给你认错，婆婆夺过孩子，月子里娃，受风了咋办？又向存良使眼色，走进大门楼。存良握住兰蕊手腕，低头说：我错了，咱回窑里。她推开他：我趁早给你腾炕！

他情急之下拦腰抱起她，不管她如何挣扎，大步流星跨过两道门槛返回新窑，反手关上两扇门板，真诚地表达歉意。渐渐恢复的血色抹去了她脸上的冷漠，双眸洇出红丝："悔当初，不该瞒着……我若坚持不嫁，就不会给你丢脸。"存良缄唇沉默，紧紧地箍抱着媳妇。

面对夏家的道歉与说和，华有德还是坚持带女儿回家，认为女婿心里结了疙瘩，磕磕碰碰的日子不好过，最后赌气地说：她狗日的做下这丢人的事，自个遭罪自个受。我托人，嫁她到一百多里远的后山，山大沟深，苦日子自个熬去。济民说：存良舍不下蕊儿呐！自仁说：他是个炮筒子脾气，伤了亲家我们给你赔不是。华有德说："就是存良把唾沫吐在我脸上，那也不为过。我咋能跟娃娃一般见识呢？俗话说有个瓜女婿，没个瓜丈人嘛！"济民卷好旱烟棒子给华有德递过去点燃："这事……还是听听娃娃意见。""给你妈说，杀鸡炖肉，备菜备酒。"老文化对小童吩咐后，慈祥和善地向华有德说："兰蕊爸，我宠惯了孙子，我给你认个错，你放心，兰蕊是我夏家的媳妇，谁敢作难她，我先不饶！"

华有德觉得老脸被抓破，滴滴答答地流血，是咋走出女婿家门走过那条曲折漫长的陇拐小路的？点将村人们异样的眼神，仿佛噼噼啪啪的巴掌扇到腮帮子。踏上独木桥，眼睛一花，跌进河里，慌忙划水上岸，挥拳砸向岸坡树干，手指渗流的鲜血和裤管滴滴答答的水珠汇入龟裂的河滩，胸腔内怒火熊熊，都是狗日的贱老婆不好好管教才弄下这号丢人的事。

爬上坡路绕过涝池跨进大门，与心神不安的妻子碰了个正着，他气咻咻地骂："我老给你说，把娃娃管好管好，咋样？你个畜生就是不听！"兰蕊妈灰头土脸嘟囔："我还能天天跟在她屁股后？她不同意，你偏偏赶着出嫁！"他跟进窑吼道：她想嫁大学生，大学生不要啊?!她愤愤：你自作主张火急火燎地逼她，不就看中了那一万多块钱吗？他顺手抓起柜盖上的玻璃杯子连同二十年来的怨恨一起扔过去，砸到她的额角，殷红的血虫滑下眉梢，吼叫："旁人彩礼两三万，我多要了吗？把女子白送人，别人捡了便宜还犯疑。女大当嫁，那是当爹的责任。老早我就说叫回来嫁人，你再三拦挡，咋样？如今弄下这丢人事，赶明儿整个红河川屯田镇的人都知道了，这脸往哪搁？"她从针线笸箩取出一团棉花按敷在额角，绝望地走出大门楼。他软塌塌地靠门蹲在脚地，呃呜呃呜地喘气。

兰蕊妈摸黑走进西坡村。姨妈推出自行车要到华家算账，丈夫立刻劝阻，只狠狠地辱骂一番，对姐说：我房子宽敞，就住下，别回家。兰蕊妈噙着泪水：他是被这个死女子给气的。又细说原委，姨妈呆愣片刻：娃娃已经做下这事，打你能咋的？以前你舍不下蕊儿，如今无牵无挂，离！姨父走进屋：淘个气，离啥？姨妈训斥：出去，没你事。又对姐说："十八岁嫁给华老蔫，活得啥人？从来不把你往篮子里拾吗！穷不说，啥能耐也没有，见了外人蔫屁不放一个，就知道对你耍威风，纯粹窝里捣。你现在四十出头，说大也不大，离了重找一个。我们村的刘嫂还托我给她娘家哥介绍。她娘家哥五十出头，是屯田镇杏脯厂厂长，家里钱多得很，经常和县长一桌吃饭呢！"

兰蕊妈后悔地说：我年轻时头脑发热，瞒着他结了扎，至今还记恨我。姨妈坚决地说，他犟牛认死理，没准哪天把你给弄了，听我的，离！兰蕊妈叹息，这么大年纪，还不够丢人呢！姨妈说，若是十几年前离婚，不好听，如今不算啥！你大半辈子没活个人样，没穿件像样的衣服。再说，蕊儿做下那事，你在村子里也没面子，干脆离了，再走一步倒省心——若是华老头来找你，我就摊牌。兰蕊妈苦涩地说：他哪会来找我，去年夏天在麦场里打了我几木叉把，我下沟底的破窑里待到半夜，他也不来找我。姨妈切齿：这老东西那么心狠，还怜念个啥？兰蕊妈说这就是命，瓜把上的命，苦！姨妈不以为然：离了重找一个，再看看啥命。

老文化和存良换炕睡觉，用废旧衣物填塞高低窗户缝隙挂上厚门帘，悉心关照月子。俯视婴儿熟睡孙媳子躺下，熄灯后祖母趺坐炕墙侧温和地说：秋天的夜好，我老是透过窗子看宿宿，一颗颗像水洗后拿笊篱捞出来晾在天上，好像要和人说话，只有善良的人殁了才能变成天上的星星。过往的日子回来了，甜的苦的一下子又尝得出味道，活人难，活着就别怕难；人一辈子啥事都能做，坏良心的事不能做，啥药都能吃，后悔药不能吃，作恶终会遭老天报应的。

兰蕊安静地倾听，隔一会儿用简洁的声息表示她依然清醒。祖母说：我出生能记事起就遇上跑贼，睡得正香被大人叫起，迷迷糊糊地跟着往山洞里钻，三五天还不能回家，肚子饿得连哭喊的劲也没了，顶不住的就殁了。长到十六岁存良太爷用一口袋小麦换我进夏家，啥规矩也不懂，可你太奶奶心肠好，指教我。不久遭年馑饿死一层人，瘟症又死了一茬。我生下了你大姑和自义自礼，没黑没明地务庄稼，刚有了吃的，又打仗咧。胡宗南和马步芳的队伍隔三岔五来，一撮撮从篱里揽上麦子棵棵喂马，一家人还得赔笑脸。四八战役打得昏天黑地，山峁阶地沟洼里都是当兵的，把庄稼踩踏得人心疼呀。头顶的飞机就像花膀鹰轰隆隆一会儿就过来一只，枪打得像炒豆豆，人可怜得像鸡娃，到处躲命。你自仁大崖背有个家庙，几家人就窝在里面，我扒窗向外一看，飞机翎膀把瓦片给刮下来了，那飞机碰到大桑树树梢，差点就跌到院里。仗打完了，你爷爷提着笼拾了一背斗枪子罐罐，后来交公大炼了钢铁。

奶奶抚摸了一下睡熟的婴儿。我年轻时，从早到晚挣工分还填不饱肚子，活着的心慌眼花，坐墙角和门槛上低头拉蒙。榆树皮晒干碾磨熬成糊糊，刮得人肠胃难受，像猫爪子抠，还屙不下。你爷爷把攒下的老根偷偷拿到集上换回点粮食颗颗才活过来。你大妈去安口烧大炉子，说黑压压十几万人攒到一起吃不好睡不好，水火都没处打发——大滩里没有个树木啥的，男人用手半捂着撒尿，女人围个圈当墙就屙就尿。有次她帮厨挑水后吃不下饭，差点连肠子都给吐出来——池面漂浮的尽是屎棒棒，拿马勺撇开才能舀到做饭的水。那时穿得像麻包片片一样烂，磨洋工吃高粱面，胸口挖得难过，娃娃伙脸上尽长狗屁癣。包产到户了，好日子来了，麦面馍馍使劲吃。我掉了牙，还是尝到香味咧。

奶奶要下炕灋开水，她阻止了，问跑贼是做啥的。奶奶说，就是土匪，要不躲藏就会被抓走的，尤其是青年人，不管男女，男人抓去就背枪，女人抓去就遭了殃。兰蕊问啥是胡打马？老文化说就是糊里糊涂，几个解放军溜下狼湾前对着嵝峪两头的胡宗南和马步芳各放了几枪，结果他们对打了一夜，天亮了才知道闹错了，自己打自己。嘻，打仗这么大的事也犯糊涂，人犯错也是常事，摸了荨麻蜇了手，下次小心。你公公殇到矿上，存良离爸早，惯坏了。我今儿给他说了，瞎脾气伤人伤己，还容易出大错。我告诫他老天给你这么好的媳妇，要珍惜。你是亮清人，活得真实，没那些弯弯绕，多半遇上了负心汉。谁欠下人情债，谁一辈子良心不安！

第八章

存良一下子从人前人活成人后人了。

存良不取东西不进新窑门，和弟弟挖完地里的玉米秆，用架子车拉运到门外杏树下攒起垛。翻耕毕秋地，捐起背篓上山给牲口割草。坐在山梁埂头卷旱烟棒，变得沉默，看到野兔从眼前蹦跳而过，呱呱鸡啄食草籽颗粒，也不惊扰，静静地喷吐烟雾。选择独处，远远地躲开村民，更不去村口溜达。在鳖盖墚捡拾红酸枣的那天黄昏，阴沉沉的头顶露出一小块蓝天，霞光抖搂下来。

素素知道兰蕊的痛苦，也明白存良肚里晃荡着酸水，不解开他心里的死结，担心两口子又起饿了，瞅见机会，便沿山路上阶走来：兄弟，甭蔫成茄子。他望着山下红河：嫂子，人活一张脸，树活一层皮，墙洼活得一铣泥，从旁人红眼到白眼，真没脸见人呀！她说：咱这山沟，日子像涝坝的一摊死水，掉进一只苍蝇也能打起水花花，还是到外面走走，找活干干。男人叫外前人，就是到外面闯的；女人叫屋里人，是围着锅台转的。他沉闷地说：我一个大老粗，念书不多，能弄啥？她说这么壮的身体，不能干点力气活？

他叹息：没那心劲唰，我如今的心情，就像把一颗红透的大枣囫囵塞进嘴里，有滋有味地嚼了半天，快咽下去才发现有虫。她开导：男人走四方，心胸宽阔斗难量，这么点事都盛不下，可不是个娘儿们肚量吗。我俩是同学，我了解她，她真不是那种花里胡哨的女人。他嗫着半截烟卷：婚前在城里，做啥谁知道呢？她坐在草地上：上学时喜欢过一个男生，他考上大学，兰蕊去城里打工，才出这事，她本质好，不是随便的人。

存良也觉得应该找活干，离开又喜欢又厌恶的媳妇才是出路。一忽儿冲动地想抱，一忽儿生气地想打，冷静了又怕骂脏话，她真要走了就要了他的半条命。咋是这么家的女人呢？她没准让老板给骗了？也许跟城里不三不四的男人混大了肚子？这样的女人偏偏让他给娶了！这么一想就像钻进了酸枣林里，头扎脸扎隔着衣服扎屁股扎胸脯，扎进心里，真要命。素素若说的是真的，倒还罢了，没有那么难受。

那又是个什么样的大学生，玩了就不要，还是人吗？这狗日的在啥地方，真想找到他捶一顿，照着交裆狠狠地踢上一蹄子才解恨，给他踢废喽。香喷喷的一碗饭，吃了一口就推给别人咧！好好的绸缎面，让那瞎种撕破了。胸膛内热血滚涌了好一阵，又想正是那狗日的放了手，他才得到了她。有好几次，她好像要对他说心里话，可能是难为情说不出，他也粗心，没有好好地探问。她一定很苦，苦在心里。他应该抱着她，给她宽心，原谅她才对。可咋就做不出来呢？

他去了汽车轮胎修补店，当伙计学补胎。小店位于屯田镇西边两公里处，通往县城公路的北侧。路墙一面是"要致富先修路，少生孩子多栽树"的方块红字，是镇干部请夏自信写的，另一面歪歪斜斜地写下黑字"修补轮胎"。店主齐守元跟街痞大蚂蚱混得熟，为了营生才拉开距离，坐在店门口习惯性扫视过往车辆的轮胎，叹气：这地方还是背。存良靠墙蹲着问咋不挪到镇上。齐守元回答镇上房租、税费太高，亏本。又像看透世事：如今世道，要发财就要搞歪门邪道，正正经经不行。存良随口问汽车轮胎一般是咋破的。齐守元眨了眨眼，是"扎"破的，是钉子，有办法咧！便对存良耳语几句。存良疑惑地问行吗？齐守元眯着小眼咧着大嘴得意地自我评价：妙，妙，妙！

修理铺猛地红火了，车辆不断停在门口补胎。存良无暇擦洗脸上的油渍，低头给卡车安装轮胎。齐守元打起下手。一辆黑色轿车开过来停下，司机下车察看后向副驾座罗副县长说：胎爆了。

罗全卿下车沿公路边走边眺望庄稼地，问拨款维修点将村小学的事咋样了。财政局钱局长回答：眨眼就年底了，钱紧，杨柳镇中学的三十多名老师在教师节时联名上告政府拖欠工资，只能等到农民缴了烤烟，才能收回一点资金。罗全卿又问乡镇企业收益咋样，钱局长说名存实亡的多，屯田镇杏脯厂去年也开始亏损，还有人反映齐永才厂长有经济问题。

罗副县长表情复杂：咱杏脯厂曾经为我县争过荣誉，现在受大气候影响销路不好，齐永才还是个不错的农民企业家嘛！钱局长察言观色，迅速附和：主要问题是拖欠，四处的欠款就毛十万，这么个小厂子，经不住作践，工资尽是白条。又说杏肉品质走了下坡路，二道贩子把泥沙掺进杏肉。罗副县长愤慨地一跺脚，愚昧，目光短浅。跺脚之后，却挪不动腿，使劲一抬才把皮鞋拔出来，俯身一看，一颗小铁钉直棱棱地戳在马路上，略一沉思，带人返回店前，看了看安装轮胎的存良，又扫视店铺，问齐守元要营业执照。

齐守元颇不在意地回答：这小店，要啥执照嘛！副县长说，那就是非法营业。齐守元侃侃地说："啥叫非法营业？我这是雷锋精神，助人为乐！就这地方，离镇上远，离县城更远。车爆了胎，没有我这修理铺，三个轮子能跑回家吗？嗨，看你也是个吃公家饭的，这么简单的道理都不懂！你是干啥工作的？"罗全卿扑哧笑了："我是操心人们吃饭和睡觉的！"齐守元恍然：噢，招待所经理呀，吃喝嫖赌全报销的那类人嘛。钱局长帮腔：咋这么说话呢？齐守元不屑：嫌我说话难听你们就走啊。存良用沾满油渍的手碰了碰老板，说轮胎补好了。罗副县长笑道：你猜对了，我是招待所经理，说不定以后还会见面呢，不是下次再补胎，就是你住我的招待所。

副县长坐上车又伸出头：小伙子，正正经经地做事！齐守元对着远去的车屁股嘟哝，我就看不惯吃公家饭的玩意儿。存良说那是县长，前些日子去过点将村。齐守元一惊，又轻蔑地说：县长咋了，也得求咱补胎，看那吃公款的肚子，挺得老高，像七八个月的怀娃婆娘！又猛然记起什么：哎，这县长姓啥？存良说姓罗。齐老板瞪圆小眼睛：罗县长？糟了，他跟我爸熟。存良才知道，老板的父亲是杏脯厂厂长。

警车开过寂静的公路停下来，两束灯光照亮"修补轮胎"的店铺，下来四名警察。一名上前敲门，敲醒了齐守元的好梦。他透过窗玻璃问：补胎吗？警察厉声说：开门，开门！里面的声音软下来：咱是守法公民，不偷不抢，不赌不嫖啊！领头的警察呵斥：少啰唆，把门打开。

拉灯开门的工夫，住在里间长椅子上的存良预感到不妙翻出后窗，贴墙侧耳。齐守元避重就轻：正在办营业执照。大个警察说：装蒜！路过这里的车就爆胎，你不知道为啥？齐守元一脸无辜：警察大哥，我可不是福尔摩斯！大个子说：我们是！马路上的钉子在哪儿？带我们去找。齐守元还想抵赖，另一名警察挥动电警棍：尝过这个滋味没？齐守元怯怯地说：不能无缘无故地打人啊！大个子一挥手：捉住了你的小尾巴，就不怕你胡蹦跶。电警棍一晃悠：敢说个不字？齐守元嗫嚅：我没、没、没有，是伙计干的。大个子问人呢，齐守元指了指里面。

一个警察冲进里屋，发现掉落地面的被子，透过后墙窗户望了望，说那小子跑了。大个子指令：追！夏存良在黑暗中穿过麦地草丛，跳下丈许高的土坎，翻入农户的露天猪圈，踩了一脚猪粪，缩身臭烘烘的圈角。两警察寻找未果而返。电警棍对大个子说：阎局长，那小子跑了。让他去吧，阎局长盯着齐守元说，拿上钳子，去拔钉子。

齐守元带着警察拔掉马路上的钉子，阎局长认真地告诉他这是违法行为。齐守元说，我小时候经常在路上和尿泥，用草一盖，等着过路人踩上去摔个趴扑，这能犯啥罪？能判刑？阎局长说：你以为这是娃娃玩恶作剧？带上走。齐守元哆嗦着抱拳哀求：局长大人，我认错，认错！阎局长说：走，到拘留所认错。三名警察立刻把齐守元拉上车，开出几米远又停下来。驾车的警察下车一看：阎局长，咱车也爆胎了。阎局长瞪着齐守元：下车补胎！

存良翻出猪圈逃窜几里路后放慢脚步，回到红河岸边才放松，借着弦月光，洗完手脸回到自家大门口，免得打扰家人，自己抬门扇拨闩子进入院子，走到新窑门口推门前听到婴儿哭声缩回手。窑里灯随即亮了，从窗户那块玻璃望进去，兰蕊揭起被子露出淡黄小花的内衣和丰硕的胸脯，散开的长发衬着诱人的脸。心头一热刚要进窑，又看到她起身给孩子喂奶，胸腔里的热浪眨眼冷却了，蹲在窑墙角蔫巴了。屋内传出哄孩子"小宝宝，睡觉觉……"的声音，像尖利的爪子抠挠他的胸膛与后背。

灯光熄灭后，他用拇指和食指捽住两耳，四指伸开紧贴玻璃吼出闷闷的狼叫声：哦——窑窗透射出兰蕊惊悚的尖叫：啊——谁？谁？他蹑手蹑脚蹭蹭地走向门楼墙角堆放的硬柴垛，蹬上去跃出墙外。

正窑里婆婆披衣跐出门槛，走向新窑窗户询问。兰蕊说：不知啥东西，趴在窗台上叫唤。婆婆说月亮这么亮的，睡得眼花了吧？她似乎又看见窗玻璃上的一只眼睛，很远很迷茫，存在流浪吗？两侧悬崖正在靠拢，挤扁了燕子溪，合缝的瞬间，婴儿的哭声，指引她逃出来。

玉玺台校舍白墙放大了隐私和忧伤，燕子溪抛射寒光碎片。存良独坐桥沿，默默地抽烟。暮秋之夜飔飔冷风，荜落坚守到最后的树叶，主宰阴森的山川。玉玺台变成一个大秤砣，压入土地，还在下陷。鼍鼍坪像一只巨大的癞蛤蟆，要吞咽他。幸福来得突然，去得也快。

从相亲到成亲，这么乖顺又有文化的女子没有卡壳就溜溜地做了他的媳妇，心里美得流糖水，欢喜得不敢对外人讲，生怕有意外，不料却生出这么恶心的一折子，像油缸烂了底，把快活和心劲都漏完了。人们的羡慕都变成了笑态，变成了同情，脸上糊了洗不掉的垢甲。她被抛弃了，这让他心软，让他同情。他还深深地爱着她，爱得心尖尖乱颤。一离家就想她，一见面就烦怅得很。尤其看见那月子娃，又可爱又别扭。这大半年来的日子，真像丰收的一季庄稼，喜盈盈地收割到场里，打碾时却遭了暴雨，被水冲了。

他想返回，却不知咋面对，又担心手欠。也许还需要一段时间，才能冷静。向红河踽踽前行，绕过玉玺台西侧的慢坡，双脚丈量独木桥，回望朦朦胧胧的夏家沟，抱起石头扔向河水。一只鸟从河岸黑黢黢的杨树梢弹起，"哇"叫着不知降落何处。

婴儿入睡后，兰蕊走出新窑坐在苞谷棒子堆旁，剥皮绾扎，做上架准备。小童挑回两笼棒子蹾下来歇息，问嫂子昨晚为啥惊叫。她说看见窗玻璃上有人脸，向窑里偷看。他壮胆地说：别怕，今晚我留心。她问：咱妈咋会得那种病，一着急就上厕所？

他叙述缘由：父亲夏自礼殇在煤矿井下，那时母亲刚挂上三十，拉扯他们兄弟，靠一台缝纫机一双巧手帮乡邻裁剪挣点零钱，贴补家用，只有过年才能吃上荤菜。为了应付开支养了一头猪，妈和家成妈去镰刀头揪生产队的苜蓿，夜特黑，被看苜蓿的济民大人发现，追赶影子大声吆喝，家成妈跑得快，济民大人只好撵向母亲，她慌慌张张摔下黑咕隆咚的河沟。济民责任心强，打亮手电追上妈，看她挣扎不起，又悄悄地送回家。打那以后，一紧张一害怕就得去茅圈，听说这是"稀屎痨"症。妈没脸找大夫，说也没必要花冤枉钱。此后，济民老觉得有愧。兰蕊不禁叹息：咱妈不容易，偏偏我又添麻烦……你肯定也鄙视嫂子。小童说：我也别扭了一阵，素素嫂子说了你的过去，我肚里的疙瘩就散了，替你窝火……她泪水盈眶：收完玉米就去找哲明，素素说他和杏脯厂的主任熟悉，引荐一下。他问：我能行吗？她鼓励：只要认准的事，有热情有毅力就能做成。

她当然不能像别的女人享受初为人母痛并快乐的幸福与惬意，而是真切地不安与纠结，伤痛从肉体转至心灵。婆婆按点端吃端喝，偶尔的笑也是一闪而过。除提醒她注意护理身子外淡定沉默，所做一切皆似例行公事。就这，她已经很感激了，毕竟宝贝不是她的亲孙子，还搅了这院子的和气。这个和善的庄院够大度了，接纳了她娘俩，不用老悬吊着心，可存良真能从内心接受吗？日子在别别扭扭中能坚持多久？不只因为免得胡思乱想，也好像要讨得家人原谅似的，没出满月就主动去做力所能及的家务活。夜里睡不着时，想爸的懊丧，妈可能臊得不敢出门。产后至今没有恢复，疼痛和出血限制了出行。她不愿麻烦家人买药或叫村医来，再说囊中羞涩，要坚强地等待自身恢复。做了妈妈，突然很想见妈一面，想在她的怀里哭个够。

自记事起，多年来得到的信息，综合甄别不难复原父母最初的矛盾纠葛。十六岁的母亲从舅舅手里央得一身绿军装，扎羊角辫套红袖章，在屯田镇红卫兵的队列中热血激荡卓尔不群。红绿队伍渐渐散去后，母亲嫁给父亲——贫下中农的儿子，当上生产队的妇女主任，夜晚大队开会白天公社开会偶尔还去县城开会，俊美高挑的身材灌满红色口号领导讲话文件精神，一双大脚板从大队部射向每个生产队甚至每家每户，或者所有的田间地头。

在繁忙的革命工作中捎带生下她，擦屁股洗尿布的琐事均由父亲和奶奶完成，父亲和奶奶感激母亲毅然撬开外公外婆的阻挠下嫁寒门华家。不久，计划生育政策的号角吹响，初听的惊疑嗤笑观望很快演变为有人接受有人抗拒有人逃匿。公社社员在饥饿与半饥饿的日月里平添忧愁哭号，似乎唯有猪羊快意窃笑，它们祖祖辈辈忍受劁阉之刑，这下终于轮到人咧！攻坚克难的寒夜里，母亲高举弱不禁风的烛火摸索前行没有放缓脚步，在无子户拼命反抗和激将之后，似乎没有思考几秒钟就把自己送进大队部计生组手术室，做表率。

后来听奶奶说过，父亲知道后蹲在猪圈门口连抽三支喇叭筒，从崖面一人高供母鸡下蛋的鸡埘取出私藏的香炉，狠狠地砸上碌碡，一片碎瓷片溅到他的左腮，留下永久的疤痕。随着包产到户，母亲嚣张的革命气焰彻底熄灭，经常呆愣着，遗憾地叹息：再生个娃儿多好，你就有伴了。闷沉沉的父亲消散不了胸口的疙瘩，像一颗装有怨恨种子的铁葫芦，砸不烂，一摇就响。听到别人娶媳子的消息，独自悲戚地嘟哝：烧料子婆娘，害了我一辈子呐！

第九章

　　华兰蕊能料想到，她现在就像一块肥肉架在村口被烤得嗞嗞冒油，那味道四处扩散，还能激发别人的想象力，谁都可以大胆推测婚前她身上发生了多少耐人寻味的故事，胜过电视连续剧和戏园里的秦腔，清水煮菜的日子就像春种秋收毫无新意，而这块"肥肉"人人有份，能尽情地享用，还可以慢慢咀嚼。的确，村民热议了一阵后，对她和孩子滋生了隐隐的担忧，毕竟是个青年娃娃，有过错都应该宽容。

　　还有料想不到的，是父母已经离了婚。这消息从圪垯村吹来，又让村民一番说道，多大年纪了还弄这事，看来女儿失足也就不足为奇。可这话谁也不愿当面捅破。就在婆婆崴了脚的当天，她和小童去玉玺台后面鸽子滩拉运苞谷秆，躲过村口齐刷刷扫来的眼神，却被披红挂绿野腔野调的任来凤挡住。

　　来凤瓜呆呆地唱道：这个媳妇不像话，结婚七月就生娃；气得男人不回家，气得老妈要改嫁。她早被烤出一身汗，差点晕倒，想绕过女疯子，没有力气阻止发怒的小童与来凤的争吵。好像是月月嫂劝小童，别理睬疯子。来凤继续唱道：我说的话没有错，臭小子也来教训我，兰蕊不是你老婆，带着犁地又推磨。是笑声激怒了小童，给了她一个响亮的耳光，她突然号啕着逃向树林。

晚上兰蕊去哲明家，素素没有瞒她，说她妈住在她姨妈家，打算离婚。素素还劝她别抬不起头，那么多张嘴嘬着一疙瘩肉，日子久了也没啥味了。人们不认为小童有错，说他是《周仁回府》里的小周仁，倒是对任来凤的母亲棒棒有不满和谴责，她常年在外和一个野男人开药铺，将儿女全撂给老实巴交的任老头，疏于管教。她还想多问几句，就听见隔壁维根阴沉沉的牢骚，说黑天半夜串门会带来邪气，只好匆匆溜出去。

素素两口子送她出大门，站在椿树下拌开了嘴。她放慢脚步下坡，听素素委屈地说咱们明天就去办手续，离了你擦亮眼睛找个能生儿子的。哲明嘴巴颤颤地说，老爸前些年上访，告偷生黑娃户，现如今怕旁人笑话，才急着盼孙子。素素哑哑地说，背着包裹回娘家的日子不远咧！

兰蕊提着礼物匆匆地回到娘家门口，看见邻居三婶正劝说耷拉脑袋蹲在墙角的父亲。他一瞅女儿瞬间脸色像喷了墨，不理她的问候，一歪头不吭声起身走向破旧的大门楼，跷进门槛回头狠剜了她一眼，愤懑地吼道：我华家的脸让你给丢尽了，从今往后，这家门你永远也别迈进半步！她扶住门楼土墙掩面啜泣。三婶对着双扇门里嗔道：咋这样说娃呢？天大的事，也不能把娃挡在门外嘛，还劈头盖脸就一顿，心肠咋那么狠呢？三婶眼眶汪着水，映出怜惜：你爸心酸得很，半百的人离了婚，你到我家坐坐吧？

她摇头擦泪，伸手试推发现大门从里上了闩。门缝传出父亲的声音：这辈子，我就当没娃娃，没你这个女子。她抽噎：爸，保重身体，我走咧。三婶抹完泪，看到头顶翻滚的乌云劝她早点回家。她把礼物放在门槛一头的木墩上，迈着沉重的步子离去。三婶跟她走到村口的涝巴畔，才停下脚步，杵着。华有德听到远去的脚步声，缓缓地拉开门，看到礼物，望了望门外阒无一人的小路沙沙地坠落一枚枚黄叶，老泪纵横。

她妈心灰意冷地正躺在厢房的炕上，姨妈边做针线活边安慰：手续都办利索了，还想啥？过去半辈子，嫁给华有德，穷吃穷穿穷凑合，跟了厂长，有你享不完的福！俗话说，跟狼吃肉，跟狗吃屎。你也该过几天吃香喝辣的日子了。她妈惆怅地说，他一个人孤零零的，也可怜！姨妈说你的心肠比豆腐还软，啥事不是逼出来的？世上光光汉多的是，没见精尻子跑的。想骂就骂想打就打，叫他慢慢尝尝没有你的日子是啥滋味。刘嫂说，喜事就放在镇上大酒店里办。这方圆几十里，能在大酒店里吃一顿的，除了乡镇领导和有头脸的老板，谁还敢想？

她冒雨跑进厢房，头发和衣服正淋淋滴水。

她妈翻身下炕猛地抱住她，撩起衣襟擦拭她的头发脸庞：这么大的雨，胡跑啥？姨妈从柜子里取出衣服给换上。责备进出母亲的嘴：你个死女子，肚子里有了，咋不早说，啊？如今丢人现眼，家破人散，你满意了吧？她扑通跪于脚地：妈，我给你和爸丢脸咧！姨妈抹着眼泪说：事已至此，不必悔恨。母亲嗔道：念了十几年书，连做人都没学会，做下见不得人的事，害了两家人。我咋都没有想到，生了个害人精嘛！红河没有盖，你咋不跳下去？到处有高崖，你不一头栽……她凄然：我舍不下孩子，要不然就见不到你了。

姨妈说：姐，咋这么说话？不就生了个娃吗，啥死呀活呀的？夏家愿意过就过，再若喊喊吭吭咱还走人呢！蕊这么好的女子嫁给他，让他拣了便宜，跳啥跳？一个大老粗，除了二杆子脾气还有啥？癞蛤蟆唱曲儿，上不了戏台子的东西。

母亲又抱住女儿，放声大哭。姨妈语噎，去厨房做饭了。

妈摩挲她的头：挨打了吧?!我没脸去看你。唉，有时想你做下这挨打的事，自个受去。哎，娃乖吗？说心里话，还真想见见那小个冤家，投胎也不找别人，偏偏赖上我女子。又郑重追问小冤家是不是姓鱼的大学生的，她给母亲擦泪，默认了。母亲后悔女儿的误嫁，又忧愁未来：唉……这娃是个苦命的瓜，结错了地方，养在夏家，受不完的窝囊气，早点找个牢靠人送出去。

她央求母亲回家，爸一个人特可怜！妈绝望地说那个家再也回不去了，他二十年前的怨恨梗在心里，离婚时还满脸仇恨，若说一句下情话，也不会走到这一步。她说他虽倔，气消了就好咧。母亲喃喃：他可怜，可……可我的心死咧，以前有你，我有指望，现在，华家的门已经对我关上了……你快回家看娃吧。

她疲沓沓地走上小坡，看见婆婆正给棒棒赔不是：小童打了来凤一巴掌，我把他拾掇了一顿。棒棒反剪双手，搽满白粉的老脸皱出笑容：我是来感谢小童娃的，来凤不知中了啥邪，疯疯癫癫几个月，看也看不好，这一巴掌给扇灵醒了，回家哇地哭了，一觉睡醒就好咧，说她做了个长梦，和神鬼闹腾了好多天。婆婆惊奇地反问你是半个神娘娘，哪个小鬼敢到你家授人？棒棒卖派地说，十几年前当然不敢，现在开诊所了。

兰蕊觉得夏家谁都另眼看她，而小童不是，没有眼角夹她的意思。她也能理解他低头拉蒙的缘由，还没有走出落榜的失望，年轻人从梦想走到现实是一次痛苦的蜕变，也是走向成熟的过程。她开导他打起精神迈过这个坎，如今农民也能干大事。小童在嫂子的劝说下眼前不再那么灰蒙蒙的了，啥人都得活啊。替嫂子的担忧淡化了他的郁闷。"私生子"咋不伤夏家的脸呢？别扭了几天就替她委屈。哥一直把他当耍娃娃，不听他劝。他有责任，不能让矛盾再持续再激化。其实哥是有福气的，嫂子多好的人呀，诚实可心，本质好，就是不会骗人，若一口咬定就是早产，没准哥就信了。不知咋劝嫂嫂心思别太重，只能有意无意地跟她做活。

捏晒杏皮时，她好奇地问"棒棒"绰号的来历。他说"棒棒"再嫁到点将村，夫妻拌嘴，被丈夫用一根铁棍教训后要回娘家，被族人拦下，瘸腿抹泪对任维平诉说委屈：哪有用铁棍打人的？换了柳木棒棒也行呀！又因身材细长，"棒棒"的绰号就这么传开了。她忽然觉得骭腿疼，害怕存良猛然出现。

存良又去了屯田镇大酒店当伙计，这差事是齐守元给介绍的。

那夜返回镇上，发现补胎店关了门，在朋友家串了串，几天后在街头溜达遇到了老板，两人忍俊不禁。齐守元咧咧嘴：你小子，跑得比兔子还快，我让警察逮住，带到局子里那一顿打啊，现在想起来都夹不住尿，给我吃的黑乎乎的也没弄清是啥东西，三天后出来，跑进一家饭馆，一口气咥了三碗烩面，差点撑死了，身上没钱，让饭馆子里那小子一顿挖苦；要不是老爸给罗县长打电话，得待好多天呐，还要交一千元罚款呢。存良嘿嘿地笑了：我从后窗翻出去，黑咕隆咚不知爬进谁家的猪圈，藏在里面大气不敢出，臭烘烘，弄了一身猪粪。

齐守元说准备到县城跟师傅学补牙，这营生能干，生活好了镶牙的人也多了。一听存良没事干，就带他去了酒店，又说老爸挣了几个钱，不折腾不舒坦，要续个后妈，在酒店办婚礼，他去订十桌酒席。存良觉得洗碟子刷碗也行，好歹挣几个子儿。

存良哪能想到，梅开二度的婚礼女主角竟是丈母娘。

他在后堂里跑腿，听得外面大厅一片热闹，操刀的大师傅边掂勺边说，齐永才齐厂长是农民企业家，婚礼隆重不隆重看看是啥人参加就知道了，谭书记带着镇干部，还有供电所所长、工商局局长、税务所所长和派出所所长都来了，罗副县长去地区开会了才缺席。

麦克风的声音蹿进后堂，师傅说是巫镇长主持婚礼，还尽说的是好话。腰系围裙的存良边听边想，娶个二老婆有啥好跳弹的？老了老了还嫁人，不就是个老骚情吗，都是不太正经的娘儿们。要倒泔水还得经过外间大厅，他小心地顺着墙根往外走，怕弄脏了客人衣服，倒入街道的下水沟，提着空桶进了店门，瞥了一眼齐厂长，捎带地扫了一下被众人调侃打趣的老新娘，倒有中年妇女的风韵，装扮后的脸有点眼熟，仔细一看才认出了丈母娘，心里忽然不得劲，丈母娘也看到了他，脸唰地红透了。一股火冒上来，他转身逃出酒店，把空桶高高举起又摔向街道，把围裙也扔了。他看了一眼滚滚的铁桶，听到大堂经理在身后叫着：你羊羔风犯了吗？"我不干咧！"他吼了一声头也不回地走了。

存良内心隐隐不安，岳母走到这步也许与他的鲁莽有关，那眼神里有一缕愁是婚喜掩饰不住的。媳妇知道不？在山坡树下坐了很久，绕开村口抄小路从漩涡处的大柳树蹚过河水，跨进大门，兰蕊本能地停下活计返回新窑。他慢慢地跟进来：你妈今儿结婚了，在镇上大酒店里办的。她沉默着抱娃去厨屋窑，给他拾掇晚饭，直到天黑上炕一直谨慎地庇护着婴儿。他明白过来：你放心，我一个大男人，不会伤害娃的。歉疚让他变得温和，坐在脚地杌子上卷烟棒，目睹她把孩子放在炕毡上默默地戳织毛衣，说还是去奶奶的大窑过夜。她温存地挽留，这何必呢？

他听出了大赦令，扔掉烟棒身轻如燕地上了炕。她的陌生和胆怯消失了，将一个温驯的女人交给他，由他说了算。她忘记了婚后那些夜晚他的冲动和贪婪，像初次亲热，过往的都模糊了，只能体会到他瞬间闪过宣泄的粗暴。神经准确无误地接收到了他内心爱与恨的纠结，她意识到她是他的妻子，也不在乎暴露等待与渴望。他躺下来安静了一会儿，像一只吃饱的小狗不叫也不闹，得知是给他织毛衣后翻身睡着了。今夜她轻松了，昨天纷乱的日子被风吹散吹远了，一直翻搅内心的青春的思绪和梦中人包括鱼江河统统被云罩住了。

秋风把窑洞当笛子吹，吹不出曲调，吹出了鬼叫；白霜给绿色套上孝服，给生命贴上了告示。兰蕊预感她被季节裹着，夏末秋初的那份宁静没有持续多久，就要面临冷秋面临寒冬。看似平静宽容的庄院其实就是火药桶，不敢碰擦，而计生组就是那枚划燃的火柴。

计生组进村的消息先从村口传开。

计生组要先从三胎四胎下手，桂霞从小华口里证实了她在名单上。是谁走漏了消息，只有大安知道呀？是哪个婆娘看出了端倪？虽用宽松的衣服作掩护，到底瞒不住，难怪人说计生专干的眼睛胜过老鹰鼻子赛过猎狗，瞒不过就躲。慌慌了一阵镇定下来，藏猫猫从穿开裆裤时就玩呢。喂饱肚子，安顿俩儿子去老文化的大窑睡觉，正巧大安去辅导区培训，免得从丈夫身上找突破。

浓浓夜色也是他们的同伙，裹住村庄。和衣而卧，竖起两耳谛听院外动静，临近午夜，对面婆婆家的狗叫了，半梦半醒掀掉被子，跳下炕趿上鞋跨出大门，从外上锁，隐隐听得三轮车声，急忙藏入麦草垛旁边攒起的玉米秆里。

果然由余副乡长带队的计生组开着轿车来到大门前坡底下的路口，后面跟着突突突突的蹦蹦车。组员走上慢坡来到大门楼外，村长一手打电灯一手拍门扇，组员列开阵势。余副乡长发现铁环上锁：邓村长，门锁着呢！村长纳闷：下午还在桥头上谝传呢，天黑就不见咧？余副乡长故意大声说：走，回乡上。又示意村长，再大声吆喝：下个月再来。藏在玉米垛里的桂霞钻出来，看着远去的轿车和三轮车，拍拍身上的灰土：游击战的电影我看过，你们玩鬼子进村，我就不会地道战？

她不知道计生组还会玩"回马枪"。天色蒙蒙亮，她跷出大门槛时，和悄悄回来的余副乡长一行碰了个正着。反身进院要关大门，邓村长伸手推住门扇：你耳朵灵啊，三更半夜跑哪儿去了？她盯着村长：想去哪儿就去哪儿，娃他爸都不管，你管得宽的！邓村长说你去哪儿我不管，肚子大了可得管，走，再别躲躲藏藏，躲得了初一还躲得过十五？有两个儿子就满福得很，还要生三胎？

她说村长，总得让我生个女子吧，长大后还要给儿换媳妇呢！"你这次再生一个儿子，难道还要生四胎不成？""村长，你那张臭嘴巴太缺德了，是盼我再生个儿子？""那你是想交罚款吗？""我穷得快穿不起裤子了，罚啥？""大安是民办老师，扣工资呐。""他一个月一百元，今年才发到三月份，去扣吧！"陈干事对工作组员说："那就进去装粮食。"

她挡住大门。余副乡长坚决地说：把人带走！几人围过来。她猛地拉下脸，扯开嗓子叫骂：乡长是流氓，带着土匪耍流氓，快来人啊——余副乡长沉着脸：撒泼吵闹的把戏我见得多了，都像你，计生工作就不搞咧？无法无天，带上走！早起路过的村民们凑来看热闹。

她手指余副乡长：你是啥国家干部？带这么多大老爷们抓一个女人，威风吗？余副乡长说：带走！她一口痰喷上副乡长的鼻梁。他抬手一擦，愤怒地抓住她的衣襟，用力过猛扯开了衣扣。她扑进乡长怀里，号啕大呼：乡长要吃奶，乡长要吃奶啊——人们哄然大笑。

计生组员不便靠近，陈干事拉开她：你弄清楚，这是工作，是执行公务，甭给你桃红还想染成大红，不引产，坚持要生，夏大安的民办老师就当不成咧！她一抹脸：不当就不当，啥民办老师？给那几个臭钱，买擦沟子纸还嫌少呢！邓村长说：想当民办老师的人多着呢，就让大安回家抱娃收鸡蛋去。她切齿还嘴：抱娃收鸡蛋有啥不好？总比当村长帮狗吃屎强嘛！邓村长脸色苍白：……桂霞……余副乡长愤愤地说：泼妇！走，回去通知，开除民办老师夏尚洲。

大安接到开除通知，办完手续回到家天色暗淡，低垂着脑袋闷坐在院角花坛砖墙上，无心吃饭。桂霞说不就是个民办老师吗，不当就不当，这娃要生的。大安说：咋能往乡长脸上吐痰呢？她心有悔意，唇舌却不让：谁让他耍流氓?!他没好气地说耍啥流氓，那么多人？她说：连我衣襟都撕开了，若不大声叫嚷，还摸我胸脯呢！你没见那阵势，一群土匪围住我，要抓人要装粮的，我咋办？不那么闹，早被流了。

他嘟嘟哝哝，舍不下学生娃，谁偏重语文，谁擅长数学，该补啥内容，都计划妥了，不料戛然结束了；再说，学校里就剩下几个以种地为主混日子的教师……她说缺教师不用愁，大学生还没处安排呢！他愁怅地透露，分配来的大学生不到咱山沟里来，工资一领去了外地，花一点钱雇个初中没毕业的来顶替代课。她捂着肚子：没那一百块钱，日子也紧；你实心放不下学生娃，我只好舍掉肚里的。他沉默许久，说手续都办了，专心种地，减轻你的负担。她安排：烟叶烤好了，拣一拣，过几天一交，完了任务，也能收回几个血汗钱。

兰蕊那天清早从大窑东墙边看到了大嫂和计生组的争吵，却没有想到，生一胎户的放环摸底随后就开始了。

村长邓会明觉得有必要先和存良通一下气，毕竟情况特殊。

山头冒出的红花花蒸融了柴火枯草上的白霜，潮润了空气。麻雀从不规划也不流浪，在家园周围建巢，天亮就吃门前屋后遗落的粮食颗粒。存良结束了逛荡的日子，焦躁的心情渐渐平静，天麻亮就去井台挑水。兰蕊趁娃睡觉拾掇毕新窑和院落，站在大门外照壁旁顺口气。邓村长走上门前的小坡，惊飞了麻雀，说找存良有事。存良随后上来，邓村长难为情地说：有个事要给你说说，计生组来摸底，在我家住着，现在轮到一胎户了。

存良倏地变了脸：计划生育还轮不到我头上吧?! 邓村长无奈地说：生下一个女子的都要放环，何况儿子呢！存良火了：这话我咋觉得有点刺耳?! 我是塞你家烟囱眼了，还是割你青麦子苗咧？欺负人做啥呢？村长说：不是欺侮人，不计划，二胎要罚款呢。母亲出来把村长拉进院子。存良当着兰蕊面狠狠地将水担扔出去，抬脚踹倒了两桶水，下坡走了。

兰蕊瓷在照壁前。

存良妈把村长叫进中窑，递过苹果道歉：大侄儿，我们家的丢人事，你也知道，存良拉不下脸，脑子又没转过弯，最怕人说娃的事。村长说：他比我小，损我两句没关系，我弄的就是擦沟子事情，到处招骂招嫌，不弄又不成，大清早就过来，想商量商量看咋办，不料一开口他就上了火，两口子咋打算吗？存良妈唉声叹气，我前几天从素素口中探得，她有把娃送人的心思，只是还狠不下心。村长说送人是正主意，留着再生，要交几千元呢！站在院子苹果树下听到婆婆和村长的对话，她匆匆走进新窑，俯视熟睡的儿子，泪珠叭叭地砸在炕沿板上。

第十章

华兰蕊一次次从梦中惊醒，紧紧地把娃搂进怀里，生怕让黑夜给抱走了。一想到把娃送人，就觉得有一把刀割着胸口的肉，血吧嗒吧嗒地流。这娃不只是身上掉下的肉，还是青春期爱与梦的礼物，是她生命的核。

那天听到婆婆要把娃送人后，兰蕊再也不让她帮着看娃。小童去了杏脯厂，这院子里没有可信赖的人了。婆婆说哲明爸反感她去串门，也不便让素素照看。到集上买罐奶粉和衣物，只有抱着娃去了。爬上了坡路，她的汗水浸透了儿子的衣服，走到太平乡街口才知道去不了屯田镇，还有十里路呀，腿软。半路上遇到过三轮车，她不敢坐，怕颠了婴儿。又想走十几分钟的路去看父亲，转念又放弃了，他见到娃多半会生气的。从太平乡小商店里置办好东西出来，内急却找不到厕所，忽然看到大院里人们排队交烟叶，里面肯定方便，存良和大安应该都在。

收购站大院停满了三轮车和架子车，厢斗里全是黄灿灿烤干的烟叶。库房门前农民排着长队，几位收购技术员，详细地检查验收。她发现了家成的三轮车，和车上坐着的存良与任葫芦，不愿让他们帮忙抱娃，找见正在排队领钱的大安也觉得不妥，只好走向一旁的厕所。迎面碰见一个男人点着烟，吸了一口"砰"的一声，只见炸飞的细碎烟丝慢慢地降落。那人惊叫之后，愣愣地摸着红肿的嘴唇。从疑惑的人群中看到了存良和任葫芦笑得特开心的那个瞬间，她感到裤裆湿了，而娃的裤裤还干着。她红了脸，故意垂下包单遮住大腿，匆匆溜出了收购站。她猜到了这恶作剧与存良有关。

她猜对了。早上存良从桂霞手里接过二十元钱，一听要买好烟塞给技术员就来气，农民辛辛苦苦地种烟烤烟，还要塞钱贿赂这些公家人。桂霞说不塞就定不了好的等级，就要吃亏，一斤就差好几毛钱。真是没了天理！乡上在各个路口设卡，不让把烟叶拉出本县卖，箍住整呢。从小华商店里买两包好烟，也要了几个小鞭炮做了手脚，还用牙垢粘上了玻璃包装纸。原想那技术员下班慢慢地抽，不料竟看到这痛快的一幕，咋不开心？家成也觉得解气，大安说伤了人就不得了了。

兰蕊悬着的心放下了一半，却又为素素遗憾。素素离婚的前夜来了，说愿意抱养孩子。那夜素素绝望后变得漠然了，抱着儿子亲了又亲，说娃长在这个家里受气，懂事了不畅快。她当然舍不得，但权衡一下这是娃的好归宿。她想挽留素素。素素面如死灰二目无神：人的命，天注定，哪里的黄土不养人、不埋人？她说你走了，也没个说心里话的人。素素说，放不下我的芽芽，也放不下你们娘俩，昨晚还想，若有一孔烂窑一个人过活也行。她说找个人给你老阿公阿家说一说？他是老干部，一辈子只给别人做思想工作，素素说，婆婆的小拇指撬不开公公攥紧的拳头。

素素明白老公公不只因为她没有生下男娃，而是咋看她都不顺眼了，把兰蕊也连带了。前日婆婆说抱养个男娃，他误以为是兰蕊的心思，训斥婆婆说任家不是红鹁窝，不是给布谷鸟抱娃娃的，还骂兰蕊不知羞耻，竟向国家干部指手画脚，乌鸦对着凤凰叫嗓子，也不看看自己的毛色，打算把那小野种过继咱家，真是做白日梦！素素阻止了兰蕊找族人或村长说和，流着泪说，软弱的任哲明，就是一块豆腐。

次日一大早，兰蕊让婆婆找人给维根说说话。婆婆说那是个老牛筋，认死理，还觉得比谁都能。她还没有说出后面的话，婆婆阴着脸硬邦邦地说，咱头上糊着屎，还帮别人擦身子，不是讨嫌吗?!

计生组没有再来，但割肉的那把刀子还在锯着。

婆婆不提送娃的话，但内心并不全接纳。那天她从地里回来，走到院子苹果树下，听见婆婆对啼哭的孩子嗔道：你个讨人嫌的小冤家，就知道哭、哭，弄得两家人鸡飞狗跳。婴儿似乎听懂了，断断续续的哭声演变成强劲持久的号叫。她走到门口时，婆婆抱起炕上的娃，抱怨：你是不请自来的小佛爷，要送走还难啊!

存良也是不冷不热、视而不见的模样。终究会咋样呢?把产前拾掇下的酸枣、杏皮、杏核和花椒交给了小华商店，换回几个零钱又让月月嫂从镇上买回了洗涤用品，还有一套婴儿服。他咬着她剥去薄皮的柿子问，拾掇酸枣，把你的手指扎了好多个眼，给你自个买的啥?她说她啥都有。他看到娃娃的新衣服，黯然地嘟哝：我弄清了，这家里宁可没我，但不能没他，这窑主人不是我夏存良，是这小子!又一抹嘴角的柿子汁，临出门甩下一句话：我上辈子作了孽，娶了个奶奶抱回个爹!

夜黑了还不见他回家，趁娃睡着去村口寻找，在小华的商店门口听到他的声音，她站在窗口向里探望。

冬夜来得早，半结冰的小溪幽幽怨怨，谛听商店里苦恼人的倾诉。存良把酒杯往炕桌上一蹾，对哲明说：真想骂你几句，媳妇是你的，离不离倒不由你，窝囊不?!哲明痛苦地说：我从小就短精神，给爸妈耍个脾气都没底，能咋的?存良喝下一杯：外面世界又不是几亩自留地那么大，无非是舍不下铁饭碗嘛!哲明说：啥铁饭碗，早维持不下去了，今儿说入股，明儿要承包，又鼓励下岗自谋职业，唉，没有素素，活着还有啥意思!

小华插言：哲明有责任心，走了大妈咋办?哲明又灌下一杯：那天从乡政府院子出来，素素眼泪汪汪的，坐上她娘家哥的三轮车走了，我站在街上，盼着那些司机把车往我身上开。小华说人一辈子长拉拉的，啥事都能碰上，得想开些。哲明说：咱兄弟几个，还有小刚，一块玩大，还记得小时候去河里耍水，我跳进漩涡，若不是你们手拉手把我拽出来，也就完咧，如今这生活就是个漩涡，陷进去却没人能拉我出来。小华说那次幸亏存良哥，冲在最前面。

哲明酡然：刚结婚还没觉出素素的好，难产时医生说有生命危险，我还坐在医院的椅子上想，这第二个媳妇不知在啥地方，现在她走了，我就空了。他放出哭腔，一杯接一杯灌酒，被小华夺下，舌根发硬对存良说："兰蕊……挺好的……不要……看不起……人有失足的时候……日子长了你还离不开她呢。"存良也拉着哭腔："我人不人……鬼不鬼……喜欢她……有时捺不住火……"说罢两人倒头睡去。她擦了一下眼窝，敲门进去后，小华说让他们睡着，他陪。

割下她心头肉的最后一刀，就是冬天的风。

上午兰蕊给奶奶送饭出来，在大窑外的桑树下碰见了大嫂。桂霞先热情地问怀娃时爱吃酸杏不，酸儿辣女，她现在咋爱吃辣的。又说素素也是，生娃呢，不从该出的地方出，却从肚皮上刺个口子出来咧。兰蕊苦笑，那也不由她呀！最后大嫂才说，哲明吃公家饭，家境好，弟媳妇，你和哲明能说上话，问一问，现在找不找。她说哲明还牵挂素素，去了单位，心情不好。桂霞鼻子喷出笑：男人嘛，就那回事，指望他对你上心，就像指望麻雀下鸡蛋，这是刚离婚不畅快，过不了几天就跟肚子胀得放个屁一样，啥事也没了。她若有所思：也许吧！桂霞说：我娘家堂妹，人长得俊又勤快。她还心存哲明复合的希望，面有难色：这时候……不太合适吧？桂霞立刻翻了脸：那就算了！

本来就郁闷的兰蕊又受了气，断了奶水，娃哭闹得凶。门外的场院里，存良握着铡刀把，正等着媳妇擩草。婆婆只好边整边擩，埋怨：十月里天，碗里转；巧媳妇做得两顿饭，都这时候了才铡下这么一点，那小冤家睡了屁大的一阵就醒了，就折腾人！存良胸口鼓胀，气呼呼地走到大门口粗声吆喝。她撇下啼哭的儿子，小跑过来擩草。存良呼扇着招风耳：你要把小杂种养大吗？她忍耐着，继续整草。他吼叫：你是聋子还是哑巴？她站起身：你心里别扭，我抱娃回娘家。婆婆不紧不慢，颇有情绪：如今的媳妇都是奶奶，有脾性，说两句也不行。

存良一把逮住她，环眼怒睁，甩了她一个耳光：往哪儿走？反了你！我就不信，有我制不服的女人！不顾母亲劝阻，喊里咔嚓将她弄倒在铡墩旁，他左手抬起铡刀把，右手将她的头颅摁在铡墩上，明晃晃的刀刃正对着她玉润的脖颈。婆婆急忙一手拉住铡把，一手放进铡刀口：土匪，你要弄死她，我也不活了！她面无血色，长发黝黑凌乱，散铺在麦草上，平静地说：妈，你把手拿掉——让他铡！存良眼珠凸出：动不动就走人，走哪儿去？又想嫁别人啊？铡死我抵命！祖母蹑出大窑门槛，急迈三寸金莲，抡起拐杖打在存良的肩头：畜生！

土墙旁，桂霞看到这一幕，对身后的大安努嘴：喏，那边演"铡美案"呢！大安匆忙跑过来，桂霞随后来劝架。

她披头散发抱娃往外走。婆婆挡住大门：两口子一拌嘴就走，不嫌丢人？你妈前一阵子刚改嫁，你也学样？婆婆夺过孩子抱进中窑。她心如死灰地行至河岸大柳树下，绝望，号啕。老牛西北风凌厉吼叫，从上游刮来，剧烈摇晃枝条。寒冬里蛰伏的生命瑟瑟发抖，那么无助，枯草败叶身不由己，卷向高空，荡悠悠落下。河水愁出皱纹，在漩涡处犹豫，闷沉沉不肯离去。她散乱的长发夹杂草叶在狂风里飘忽，面颊的泪花瞬间飕干，思维濒临停滞，脑仁掠过阵阵疼痛，恍恍惚惚预感软弱无力的身体被狂风托举，要飘向未知的远方。

大安高大嶙峋，显出佝偻的趋势，黝黑的面颊上两个眼睛失去往日的光彩，他愈发沉默寡言。惦记学生的心思淡化后，存良家的矛盾时刻牵动着神经。大伯哥不能去堂弟的窑里，不便与弟媳有过多的言语，对她的处境着实担忧，当然这份心思无处吐露。成亲的那夜，桂霞的话悬吊起他的心，结果似乎应验了，那她肚里的秘密能瞒得住存良吗？从她偶尔沉思恍惚的眼神看得出她有凝重的心事，有过投入情感的经历，若真是纸包不住火，那就是一场大火，是能点了麦草垛的大火，是灾难性的。他也做过其他的假设，比如真是存良的，或者兰蕊能巧妙地搪塞。

可最终就按他担心的发生了，这个柔弱的女子是怎样在那新婚的窑里度过分分秒秒的？他有话想对她说，却没有机会。更怕桂霞吃醋、撒泼、胡闹，倒给她招祸。做学生时的兰蕊留给他的是朴素单薄的村姑模样，娶亲时的新娘让他想起"态浓意远淑且真"的诗句。她该怎么忍受存良的暴脾气，熬煎着度过狰狞困境。

他搇拉架子车往川地运肥，柳树下的哭声让他心碎。坐在埂下卷好喇叭筒，几乎划完了一盒火柴还没有点燃烟头，风呼啸不息。看她僵倚粗壮的树身，环顾四周无人才走过去。呜呜呼呼的北风掩盖了他的脚步声，他叫了她的名字。她才歪过头，眼圈红肿，眼神呆滞，失落地扫了一下他，才缓缓地起身。

他蓦然语滞，胸口潮涌的话统统卡在喉咙，片刻后说：风太大，你身子还虚！我劝存良了，他后悔了。坐在被砍伐后的树墩上，看她虚弱的模样，劝她坐在两搂粗的树身下，说："要坚强！要相信困厄的日子一定会过去，没有蹚不过的坎。人要有信心，哪怕是虚妄的，因为有信心就变得无畏变得坚韧。高祖父少年时，遭遇同治年间叛乱，成为孤儿，被掳掠到几百公里外的异乡牧羊为奴。十岁的娃娃就在荒山野岭翘望故乡，夜夜梦回点将村，无奈被严加看管，不得脱身。有一日在偏僻的山沟放羊，野狼咬死伙伴吞噬血肉，他戁觫不已，伺机逃跑，知道若不离开险境也将死于非命，凭借模糊的记忆踏上归途，山高水长崎岖坎坷，衣衫褴褛饥肠辘辘，沿途乞讨昼行夜伏，时值年馑饿殍遍野。有一夜走进废弃的旧庄户歇脚，群狼尾随而至，他钻进炕洞躺在灰土上，双脚顶住斜置的炕眼门板，挡住洞口，只听得炕上炕下利爪抠挠，喔喔猸猸哜哜嘈嘈折腾一宿。他只有一个信念，要挺住要回家。群狼在天亮后失望地离去，高祖终于返乡，跟活下来的长辈耕田种地，不辞劳作，过上了殷实的日子，娶妻生子才有今天的我们。人生曲曲折折，遇事要往好处想。"

对岸峁峰安静了，河水安静了，树木安静了，鹰翅拍打着灰云，落下圆形的声音。她痴呆的眼神渐渐泛溢活色，嗓音沙哑：夏老师，大哥，我是不是做下大错了？大安凝重地说：不是啥大错，谁都有年轻的时候，有爱的冲动爱的权利。也许和世俗观念传统伦理顶了牛，但悔恨懦弱一味地忍让退缩最终会无路可走，只会助长对方的强势。

你得先站起来！躺下，别人的脚可能轻易就踩在你的头上，而站立则不同，你的高度就是有形的反抗。我看《动物世界》，特别欣赏野牛对狮子的反击。人要得到尊重，就不能蹲下甚至跪下。她抬起头，仰望塬头那棵挺拔的柏树，呼出一口气。

她郑重地提出离婚时，存良低头认错并祈求宽宥，用烟头烫在手腕上，说长个记性！听到"嗞"的一声，她夺过半截烟扔出门槛：这何必呢？看到他真诚的悔过与歉意，想起老文化的善良包容和爱怜，心一软又放弃出走的打算。儿子就是焦点，哭声好像导火索。虽遭受暴打和侮辱，她并没有后悔生下孩子，她只为没有坚持抗婚而自责过。日子要过下去只有忍痛割爱？不过下去该去哪里呢？抱娃远走他乡打工维持生计，孤独的父亲咋办？存良能让她走吗？这个庄院里有看不见的网，还有奶奶的古经，牢牢地捆住了她。

决定把娃送给素素后，她托家成捎话，约好逢集在屯田镇见面。

在医药公司旁边的槐树下，素素接过娃吻了吻：可不能后悔哦！她心里哭，脸上却笑着：我放心你，只愿他长大能好好地孝敬你。素素说：我爸妈很高兴，说我再走到哪儿，领个儿子，不用为生娃娃犯愁；你知道我喜欢娃娃，哎，见我芽芽了没？她说前天看到了，奶奶领到菜地玩。素素满脸思念：想起芽芽眼泪多得很，前一阵子想去天津打工，结果上门说媒的有三四个，彩礼钱五六万，都不合我意，好在爸妈开明，不会只盯着钱，实话说没那心思。趁早找个可心的男人，娘家待得时间长就生分了，兰蕊说着话把装有孩子衣服和奶粉的袋子递给素素。素素说：是怕我养不起，还是担心娃受罪？她泪珠滴滴答答：当妈的一点心意！直到素素坐上她哥的三轮车她的泪水才流完。人的命真是天注定？

兰蕊落寞失落，幸遇母亲。再嫁后居住在镇医药公司后面金家村的农家小院，逢集就走出巷道到街边漫步。居然见到女儿，惊喜，泪如泉涌，握住兰蕊的手，知道受了委屈，听说孩子刚送人，遗憾地说很想见见那个小冤家。她目睹衣着崭新的母亲忽然有几分陌生，一背篓话噎了回去，踏上空落落的归途。

第十一章

　　兰蕊送走了娃又担忧母亲，齐家是有钱人，能善待她妈吗？

　　母子连心。她妈那天凝望女儿远去的背影，胸口一股股泛滥酸楚，穷日子无非缺这少那，但吵闹的夫妻生活着实心寒呀。二十多年来饱尝了挨打受气的滋味，而兰蕊弄下窝男人脸面的事，偏偏遇上个暴脾气，咋过呢？女婿就是火炮，一点就炸。和齐永才办婚礼，他摔了桶，差点臊死了她。兰蕊虽不愿吐露，但从拉住她的手和禁不住啜泣的模样就能猜出八九分，心比针扎还难受呀！有时真后悔，可就是没有后悔药吃。华有德怨她不操心女儿，也没错，是她粗心，婚前有孕咋就没看出来？不能让老汉整天盯着女子肚子看嘛！蕊儿自小乖顺，她咋能想得那么歪？打工回家心事重，还以为是失恋后的愁怅。蕊儿一定是太喜欢那个姓鱼的小伙子，瞒着她就是要生下这娃儿。当妈的若及时发现，咋说都得让做掉，再咋说也不能嫁入夏家的。可怜我的女子呀，咋那么瓜咧，人家不娶你，你还给他生娃，真是碾场的碌碡，实心的。唉，女人爱上男人，就是喝了迷魂汤咧。长时间担忧，眼前闪出女儿在夏家受折磨的惨象，白日愁容满面，夜里从噩梦中惊醒。这一切无处可诉，齐永才虽有察觉却并不明白。

嫁入齐家后没有了繁重的田间劳作，只侍弄一小块水浇地的蔬菜，不用喘大气的事。安顿好家务习惯外出走走，待在院子里遇到齐守元媳妇异常别扭，因为她从来不正眼看继任的婆婆。逢集就在巷口槐树下踯躅，没有见到女儿，却碰见圪垯村的老邻居路大嫂。路大嫂羡慕地说：你如今重新活人咧，嫁给了齐厂长齐百万，人都说家里钱多得很，别人家的麻袋是装粮的，你们家的麻袋是装钱的。她微笑说：那是胡谣讲。路大嫂啧啧：你过上了神仙日子，穿的这是啥料子，还是你命好，去年咱还是一片地里的瞎鼢，现在我还打洞，你活成人掉进福窝窝了。她说干惯了活，清闲下来倒清汤寡水的，没啥味道。路大嫂说：那是你不会享福，衣服不沾土，轻来轻去的。

她低声打听华有德。路大嫂以为她是想听听前夫的可怜相，说：他呀，一下子变成抽了薹的蔫萝卜咧，你这步走对了，现在人活得讲究，跟他受穷受累还受罪，让他一个人像只鹌鹑似的好好受受磨结，一个大男人不会做饭，顿顿开水泡馍头，馍头还是上次兰蕊给蒸了一大锅，老吊着脸，还那德行。

她眼珠浮现愁云：看着咱们姐妹一场，他有难处给帮一帮。路大嫂忽然反应过来：也是，挺可怜的，住在隔壁，黑更半夜嘎嘎嘎嘎地扯长嗓子咳嗽，头发花了，眼睛眍了，门牙掉了，瘦成了个活鬼，黑夜里能把人吓死。她眼眶湿润，圪垯村的那个穷家，那个老实男人，陪她度过青春的岁月。她不后悔嫁入齐家，只觉得亏欠华家，说：非要种果树，咋都拦不住，把钱全撂进去了，连一瓶咳嗽药都买不起，想捎点零钱，又怕他不肯要。路大嫂消除了隔阂，掏心窝子说：咋不声不响地就离了？

她摇摇头：我是一口气咽不进肚子，死女子又弄下丢人事，还咋在村里活人呢，不如一走干净，稀里糊涂的——话说回来，齐家人对我好，就是觉得他可怜，有些亏欠，年轻时一冲动，割了华家的子嗣。路大嫂说，已经跷出这一步，就好好过日子，我能帮就帮，你心里若结了绳疙瘩，我就捎钱回去，他要不要你也尽心咧。她从衣兜摸出五百元塞给路嫂，又去药店买了两瓶咳嗽药和胃药。望着路大嫂的背影轻松地吐了口气，她哪能留意到坐在对面铺子里齐永才弟弟齐永禄的那双老鼠眼睛呢？

又逢集，路嫂把钱还给了她，说他拒绝收钱，还把捎的药直接扔下沟了。她觉得身心轻松，何必再去惦念？好好地给齐永才做妻子吧。齐家大院正房厢房清一色红砖到顶，彩电冰箱洗衣机皮沙发应有尽有，冬天上炕夏天睡床，咋舒服咋来。好多新鲜家什从来没有见过，要顺手地操作还得摸索一阵子。过上了多少妇女眼红的好日子，就该知道好歹，别老吊着苦瓜脸，让他瞎猜。

那一天出差回家，齐永才问：我有啥对不住你的吗？她微笑：还要咋个好法，只是有时想我的女子。他狐疑地问：是想女子？她急忙说：以前苦到瓜把上的日子还有啥想头？他自负地卖派：好果子结在树梢上，活人要活人上人，你以前的老头儿我打听过，三锤子砸不出响屁的木头墩子，家穷不说手还欠，不男人；我齐永才当了十几年的杏脯厂厂长，别的没有钱不缺，别人说我小气，那要看对谁呢，对老婆还有啥说的？又叮咛平时把衣服穿好，随时有乡镇干部县上领导来检查工作了解情况。

她疑惑地问检查工作还到家里来？他大有深意地说，如今和以前不一样，检查工作是走过场，好多事情都在家里办，和领导打交道学问深着呢。她很感动，此后注重装扮，把家具擦得纤尘不染。只是看到齐守元小两口，慌乱纠结，两脚像踩上薄冰，不知向前还是后退。

齐守元在县城学习没几天，就着手在屯田镇开牙所，谈妥临街铺面，跟工商税务的哥儿们打了招呼。门面装潢和医疗器材的购置资金，不得不向老爹张口。补胎店赔了，那一笔不小的投资是他不屈不挠才从老爸兜里弄来的，这次老头儿能答应吗？虽说分开过，但老子的钱理所当然有他一份子。从拘留所回来，父亲照面也不正眼瞥他，思来想去决定让二叔齐永禄给父亲说情。

二叔在火炉旁熬罐罐茶，问本事学到手了没。他吹嘘说那活简单，眼睛闭上都能做。二叔呷了口茶：别找银行，就找你爸要，那么多钱，就你一个儿子，再给谁？他装出一副委屈的可怜相，说如今有了后妈，哪能随便给钱？二叔说那么多钱，日后说不定成了别人的！他犯愁地说：有一个后妈就有半个后爹！二叔出招：对你爸好点，嘴甜手勤，问寒问暖。他挠挠头：关键是看见那女人就窝心。你不会装吗？齐永禄瞪着侄子，说，她嫁给你爸，是冲钱来的，你要学聪明点。

次日二叔整饬完厢房积压的土特产，去街道玩牛九牌时在巷口碰见了哥，劝他支持娃干事：只要往前扑腾就是好苗头。齐永才哼哼了两声：尽是胡捣腾，把钱扔下沟里，也听不见个响声，补胎店赔了我近万元，还进了一趟局子，癞蛤蟆跳门槛既蹾沟子又伤脸。二叔说，年轻人没经验，摸着石头过河，若没有正事，整天晃荡又跟那些痞子混到一起咧。在柴火垛旁二叔叫停哥哥，小眼睛滴溜溜地转了转，低声描述那天看到兰蕊母亲给路大嫂捎钱的情景。齐永才颇为吃惊，看清楚了没有？二叔很确定：我眼睛不近视，看得清清楚楚，人头婚都很真，再婚就假了，女人就学贼咧，第一碗饭好端呀！齐永才愣了愣，说她不是那种人。二叔说路走得长了，才能看出水潲眼。

齐守元得到狐朋狗友的点拨，挖空心思给父亲弄补品。商场里出售的那些东西不仅昂贵而且老爸不稀罕，灵光一闪打算弄只王八，省钱又实惠。走过几里乡间小路来到塬边沟里的白马池，打算捞一只鳖，到池边才发现今年天冷偌大的湖面盖了冰，踅摸好久从树上撅下一根木棍，捣开豁口，半天连只小鱼也不见，哪有王八？夏天常来这里炸鱼，王八多，这季节都去了哪儿？不顾手指冻翘，使蛮力将豁口弄大，北风凛冽可棉衣内汗津津的。最后气馁地把木棍甩远，不料脚下冰面破裂，一个趔趄掉进冰窟窿，幸亏是浅水区。他急忙爬上岸，哆哆嗦嗦跑回家。媳妇玉莲哭笑不得，帮他换衣服时说：你要成为历史名人了，第二十五孝啊。

儿子不顾天寒地冻去弄王八的事经弟弟一描述，齐永才哑然失笑。虽没言传，但对小两口的态度明显好转。玉莲精明，从娘家带回一坛枸杞党参酒，拉上守元端给阿公，说临睡前喝上一小杯，活血补身子。守元又说抽烟对肺不好，喝茶甭放太多的茶叶，才不影响胃口。玉莲还关切地说，东奔西跑，会拖垮身体。阿公颔首微笑：再干几年就撂过了，再说杏脯厂亏损了，销路也不好。最后，瞥了一眼儿子：要开牙所，先把本事学会，只有踏踏实实做事才能挣到钱，这些年生意做了不少，钱却赔得一塌糊涂，开春我给你筹些钱，这是最后一次。守元笑了，铮铮地说：这次用心做，不挣钱不罢休。她妈一跷进门槛，小两口子带着牛蛋就出去了。

兰蕊她妈感到齐家父子变得融洽，很想融入，无奈小两口对她熟视无睹，更别说交流。主动帮他们做活反招冷眼，就连牛蛋也被教唆着疏远她。从屯田镇最大的商场置办年货回来，看到院子里独自玩耍的牛蛋，掏出手帕擦拭沾染灰土的小手，取出糖果和糕点说：叫奶奶。牛蛋吃得津津有味，稚声奶气地喊奶奶。

恰巧玉莲跨进大门，冷脸嗔问：叫谁奶奶呢？牛蛋用手一指。她唬道：奶奶早死了，乱叫啥？从哪儿弄的糕点？都霉了，瓜吃啥？扔了！牛蛋嘟着嘴发愣。玉莲一把夺过来，扔向啄食的鸡群，凌厉地警告：再吃旁人的东西，我敲掉你的牙！她难堪地转身进屋。牛蛋歪着脑袋：你敲掉我的牙，我让爸爸补个金的。

兰蕊失魂落魄地过着日子，忽然想起大嫂让发媒的事。婆婆反对：别跟那害人精扯这扯那的，胡家门风不正，她堂妹也不是啥好东西，嫁给哲明，日后有个别扭事，还不踏断咱门槛?!再说桂霞，有利欢喜无利愁，用你时双手捧，用不着抬脚踏，大安当老师时人前人后地夸，如今嫌这嫌那，给磨结得像瘦猴似的，蔫巴巴的。

就在她犹豫不决时，去井台挑水遭遇面若冰霜的桂霞一顿数落：我算是把人看透咧，都心曲量小，我知道你和素素好，做媒别扭，哎，你和存良不合，又能生儿子，干脆离了，抱娃嫁给哲明多好?!

不久后的夜晚，她站在门前照壁旁，看着庄膀子西边大椿树下的宅院正热热闹闹地娶亲。大嫂的妹子桂云被一辆绑了红花的轿车接进了任家，哲明还包了一场电影。她觉得素素可怜，又琢磨男人究竟是咋样的，心里装一个还能这么快地再续一个？婆婆不让她去当家门，叫存良去了，说心里话她真不想去。当然她能猜出原因，她是个脸上有污点的女人。

透过枝丫，她看到银幕上的人影被亮光照没了，院墙外火势冲天，有人喊"麦草垛着火了"。又听得总管任维宗吆喝着指挥着，传来铁桶脸盆等器物的碰撞声。她顺手提起照壁旁的铁桶，滑溜下门院的洼坡，跑上大椿树下的小路时，看到大火裹住麦草垛，快要烧到椿树梢了，人都立在远处和墙角擦汗。维根愤怒地吼叫：狗日的眼红我，做这缺德事，我要找乡政府，找派出所！

兰蕊挑着粪担挣扎着爬上鳖盖墚阶地，还默默地祈愿，素素能找个好男人，儿子豆豆也不受罪。积完肥挑起空笼时，小刚跳下陕塄走过来，和善的眼神里有同情，先说存良心里有她，再说她是花，染上泥巴也是花不是草，又问她把娃给了素素吗，最后才羞涩地夸素素长得好看，善良还明事理。

她忽然明白了，委婉地说素素剖腹产，听说再生娃有危险。他说，以前看素素就想，娶下这样的媳妇，穿麻包片片吃糠咽菜也高兴。她说你是家里独苗，大人咋会同意？他说爸没文化，却不固执，只怕素素过惯了有钱的日月。也许她不愿看到他失望，含笑说，大人若同意，我去问。

济民开始也不乐意，离下婚的无所谓，不能生娃老了可没依靠。小刚说有些国家的年轻人，结婚不要娃。济民说那结啥婚，不是白忙活吗？小刚又举了村里活生生的例子，殁了的任有春，生了六个儿，到老没人养活，五黄六月挂了麻绳。最后提醒说，素素有儿子。济民一拍脑门，把烟锅头往门槛上磕了磕：素素是个好媳妇！

这一天赶集，阳光好，兰蕊的心情更好。一到街口就遇见了抱娃的素素，豆豆胖乎了，黑眼珠透着灵气，嘟着小嘴更可爱了。她放心了，就问素素找下下家了没有。素素说介绍的人多，家境也不错，可都不满意。她试探地透露小刚的心思，素素竟然红了脸，说他傻乎乎的，倒讨人喜欢，只是从点将村出来，再咋嫁回去？想了想又说，让他再挢一阵炕墙吧！不一会儿母亲瞅见了她们，小跑过来抱着娃亲着逗着，真不知是恨是爱。想见的亲人都见到了，当然开心了。回家的路上一直在想，看样子素素有几分喜欢小刚，若是成了就有说心里话的伴，也能常常见到儿子，素素也能见到芽芽，只是她吃惯了油饼能咽得下菜团子吗？

也许素素认为菜团子一炸比油饼还香，啥条件没提，也没掰扯又嫁回了点将村，进了小刚的门。济民叫兰蕊做了新酒席，不讲究太多的规程，吃好为止。父子俩人缘好，穷汉娶亲竟比富家还热闹。兰蕊看到锅底灰抹黑脸的济民合不拢嘴，新衣服一打扮精精神神的小刚喜气洋洋，一阵阵臊红了脸的素素是真开心，没有勉强的意思。她也畅快了，做完饭就去抱儿子。

这一日最扎心的是维根了。狗日的放火点了麦草垛，公安勘查现场后没找到证据，找不到坏蛋解不了闷气，更谈不到争回面子。别人的麦草铡细喂牲口，自家无非烧炕做饭，或卖给纸厂，经济上倒没啥大损失。反复过筛有过节的几户，觉得谁都有可能。老伴说得有理，把自己气倒，才让旁人看笑态呢。他有意鼓起劲头，提着泡有枸杞的玻璃茶杯，每天都到村口抖擞地走一趟，看一把火能咋的？！这天带驾驶楼的三轮车绑着红花开到操场，维喜告诉他素素又嫁给小刚了，当时他头"嗡"的一下就蒙了，差点跌下石桥，跌下去肯定是个倒栽葱，栽进稀泥里，摔不死就憋死咧。

回家一听老伴早知道偏不给他说更来气，骂完之后，又骂保媒的兰蕊，鼻孔喷着气说：她惦记杂种儿子，两根光棍还蒙在鼓里。老伴说，成全一桩婚事，是积德，别看戏流眼泪，替古人操心，过好自家日月，看看咱家的新媳子，早晨睡到九点钟不起床、不做饭、不下地，成天看电视，我嘟囔一句她就能把眼珠子瞪出来，谁家媳妇是这个样？他长长地喘了几口气，才坐在花园边的砖墙上，埋怨哲明不像话，骑摩托十几分钟，几个月不回家，故意做给我看，回来也是转一圈就走，感情是在过日子中磨出来的，媳子是心里不畅快呀！老伴说他单位叫下岗自谋职业，烦着呢！他说：他是烦这个家。老伴按捺不住怨气：你是嫌儿子睡棉褥子太舒服，故意弄了个草垫子扎他，还是小刚有福气啊！哲明妈一扫维根黑了脸，转身出了大门。

素素把熟睡的豆豆安放在热炕的一侧，羞涩地凝望小刚：我有个秘密，好多年了。小刚注视着脸色桃红的新媳妇，问啥秘密。她笑容可掬：以前好多次梦到过你，觉得怪。他追问：梦到我做啥？她臊红了脸，偎着小刚说：梦到你搂着我……婚后的几个夜晚，小刚总是侧躺炕上，满脸惬意。素素温柔地问：老看啥呀？他回答：你的梦变成了真的，我的白日梦也变成了真的！她媚了一眼，钻进他怀里。他说种烤烟有了收入，就给你买几身像样的衣服。她善解人意：不要总是为我着想，怕我受罪，其实，以前的日子我过得闷，除了照顾芽芽，只能看电视；如今，虽说家徒四壁，可心情蛮好的。小刚盈着热泪：你一进这家门，日子一下子有了滋味，我们父子再不用天天遭锅底了。

素素抹去他的泪水，说爱吃啥，我天天给你做。最爱吃的就是油饼，小刚说，小时候就盼着炸油饼，有一年过年，爸从自礼大人手里借钱买回两斤清油，妈舍不得炸油饼，爸听说如今有了新技术新办法，省油得很，炸出的油饼又酥又香，就是锅里先倒水，再倒清油，除夕晚上，姐姐烧火，我趴在风箱上流口水，妈擀好了面饼，却不见油开，下面的水好像开了，只见锅里不停地翻滚着还往上溢，油温暾暾地不烫，爸急出一头汗，用勺搅来搅去，溜进锅里的面饼不上色不上漂，折腾了大半夜，空流了一摊口水，最后只好舀出来灌入瓦罐，再撇油，把妈给可惜死了。素素捂不住嘴，伏在被子上咯咯地笑：爸真有意思，明天我好好炸一锅油饼。

在山腰烟地干完活，小刚看到媳妇脖颈滚流汗珠，递茶杯又为她擦拭汗水：身上也出汗了？她说衣服都贴上身了。他嬉笑着，附在她耳边小声说了句什么。她红脸娇嗔：皮厚！他说我就不出汗，她故意盯住他：你只是鼻子出了汗，再吐吐舌头就行咧。两人抓挠，咯咯地笑，躺在草地上，仰望蓝天。

素素眼帘映现一个女孩的脸庞，她猛地坐起来：芽芽！女儿眼神陌生，愣愣地叫了声"妈妈"。她一把把芽芽搂进怀里，小刚塞给芽芽两块喜糖。女儿擦拭妈妈脸颊的泪水：你住在济民爷爷家了？她点点头。芽芽奶声奶气：你结婚那天，我在桥头看见蹦蹦车，奶奶说头上包着红领巾的就是你。小刚说，你常来玩。芽芽问：有了小弟弟，妈妈不喜欢我了？她抱住女儿：妈妈还像以前一样爱你。芽芽问妈妈晚上做梦不？她说做呀，经常梦见你。芽芽说：爷爷说你梦里肯定坐在我们家沙发上看彩电呐。小刚沉默了。她吻吻女儿脸蛋：新妈妈喜不喜欢你？芽芽摇摇头，她也不喜欢爷爷和奶奶。小刚问，她喜不喜欢爸爸呢？芽芽点点头：可爸爸不喜欢我。山路上传来哲明妈的声音，芽芽起身告别，边走边回望。小刚安慰：你嫁我多好，能常见女儿，兰蕊也能看到儿子。

第十二章

素素结婚的那天夜里，存良很冷静也很后悔地说，我想明白了，我就一大老粗，能吃能屙还打老婆，没文化又娶了个高中生，这是个大错，我就跟咱家那头牛一样，把草往槽里一添就算完事，不会想到也有情呀爱呀的；你就是我身下压着的大石头，暖又暖不热，还硌得难受，这日子过起来是老狗跳墙，后腰里没劲，明儿到乡上离了算咧，你另找个好婆家去享你的清福。

兰蕊停下织毛线，从杌子上起身，取过皮尺量了一下他的肩，说，你若容不下，我给你把毛衣织好就走。他猛然把她揽进怀里，动情地说：你就像麦黄杏，能酸死人又能甜到心里。她说文化人也有短处，能给人更疼的伤，咱地里刨食的农民，有咱的长处，有咱的乐趣，男人只要堂堂正正，不偷不抢不坑不骗就行了。

他问婚前在涝巴畔是不是想说怀孕的事，又夯口。她一下子敞开了胸口说，当时想退婚，就怕伤害你。他说你若咬住说早产，就把我哄睡着了。她说那样心里一直慌慌着。他又说，正是你的真实，才让我最终相信你是个好女子，排除了那些乱七八糟的猜测；我性子瞎，伤了你又逼走了娃，让你苦上加苦，给我赎罪的机会吧。她疑虑地问，咱能好好地过日子吗？他抱得她气怯，铿锵地说：过去的事一风吹咧……她的眼泪喷在他胸脯上了。接下来她的每一寸皮肤都盖上他温热湿润的唇印，还有泪水，是热乎乎的一次又一次泛出的热流。

挡在他们之间的那堵墙被推倒了。存良享受到了当丈夫的愉悦幸福，媳妇妖媚如花娇柔似水使他春情鼓荡，他又闻到了那一股淡淡的苜蓿芽清香，夜晚炕上他闻也闻不够，就那么闻着睡着，连做梦都香。兰蕊也觉得土地变得亲切了，点将村荡漾着温暖，知心的话有人听，能常见心头肉就省了那份悬分分的牵挂。锅碗瓢盆、馒头铁锨碰响农家生活，夏家庄院和责任田谱写着井然秩序。她勤劳孝顺回报着老人的宽容，温柔体贴安抚丈夫的伤痛。那夜，好像是她和存良刚入洞房。夫妻齐心合力耕耘，计划今年种烟，还清结婚时落下的赊账。但这种心情没有维持多久。

开春后村里就发生了村民并不上心的大事，邓会明辞了村委会主任，要选新村长了。

兰蕊问谁接班呢？存良说可能是苜蓿湾任文，那家伙找老支书碰了一鼻子灰，家成说又通过远房表妹月月嫂找到刘秘书，给送了一根驴鞭。兰蕊忽然想起有一次在月月嫂家见过的那个大个子面相凶的男人。存良说应该是任文，碎娃娃一见就尿裤子呢，上学时就是瞎种，老打低年级学生；兽医的孙子给他妈说了，前一阵子任文在桥下看见一辆装满设备的大卡车陷到沟滩的泥水里，让他躺在车轮后面，讹了司机三百元，给他一块钱买泡泡糖吃了。兰蕊还听说，任文念书时还骗走了大安哥的收音机，他们是同学，说大安偷听台湾频道，诳说借他听听就不报告老师，最后是肉包子打了狗，说收音机掉进红河的漩涡了。

兰蕊说，这样的人还能当村长？存良说，他的可能性最大，枕边风吹一吹就成了一半。老支书私下给家成透了风，上面要选个硬扎的，能镇住下面，要收得上来拖欠的税费，能拾掇胡桂霞那样的泼妇。有人反映任文语言粗鲁行为过激，会弄出麻缠事，关乡长说能弄出个啥，天塌不下来。兰蕊说咱有投票权呀，存良说那只是走走过场。

几天后的傍晚，后生任丰川送来一袋瓜子，在照壁旁悄声说这是任文的心意。存良推辞不过只好提在手里，等任丰川一下坡顺手送给了桑树下的强强。兰蕊说这是贿选，存良说他把我们当"瓜子"咧。

村民早已不关心谁当村长了，谁当都一样，你坐你的村委会，我种我的责任地。在操场选举的那天，各家各户都去人了。刘秘书主持会议，老支书一言不发。好多户人没到场，指了婆娘娃娃顶数。存良跟集买化肥，兰蕊去开会，没投任文哥的票，但他还是当选了。人们很平静，心照不宣，知道再折腾也是这个结果。后来，她私下听说，大安、邓社会和好多村民没有投任文的票，可他咋就给选上了呢？更让她无法预测的是，几年后这个点将村的当家人竟然彻底斩断了她扎在土地里的根脉，使她走上了人生的另一条路。

任文一坐进村委会就安排在村里山山岭岭栽下杆子架上喇叭，手持麦克风布置工作通知开会，播放县政府召开"三干"会议精神和乡政府领导讲话录音，还有流行歌曲和摇滚音乐。村民听到节奏快的曲子不太适应：我一听就想上厕所；牲畜听了更邪乎，不是发情日子提前了就是次数频繁咧！起初听到喇叭里新上任村长讲话感到牙碜，不久在村民大会上全方位立体式目睹任村长的嘴脸：磕磕巴巴宣读上级文件，读错的字比认识的字多，像庄稼地里杂草淹没了禾苗；脱稿讲话低级下流的用词和唾沫星子一齐飞溅，最后总结时反复说的一句话：不能日娃不管娃，娃跑了不撵娃。村民普遍认为，开会就像集体露腚蹲在一起。

不久，村里上演了一出村民多年后想起来还夹不住尿的武打戏。

庙会前，天气瞎得很。沙尘暴从天上来，谁也挡不住，混沌了人间，混淆了是非，可怜的鸟雀，躲在角落，吃不上喝不上。燕子溪断流了，春旱露头了。风沙一减弱，会长任维平指挥一伙人修复玉玺台下坍塌的土台，栽下木椽搭上棚布。这个土台曾经支持过样板戏、文艺节目，后成为庙会的主台，专心侍候秦腔。庙会有两个重要的目的，祭祀关帝神，祈求天降雨。会长虔诚敬业，祭祀和庙会事项安排得井然有序，支出费用精打细算，集资捐款的钱，神灵有眼不能乱花，会长工作神圣、崇高，有使命感。

盼望春雨，再刮风要耽搁下种。夏自仁说天气预报近期无雨。济民问任维宗痔疮犯了没有，又问患风湿痼疾的任维喜关节疼不疼。一个摇头一个回答不疼，他失望地说：天旱的日子还长着呐，痔疮关节炎，胜过中央的气象台。家成说如今得信科学，能人工降雨。济民嗤之以鼻：飞机上能装多少水？老农民把眼睛都盼绿了不见一滴雨，天一下，电视里马上说是人工降雨，驴下了驹，都是他们的功劳。会长说庙会灵验，一敬神准毛森。

庙会白天晚上都能看大戏，能吃零嘴，能谝闲传。虽然攒起来的戏班子演技和箱子是三流，可不掏钱呀，还像在自家炕头一样抽烟喝茶说剧情。龙娃父亲夏济孔咬了几口馒头坐在马扎上等夜场，他向来心事凝重缄口齰舌，摸索着下巴颏的胡楂子大声说：我今把戏看懂咧，薛平贵是王宝钏养的。济民笑着纠正：那是两口子。济孔迷惑：那宝钏咋说"我是你娘王宝钏"？任维宗说，那是骂人呢！

手头宽裕的村民，吃一碗羊肉泡馍赛过城里人享用一桌满汉全席。兰蕊从柜底搜出十元钱，听说婆婆闻都不闻膻气味，就让存良和奶奶去吃羊肉，她和素素站在桥头抱娃说话。

摆在商店门侧的羊肉摊点临时支起锅台，摊主是明家沟人，中年汉子，卸开大块山羊肉扔进热气蒸腾的大锅里，切下滋滋流油的熟肉片放进碗里："一碗五块钱噢！"大多数人咂咂嘴扫一眼就离开，烦人的是离开了并不能阻止口水，只好悄悄地咽。清香的气味故意欺负人，占领了大半个村子。老祖母刚搛起一片肉，看见任维勤老母坐在不远处，让存良搋过来，灈开来分享，又看见桌旁三四个娃娃，索性一人一块地喂。她开心地笑着。存良心里不得劲，没心情吃，媳妇说看见肉就发嘲，多半是撒谎，又走过去把钱塞进她兜里。

她猜出了存良的心思，没再坚持，而围着羊肉大锅转圈的任维喜却揪住了她的心。他两手交互筒入袖口，在摊前踅来踅去，狼眼忽而盯住大锅，忽而瞟向切肉的案板，咂巴嘴唇反复念叨："羊肉泡馍道地香得很啊！"摊主忙活着，视而不见。他女儿彩芸躲在篮球架下臊红了脸，似乎没有勇气把丢人的父亲拽开。她把娃推给素素，走过去买了一碗羊肉，拉了一下维喜的衣袖，示意他吃。他吃了一半才想起感谢，望着她的背影点了点头。第二天就听说三好学生彩芸辍学了，去深圳打工了。

兰蕊和村民们料想不到，夜场的这一出《杀狗劝妻》，竟像活生生的穿越剧，可不在银幕上，血淋淋的就在眼前。台上那武生手握大刀，忽冲冲做出一副杀妻状，猛看见四人飞步蹿上舞台，不是古装，竟是西装夹克衫，手握匕首弹簧刀和大砍刀，冲向那武生。武生一愣马上挥刀迎上。那"妻"惊吓得尖声呼叫窜入幕后，随后戏班子跑堂的两人手提棍棒跳将出来，敲鼓的和拉二胡的也抡起家伙统统向大蚂蚱黑蜘蛛四人围打过来，台上顿时乱作一团，今古着装刀棒相见，喊杀声与凄厉的惊呼声通过麦克风放大在乡村黑暗的山野，真实恐怖，犬吠猪嚎，枝头宿鸟振翮乱飞。

村民看到台上对打双方鲜血直流的惨象，顿悟这不是演戏。有人大喊"大蚂蚱杀人啦"，戏场人群潮水般后退散去，纷沓的脚步和小孩的啼哭沸腾了操场。还想继续欣赏这出"戏"的人意识到这是个错误，打架双方已经从台上飞跳至台下。

站在篮球架下的兰蕊和素素惊慌地向石桥跑去，存良挤过去看热闹。大蚂蚱一伙显然处于下风，且战且退，以人群为掩护准备逃跑。会长站在台侧不知所措，吼叫双方住手。最终，打群架以大蚂蚱一伙逃过红河消失于夜色宣告结束，获胜的戏班子擦拭身体渗流的殷红鲜血，整饬被撕破的戏服。偌大的操场空空荡荡一片狼藉，连煮羊肉的大锅也被掀倒。任会长沮丧地摇摇头，喊存良快去请邓医生。

事后不久，人们私下传，任文气不过会长不把他当领导，庙会居然没有这一村之长什么事，连一瓶白酒一盘鸡肉都不送，一个破会长倒站在台上吧吧地讲着屁话。还有人说他在桥头溜达碰见女戏子，看着顺溜，叫她到村委会唱一段时遭到白眼，女戏子说她是演戏的不是卖唱的，随口一句脏话差点被跟过来的两个"小生"练了功夫。有可能是他叫了大蚂蚱来"闹事"，后又让牌友董所长"息事"。

桂霞肚子大起来，不敢去看戏，那夜躲在亮坪瞄一瞄听一听，戏场被搅了，倒有些开心："把爱看戏的病给去一去。"她哪能估计到，任文早已摸中了领导的脉搏，要拿下她这颗"硬钉子"，捋起袖子向上面表态：拔钉子就得用铁钳子。

她也明白计生组不会因为解除民办教师就放过她，唱戏时才溜回家，平时穿上宽松的衣服躲在对面明家沟的姐姐家。姐姐家门口能清楚地看到镰刀头村的烟地。夜里她溜过河和大安铺地膜栽烟苗，就等待灌渠水浇地了。这日天气晴朗地气上升，清早上明家山剜苜蓿芽时远远望见灌渠来水了，不见大安身影，又觉得开春了计生组不会轻易下乡，便从大柳树那里的列石上过了河，急着浇地时竟和存良起饨了。

兰蕊听着喇叭里播放的"三干会""西部大开发""乡干部、村干部、烤烟技术员要全面出动检查指导"，在田畴铺设塑料薄膜。存良引水灌溉，发现渠水干涸，走到上游看见桂霞把渠水截流引入她的烟地，不悦地说：我刚到桥头把水引过来，一片地还没浇完，你全截了，我就干瞪眼了！

桂霞头也不抬地铲土：春季的水和油一样，谁不想浇地？这水是从沟里流出来的，谁想浇就浇！存良埋怨：早说我就不摆这摊场。桂霞反问：你浇水给我说了吗？存良冷着脸一挥铁锨戳开一股子水：那给我少放一点。桂霞铲土堵上豁口：兄弟，别在自家窝里捣来捣去，二杆子劲对别人耍才叫爷们！存良无奈地说：我不浇咧，啥叫捣来捣去？桂霞不依不饶：整天闲得没事，净干缺德事。存良抑制怒火：干啥缺德事了？桂霞哼了一声：日弄别人卖牛抓彩票，马路上钉钉子，把卷了鞭炮的烟给人抽，这还不算缺德？依我说，哲明家的麦草垛也只有你这样的人才点呢。

存良气炸了：王八蛋，血口喷人！把铁锨向她抡过去，快到头顶转了方向，打到水渠里，给自己溅了一身泥点子。桂霞一惊之后又壮起胆，一挺大肚子：你打呀！兰蕊跑过来，劝存良回家。看到围过来几个村民，桂霞骂道：谁是王八蛋？让人说，这里谁是王八？一个大老爷们，你熊不熊？我若是你，早都跳进漩涡了！

他胸口的疮巴被戳了，挣脱兰蕊冲过去，对着大肚子抬起脚，在空中晃了晃落了地。桂霞躲闪着，叫骂着。他被众人劝开，气咻咻地走过石桥，找小华宣泄。正巧任文进商店赊欠一盒烟时，从操场听到桂霞在烟地浇水的消息，进了村委会就去叫计生专干了。

晚饭后，桂霞感到心慌慌直跳，出了大门摸黑从田间小路走到河边，正准备过河，身后蹿出四个青年汉子，手脚利索地将她控制起来，抬向停在大柳树下的三轮车。她还没骂出声，任文一只大手掐捏住了她的两腮，另一只手给她嘴里塞入毛巾，果断地发号施令：把狗日的直接拉到太平乡卫生院。

引产对身体的摧残不易恢复，对心灵的伤害更难以恢复，恨又恨不死任文。躺在炕上倒加重病情，春季从来不等人，内心焦灼起一团火，大安理不出农活的头绪，唠叨一番还不如亲自下地。扛上锄头有意无意地躲开村口，虽然骂不绝口，可一见土匪脸，就浑身哆嗦。在鸽子滩麦地里拔草时，月月嫂说是不是有人去村委会告密了。

桂霞被提醒了，一琢磨就怀疑到存良，再一问别人差点气破肚皮，那个二杆子吵完架就去村口谣讲，不是故意通风报信吗？鬼子可恨，汉奸更可恶。你不仁，我就无义！她将闷气和仇恨统统转嫁到存良头上，无心干活，要找他算账。她从鸽子滩头跐过小溪，绕过河岸的大柳树，站在埝头扫视兰蕊的烟地，没有发现人影却只有茂盛的烟苗，转念一想何必跟那个二杆子你一言我一句地打嘴仗，占了上风也给自己添病。要拾掇就把他给弄疼，让他难受还没处出毒气。

夜空挂着一把镰刀，桂霞提着一把镰刀。烟棵预感到危险，簌簌飒飒地哆嗦，却无法逃跑。悄悄地潜入存良的烟地，抻脖环顾茫茫的夜色：缺德鬼，我让你过好日子！猫着身子报仇似的把烟苗拦腰砍过一大片，才停下来擦汗水，向小路方向摸索走去。忽然夜空中一声鸟鸣，吓得一颤，低头只顾往外走，再抬头一人杵在面前，"啊"的一声软坐在地上，定睛一看，是邻地插立的"草人"。

存良只能忍个肚子疼，媳妇和亲人劝来劝去，不能再让他们担心。他原想教训教训胡桂霞，要不她敢在咱窑里放炸药呢。母亲说那是个狼茬婆，惹不起，砍就砍了，让我过几天安生日子。媳妇说让她发泄一下，亲门党家的。小刚温和地说，她一口咬定没砍，你不哑巴咧？再不跟她置气，得看大哥的面子。

存良决定去省城做生意，临走的前夜真舍不下热炕。兰蕊给他装上织好的毛衣，说：世上心狠手辣的人不多，出了事的都是脾气性子不好的，磕磕碰碰多了，积怨深了，就有仇有恨。他说我不是榆木脑瓜，也不是只在窝里捣的糊涂虫，找邓晖茂和龙娃去贩铁。她叮嘱，到外面要本分，挣钱要心安理得，顾好身子。他说做地里活小心肚里的娃，温存地摸了摸她的腹部。天亮了送到大门外，他说等我挣下钱，让你过好，让咱全村人都吃上一碗羊肉泡馍。

胡桂霞一肚子报复的快意，夺下大安手里的书：听说没，二杆子家的烟苗被砍了。大安乜了她一眼：戏子掉了雉鸡翎，台下谁不清楚？桂霞索性说：别人不欺负我，我不找别人的碴；谁跟我作对，我就让他吃个辣果子。为了那娃我躲来藏去，没料想他给土豹子通风报信，哎，他见你啥表情，瞪你不？大安没好气地说：他对我客气，啥事也没似的。她咬牙：我想让他们气得一跳三尺高，这么说我白砍了？他说：你想让他们跳崖蹦井，还是找你拼命？她生气地说：我清楚你惦念女学生，胳膊肘往外拐。又絮叨存良耕地挪界石。

大安劝诚：他绝不是看重一犁沟的人，兄弟妯娌闹，旁人笑话。她说你重兄弟，我还重姊妹，桂云刚结婚就心里犯闷，说那场火是生活不幸的兆头，大喜的日子呀，结果哲明不回家，把新媳妇晾在屋里受罪，我怀疑是那两口子捣鬼。又呜咽：为了那娃，抹下脸皮骂乡长，弄丢了你的教师身份，结果鸡飞蛋打。大安摇摇头：你呀，乌嘴骡子卖了个驴价钱，事情坏到嘴上；存良么，猫抓驴尾巴挨踢，坏到贱爪子上。

第十三章

存良带着发财梦进城，下了长途汽车，根据小刚提供的地址走进东郊城乡结合部幽暗狭窄污秽的骆驼巷，从简陋的平房找到在乌烟瘴气的灯光下围着小圆桌"翻金花"的龙娃时，心情多少有点受影响。记住了瘦小得像只猴子的"秤博士"，专门研究大秤；爱唱秦腔的大个子包平安，这七八个全是老家一带的人。龙娃带他去夜市吃过烤羊肉，回到住处，见到了龙娃包养的女人。

在郊区小型炮楼二层房间里，那女人让存良刺眼、心慌、不自在。她焗染成黄色的头发翘扎一束，单薄的上衣开胸很低，还不把他当人看，旁若无人地对龙娃又亲又搂。很明显是对他的出现不满，不正眼瞧他。开始他以为是对象，龙娃不屑地从牙缝里喷气：这咋能做对象？是玩的，长得咋样？他说像麻将牌里的幺鸡，她不会生气吧？龙娃牛气十足，一年花三万元包她个说，联系一笔生意还给提成。存良瞪大了眼睛：天哪，三万元?!

龙娃问咋想起出来贩铁，不守嫂嫂。他说守着穷家打不了翻身仗。龙娃老气横秋地开导：这地方可不是点将村，不管你坑蒙拐骗日麻扭怪，只要能赚来钱就是本事，有钱就啥都有了，就是大哥大，像我运气好，弄了几笔大生意，就住这房子，两间，有电视沙发，弄不来钱就窝在刚才打牌那儿的贫民窟，刚来都住在那儿。

存良一听这两间房房租一年就是五千元，很吃惊，要种几年烤烟，才能弄这么多钱。龙娃说这算啥，邓和茂邓老铁在花园小区买了套房，银行里存款是七位数。存良不知七位数是多少，龙娃解释说就是百万富翁。他张大嘴，只有羡慕，说怪不得全家搬进了城。急忙请教，龙娃说简单得很，去单位联系废旧钢铁，买到手交给钢厂，钱就来了，不过老实人做不了，小刚就太艮。他又问起邓晖茂，龙娃说他前年揽了几个大活，挣钱买房，弄了个小姑娘同居，刚生下儿子。龙娃站在窗前，指着夜色下仍然清晰矗立的高高烟囱：那就是钢厂的烟囱，很近。

存良大清早就出去转街，顺手从巷口捡起编织袋，从垃圾堆和偏僻旯旮里寻找废铁。初次进城，啥都想看一看，尤其是仰视摩天大楼，惊诧它的高度又害怕会倒塌，不熟悉交通规则乱闯遭到汽车喇叭的呵斥。在单位门口被值班老头挡在外面有点气馁，更为可恶的是一位满脸横肉的保安指着马路边蓝色铁制的垃圾台说"那就是废铁，晚上找个车悄悄拉走"，这不是戏弄人吗？

大半天游街串巷，从信心满满变得疲惫失落，背着沉重的编织袋推开房门，正在玩牌和围观的都转过身。秤博士问背的啥东西，他把袋子往地上一放发出金属碰撞声，说是"废铁"。七八个人的目光转向编织袋，哈哈大笑。秤博士说你这样贩铁，连整档裤都穿不起。

龙娃对他说，你还是个门外汉，先去单位跟那些管理报废设备的领导联系，只要有废铁，咱俩一块弄，跟我学。他垂头丧气地说找啥领导，连大门都进不去。龙娃打量他的着装：人靠衣服马靠鞍，就你这身旧衣服，这布鞋，哪像个做大生意的人，纯粹一个捡破烂的，明天买一身新衣服，买双皮鞋。他迟疑：钱还没挣上，就先花费？龙娃说行头很重要，是名片也是通行证，现在的经营之道，不是出牛力就能赚钱，是讲究先投入后见效，其中的奥妙……慢慢学吧，从我这拿三百元，先蜕了农村的皮。

发大财当然不是顺顺当当的。

存良浑身上下全副武装，换上新衣服新皮鞋，倒有了人样。一个上午，进进出出十几个厂子，最后还是失望地走到河滨路大桥边，走下台阶坐在河堰石头上，沮丧地自怨自艾：夏存良，真无能，到这里毛一个月，还没有联系到一吨废铁，一个子也没赚下，倒落下五六百块钱的赊账。思谋去找乐乐哥，又想起他进城十几年隔阂了，回家探亲时打个招呼也牛皮烘烘，架子大，何必自讨没趣？当了官好像不乐意和乡里的泥棒子牵连，给自己留个脸吧。大城市到处都是铁，就连眼前这座大桥也是铁做的。听说有桥垮塌，这桥咋不塌？若是塌了，不就是一堆废铁吗？他摇摇头，用食指敲敲脑袋。这么想不缺德吗？就是兰蕊的话，宁可受累受穷，绝不去干缺德事。求爷爷，告奶奶，看尽了城里人的脸色，还是回吧！要不去建筑工地干活？

龙娃打开啤酒递给坐在沙发上的存良，激将：去建筑工地，到处都有，干到年底，把烂账还掉，捏得紧还能落个路费。存良蔫耷脑袋说实在不行就回家，贩铁这活不适合咱干。龙娃愀然训斥：回去？有脸见家人吗？咱出来是干啥的，不就为了挣钱吗？到这儿的人多少都赚下一点，你这么窝囊的人我还第一个见。存良说赚不下钱，回家收种麦子，也能让家人松活点。龙娃说就那二亩地，翻来覆去，种了一料子，收了一抱子，打了一帽子，种不出票子。什么集资款、特产税、附加费，生了娃要钱，上了学要钱，你有吗？原想你心眼儿活泛点子多。没想到一年不见面，窝囊了！存良难堪地沉默。幺鸡走进来，径自坐在桌前旁若无人地开始化妆。

存良入了贩铁的"道"，先看到了玩"秤"。

龙娃为了帮他，把原来准备和幺鸡去做的生意转给了他，惹得她阴着脸噘着嘴。龙娃说包平安今天联系玻璃厂的废钢材，心太黑没弄成，那个科长人正派，不吃回扣，干脆你去。幺鸡冷冷地对存良说，利润七成归我们。存良说要不要钱是小事，先入门。龙娃又叮嘱：去玻璃厂时衣服穿整齐，我这里有高档烟，拿上两包，大大方方别缩头缩脑，找到厂长，趁办公室没别人把这一千元塞给他。

存良接过信封袋子，说，这不是行贿么？龙娃苦笑，啥叫行贿不知道，如今到处都这样，不来这个，谁认识谁呀？他若推却，塞到抽屉或者衣兜，立马走人。谈价格时，能便宜尽量便宜，每公斤最高八毛五。存良糊涂了，问钢厂收购价是八毛五呀。龙娃说只管做你的，其他事有我们。

存良看到龙娃的手机，好奇地问能打到老家吗？打到美国都行，龙娃拨通村里的电话。存良拿在手里大声地喊：喂，小华吗？幺鸡呵呵大笑，龙娃微笑着贴耳示范。

存良这一次成功了。厂长同意后，他跟随方科长走到玻璃厂后院平房前一堆半生锈的废旧机器机床旁，脸上早已准备好巴结的笑，还递上烟。一辆大卡车开过来，龙娃从司机楼右门跳下来。方科长牛气地摆摆手，气派地对他们训话："告诉你们，昨天来了一个，瘦高个，满满的一卡车废铁，拉到铁路局仓库一过磅秤，才三吨，真是扯淡，我毫不客气地让他拉回来，倒下了。警钟先敲到前面，别想蒙我。若耍花招，还得拉回来给我倒下。一公斤八毛五，拉。"

存良还疑惑着，这咋个赚钱？大卡车掉过头，后厢里跳下三个民工开始装货。一辆轻型吊车开来帮忙。龙娃走上前恭敬地询问疾言厉色的方胖子：科长，在哪儿过秤？方科长翻转眼珠：先去石化厂仓库过磅，再去铁路局的电子秤上复核。又得意地两手一捋衣袖：倒要看看你们这些"聊斋县"的贼娃子，咋日鬼。龙娃笑着说，科长火眼金睛，我们哪敢蒙您，跟我俩打交道尽管放心，这么满满的一车钢材，说三吨连娃娃都哄不过。装完车，龙娃和存良坐上大卡车前面带路，方科长乘坐面包车，一路尾随。龙娃掏出手机拨通号码：博士，快打的，先到石化厂仓库，后去铁路局，今儿不能太黑，他们怀疑了，称六吨，不能再低。存良紧张地问秤博士去了哪儿，卡车司机神秘地挤了挤眼。

大磅秤旁边，过秤的中年人喊完"六吨一"后，悄悄向龙娃眨了眨眼。龙娃不慌不忙地给科长和面包司机递烟：去铁路局吧，一定要让科长放心，电子秤那玩意儿精确。方科长还自以为是，自负地说今天专门给你们这些家伙去去病。过秤的男人走到一间平房后面，打开地面井盖，冲里面轻轻地叫了一声"出来"。秤博士钻出来，掏出二十元塞给过秤人，麻利地坐上了停在平房后面的那辆出租车。过秤的人立即锁上井盖。

在铁路局仓库电子秤上得到同样的重量后，方科长对存良和龙娃说：我这种办法就叫捉鬼法。龙娃满脸殷勤地赔笑：科长，您绝对是个好领导，还能往上升的，当官的都像您这样，社会该有多好啊！龙娃搭乘方科长的白色面包车去付款了。存良正准备坐上卡车，忽然看见秤博士从房后走过来，问他咋来了。秤博士一拍他的肩膀：你若知道我在啥地方，就明白这钱是咋赚的，走，去钢厂交货。

他被桴鼓相应的配合以及秤博士神秘的做派吸引，交完废铁就一直尾随回到巷子跟进房间，饶有兴趣再三追问才弄清其中的秘密，问钻进磅秤的地窖，黑不黑。秤博士拉开手提包，取出手电筒和手机，说能不黑吗，就用这，在下面还要用手机联系。他问那些管秤的人让你进去？秤博士说上堂告状都得打点衙役。

他佩服地问：你是大学毕业？秤博士苦笑："我若是大学生，还跟个老鼠似的，搞这地下工作？爹妈要有钱供咱念书，没准还真能考上大学呢！唉，咱天生是属耗子的，是个打洞的料，不是属猫的命，睡人的被窝，吃人碗里的肉。"

他挠挠头皮：博士，我眼前一团黑，这秤是咋个玩法，说称几吨就几吨？秤博士很自豪地站起身，从包里取出用纸贴糊的大小不同的砖块说："学问都在这儿，博士，是随便叫的？咱就靠这吃饭，啥样的秤我都研究过了。大磅秤，在簧上放的砖块。"他说电子地磅很先进的。秤博士自信地说，道高一尺，魔高一丈，电子秤有啥，电子磅更方便！说着话从手腕上取下两根普通的皮筋：奥妙就在这个玩意儿上，系一根是多少，系两根是多少，很简单。又拍拍他胸脯：好好揽生意。

龙娃满面喜色走进来，掏出一沓钱晃了晃，数出几张给秤博士，又数出十张一百元递给存良，说去钢厂称了十吨多，赚了四吨的钱，一吨八百五，四吨三千四。存良说拿得多了。龙娃说，咱兄弟别分得那么细，入门了吧，这活不出大力，不用经常忙碌，只要有生意，弄一笔就利利索索地数票子。存良捏钱嘟哝：总觉得这钱有点烫手。秤博士瞪眼：啥？烫手？是来得太容易了吧，咱这是劳动所得。龙娃说穷日子过惯了，突然有钱了心慌。存良吞吞吐吐地说这是玩秤，做的是短斤少两的缺德事。秤博士愀然：你骂我？存良立即道歉，不是那意思，觉得有点歪门邪道。龙娃说：那些废钢烂铁，堆在单位院子，日晒雨淋的，咱们把它卖到钢厂，一回炉成了新的钢材，不是为国做贡献吗？咱这钱赚得有啥问题？存良想了想，说倒也是。秤博士自有道理：不踏实啥？他们明知道钢厂收购价每公斤八毛五，卖给咱也是八毛五，这不是明着坑咱？龙娃理所当然的样子：这是经营之道。

存良又说：给领导送钱，可能吃官司。秤博士没好气地说：你那么一疙瘩耗子肉还不够塞牙缝的，有亲戚朋友就多走走，只要能弄来活，有你赚的钱。存良沉思片刻说，咱农民弓腰撅沟子，种烤烟一年才弄千儿八百，还不算成本，又熬的是啥力气！龙娃说，这就对了嘛。

存良看到秤博士的小蜜进门，就和龙娃出来。龙娃说，博士媳妇在老家，管娃上学呢。这有个约定俗成的习惯，老家来人先安排别处，一般都在旭日饭店见面。除了刚来的和没钱的，各有小蜜，相互保守秘密。存良问，那些单位为啥不自己卖废铁？龙娃解释：国营单位，就跟咱小时的农业社一样，尻管娃！存良醍醐灌顶，眼前一下亮清了：就是任村长常说的那句话，日娃不管娃，娃跑了不撵娃！

接下来，存良知道了还可以玩"钢板"。

存良打消了顾虑，四处跑生意，抬头挺胸，一见值班人员就说找厂长或经理。几天之后有了收获，喜忧参半地对龙娃说有生意却兜里没钱。龙娃让幺鸡替打麻将，随他出来说：找邓老铁，他现在不贩铁，专门放贷，一天利息是五厘，我打电话，他一会儿就开车给你付款。存良说那个厂子有磅秤，秤博士带小蜜外出了，一时回不来，咋办？龙娃说，你准备点钱，见机行事，打点过秤人，不要硬做，我后面坐卡车就来了。存良疑惑：耍不了秤，不就成了赔本的买卖？龙娃胸有成竹地命令，你只管做你的。

龙娃乘坐卡车来到一处废旧物资堆积场，喊来七八个民工将一张很厚的钢板装进车厢，再驱车进入存良所说的单位院子，包管员示意将车开过来过磅秤。龙娃下车和存良走到经理面前，一个递烟一个点火。司机过磅后把卡车倒出来，跳下车对龙娃说胎气不足，要充一下。龙娃佯作生气：咋不早点充呢？快，领导都在这等着呐！司机开车出了院子，开到不远处的物资场，利利索索地卸下钢板又返回装废铁。龙娃轻松地对经理说：吴总，您有事就先忙，装完货过罢秤，就去付款。吴经理给管理员吩咐几句后走了。龙娃挤眼示意，存良明白了，从兜里摸出提前准备好的钞票向管理员凑过去，悄悄塞进他的衣兜。

　　龙娃带着存良和邓老铁去财务室交钱结账后，问存良给钢厂厂长准备钱了没有，存良说上次已经打点过了。龙娃说，你一顿饭想管饱一年？邓老铁从包里抽出一千元说，装个信封袋。他捏着钞票，颇为不舍：我再买盒香烟。摇摆手里的钞票，心想歘啦歘啦的一沓钱，送给那畜生，就为签个字？最后他从商店将三张一百元都换成五元面值的，装进信封，打的而去。

　　他不仅做成了第一单生意顺利地挣到了可观的钞票，还为自己的鬼点子得意，在龙娃的房间高兴地炫耀：章厂长一摸鼓鼓囊囊的信封，脸色就温和了，就大笔一挥签了名，这阵子肯定骂我，打开信封一数，才是个二百五啊！包平安赞扬他入门快。龙娃说这次堵了门，下次咋见章厂长？存良说：下次找人帮忙。包平安提议早日包养小蜜，女子结账顺利。他急忙摆手，不弄那事。包平安说：嗨，你还是个不吃腥的猫。他说，粘上女人就活不清楚咧。

　　包平安说：土拨鼠刚进城，应该开开眼，看一下城里生活，今儿你赚了，请我们去歌厅唱歌，给你要个小姐，看你心跳不心跳。他问歌厅是做啥的，是妓院吗？包平安点头说差不多，他把头摇得差点掉下地。龙娃微笑：我的哥，娶了个大美人，远水不解近渴呀。包平安说，那去舞厅吧，只跳舞没小姐。他又说不会，龙娃说开心一下吧。秤博士走进来接上话茬：把新衣服穿上，梳梳头，我那有摩丝。

　　最后，存良跟着他们看城里的夜生活，这些哥儿们有钱了除了赌就是玩女人。

存良很好奇，就跟龙娃一伙去了舞厅，睁大眼睛想看个究竟，可是暗淡的灯光下装扮得形态各异红男绿女成双成对握手搂腰随着音乐节奏旋扭，在彩球光束扫射下显得诡异迷离。坐在墙角沙发上，对龙娃及秤博士吆喝：这么黑呀！龙娃鼓动他请一位女子跳一曲，他说不会弄这活。秤博士凑近：跳舞就没有会不会的，只要能走路就能行。他说，那你是日弄我哩。秤博士嗫了一口啤酒：你仔细看，这黑灯瞎火不用挪脚步。龙娃到舞池给他教练几曲后，他还是不自信，喝着啤酒独自欣赏旋转的身影。

　　最后受了秤博士刺激，说他不像个男人，才冲动地请起一位女子。她发现他手足生硬，问他是干啥工作的？他自豪地说贩铁的，女子鄙夷地甩开手说：贩铁的不去贩铁，到这蹦个啥劲！他脸肯定红了，好在没人看清，尴尬地走向沙发：这臭娘儿们看不起我。秤博士说：你以为咱们贩铁的是处长、局长，是经理？走到哪儿都牛×？龙娃点拨，这场合哪有实话。存良说我想说我是市长，怕她不相信。秤博士说要装得文雅一点。存良叹息，一看就是个大老粗，老鼠插鸡毛还是飞不上天，人说有钱啥都有了，依我看有钱就是不能让我变成文化人。秤博士不以为然，说有钱就能上大学，还能买文凭。龙娃说，骆驼巷平房西头那两口子，就做各种证件，一个三四百元，男人三更半夜到处粘贴喷涂广告，女人负责收钱交货，老抱个娃，防止公安拘留。存良心里一热，大学毕业证是怎么个模样？

　　存良听着萨克斯《回家》的曲子，气息奄奄的灯光竟然渐渐熄灭了，舞厅里黑得啥也看不见，便起身靠近舞池，要弄清黑压压一群人是咋跳舞的，会不会碰撞发生口角引发群殴。取出火机借助蚕豆大小的火星，只照亮了自己，倒引起一阵窸窣。熄火后定了定神，才看清一对对紧紧搂抱的男女，竟能无视旁人投入卖力地集体上演下流龌龊的勾当。

　　十几分钟后灯光才挣扎着一星一点地亮开来，缓慢地提醒该收敛了。龙娃、秤博士和包平安走过来坐在他身旁。存良大彻大悟：原来跳舞很简单嘛，动动屁股就行咧！

第十四章

兰蕊隐隐的担忧变成了焦虑。齐厂长出事的消息是小童带回的。

那天她正在鳖盖墚东面的野狐坳挖树窝，秋后要栽槐树和果树。村民组长夏麦龙传达了退耕还林政策后，她就签订协议承包了二荒地。她喜欢山清水秀，给婆婆的理由是修房盖屋需要木材，果子能吃还能变钱。坐在草地上歇息，看着蜿蜒的红河水，绿雾似的杨柳，彩色的田畴，想起小时候点将小学的美术课；还有山泉溢出的细流，和黄鹂鸟春情荡漾的声音，忽然撩动心灵深处那根琴弦。曾经的大学梦、爱情梦，江畔海滨，摩天大楼，彩色的衣裙……这些最基本的元素轻薄地抛弃了她。过往的日子像白鸽高飞，融入了蓝天。如今她就是草地上那只野兔，住土窝吃野草，终老黄土。兔子幸福吗？跑得快却不离开这里，也许远去，就是贪婪和枪口。

在她眼角溢出泪水时，小童上山来，说齐厂长被检察院抓走了，还说了一件事，她感到事态严重。小童的同事小秦随厂长去南方送货，卖了四万八千块，厂长私吞了钱，却骗小秦商家欠了账，塞给他一千元，还吩咐回去就说杏脯被检查站挡住，质量不合格全被没收了。她去了几趟镇上，都没遇见母亲。最后只好跑到西坡村，姨妈说母亲来住了一夜，说了她的处境。

抓人的那天，你妈擀好面条等去县城开会的齐永才回家，等到天黑时他弟弟匆匆跷进大门，给小两口通风报信，说检察院从会场把人带走了。你妈一下子慌得手都抖开了，想问他啥原因时嘴翘得说不出话。他弟弟坐在小两口的房门前说，告状的可能是以前解雇了的那个司机。那儿子愤怒地叫嚣要叫上大蚂蚱和黑蜘蛛收拾那畜生。

那个儿媳妇就含沙射影地对准了你妈：前些年顺风顺水，今年咋了，二大，有时间问一下神婆，是不是这院子进了不干净的倒霉鬼。他二大说有可能，你爸不听劝，有钱屁股烧得坐不住，胡折腾。还故意侧头瞥了瞥这边屋子说，男人运道好不好就看婆娘的脸，那个就是个苦瓜脸。最后站起身提高嗓门：你们都要嘴严，不该说的绝对不能乱讲。儿媳妇应和：就怕内鬼成心使坏呢！

你妈心急火燎地在房里转圈，不敢出门询问，明着是要碰钉子，侧耳听完院子里夹枪带棒的侮辱，扎耳扎心，哭了。偌大的家院唯一的依靠进了班房，违法了？会判刑吗？你妈不知道能为他做些什么。惦记厂长穿着单薄的衬衫走了，送件外套可不知送到哪儿。你妈终于鼓起勇气面向小两口时，那儿媳撂下冷冰冰的一句"这事有亲儿子操心"。你妈在这豪宅能待多久只有老天知道，没准就被扫地出门了。

细想，母亲大半辈子不容易，受不了父亲的瞎脾气，顶着别人的非议走出一步，却出了这一茬，日子咋过呀？想见个面，却只能在街上等待。齐永才出事后，多少次都没见个人影，真愁人。

兰蕊心头的疙瘩还没解开，父亲又病了。

挺着肚子回娘家蒸馒头时，华有德胃疼得弯成了一疙瘩。把父亲送到镇医院，大夫说要住院治疗，小童借来一千元不够交押金，又想找哲明张口，偏巧遇到母亲。知道老偏头病了，母亲就取出再婚前齐厂长给的五千元彩礼钱，到病房门口等她出去时被父亲发现了。挤出门缝的那一串"滚、滚、滚"比以前又把打得还疼，母亲说，我不是牵心老东西，是为大肚子的女儿解愁呢。父亲坚决不住院，只好输了液买了药。回家发现母亲塞进她包里的钱，一个月后赶集，还是塞回母亲的兜里。

后来她才知道，那天母亲一进齐家门就被搜了身。那个儿子从牙所看到母亲去银行取钱后又去了医院，跟进大门楼和媳妇揪住衣服掏出存折，考问把钱转到哪里去了，说她身上一分一厘都姓齐，骂她没良心，老爹一出事就有了二心，想卷着家财溜人。母亲差点晕厥了，说生死都是齐家的人和鬼。那儿子警告，他爸的存折和留在家里的钱只有她知道，别打歪主意，老爸的钱财天经地义是儿子的，他是亲生的，不是私生的！那孙子哀求别打奶奶，媳子说她不是奶奶，是老妖婆。惊动了邻家的二叔，他一番道理才平息了风波。说齐厂长的家财不是几十万，是上百万，从农副特产公司到镇上杏脯厂，轰轰烈烈地弄了一场，是农民企业家，别让嫉妒咱的人看笑话，不能硬来，万一你爸有个三长两短，打起官司法律上认可她，要讲策略，不要明火执仗地弄。

若有钱就好了，给娘家安个电话，到小华商店就能问候父亲，用不着挺着肚子爬坡下洼的，这当然是奢望。做完地里的活总习惯在村口逗留，也许会有人捎来口信，这里啥信息都有。

操场避风，玉玺台下的敞口窑能落住阳光，是阳面窝窝，暖烘烘的。没事的村民凑到一起下棋玩牌，说外面世界的变化，说电视上的新鲜事。也骂电视，狼来了不可怕，可怕的是失去诚信，电视机不要脸，经常发布假信息，还有烦人无聊的节目，糊弄人，尤其亲嘴露腿露沟子，一家人臊得看不成嘛。那些烂剧和谎言，坏了胃口，济民说，还不如咱点将村的烂社火。自仁认为没有皮影戏真切。

从别人的玩笑里听出了，婆婆曾与济民还有那么点意思。慕绣花说济民，你们两家地连畔子，捎带着种了算咧。济民红着老脸说这把年纪了，划不来折腾。她说才五十多岁的人，把当年抱存良妈从苜蓿地里回家的劲头拿出来。济民回击：你那张嘴像两片风扇，扇出来的全是些秕子！

传得最神奇的是，有人深夜看到了月下的点将台上，一匹烈马扬鬃甩尾腾跃而起，凌空飞越玉玺台，背上还骑着个将军，戴头盔穿铠甲，眼仁子像两颗星星，挥舞马刀，豪气冲天。济民说有一夜听到了咴咴嘶鸣，就在村口方位，点将村二十年前就没人养马了。任维平说，那没准是李自成的魂呐。

说得最多的是打工。通过亲朋好友拉扯出去的，容易找到轻松活计还能拿回工钱，自个外出的全凭运气。尤其是到建筑工地黑明昼夜卖命的青年，给媳妇买件衣服给娃交了学费，破兜只剩能碰响的硬币。运气好的能弄回个两三千元，能量回一篝麦子，比把一家人套在磨堂里强。地是咋说也划不来种了，辛苦不说，搅过种子化肥农药的本钱，够交杂七杂八的白条费而已。

打工的青年出门前，几乎都到小华的商店口头登记。商店炕墙上摆放着一部无绳电话机，连接着外面广阔的天地。出了门，有事与家人联系，难免麻烦小华捎话带信，甚至满村吆喝。象征性地收取五毛一块的通话费，小华心里依然是畅快的，毕竟这个最先进的通讯玩意儿方便了乡里乡亲，钱重要，情比钱更重要。那个小小的电话传来最令人痛心的消息就是，福厚塌在小煤窑里了。正月里他跟随首蓿湾的邓宏仁离家时在小华这儿流过眼泪，一定要还清结婚欠下的债，不让帮他的乡亲寒心。邓宏仁外号狐狸，近年来从点将村和后山贫困村带走几十个青壮劳力，去外省掏煤，除了几个伤残的返乡外多数被装进盒子抱回来。福厚媳妇还不到三十，把福厚埋进坳里，拿两万元的人命价还清了烂账，撂下娃又嫁人外出打工了。

兰蕊一见福厚老爹任维勤就心酸。他是个瓮口子，刚包产到户的那年老婆就没了。听说旁人家牲畜窜进堡子沟麦地，糟蹋了庄稼，老婆心疼地哭了半晌倒头就睡过去，再没醒来。他提着小篮子经常和孙女在村口一带的小路上捡拾香烟过滤嘴，把熏黄的海绵撕成絮，转着线桃子碾成线。兰蕊看着篮子里西瓜那么大的线团问他做啥，他才说准备学着给孙女织毛衣。济民开玩笑说，你边织毛衣边过烟瘾。维勤问她会织吗？济民说，那就把存良媳妇给熏晕咧！她心里酸涩，回家后把给肚子里娃织的毛衣改大织好送给他了。

存良走了后，高窗透进星星，夜静得能看见灵魂。像站在地头的陇塄上，她看到了婚后的日子长成了一垧的庄稼，苗稠苗稀苗高苗低，现在一目了然，下种时不娴熟也茫然。真的有命运之手，在左右人生的轨迹吗？

第十五章

  素素和小刚和和美美，种菜种烟经营生活，有意躲避哲明家人，生怕惹出是非，可芽芽瞅机会就来家，黏她黏着豆豆玩，甚至还要住下。

  芽芽说那个妈妈不喜欢她，还骂她脑子有病。素素心疼得抱住女儿眼泪吧嗒嗒的。那天她送芽芽到哲明家的崖背上，桂云站在院里大声地挑衅：下来，我就给你腾热炕。她不想发生口角就退后了几步，但还是能听见院子里响亮的呸呸声。听到维根警告芽芽：不许再去小刚家。哲明妈说娃跟妈亲，拦挡不住。维根自负地说：素素为啥嫁回来，不是喜欢裤裆漏风的小刚，就因为惦记哲明。哲明妈说，惦记芽芽倒有可能，依我说娃待在咱家也可怜，素素想抓养是好事。老干部反对："没有铺毡的炕席，芽芽能睡着觉吗？一年四季吃不上一片肉，把娃吊成瘦鸡娃呢！"

  几天后小刚路过村口遇见在桥上玩耍时跌下溪岸泥地的芽芽，抱回家叫来邓医生，开了处方，诊断为轻微的脑震荡。素素守在炕沿抚摸女儿的头流眼泪，芽芽央求晚上跟她睡。她正想出门，维根却找来了。硬把芽芽隔门叫出去，还把小刚抓草药的钱都付了，说三块八角钱能买一斤清油呢，又说芽芽睡惯了绵软的热炕。女儿频频回头让她心都碎了。

素素狠下心来躲避，可该来的总要来。暴雨过后燕子溪变粗变浑，淹没了岸边的清泉，去井台吊水，遇见哲明挑着桶，红着脸低着头只顾使劲绞辘轳。他憋了憋说：今晚，我在桥下的树林等你。她挑起水桶头也不回头地说晚上有事。就几句话，等你到天亮，他对着她的背影说。

这景被在烟地里摘叶的桂霞看到了，虽没听清说啥，可预感有事，下午去鸽子滩割草，有意走近小刚的菜地："这世上若有卖后悔药的，人就好活了，我以前羡慕哲明，稀里糊涂地做了媒把妹子嫁给他，结果他老不回家。若知道你打算娶素素，我就不……"小刚说各奔各的日子嘛，素素跟我一心一意。

桂霞咋舌：马没有嚼子不上路，人没有尾巴抓不住，素素就没有惦记哲明的意思？你别嫌我嘴长，她离婚回娘家，听说上门求亲的人不少，有家境好的，咋偏偏看中了你，过紧巴日子？晚上多留个心眼儿。

素素嫁回点将村之前，是有心理准备的。当初被任家扫地出门，已经失了面子。外面的天地大了，光棍汉海了，娘家村里的媒人见天来说合，也有家境不错的。父亲倾向镇旁边的那个青年，他在街上有铺面，做小本生意，彩礼钱答应五万元，还不算硬的。她私下去街道观察，偏巧那小伙子从旁边的麻将馆子出来，人虽长得比哲明还精神，但她当时就摇头了。

媒人又介绍了一个后生，在镇上买了楼房，开了个熟肉店，卖猪肘子肉。她当了一回顾客，买了一斤肉，顺便考察一下。人看上去灵光，可出来后觉得肉的分量轻，到隔壁超市里一称，才八两。父亲尽管急着嫁她，也有心弄些彩礼钱，但说缺斤短两是缺德，不成。媒人为挣提成费，一点都不烦，又说了一个家在县城的，特有钱，离过婚。素素懒得再考察了，直接做了判断，那也一定是个有大漏的男人。

正巧兰蕊说起小刚，当时心里热乎乎的，就想起他憨厚的傻样，有时还脸红呢。他傻，但不是实心的，不是瓜得实腾腾的那种，窍是开着的。哲明应该说是理想的丈夫，"五毒"不沾一样，也从没撺过

105

她一指头，可哪能想到，他懦弱。女怕嫁错，失败了一次，再跌个爬扑那不是蠢猪吗？小刚虽然家穷，人可靠，走正道，如今只要勤快，就有奔头。再回想在任家的日子，钱是不缺，可整天被公公弹嫌，不比门缝里溜出溜进的狗强多少，尤其是好些日才盼回哲明，夜里连畅快的叫声都得憋回去呢。济民开朗豁达，至少不会受窝囊气。女人嘛，只要男人看重你，能抬头挺胸，活得畅快，还要啥呢？

当然，留在任家的女儿也是一个心结，一看见别人家的小女娃，就忍不住淌眼泪。母亲反对的理由是，嫁回点将村怕有麻缠事。父亲心里有小九九，不赞成是因为弄不来彩礼钱。最后哥哥说通了二老，她才顺利地嫁回点将村。进村的那条路先在心里走了一遍，最后一趟出来时洒了泪，这次回去时要带着笑，抱着儿子更应该笑，再一想路边可能有芽芽和兰蕊，当然能笑得出来。婚后，才意识到骨子里还是喜欢小刚的，喜欢他那个傻劲，日子就按她想的来了，活出了滋味，美着呢。

她纠结了一阵还是走向村口的小路，伫立在老槐树下，望见桥下柳林被夜色涂抹成浓浓的墨团，喁喁低语的溪水边伫立着一个身影，下决心走过去的理由是彻底斩断他心头丝丝缕缕的情愫，把话说清，免得缠缠绕绕的。

哲明听见脚步声回过头：我以为你不来呢。她说：有啥话大白天说多好，这地方，又是晚上……他说："一是大白天我没脸见你，话憋在心里说不出；二是怕桂云看见了吵闹，她浑得很。就几句，说完你走。离了婚的那阵，一直在集市上留心，可没碰见你，想对你再说声对不起。我知道，你恨我。"她说：过去的事不提了，该流的眼泪都流完了，就这句话，那我走了？他要抓她的手，她推开了。小刚人好，他说，只是家里穷点，要帮忙你就说。她郑重地说：从目前到将来，都不会麻烦你的，你过你的日子，把娃带好，我就不牵心了。

他情绪波动：想想过去，咱俩的感情……她苦笑："感情到底是啥东西？是红的还是绿的？是软的还是硬的？是方的还是圆的？其实这两口子，就像犁沟里的两头牛，就是为了种地过日子才连到一起的。"

他伤感：我咋都不能理解，现在的你——不是以前的素素！我确实变了，她说，过去我有很多幻想，如今现实了，你也应该实在点，多关心体贴新媳妇，我只惦记芽芽。他说：我妈说你有要娃的心思，我们都舍不得，如今芽芽才是我回家的理由，我想带她到屯田镇上幼儿园，又担心不会照顾。她说那不现实，你连自己都照顾不好，还是做通娃她爷的工作，我带着。他说：小刚能接受，你真心要，我就劝老人。

桂云心里犯疑，哲明吃完晚饭就出了门，是不是去了小华的商店？走到桥头隐约听见柳树林中有人说话，借助刚从堡子山露头的半个月亮朦朦胧胧极力分辨，终于看清两人正在"约会"，怒冲冲地走过来。

素素立刻说：没啥事我走咧。桂云堵住去路：刚摸热，走了干啥？黑天半夜地跑到这地方来鬼混！哲明愣了愣，解释：找她问句话。桂云愤怒：问话要在晚上？要到这地方？黑天半夜地来这儿，只能干见不得人的事！素素说：嘴巴干净点！桂云骂道：呸，人活脸树活皮，你被踢出家门还不死心，借着嫁给小刚的名义来勾引我男人，还要不要脸？哲明拦住桂云说：是我约她来的，骂我好了。桂云绕开他扑向素素，吼道：我要给这个骚货一点颜色！哲明一把抓住她：别胡闹，回家。桂云挣扎：我要撕破那张脸，看有没有血！

早已站在不远处槐树下的小刚跑过来拉住素素的手：走吧。桂云叫骂：小刚，你娶这种不要脸的东西做啥？小刚说：我媳妇，我清楚！桂云侮辱：穷鬼王八，娶了个烂货。小刚生气地回击：真是屎壳郎打喷嚏——满嘴喷粪。

哲明给了桂云一个响亮的耳光。她哭叫：你心里惦记她，那把她领回去，我就走，明天就离婚。争吵引来过路的村民，桂云更来劲，撕扯哲明衣服：你不是人，我一个大姑娘，嫁你个二锅头，你还胡搞，我不活了，撞死算咧！说着向一棵柳树撞过去，哲明急忙拽住她。

桂霞走出人群，拉住桂云：妹子，回家！桂云啜泣：大姐，你评评这个理，他一年四季不回家，一回来就和那不要脸的黏到一块，这日子没法过呀！哲明边走边撂下话：明儿到乡上，离婚！桂霞拉着妹妹往家走：这么闹腾，不是往哲明脸上吐痰吗？一个男人，以后咋见村里人？不考虑后果吗？再别唠叨了，回去赶紧给他赔不是。

桂云拉住推着摩托要出大门的哲明：这么晚了，别走。哲明说：我一刻也不想待在家里，放开，明儿到乡上办手续。维根走出屋子，嗓音厚重，严厉地训斥儿子：咋了，烦这家了？母亲劝他回屋。维根责备：狗日的脾气大呀，自己错了还有理？黑天半夜你跑到沟滩里干啥去？哲明脸色难看，把摩托车靠在墙角。

你咋知道我去桥头？素素抬起头注视躺在炕边的小刚。本来想对你说，又觉得自己能处理好，你生气了？小刚摇了摇头。她嗔道，我才不相信呢，这阵子，胸口有个毛毛虫。他叹了口气：毕竟你俩夫妻一场嘛。她真诚地说："过去的就要放得下，人生嘛，跟种庄稼一个理，种了一料子，黄了，割了，就完了，再把地一翻，重新种下一料子。过去跟哲明的日子，种的是粗粮、是黏糜子，吃一顿是甜的，就是不能常吃。如今跟你一起，种的是麦子，一年四季断不了，吃着也踏实。"他问啥时想出来的这个理，她说就是和你结婚后。他问咋是麦子？她趴伏在他的胸膛：你啊，才是我心中的大男人！

不久后，素素从芽芽嘴里听到希望。

桂云怀孕了，爷爷高兴地说砖房豪院后继有人了。奶奶却说媳子饭来张口等着喂、衣来伸手倒头睡，还气怅得很，哲明以后的日子咋过呢。爷爷刻薄奶奶：你当年能给我生个儿，别说啥活不做，就是上厕所我都端着你撒尿。奶奶气白了脸，说桥宽了横着走，娇惯吧，总有你受窝囊气的时候。爷爷说大半辈子，啥人没见过，还不信谁敢对他指手画脚。还骂妈妈纯粹是个软面团，咋揉咋个样。奶奶说驯不服的野驴，死了还想尥蹶子，你这辈子活得不带劲，就是缺个驯你的人，桂云就是那个拿鞭子的。

芽芽还说，爷爷让爸爸带她去镇上念书，后妈说爸爸自己吃住都凑合呢！爷爷说啥事不是逼出来的，他当年怎么怎么的。后妈说你那时候吃的苞谷面、高粱面，爸爸是吃馍头长大的，咋能比？还说她小时候不爱念书，她爸天天放学后逼着写字，写不完不给吃饭，还是没把她逼成大学生。奶奶轻蔑地说：母鸡下不出凤凰蛋！芽芽模仿着说，那个后妈像是立了战功，稳坐在正堂沙发看电视。奶奶嫌后妈没礼规，爷爷骂奶奶是古董、老脑筋。奶奶说世事再变，还能变得让公公给媳子倒尿盆？

芽芽记得最清楚的是，桂云说过屎难吃人难活，天下的后娘最难做，把心肝掏出来给娃吃了，还嫌腥呢，说当妈的能抓养旁人娃，就不能抚养自己生下的？爷爷不再那么反对，看着她不说话。

素素心头敞亮了，看来维根松口了，瞅机会再给哲明说。桂云生下儿子后，机会送上门来了。那夜她从兰蕊家归来，碰见月光下伫在枣树旁的哲明。他叫停她，怅惘地说：这辈子心里只有你，你让我知道了啥是爱。她肉麻了一下，说啥爱不爱的，听起来像神婆婆闭上眼睛带上角子坐堂一样！他好像真的很难过，说一个人住在宿舍里，就想起她的温柔。她"嘻"了一声，温柔有啥用，还不如能生儿子呢，都重搭台子重唱戏了，别伤害你媳妇。

他厌恶地说，她糊涂，不宽容，还唠叨，一回家就想变成聋子，我有很多话只想对你说。她淡定地安慰：这世上最伤人的就是情，想上一千遍，想上一万遍，想断肠子，也得想通。他说要带芽芽到镇上念书。她说你真心爱娃，就劝老人，我来带，免得两头牵挂。他答应了。她长出一口气，关上大门从门缝里看他待了一会儿才下了小坡。

哲明是趁着给小华送两条烟才叨空出来的。素素关上了大门，却关不住他心里的那扇门……娶桂云的前几天他喝醉了酒，朋友劝他婚后别开灯，两眼一闭，黑麻咕咚你就当炕上躺的是《泰坦尼克号》里的露丝，日久生情呢。大喜的日子包了一场电影，真想演那个大片，放映员却说那是个悲剧才作罢。虽然演了喜剧，可有人点了麦草垛，一家人都没喜得起来，桂云哭了，他有些可怜她了。还没钻进一个被窝，她就提条件，按月给她五百元生活费。还有啥心情呢，一夜都不雄起咧。哪有这样的露丝？别糟践人家温斯莱特咧！

那哥儿们见他蜜月里脸不展拓，也不回家，又开导，说娶媳妇就为生娃操持家务，家里得不到的从外面弥补，县城里新开了 KTV，镇上也有洗脚房了，啥样的女子都有，肯定能把你哄高兴；你若是嫌不干净，咱单位小柳就不错，小媳妇长得有脸有腰，男人经常在外逛荡，那急着呢，见天给你端吃端喝的，就剩下解开胸扣……他当时就把朋友的话给堵得咽了下去，说人家对咱好咱能祸害人家吗？朋友不以为然：她为啥要对你好呢？饭做得多了？不是的，你那老实疙瘩不明白，你住在隔壁，就没听见挠墙的嚓嚓声？若是揭不开脸皮，夜里直接推门进去，就说走错了，看她让你退出来不？

他知道朋友是逗他开心，是戏言，是玩笑，是梦话。说实话，祸害了一个素素，就够他难受一辈子了。真要到处玩女人，不到老的时候就得进庙烧香念经赎罪去了。那哥儿们还说过，女人都一样，跟谁过不是过呢？在他看来，女人可不一样。素素说话比唱歌还好听，不过分打扮就能收拾得清清爽爽的，像夏季刚下架的黄瓜，没钻进一个被窝就想一口咥掉大半截呢。桂云呢，不讲究，不留心细节，这就让女人一下子失去了那种味道，虽把姑娘身子给了他这个二锅头，算是一块筋道的好肉，可肉没拾掇干净，有点恶心。恶心是恶心，毕竟是媳妇，那就捏着鼻子吃吧。没想到，一松手又闻到了黄瓜的清香了。素素又嫁回点将村，难道心里就没有惦记他的意思，哪怕是一点点？和小刚都一起玩大的，不会和素素越轨的，可就是忍不住想看看她，想说说心里话，要不会憋死的。

他走到自家门外，发现父亲在椿树下蹲着抽烟。维根说：我知道你去找素素了，桂云猜对了。他说芽芽跟着她好。维根说：我喜欢孙女，不忍心娃去那个穷家受罪，可是芽芽动不动就溜到小刚家，不是长久之计，也不想看到你以娃为借口……我年纪大了，指望能过几天安稳日子，让她领走吧。

第十六章

　　兰蕊生下女子坐月子时，存良回来了，惊动了点将村，最后连县长都惊动了。

　　存良贩铁挣了钱，置办下流行的家电、衣物和礼品，雇了一辆面包车，出了大城市，车轮轻快地碾过千里路程，和龙娃吹牛谝传，回味城里那些有意思的人和事，司机羡慕得插不上嘴。龙娃本来要带上"幺鸡"显花，也让父亲高兴一下。存良说一看她就不是个正经人，讨人口水的；真要带她回也行，把头发染黑，上身好赖得穿个像样的衣服，起码能兜得住胸，腰里围的布套子再长一点，得把大腿面子遮住，千万别穿后跟有钉子的皮鞋，钉进乡间土路拔出来也耽误工夫。还有一点得记住，别在地上蹾了。"幺鸡"又要加差旅费，龙娃便打消了这念头，不是舍不得，老算计得少了那份温情，像做生意。车开进岽岽塬塬地界，龙娃还是觉得缺了点啥。存良倒是很满福，刚进城作难了一阵子，就是《张连卖布》里那句话，运气不来不得法。熬过去之后，接二连三的生意砸下来，塞一沓回扣就挣几沓回来。

　　原来男人和男人只有一个差别，就是看钱多少。有了钱就有面子，有了派头，最明显的是女人看你就眼放光，双眼皮都变单眼皮咧！男人有了自信，脚下也生风，走州跨县有胆量，不会老窝在家里。再一想曾经和桂霞的那些口水仗，真是狗咬鸡叫的圈里事。兰蕊让他窝心的事，也不是个事，没见过世面还以为是天大的事。回家前花了不少钱给她买礼品，抚一抚她心上的伤痕。心里已经盘算好了，明后年带着媳妇先去西安，再北上广地浪一下，带出去也赢人，让她觉得嫁对了男人。钱无疑是个好东西，肯定能换回丢掉的脸面。最好车进村口时，操场有一群人"迎接"，那才得意呢！不过，也别太得意，城里人骂暴发户，穷得就剩钱了。张狂没好事，也惹父老乡亲嫌弃，再说兰蕊就不喜欢那样的男人。车蹚过红河，已是下午，就应了他心里想的，村口人不少。

面包车还没停稳当，邓社会从操场的人群里别出来，挡在车前抱拳作揖，一看见走下来西装革履的存良和人模人样的龙娃，失望地说，以为是上级领导来了。龙娃问我俩不像吗。邓社会说：你俩呀，狗戴帽子最多就是马戏团的小丑。存良问找领导要做啥。邓社会一脸焦急：教室屋顶破烂不堪，碰到雨天，娃娃浑身湿漉漉的，书本都浸了水，打着伞上课呢。

存良说，上面办不成的事，咱自己解决。邓社会不屑地瞥了瞥存良：你能解决？存良满不在乎地说不就是维修教室么，得多少钱？邓社会说现在学生娃少了，只有两三间教室，不过也要三万多元。存良一拍胸脯慷慨地说，才三万元啊，我出钱，咱自己修。

这一句话让村民都瞪大了牛眼窝，存良很受用。家成劝存良快回家，别上唇不沾下唇地胡吹冒旭！存良豪气地说，我是男人，说话不是向后放气！龙娃凑过来低声问他是不是脑子发热了，存良一笑说，还没你包幺鸡的年费多呢。存良掏出高档香烟打了通关，向桂霞问好时却遇了冷脸。济民惊奇地追问他真要掏三万元维修教室，存良肯定地点点头。麦龙队长怀疑地问：有那么多钱吗？存良说没有狼的两条腿，就没有吃羊的那张嘴。夏队长说：那村里老老少少都会感激你的。存良问起自仁叔，济民说乐乐当了厅长，回来一辆高级轿车，接他进城享福了。

存良和司机把车上的东西卸下来搬进院子，就吃上了媳妇端上来的热腾腾的臊子面。送走面包车，先给母亲递上礼物，再一件件打开包装纸箱，电视、音响、VCD……母亲询问这些物件是做啥用的，花了多少钱，又兴奋又担忧：都是你挣钱买的？"那还能是抢来的？"他说，"放心，都是我赚钱买下的。"

存良去大窑看望了祖母，孝敬了从省城带回的礼物，嘘寒问暖地说了一阵，返回院子安装电视机和音响，引来不少邻居凑热闹。宽敞的客人窑挤满了老老少少，他们摸摸这个看看那个，谁也没见过这么大的电视机和开大声音像地震了的音响。存良热情地拿出糖果、烟、酒、茶招呼睁大眼睛欣赏屏幕画面的乡亲，像办喜事。

济民围着电视天线转了几圈，说，别人买下锅是做饭的，你家锅是看彩电的。小华抽着香烟：这烟呀，乡长都抽不起。任维平说：这么大的家伙看秦腔，美得很！葫芦说，把这两个黑箱子架到门外的大树上，全村人都能听到唱大戏，就美日塌咧。家成说，那不敢，声音压住了村委会的喇叭。小华说，这黑箱子能抓獾呢，前些天我在野狐坳瞅见了獾窝，要把这玩意儿放在洞口，美美地吼上一嗓子，准能把獾吓得半死，吓得滚出来呢。

存良这才走进新窑，俯身炕沿，逗逗婴儿，说，咋不问我挣下钱了没有。兰蕊说只要平安回来，就安心了。他说以前在镇上混，一个子没挣下，回家怕你问，今儿等你问，倒不言喘。她说以前不担心，今儿倒不踏实。听他得意地说挣下了五六万元，她惊诧地问，咋弄下那么多钱？他保证说不是歪门邪道，收废铁赚的，很多厂子报废的旧机器、旧钢材一称就是几吨十几吨的，一车能赚两三千元；邓老铁挣得更多，上百万了，在城里买上了大房子。她还是劝诫：昧心钱可不能赚。他说，全是合法收入。

他又取过柜盖上的包裹：给你和娃娃买的衣服。她打开一看，这是男娃的，太宽大了。他歉意地说是给素素儿子买的，以前对豆豆不好，亏欠。又取出给她买的项链，她说太奢侈了。最后拿出手机说：两千八，摩托罗拉。还说过几天去探望岳父，清还烂账。

存良筹划申请庄基地，修一砖到顶的三间房，让出这院子，留着给小童结婚。兰蕊认为用土坯好，砖太贵，有钱也不能扬麦草，妈听说你一张嘴把三万元捐出去，心疼地说二杆子病犯了，我说修学校也是给咱自己办事，修庄子，得捏细，先得写申请。申请你写，他故意说，这人有钱，啥都能买到，就是买不到肚里的学问，虽说我现在是个大学生，动笔杆还得你这高中生做。说着话，他取出包里的红皮本神气地拍在炕毡上。

迷惑变成好奇，她察看"大学毕业证"：你的名字，你的照片，从哪弄的？他说掏钱买的，五百元。她问买假的做啥。他说这玩意儿能派上用场，有一次我揽活儿，那经理一听口音，知道我是"聊斋县"的，说没文化的土八路进城胡捣鬼，我亮出毕业证，他对我态度才变了，几吨废铁叫我拉走了。她问啥是"聊斋县"，他说城里人骂咱县人鬼点子多。她有疑问：贩铁是不是捣啥鬼？他改口，贪钱的领导，让我们拉废铁还勒住喝油水，吃回扣。她捏着"毕业证"，若有所思。

存良请邓阴阳看过几块田，最后相中亮坪的一处地。这片责任田是存良和大安两家的。先生一打罗盘，靸鞋画出的方块跨越两家地界。存良找到大哥说明愿用水浇川地兑换。

大安回家一说，媳妇一口回绝：他拿出种金子的地，我也不换，看不惯那副张狂劲，贩铁挣了钱，脸大后窄轻，刚进村就张口出钱三万元维修教室，显花自己；买了个电视机，能收来八个台，弄了两个黑箱子喊叫唱歌，比驴嚎还难听，真气死人呢。大安顺手翻阅炕头书本，说修一下教室是好事。

桂霞坐在门槛纳鞋底：哲明和小华，还有邓家兄弟，都比他有钱，都没他那么张狂，如今有学问的人弄不来钱，满嘴脏话大话的二杆子却富得流油，要我说娃念几年书睁开眼就行了，早点出去做生意赚大钱。大安忍不住说，女人见识短。桂霞说：龙娃昨天在村里谝，有些地方的娃娃不念书，外出做生意，个个有头脑，不清楚五加五是多少，若问五块加五块，一张嘴就是十元，你整天拿本书，那里面有面粉还是有票子？守着巴掌大的黑白电视活到老，太没劲咧。

大安缄默怒置，蹙眉捂胸。她又唠叨当了十几年老师就挣下个胃病，从柜盖纸盒翻出药瓶。大安说失效三年了，吃了更疼。咱这山沟沟能吃得起失效药的人也不多，她鄙夷地说完，缓和口气，我给龙娃说一声，你也跟着去贩铁，总比隔壁那烧料子强吧，指望种烤烟，抹不了穷帽子。

存良请夏队长和陈校长喝酒，商议捐款之事。麦龙面露犹豫，按规矩应该先报村委会再报乡政府。陈校长苦笑：只怕雁过拔毛，最后就剩下骨头咧。存良从骨子里讨厌任文，坚持直接交钱给陈校长。麦龙也表示：陈校长拿上钱我们放心，随后再向上级汇报。存良摆手：汇报啥？娃娃能安全上学就行了，咱图啥？

包村干部刘秘书从月月嫂口里得知这件事后找到存良，做了一番思想工作，仿佛这也有他的一份功劳：咱村出了你这么了不起的人物，一定要大张旗鼓地宣传，榜样的力量是无穷的，要搞一场轰轰烈烈的捐款仪式。

存良被鼓动着坐上捐款仪式的主席台，坐上了彩旗条幅装扮的戏台，坐在罗县长、谭书记、关乡长、陈校长等领导的中间，拘束地扫视台下小学生和召集起来的村民，眼神不知停在何处。以前他觉得自己就是一块狗肉，酒席桌上哪有他的盘子，此刻胸部咚咚地直打鼓，潮涌一股股兴奋和自豪。

在关乡长宣布"夏尚秦同志向玉玺小学捐款大会现在开始"后，罗县长清了清嗓子，作重要讲话："今天，能来参加这个大会，我非常高兴。首先我代表县委、县政府向夏尚秦同志表示感谢。几年来，我寝食不安，像点将村小学这样的危房，全乡全县还有许多。可县财政紧张，政府没有能力解决。作为一个先富起来的农民，能如此慷慨地捐出三万元来维修教室，为教育事业做贡献，让我感动，夏尚秦是一个有觉悟的、有高尚品德的新型农民。我希望咱们点将村，咱们太平乡咱原州县能出现更多的像他这样的人物。在这里，请大家用热烈的掌声向夏尚秦表示感谢……"

存良经关乡长主持示意从衣兜里掏出存折递给陈校长，握手后讲话：我夏存良，一个农民、一个大老粗，虽说念过十年书，可只上了小学五年级……看到台下学生和村民哄然大笑，他红脸自嘲地说，我没文化，却特别眼热有文化的人，捐款不图名，也没有多高的品德，只是希望咱村学里的娃娃能安安全全地读书。我作为一个男人，一个有良心的人，不能光为自己考虑，应该多做好事多行善事……

素素站在桥头树下远望会场，对身旁的兰蕊说：存良成了人物，和县长坐在一个台上咧。兰蕊淡然一笑：别什么人物了，只要堂堂正正做人就行咧。素素说：你应该提前写个稿子，让他好好地讲一讲。兰蕊说咱农民，耍花架子做啥?!

仪式一结束罗县长一行匆匆离去。村民围住存良，褒奖一番。存良挠挠头：我不会讲话，乡长非要我发言。家成评论：就你说得实在，别人讲得再好也不解决实际问题。邓社会两天前就准备妥当告状材料和一沓白条，却被任文以商谈勘探队在他责任田打井补偿之事骗至村委会，出来时眼睁睁望着轿车爬上红河北岸山坡，沮丧叹息。任维喜说："呼哼哼"就是只爱念经的猫，只能吓跑老鼠，有本事像存良，把白花花的银子弄来，啥问题都解决了。家成说，向上反映实情也很必要。

存良问家成，政协委员算个啥。家成说政协和人大，还有党委、政府都是领导机构……存良透露上面要给他一个政协委员的头衔，任葫芦惊喜地说：那说不定有一天还去人民大会堂开会呢！邓社会提前叮咛：那一定要代表咱老百姓说话。存良自嘲：咱就是老母鸡下完蛋，只能在窝里咯咯咯咯地叫唤几声。

济民说存良有衔了，有名望了。任维喜问政协委员是多大的官，济民说最低也该是个芝麻官吧。会长说：七品芝麻官是县太爷，应该去县政府上班，出入有轿子坐的……存良说：就村级，在家上班。维平说：咱村两个告状人，一个退休老干部，心里屈得很，为自己；一个是农民，心里敞亮，为大伙。存良说，邓社会当政协委员最合适。

母亲从会场回来心里也充盈着自豪，儿子长大成人了。之前疑惑他鼓起来的腰包，心疼这个烧料子张口就撂掉三万元。三万元啊，给小童娶个媳妇还有剩头。话说回来，孩子能走正道能赚钱是最重要的，现在她操心的就是小童的出路，希望存良带他进城。存良说小童不适合贩铁，再说这生意越来越难做，学制作杏脯技术，是个长久之计，关乡长答应给巫镇长说说，让小童做代厂长，过几天再去拜访一下乡镇领导。存良手机响了，来电话的是刘秘书，要他晚上去村委会办理政协委员的填表手续。母亲听说"针线委员"没班上也不领工资，兴趣大减：还不如弼马温，掏钱修教室，就跟女人做针线活一样，缝缝补补，可不是个"针线委员"吗？

存良找麦龙说批庄基的事，在桥头接了电话引起村民的兴趣。他们围观捏摸这小玩意儿，没有"绳索"竟能和外面的世界联系。会长惊叹地说这绝对是神仙的法宝，以前神话里的"千里眼"和"顺风耳"，如今都成了现实，电视机是千里眼，手机是顺风耳。家成圆睁双眼：若能打到月亮上，咱和嫦娥说句话。济民感慨地说一辈子眼看要下场了，钻在山沟沟，睁眼瞎呀！

存良看到月月嫂站在桥头向他微笑，便走过去安慰说晖茂大哥很想家，只是太忙没时间回来。不料月月嫂却说：他忙啥我也能猜出个八九分，叫他使出吃奶的劲忙去吧，你捎个口信，把养活娃娃的钱按时寄回来。

存良在鸽子滩找到队长，请他出面给桂霞说说换地修庄。麦龙犹豫地说：你两家不卯，她又较劲，不过还有个新消息，鸽子滩勘察出了石油，估计要占地，你要是能舍得，就用那里的地置换，她肯定愿意，一亩地大概赔万儿八千元呢，官厅村基本就是这个价。存良痛快地说：舍得！

桂霞果然松了口，私下找到任葫芦探听消息。葫芦和石油勘探队技术人员熟悉，当夜去红河岸边芦苇湾的勘探驻地询问后，就给了桂霞可靠的答案，他们已经在和乡政府村委会商谈占地补偿。桂霞心想：种地有啥意思，撂荒不忍心，下种不挣钱，只是白流汗，刨去成本余下几个子最多能买两包女人裆里的用品。这机会难得啊，何必跟那二杆子较劲，他不在乎，咱缺钱。一进家门，兴冲冲地摇醒大安：明早起就去给二杆子说，用咱亮坪一亩二分田置换他鸽子滩两亩六分地。大安睁开眼睛，他若不愿意呢？她说你猪脑子，不会讨价还价吗？

桂霞去井台吊水遇到龙娃还钱，还送她一个银镯。她让龙娃带上大安去贩铁，说存良在她面前张狂得很，能把人肠子气断！龙娃说贩铁求人不说还得耍手段，大安哥是有头脸的人，不适合。她说没钱还有啥头脸呢。他又说生意不好做，她愀然色变，气呼呼地走了。他又追过去说：过几天进城，让大哥拾掇拾掇，一块走。她停下脚步，转怒为喜：二杆子有钱要修庄子，你挣那么多钱让它下崽还是生虱子呢？龙娃说他有媳妇，我心在城里。

桂霞忽然喷笑，差点直不起腰：那个二屎货捐款赚了个"委员"，笑死人呢，娶那样的媳妇，叫破鞋委员最恰当。龙娃毫不掩饰对兰蕊的欣赏：城里的女人见多了，能赶上兰蕊的少呀！她收敛笑容：我明白你的心思，就好个骚，你看她就像看树梢上一颗熟透了的香蕉梨，口水流了尺把长，摘又够不着，摇下来怕摔烂呢。

见过世面的存良认为土地已经成了农民的拖累，当即给大安表态就按嫂子的意愿兑换。母亲极力反对：土地就是命根子，寸土寸金，这个家我说了算，等分了家，你自己再做主。存良讲了一通新道理，最后表态：我这辈子就是进城讨饭捡垃圾也不打算再到地里背日头了，修了新房子，小童一结婚自然要分家，到时给我少分几亩地。兰蕊支持存良的说法，婆婆沉默了。

存良再次请来邓阴阳，好烟好酒招待，打罗盘拉绳子画了线，叫来工匠脱土坯。手机里接到一单生意，他打算早点返城。

临行前夜，和媳妇抱娃到大窑向祖母辞行，心里突然一酸：奶奶啊，这次我走得仓促，下次我回来雇一辆车带你进城经一经世事。老文化微笑说：孙子长大成人了，我死了能闭眼咧！存良说城里生活好，你一辈子啥也没见过多可惜啊！祖母不以为然：有啥可惜的？我年轻时去过庆平市，到你舅爷家，住的鹁鸽笼，吃的陈面粉，楼上的人端端地坐在你头顶屙屎，大街上吵吵闹闹不说，煤烟味熏得人头疼，好不容易找到个溷圈，还收钱。存良反问：山沟里的日子难道还比城里好？

老文化说：那当然，再活一辈子，我还乐得住大窑，吃磨下的新麦面，喝泉水井水。地里的菜蔬新鲜，树上的果子香甜。人都说你大哥画得好，依我看人只能把活的画成死的，也是瞎耽误工夫。太阳从山头一冒花花，哪里不是景呢？山山峁峁、小溪小河、庄稼花草，哪样人见了不欢喜？夜里更好，那月亮嘛，今是梳子明又成了镜子，让你躺在炕上好好梳理一下日子，镜子就是要你照照自己有没有啥错。星星就像金子做下的钉子，大伙都望着高兴，可谁也别想摘走一颗。天麻乎乎时雀儿都叫了，各有各的嗓音，比电视里唱得还好听。土地就是妈，把人和野物都搂在怀里。当妈的心肠软，好娃坏娃都宠爱。老天爷就是爹，它有脾气，发火了刮风打雷擂冰雹。

奶奶还说，世事很公平，蝴蝶花儿好看又金贵，活得时间短；蚂蚱草儿命贱但一直绿着，还到处都是。早黄的果子常常有虫，晚熟的苞谷颗粒饱满。兔子性情和善一蹦一跳跑得快，长虫歹毒天生不让它长腿脚。牛儿吃草不害人让你长大些，蚊子吸血就让你跟针眼差不多。人有好的品行就像人有家一样，作恶多端的人就像流浪汉，冬天就是最好的惩罚。

兰蕊含笑谛听。存良说：如今的世道，没有奶奶说得那么多的理，黑道白道能弄来钱就是硬道理。老文化立即厉色纠正：钱多了就不是啥好东西咧！存良心想奶奶在山沟里待瓜了，下次回来带她出去看看。

第十七章

华兰蕊半推半就地接受了新生活，盘算着如何过好农家小院的日子。而不到半年时间，老文化的仙逝和大安哥的伤亡使她的生活一下子陷入窘境。

大安哥归来走过门身底下的"S"小路时是她先看到的，进城贩铁怎么蔫耷耷地回来了呢？她隐隐地担忧，大嫂正在做发财的梦呢，已经人前人后地卖派着打算置办高档家什，还要修平顶房呢。果然随后从隔墙传出大嫂的埋怨：别人能弄你咋就不能弄？大安声音弱弱地说：觍脸求人、送礼、耍秤，跟做贼似的。桂霞老牛似的喘气：那你找乐乐呀，他当了大官。大安说不愿给人添麻烦，他当了官，求他的人多。桂霞懊恼地说：你还不如废铁呐，和两条腿的人打不成交道，晚上去抓四条腿的蝎子。

屯田镇的几个商贩让十里八乡的蝎子们遭了殃。白天忙夏收，晚上捉蝎子。炎夏崖面墙缝的蝎子出洞乘凉，蓝光一照通体金黄透亮，跑都不知跑就等着镊子。捉蝎子不摊成本，好赖挣个白条费。从自家门前开始就是一个开门红，就是一个惊喜，此后的夜就是鬼子进村，就是大扫荡。

兰蕊在大窑里听立立说，爸爸第一次卖蝎子挣了二十块，没让妈高兴，后来就随几个大人去山上阶地的沟崖，两三个晚上就抓了半脸盆，妈叫他背了半袋麦子换回西瓜，把吃剩的瓜皮放进脸盆，喂肥了再卖，妈说干啥事都得长心眼，旁人都这么做着呢。爸说这世道变得真快，干啥都有鬼道，人和蝎子一样，脚下没个蹬点一辈子就只能活在底层，慌慌地等死。妈说，爸还不如蝎子能卖钱呢。还说哥听惯了攘攘嘤嘤的声音，晚上总要把脸盆放在窗台上才能睡着。有天晚上一家人全让蝎子给蜇醒了，原来蝎子顺着瓜皮爬上来，爬得满炕都是，一个个都高高地翘着尾巴，报仇似的急慌慌寻找一家人露出的皮肉。爸穿着破裤头抓"越狱犯"。

奶奶没有笑，对立立说，你妈嘴碎心硬，把你爸折磨成个瘦猴了；这是害命，要遭报应的，给你妈说，别让你爸再捉蝎子了。

她看见夏老师抑郁消瘦，眼窝凹陷，脑袋成了一颗脱水的生姜，没一点"小文化"的气息，整日肩扛农具踽踽来去，间或坐地冥想。强强说过，妈把爸画的画和写的字撕碎点了火，把毛笔送给邓阴阳画符去了。

不久后的夜里，她从院里听到崖背上急促杂沓的脚步，出去一看是大安哥被人抬下大窑侧面的小坡，她跟进大嫂家。大安哥脸被划破了，血还在往出渗，腰髋剧痛动弹不得，强强的爷奶都来了，商量天亮了送他去医院。老文化擦着泪把大嫂叫到大窑，用灰扒从炕洞里掏出一个小铁盒，取出十几枚"袁大头"说：所有的老根全在这，拿去换钱治病。

祖母的老脸一下子皱成了枣树皮，腰身伛偻，显出拐杖的必要性。她说眼花了，看啥都是一团重影，却坚持缝补。兰蕊发现奶奶穿针引线无法在眼前完成时，竟一手捏针一手捻线，放到衣襟里面几秒钟就穿上了。她惊诧极了，揭起衣襟探个究竟时，针线就不相连，反复看了好几次胸口，没发现多长出的眼睛。老文化说眼瞎了，心就得亮，就得揣摩。

鸟雀一呼哨黎明，奶奶就挪到门前高大的枣树下，坐在碌碡上静静地远"望"北坡盘旋的山路，盼望孙子康复归来，直到太阳跌窝，除非冰雹或大雨赶她进窑。见兰蕊送饭过来也不挪半步，只问大安。镇医院转到县医院，听说又准备转到地区医院，她说，地区医院条件好，奶奶放心，刮风了，我给您取件衣服。

祖母满脸皱纹蠕动着愁怅，嘟哝：如今的人都疯了，要钱不要命咧！她说：没钱别说吃穿看病犯愁，就是照明的电费和村里的提留款等都交不起呀。奶奶痛惜，人忘了根了。她请教啥是根呀，奶奶认真地说：人的根就是善良，善良的人不会祸害他人，对人和世间的野物都有爱心，能和和气气地处好邻里，能在他人犯难时搭把手，这样才能活出滋味，还越活越筋道，钱这东西，看得太重眼睛就雾了，就容易生邪念，夜路走多了咋能不跌沟呢？人都疯了，让钱给逼疯咧！

奶奶在大枣树下坚持了旬日，倔强的筋骨支撑着老皮，像陈旧的即将废弃的线装书。双眼变成了两颗蔫葡萄，还挣扎着丝丝缕缕的期冀。两耳被蒙住了，听不到枝上喜鹊、黄鹂和麻雀的鸣叫。神经迟钝了，头发像枯草，夹杂落叶，衣服上落满鸟粪。她经常给洗一洗。有一天奶奶清醒了，亲了亲她怀里的女娃，取下腕上的玉镯：这是我妈妈给我的嫁妆，留给你。她推辞不过只好收下。

奶奶盯着小榆树，流着泪说，以前这里有三棵大榆树，都一搂子粗，那会儿吃了一阵子大食堂，就挨了饿，剥下榆树皮晒干剁成截截，再放到石磨上推，磨眼得用棍棍压住，要不倒泛上来，磨成粉渣渣煮成糊糊，吸溜溜地喝过困难时期，三棵树剥光皮就死了，却救活了一大家人，感谢榆树呀！相比榆树皮，苜蓿和洋芋蔓蔓苦得多，水拔了几遍晒干磨成面还是咽不下喉咙眼。

当天夜里，奶奶望着窗外夜空落的一颗贼星，说，我这要走了。

第二天，她送饭时，发现祖母坐上枣树枝杈，手臂环抱低枝翘望北坡。扯衣袖不见反应，她惊慌地大叫：奶奶殁咧——

老文化飘然仙逝了，她没有等到次日归来的大安。雨丝时下时飘，岭岭峁峁雾气迷蒙。红河水淹没了大半截柳树树身，像要将它埋葬似的。她后来才听村里有经验的老人说，半月前的深夜就听到夏家沟口大梨树一带众人哭泣，有白衣影子恍惚飘移，幽幽渺渺，似有似无，阴间举行欢迎仪式呢。

大安最悲恸，不听亲人劝阻，挂拐去墓地跪谢修茔工匠，溜下新掘坑穴，躺地比试，让小刚和两位青年好一番工夫才托举上来。存良从省城归来伏椁号啕，祖母温暖了他离父后的童年。

邓阴阳指定下葬时辰，济民当总管，从穿衣、停床、报丧、戴孝、打墓、备棺、盛殓、设灵堂、出纸、出门告、祭奠、请礼宾、打醮、点主、领羊全权负责安排丧事办理，召集家门议事。下葬的前夜，鼓乐声里，家族里的晚辈亲戚幪白鞋戴孝帽在大窑跪祭上香。吃完八仙桌的酒筵，在院中央举行最为庄严肃穆的打醮仪式，邓阴阳和弟子手持拂尘念念有词，祭天祭地祭神灵，超度祖母魂魄升入仙界。

她印象最深的是，冉老先生声情并茂念唱祭文：

孺人蒋母氏系夏公德永配也，生于名门，长于望族。年十六归于夏门，自秉慧心，恪守妇道，举止淑慎，言语和平，贞静幽娴；谦遵母仪德容，事翁姑以孝，相夫子以敬，处娌姒以和，声色温柔。诸事和顺，家道兴昌，翁姑甚怜爱之，言不尽其美。菽水承欢，相夫以恭，常有齐眉举案，永无反目之事。教子训孙，耕读并重，使子孙于外工作者忠心耿耿，廉洁奉公，在田持家者忠厚笃实理稼穑也。先鸡鸣而起，后斗转而息；畎亩锄九山之云，针线织三更之月，其体棣棠也。对亲戚之往来邻里之相接，无不欢悦相待之。虽不能效侃母剪发以筵宾，而有村媪杀鸡待客之敬重雅仪，以故贤名尚达闾里。今虽形归窀穸，而名流芳百世。呜呼哀哉，尚飨！

仪式流程结束已至亥夜，凌晨时分出殡，掷碗起棺，抬到老槐树茔地。夏老师坚持入穴清扫墓地，焚香点灯敬放供碗和墓志砖。邓阴阳先焚香祭拜土地神，再打罗盘，安置妥当，鸣炮下葬，众乡邻挥锹

· 123 ·

铲土，孝子们焚纸钱放悲声。半个时辰后，老文化留在这个世界的只有一丘坟冢了。

没过多久，就发生了让夏家族人非常气恼的事，山洪把老文化和老槐树的其他祖坟全给淹了，还泡了兰蕊修房的一万页土坯。

山水不是无缘无故地改道，是村长的儿子开着推土机拓路，堕高堙庳的结果。族人要找村长论理，麦龙劝止：迁坟吧！开茔后看到几十年前随葬入穴的吃食碗里蓄满清水，茔里芦子草根龙皮条盘织优质木材的棺椁，上了年纪的老人及邓阴阳说此处风水好脉气足。夏老师腿脚不便，不慎踩断了一块老棺板。她送饭时，看见他溜进给奶奶新挖的墓坑不出来，被几个人硬拽上来，说一起埋了交零了，省得拖累婆娘娃娃。

她还没有顾得上心疼那些泡成泥巴的土坯，存良回来了，说废铁价格低落影响生意，他赍账两万元回家盖房。他找任文说理，竟被噎住。任文说：要致富，先修路，推土机没长眼睛，填塞了水路，更怨白雨太猛；我顶了多大的压力，抹下脸皮向石油公司要钱修桥补路；你是有钱人，有身份的人，是政协委员，回家有车送，难道不希望羊肠道路宽敞一些？

他回家说，就盖一砖到顶的房子，结实、好看还气派。

在她不知咋劝存良时，大嫂说不同意兑地了。她说脱土坯把地挖成了坑，不好下种。桂霞说你家鸽子滩的玉米我收了，抵消耽搁的一料子。她有些疑惑，一问麦龙才知道原因。任支书已经通知了村民队长，说占地补偿一亩三千元，官厅村占的是上等好地，咱们的都是碱地和滩地，石油公司赔偿少，还说土地是集体的，补偿款不可能全部发到农民手里，村里前些年欠账太多，还要填补窟窿。

她想即使三千元，大嫂也划算呀，咋又不兑了呢？看来是较劲，没必要急着盖房，就对存良说不要拉烂账铺这么大的摊场。可他赌气似的执拗："不论是人跟我过不去，还是天与我作对，我就不信邪，盖起房子让那些心曲量小的人胸口泛酸水去。修房子大概五六万元，我带回了两万，先盖起主体，至于粉装，下次再弄。"她见劝说不动，只好说那就叫阴阳再拉个线，退回咱地里，没大碍就行。

盖房果然出事了。出事的头一天，前半夜两口子还说了许多暖心的话，后半夜狗叫得她心慌。后来她迷信了好几年。

存良钻进她的被窝说：原来一心向外扑，现在得空就想回点将村，龙娃和晖茂适合城里生活，过得滋润，有钱，有女人。她笑问，你没找个女人吗？他鄙弃地说："那些娘儿们，嘴唇红得像喝了人血，眼睛画得像熊猫，就盯男人腰包。城里流行顺口溜，摸着小姐的手，别有滋味在心头；摸着老婆的手，好像左手摸右手。我却对她们没兴趣，只想我的媳妇。如今觉得啥样的女人都没你好！"她当时喷出了热泪。他说再干两年，挣钱把房子盖好，带你到大城市浪一浪，再回家种庄稼，上山下地，风里雨里，只要两人在一起，那心里就暖呀！她疑问他的幡然变化，他说在城里生活，钱把人心变硬了、变坏了，家乡好，人情胜金钱啊！

后半夜刚眯了一会儿，大梨树那里的两只狗豁出地咬着。存良索性下炕打亮手电扛着铁锨出了院子。不一会儿狗不叫了，存良回来了，说两只狗盘着大梨树莫名其妙地咬，旁边啥也没有，他抡起铁锨时后脊发冷头皮发麻眼前黑了一阵，两只狗猸猸呜呜夹着尾巴逃走了。她心慌氍毹，透过窗棂望着忽睒鬼眼的星星，听着河水呜咽，树枝上猫头鹰诡异的"喔——"叫，眯瞪了一会儿就起床给工匠准备早饭了。存良好像也没睡得太实，天麻亮也起来了，叫上家成的三轮车去砖瓦场拉砖了。

这天上午小童也回来了，这是他聘为杏脯厂厂长第一次回村，说正筹款收购腌制的杏子。存良还像个成熟的男人打气地说：放开手脚好好干。她也鼓励小童，甭怯，一怯就把手脚捆住咧。

她中午去菜园子拾掇菜时，经过操场看到夏老师独自拄拐挣扎着走上玉玺台前的土坡。后来是立立说，爸爸在校园里走了一圈，一副不认识他的样子，还站在窗外听娃娃们朗读课文。她摘完菜又碰见了夏老师。他沿溪岸小路走到鸽子滩，盯着河水倒映出山梁的影子发呆，又环顾岸边茵茵的绿草野花，和摇曳的苞谷棵，眼神跟着苇莺飞过苜蓿地，又落在浅滩卵石鹬鸰的身上。

她似乎能理解老师的心情，可不知咋安慰他。他留在她心头的最后印象是，他的一生没有走出这方天地，没有走出台上的学校。他说："我活得最踏实的是娃娃听懂了，像小时候瞅着羊嚓嚓嚓地啃食青草。我渴望娃们能重复我的童年，在溪头河畔追逐，躺在草地上再望望天，可一届届送他们都飞走了。这一生遗憾的是，教师职业走了个半杆子，就去抓蝎子了。那些乖乖们也是咱点将村的居民，却被擒来送给贩子，换回几个零花钱，糟蹋了它们的命运，真是亏人呀！"

她明白大嫂对他太刻薄，可他却说："你大嫂莫名地吃醋，心眼儿小，爱眼红别人。女人嘛，有啥错？我一碗面条就着比肉还香的青辣子就美得很，可她不行，希望碗里有肉。她指望不高，谁不想嫁个能挣钱的男人呢？她嫁错了人，没法改正，发发怨言还不行。她有资格发牢骚，地里的苦活干得多，为两个儿子操心得也不少。"

最后他又瞭望点将村最美的风景静静地绽放，说："昨夜我梦见变成一只巨鸟翔翔飞起，模糊的梦境好像就是这方天地，在高空忽然折翅坠落，被你大嫂唤醒时还惊悸着。"说完，他回头远望南山脚下绿树掩映的庄院和山腰阶地插满哭丧棒的祖母坟冢，踽踽地走过埂头，跨过燕子溪。

她提着菜笼一进院子，就传来崖背上大嫂的高喉咙大嗓门。

桂霞挑着粪担走来，被热火朝天拉砖盖房的情景激怒，看到自家空地上有车轮印迹，说：三轮车不长眼，难道人也是瞎子吗？这是种粮食的田地，又不是大马路。忙碌的工匠们停下来。存良说：大嫂，我退回我地里盖房，车转不开方向轧了一下。桂霞说：空地也不能走车呀，世道还没有变成有几个臭钱的人想干啥就干啥。夏家成停下三轮车，话还没出口，桂霞说：不能老是见钱眼开，土匪雇你拉砖，你就从我地里走？家成苦笑：亲门一家人啊！桂霞说：我这人，谁让我一寸，我敬谁一尺；谁跟我较劲，我不会后退半步。

兰蕊急忙过去赔笑脸，桂霞不理。存良脸色苍白四肢颤抖，按捺住怒火。家成想缓和剑拔弩张的气氛，笑劝桂霞：又不是打鬼子，后退一步就毙命了……桂霞越发生气：你和草驴发情板嘴一样，给我玩你那两片子？

她匆忙叫来麦龙出面劝解。

桂霞说：就是把乡长、县长叫来，我也不怕。麦龙说：分承包地的时候，考虑走路，多留了两步宽。桂霞说那只能走架子车。麦龙说：别让旁人笑话，闹来闹去就缠住了自己的脚。桂霞说：缠啥脚？你不就是个烂队长吗？两条瘦腿比狗还跑得快，不就是为了从农民身上揩些油水吗？麦龙脸色煞白：你红口白牙诬赖我，不跟你一般见识，换了外前人，我非要个说法，揩啥油水了？我凭良心……桂霞说：你这么偏袒二杆子，不就是喝了他二两酒吗？麦龙说：谁家酒我没喝过？这么闹，不会有好果子吃的。

夏队长劝解不了，借故到镇上办事匆匆离去。大安蹒跚过来，拉住桂霞要回家。桂霞甩开：你天生是个软柿子，让别人捏的。兰蕊继续赔笑：大嫂别生气，我把你家地重翻一下。桂霞不屑地说：别在我面前甜嘴甜舌，你那一套，哄男人可以，哄我连门儿都没有。

桂霞被丈夫拉着离开，走了也就安静了，可偏偏走出埂头还在骂："玩秤赚来的昧心钱，用着也不踏实，土坯被雨水泡了是遭老天报应，这房子盖起来说不定会塌的。嘿，就是把楼房住上，也是个王八！"

这下子把存良给点着了，他两眼喷火，挣脱媳妇，捡起一截木棒飞步追赶，一把推开跑来劝阻的小童，向着桂霞抢劈下来。桂霞一闪身，棒子不偏不倚打在摇晃的大安肩头。他站立不稳，摔下坪边丈许高的土坎，被树木架住。小童急忙跳下去扶，呼叫大哥。桂霞扑向存良，撕扯抓挠。兰蕊、家成赶来劝架，三个青年工匠溜跳下去，搭手弄上双眼紧闭气息奄奄的大安。存良甩开桂霞，俯身呼叫"大哥"。桂霞号叫：杀人啦！土匪杀人啦——

存良慌忙抱起昏迷的大安，小童和几个工匠帮忙抬手抬脚将其送回家。桂霞跟在后面叫骂着，兰蕊和家成媳妇在一旁劝解。家成用摩托车接来村医。邓医生听听胸口摸摸脉搏：心不跳了，身子凉开咧，准备后事吧。桂霞哭叫，大安，你死得冤啊，让土匪活活打死咧！又去撕扯存良。存良瓷瓜瓜的，任桂霞捶打吐口水。济民劝开，指示流泪的小童去叫自智大人。兰蕊把存良拉回到自家大门口。

存良蹾在门外的照碑下，瓜瓜地呆了一阵，猛然号啕开来，懊悔地捶打脑袋，鼻涕眼泪糊满了脸。媳妇抽泣着安慰了他几句就去扶母亲，不用看就知道，惊慌的老娘又赶趔趔地往溷圈跑。接着从大窑东边传来自义叔嘶哑的吼声，大妈断断续续地哽咽，夹杂着桂霞唱戏似的乱弹，最后是立立和强强兄弟恓惶的尖叫。他的胸口被刨开了，被这些混合的像刀剑像枣刺的悲声戳着，扎着。他受不了，只有死才能结束这样难以忍受的疼痛。他忽地起身，跑上庄膀子的小坡，奔向大哥跌下去的崖边，有意识地躲开崖畔的小树，冲了出去，腾空的一瞬间，似乎轻松了，跳下去就是黄泉路了，就不难受了。

第十八章

他恢复意识时，看到的不是牛头马面，不是奈何桥，却是窑洞里的灯泡，是媳妇泪湿的脸，还有失神的母亲，呆愣愣的小童。腿脚的疼痛衔接上了记忆，落下去的刹那是茂盛的蒿草和湿润的洼坡。他选择错误了，冥冥之中是老天与他作对，要让他尝尝生不如死的滋味。没使多大的劲就起身了，一下炕，看到从门口凳子上起身的两名警察，我是罪犯了？公安立即清退了亲人，靠近他，不用说是随时准备制服他，防止意外。他跑不动，也不想跑。笔录的询问再现了犯罪的过程，胸口的那一股愤怒被激活了，他一口咬定就是要杀人，不过要打死的是胡桂霞，不是大哥。话没说毕，他主动把手伸向白晃晃的铐子，说这就走，警察顺手给戴上了。他径直走出大门，下坡，无颜面对亲人哪！上警车前，他还是回头了，只对小童说，你替我行孝，下辈子我变马让你骑。

车灯让他看清了窄窄的"S"小路，这是和他双脚最亲的路，却不能再走一走了。车轮碾过红河，真想最后一次，赤脚蹚过去。若是忘川河该有多好。死了好，就能见到奶奶了，和她一起是幸福的。还能见到大安哥，他走得不远，能追上，跪下给他赔罪。只是苦了老娘，辜负了她，亏欠了她。他本打算撑起这个家，挣下钱让她少出蛮力，盖起砖房装上太阳能，田里回来干干净净舒舒服服地洗个澡，吃好穿好享几天清福；再给小童攒下娶亲钱，分担她的愁。可怜了我的女儿，那么小，就见不到爸爸了，没有爸爸的爱咧。也可怜了强强、立立两兄弟啊！

那一棒下去，天就这么黑了，可这一抡不由他。胡桂霞侮辱了他的媳妇，他不想再让兰蕊受一点委屈，她忍受得太多了。他答应过做个好男人，护着她。这一冲动，把一切都撂下了，连为家人赶狼的机会也没了。前些日子的打算都成了痴心妄想，他苦笑了，别说带她天南海北地逛，就连家里耕种都艰难。这么好的女子，咋这么命苦，被薄情男人甩了，偏又嫁给他这个二杆子。警察人不错，递过纸巾让他擦眼泪，劝他别哭了。他挣了钱，却欠下了债，借了秤博士的钱，这得还，红口白牙的。他不后悔，甚至还觉得这一辈子做了一件人事，捐赠三万元，是好事，积德行善的好事。对不起了，兰蕊，帮我料理完那些麻缠事，你就擦亮眼睛，好好地重找一个男人，一定得找一个爱你疼你的，要不我被枪毙了还要鬼哭狼嚎啊！

非正常死亡，不能进祖坟，简单的丧葬仪式后，"小文化"永远地安息于山上一块阶地，坟冢崖顶白杨树日夜喧哗，飘零纸钱似的枯叶。强强在父亲坟头默默地哽咽。桂霞悲愁地嘟哝：大安，你走了轻头，留下我和娃娃咋过呢？还悲愤地说：让土匪给你偿命。

她找过县城的法官：自古杀人偿命，判夏尚秦死刑，让他吃枪子，还有一个杀人犯漏了网，就是夏尚瀚。法官说了一个多小时的"案子事实清楚证据确凿"，她还是怒气难消，又找到乡上谭书记：杀人犯还能当厂长？谭书记又是"法律不冤枉好人，也不放过坏人"的劝词，她才精疲力竭返回村子。最后扛起镢头来到新宅基地，狠狠地猛砸一通码放整齐的砖瓦，直至震破虎口。家成两口子劝她放下仇恨，拉扯娃娃，宽慰逝者灵魂。济民说农忙时节，该种的种该收的收，日月还得过。素素劝说，气坏身子，就可怜了小的。

桂霞号啕：我活着还有啥劲头？眼前一团黑，没明没夜不知做啥……不久，她失魂落魄，整天在村里漫无目的地踅来踅去，眼神呆瓜瓜的，见谁也不认识。存良被判刑十五年，羁押在庆平市郊的监狱。兰蕊和小童探监时看到他骤然变黑变瘦，劝他好好改造，别牵心家。他黯然叮嘱弟弟：做好你的事，替我孝敬咱妈。又对她说把砖瓦处理掉，柜里还有五六千元，凑一凑差不多两万，等龙娃回来，代还给秤博士。又低头剥撕指甲：把女子留下，找个好男人改嫁，我对不起你……她泪水溅出来："我等你！"他疑惑茫然，没有再看她一眼，起身走入里间。

这一场变故逼她坚强起来。

祖母仙逝，大窑头顶的天缺了角；大安离去，向她敞开的柴门关上了，翻不到屋内的书籍，闻不到墨香；存良坐了班房，像窑少了山墙。她对自己说，得用气筒，给疲惫的身子和心灵鼓劲，要撑起庄院的日月。凌晨一开机，布排的劳动程序就启动了，天黑才休眠。女儿开始做梦，她铺开旧报纸，取出大安赠送的毛笔，蘸了墨，舒活舒活手臂，心也不空落。

她清理出完好的砖瓦卖给别人，仅凑足一万元，将腾出的土地整平继续耕种，和婆婆商议粜掉囤积的小麦，尽管麦价就像河水几年涨不了一次。挑选还能凑合用的烂砖破瓦拉回堆在大门外，请小刚抽空脱下土坯，伐下门外碗口粗的杨树，叫匠人在大门外左侧盖起朝东的寮房。小童结婚也就三五年的事，多一间就有余地。除了清理杏皮杏核花椒酸枣黄花菜等农产品，把能变现的都卖了，支付工钱。犹豫了很久还是去捉蝎子了，挣钱支付电费税款，给女儿买衣服，自己的破内衣还得穿。夜晚躺上炕困倦得连照顾女儿的力气也没了，甚至虫咬蚊叮也懒得驱赶，咬吧咬吧。夜里从梦中惊醒，挠痒时划得皮肤疼，手心糙成砂纸，没工夫黯然伤感就又睡着了。

还是城里打工活路轻，挣钱容易。当迎宾见闻多精神好，穿上漂亮的衣服笑一笑就有收入。婚姻埋葬了梦想，担上了重担，不征求你的意愿。女儿枣枣还小，一天也不能离开；婆婆越来越老，丈夫出事后忽然纹生发白，行动迟缓，呆愣的时间多，说话的次数少。还有父亲，独自生活，经常生咬黄瓜冷嚼馒头，无疑会加重胃病，偶尔回娘家做些锅台的活计，又不能解决根本。再说小童，事业刚起步，无暇顾及家庭。她答应了存良，好好支撑这个家，等他自由。种庄稼只能吃饱肚子，要挣钱还得另想法子。

拼力气的营生干不了，也许做养殖是一条出路，可以尝试。

她赊欠一千多元搞起小规模的家兔养殖，在山上的二荒地里种下苜蓿和谷草，除了种庄稼还喂养三五十只兔子，经常向村里养兔人夏为农请教，了解到养兔子前景看好，兔毛用于轻工业生产，信心满满。婆婆不赞成，说家产万贯，带毛的不算。她理解老人的担忧，说现代医学发达不怕得病，兔子繁殖能力强，见效快。兰蕊关注电视里的信息，从屯田镇书店买来养殖书籍，仔细地盘算，如何再凑一万元，早日还款。

天空布满瓦片云，要把红河川盖成一间大房。她掮上背篓爬上鳌盖墚，墚上草茂、草嫩，兔子爱吃。云缝里漏出长长的金针，炙热了她的脖颈，压瓷背篓的青草，坐下让微风擦汗。忽然，一声脆生生的"鸢啊——"，像标枪穿过寂静，扎中了她。走向墚后弧圈，深不见底，祖母说当年饿死没人抬埋的就被生产队撂下去，再将几锨土。还说，有一位地区的干部，回南塬探亲时，吉普车坏到了河滩，自己蹚过河爬上堡子山，据说被人给杀了，尸首就扔到这弧圈里，只为抢到包里那袋饼干。一只灰色的大鸟飞上来，头上有一点红，落在弧圈边的矮树梢，瞅着她，解开疑惑——重复刚才的叫声。她的大脑持续地急剧消耗能量：分明是人叫呀?!灰鸟又飞上她的头顶，张大嘴，端端地抛下来：鸢啊——

她心里毛毛刺刺的，看到济民爬上弧圈上面的阶地，在百年大楸树下燃起香火，神经松弛了。济民起身作揖后走过来，她追问不过年不清明烧啥纸。济民望望北塬上空，目光幽深，说：他给我托梦了，我送些纸钱。

她问是谁，济民说：挨饿的年月，他伙了几十号愣头青，拿着棍棒冲进公社，冲进灶房抢馒头抢粮食，在赶赴县城的半路上被捆绑了，被法办了，被枪毙了，收尸回来就悄悄地埋在这树底下。不久，县委书记还有更大的官都给撤咧，给农业社送来了救济粮，救活了我最后一口气。好多人吃圆肚子就去放屁，我逢年过节老在半夜给他上坟，忘了他良心抠得很。她问他叫啥，济民说虎子。

她的兔毛主要交给同学米国贵收购。他说兔毛价格肯定要大跌的，要做好准备，女人拉扯娃娃不容易，不忍心看你赔进去，养兔子的人太多，跌价是必然的，我旋收旋卖，不压隔夜货。她告知夏为农，提醒他早做打算。他不在意地说，我是大户，直接给外地客商出售兔毛。

她清楚自己经不起一点闪失，思来想去还是将所养兔子全部低价处理。果然几个月后，兔毛价格大幅回落，外地客商也不见踪影，为农损失惨重难以为继，多年来不断扩大经营，所有的利润一水冲咧，悔恨不听兰蕊的，折倒了摊场，外出打工了。

她又跟夏家成去邻县村子，学习温棚养猪。

这个村子因为养猪致富而闻名，人们陆续搬进别墅式的"新农村"。考察归来家成信心满满，准备筹资建场。她却犹豫了，猪饲料就是激素拌下的，于心不安。小时候父母开春买回一头猪崽，青草拌麸子，再加苞谷糁子养到腊月才屠宰过年。现在一头猪只需四五个月就出栏，虽说比那时喂养精细，短短一百多天就长那么大，全因激素。在城里就听说常吃激素食品有害。她心里很不落忍，猪呀，以前差不多还能活个整年，现在也就百十天的命啦！

若按老一套方法养殖，成本高周期长，无利可赚。即使提高价格销售，谁能相信呢？吃不吃激素的猪都是一身毛，看不出颜色又尝不出味道。家成笑笑：社会就这样，正经做事啥也干不成，掌握了"独门秘籍"就能赚钱，官厅村养鱼大户老陈这几年挣了钱，养鱼的"秘籍"就是给鱼吃避孕药，鱼就像发面般快速膨大，啥是个激素也弄不清，又不是喂慢性毒药。

最后她还是决定，在野狐坳栽种以杏树为主的果树。杏树种下三四年就可以挂果，收果期集中，交到杏脯厂能挣回零花钱，不影响种庄稼，稳当些。夏麦龙跑细了腿磨破了嘴，农民消极对待很难落实退耕还林的政策，只有她披星戴月种植浇灌，感慨地说：乡上绿化工作也是搞形式走过场，轰轰烈烈地栽种，不是被羊吃了，就是让人拔回家烧了火。

她说，种果树有收入，农民吃苦受累不怕，就怕白费力气，怕政策变化。麦龙再次拍胸担保，上面有文件呀，还签下协议，白纸黑字的，谁承包谁收益。她说，那就心里踏实咧！

可任支书的一个动作，让她心里滋生隐忧。

先是村里人传讲，后来任维宗也证实了，任文赊了八只羊羔，大卸小剁，送给上面，然后接过支书大印。几个自然村像他的自留地，种茄子种麦子是他说了算。隔三岔五去乡政府办公事，吃香喝辣还与领导打麻将，去县城参加会议，全县最高档的酒店也有他的席位。

他上任后第二天就给麦龙说：村委会办公条件太差，决定在西面新建办公房，要占二十几亩地，你让他们腾出地来，要快！麦龙说那全是水浇地，上等责任田，村民工作也不好做。他说哪个狗日的敢掰扯，我熟他的皮。麦龙硬着头皮给十几户村民谈话，七八户村民心痛得像割肉，可不得不应承。但有几户不愿置换拒绝交地，种菜种瓜，是一家人的经济来源。尤其邓社会坚决反对，滔滔地给队长讲了一通土地政策。几天后，深夜的村子里响着轰轰隆隆的推土机声。天亮后邓社会看到自家责任地，一片连根拔起的玉米秆和轧烂的西瓜、茄子、辣椒、西红柿，胸闷气短地扫了几眼生瓜皮、破瓠子，蹿蹿地走进小华商店，给地区日报社打了电话。任支书知道后，立刻骑上电奔子出村。后来听说邓社会在去省城的路上被"专车"拉回，送进劳教所。

兰蕊看到碾倒的庄稼和轧烂的西瓜，无奈地心疼了好一阵，又担心起承包的二荒地。麦龙宽心地说，野狐坳的山地，埋人也没个好坟阙，只有兔子才屙屎，除了栽树再啥也干不了，不会占的，放心吧。

第十九章

　　野狐坳新栽的果树，摇曳着呼啸着盼望着主人锄草、施肥、剪枝。崎岖的羊肠小径挣扎着爬上阶地，成了兰蕊的专用之路。扁担弯成弓，压磨柔嫩的肩胛，还吱扭吱扭地得意着。肥料垫进树窝，土干成粉，不浇不行。从红河汲水，那更要了命。野狐坳和鳖盖墚夹着的谷地有一汪泉水，粪笼换成铁桶，但不能挑，只能提，走的人少，没踏出路。水桶与肘关节相生相克，拉扯着。一切都像锻造淬砺的工具，要她脱胎换骨，少点阴柔，多些阳刚。

　　去泉边洗手，不慎踩入淤泥，弄出鞋子，发现细流旁窝酵出黑油油的野肥，冬天的干草和树叶成年累月地积聚出腐殖质，好肥料。就近取肥，喜的是精心打理过的小树比野生的长得快长得粗，再有一两年挂果不是梦。站上梯田埂边，起伏的一大片果树郁郁葱葱，摇曳着蓬勃的希望，耳边响起"用锄头在土地写诗"的句子，哼哼几声曲子，跑了调没关系，没人笑话，山野倒是活了。收工的路上，就是憧憬和盘算，让家庭这套牛车转动起来，还应提早攒上小童的结婚钱。

　　她为夏家盘算时，哪想婆婆为小家思谋，竟然叫回小童，突然提出分家。

婆婆看到夏为农养兔子损失惨重，庆幸媳子及时收手，又听到要养猪，发怵一阵才消停。挣不到钱穷凑合着还行，可一旦贯账做生意就跟借牛革崖畔地一样，跌下去粉身碎骨折了本，连炒腺子的肉块也拾不回。存良红红火火地挣了钱，烧料子都给折腾了。小童还能拖几年？彩礼钱像溪水，天上挂云就涨，一张口就五六万啊，又不像溪水，涨了会回落。谁能学到孙猴子的变术就好活咧。她若再捅个大窟窿，这家不彻底烂包了？不能再推天天，该分家了。

　　婆婆坐在中窑炕上，怀抱熟睡的孙女，郑重其事地说：存良出事后，我想了好久，也明白了，兰蕊正是活人的年龄，存良在牢里十几年太亏你了，再找个合适的改嫁，至于这娃，想带走我不拦，若留下我也乐意抓养。

　　兰蕊坐在凳子上织毛衣，诚恳地说：他进监的那天我说了，要把娃带大，要照顾你，不离夏家，等到死也要等他出来。母亲说：你心肠软，怕存良受不了，咱瞒着，我大半辈子硬撑着过来，世事经得不少，再善良的人熬不住日子泛长，何况如今都啥年代咧？小童说让嫂子考虑考虑，她坚决地说，想好的事再不变。

　　婆婆说那就分家，小童疑惑地问，三四口人分啥家？她说，等小童娶了媳妇吧。婆婆拿定主意：分配给兰蕊所住窑洞和院外那间新房、新宅基地那片责任田、电视机；剩下的窑洞、黄牛、摩托车归婆婆和小童；粮食按人头分；不值钱的家当和农具，共用。婆婆还许诺分家后仍然照看枣枣，挥手拦挡了试图阻止分家的小童，说你赶快给我引回个媳子，再等连蛮女子也找不上咧！兰蕊含笑透露：小童和溜溜正交往。母亲问清是维根的外甥女后，淡淡地说：我可不指望小童高攀，她是大学生，有工作，城里人，小童是农民；再说维根那一双眼仁子净朝上翻，能看上咱？

　　小童的话暖心，他牵心家，牵心她一个人操持家内家外的日子。她喜欢干事业的男人，好像她也能从中分得一份乐子，不愿他分心，说重活有小刚帮忙，让他安心干事。小童说县里举办了企业厂长经理培训班，一学习像凿开了眼，思路亮清了，财务、人事和销售基本理顺了，镇长为厂子争取了五万元的扶持金。她还是鼓励：有热情有恒心，就能成事，二荒地栽种的杏树长势特好，挂了果就交到你的厂子，里外受益，经营好杏脯厂，农民也能多一份收入。

让婆媳惊喜的是，次日上午一辆轻型摩托车送来了乖女子孙溜溜。

她看望舅父后就来接小童。婆媳要沏茶倒水地招呼，溜溜含笑收下干枣和核桃，跟小童出了门。婆婆跟出来，站在照壁后，看着溜溜骑车带着小童穿过川地小路，在大柳树下停下，并肩在河边散步，回头一个劲地夸溜溜长得越来越乖了，小时候就是咱这一道川的人尖尖，长大了更礼规，更讨人喜欢。高兴了一阵又失望地说，咱这土窝窝能娶进个金凤凰吗？她笑着说：好事来了，妈总是心慌得不行。婆婆想起前些年村里人议论，哪个男娃能娶溜溜做媳妇，能让一道川的小伙眼热死呢。胸膛打起鼓，儿子是那个赢人的青年吗？存良娶了兰蕊就惊动了点将村，结果出了那么一档子窝心事，小童能让我心安吗？

孙溜溜和小童在河岸边随意地走了走，小时候在点将村长到十一二岁才离开，这里有金子般闪闪的记忆。我记得你小时候一流鼻涕就用袖子擦，溜溜笑着说，印象最深的是你在门外的照壁后面讲古经，说深眼窝和长胳膊两人遇到一起，长胳膊的胳膊长，深眼窝的眼睛深，长胳膊站在山下能摘到山上的桃子，可伸长胳膊掏不出深眼窝的眼珠，闹了半天连眼睫毛也没有抓到。还说：老以为你说的"鼓盆成大道"是胡诌，前些日子看《三言》才知道，原来是冯梦龙的经典。小童说那是煤油灯下，爷爷躺在炕上念老书讲的。溜溜说，你没白讲，吃了我多少颗水果糖！又眨眨长睫毛：我从西安回来时给你带了几本书，在我宿舍。

婆婆耳朵伸得再长也听不到他们说啥，几天后对兰蕊学了哲明妈的话。维根看见两个娃娃在村口转完还共骑摩托走了，说小童谋算咱溜溜，哲明妈说你听见脚步声，就认为有贼来了。他还是追到镇上劝溜溜不要和小童来往，终身大事不许马虎随便，小童是农民。说了一大堆散伙话，外甥女一直笑着，最后追出门说：舅舅别生气，我明儿托人做媒,把地区胡专员的儿子找上。听哲明说,维根还去了趟县城,找姑妈了,说这厂长算啥,没城镇户口,没行政级别,今天上面一句话是厂长,明天一句话又回点将村吹牛背日头去了。

兰蕊想起天作之合,预感小童与溜溜能走到一起,能诠释这个成语,能事业爱情双丰收。可未来永远无法预知,刚跷过独木桥的小童,竟然一脚踩入烂泥坑。

对杏脯厂怀有信心的小童,对溜溜并不自信。青梅竹马的她多半是把他当作异姓哥哥,怕自己空热乎一场,伤人还伤这份纯洁的情谊,理由不用再说,谁都能看得见,维根叔看得最清。可去哲明家串门时,他却不这么认为,说放羊拾酸枣,事业婚姻两不误,溜溜喜欢你,跟她成了,就跌进福窝窝咧。还说如今的农民在不断地颠覆老观念,谁也别小看,做个大男人。小童仍沉重地说,这临时厂长变不了吹牛的身份,小葛家在县城,条件也好,配得上溜溜。哲明说小葛没主见,缺心眼,表妹根本没那意思。小童担忧长辈不会同意,哲明说她喜欢你谁也挡不住。

有一夜他还是忍不住内心的渴望,去找溜溜,偏巧来了个"三对面"。他及时退出来,临时厂长也是厂长,小葛是他的员工,别以上欺下,强取豪夺,也许真搅了一对鸳鸯。出差前生怕小葛误会,特意叫来叮咛,一定要操心,要严把收购质量关,还说大胆地追求幸福吧。尽管心里有些酸涩,但说得很真诚。

那夜长得方头方脑的小葛天刚黑就到供电所溜溜的房间,先和往常一样泡在她身边说这说那,后来异样地关上房门,坐上凳子低头说:这次回家,我爸说后半年我就要离开杏脯厂,有正式工作了,在县城。坐在电脑前的溜溜随口说是好事。小葛接着说父亲在县城新开发的楼盘买了套房,瞄一眼溜溜又说,我妈催我找对象,最后鼓足勇气说,我心里有你。溜溜脸红了一下,仍盯着显示器说:你抓紧在县城找,生活方便。小葛竟一把抓住了她放在鼠标上的手,她起身抽回手:我先不考虑个人的事。他蔫下头问:你是喜欢夏厂长吗?她直截了当地回答"是的",把他后面的话给噎了回去。敲门声打破了尴尬,她拉开门，小童站在门口，看到屋内情景把书递给她，笑了笑转身离开了。

小童去省城参观学习的那段日子，正是收购原料杏子的季节。小葛本想趁机再争取一下溜溜，可她始终躲避他。一天去街道溜达，被牙所的齐守元叫了进去。他进店之前，二道贩子金卫军前脚刚离开。金卫军和齐守元同村，齐永才当厂长时交过十几万斤的半成品原料。他称赞齐叔是真正的农民企业家，对屯田镇、对全县都有贡献，挣了钱遭人嫉恨，被瞎尿诬陷了，做梦都盼着他平安回来。最后才说明来意，今年夏厂长吹毛求疵，收半成品的要求特别严，手头压了几万斤货出不了手。齐守元刚答应帮忙，正巧就看见了小葛。

齐守元先对小葛骂了一通厂里的"某些人"狼心狗肺，老爹一出事都懒得搭理他。小葛说我不是那种人，人要知恩。齐守元夸他够哥儿们，问：供电所的那女子追到手了没？小葛怅然地说人家看不上咱。齐守元诧异得很夸张：连你都看不上，她要找周润发还是刘德华？小葛黯然：她喜欢夏厂长。齐守元喷笑：嫁给夏厂长好，下了班骑上车子回家还能挖牛粪。小葛迷惑：弄不懂她是咋想的。齐守元启发：谈对象，男人要像诸葛亮，要用计，女人这时最容易糊涂，先下手，霸王硬上弓，生米做成熟饭，煮熟的鸭子就飞不了了。

小葛说得不到她的心，还不是同床异梦吗。齐守元嘿嘿地笑：哪个两口子不是同床异梦？听我一句话，女人嘛，婚前是树梢上的花野鸡，一结婚立马变成抱窝鸡，跑也跑不远，跳也跳不高，最多叮你一两口，到啥时候，还不是你老婆？好好追，跟姓夏的小子决一雌雄，别怕他个临时厂长，你若不想干就言喘，到我牙所，或者帮你在县城谋事，我爸和县长的关系，你清楚。

小葛频频地点头后，齐守元才说出要帮忙的事。小葛面有难色：夏厂长管得严，直接收青杏，大量压缩收购半成品，半成品质量不过关，许多小贩收来的盐度不一，加工会出现……齐守元拍胸保证：货没问题，他以前年年给厂里交几万斤呀！小葛认真地说：说实话大哥，以前的杏肉品质下降才销量缩减，欠款难收，再说夏厂长特意交代了……齐守元愤愤地说：姓夏的算啥？嘴角黄毛没干，真以为这厂子是他的了？我爸出了点事，但很快就要回来还当厂长，到时还有他的猴耍？这是县政府办公室主任给我透的风，金大哥的那几万斤货行个方便，也不亏你，给你抽回扣。

考察学习归来，小童径直赶到杏脯厂，巡查完生产工序回到办公室，准备电话联系外地客商时，库管员推门进来，一脸慌张：夏厂长，快去看看，库房里上月收进的半成品杏肉发霉了，还掺了沙子。

他腾地从椅子上蹦起来，急忙跟着库管员小跑进入库房，扫视眼前堆积如山的半成品腌杏肉，抓起查看，闻了闻，双手剧烈地颤抖，脸都抖白了，把冷峻的眼神抖恍惚了，他将发霉的杏肉狠狠地摔在地上：啥时收来的？把小葛叫来！保管员匆匆地走了。他几乎跷不动双脚，走了一圈，差点晕倒，冲着进门的小葛吼叫：这、这就是你收购的腌杏？小葛慌忙查看，莫名其妙地嘟哝：咋会有沙子？小童嗓音沙哑：我正要问你！你再闻闻……小葛一嗅：啊？发霉咧！

小童像要撕裂喉管：几万斤的杏肉，四万元啊！你说这咋回事？小葛嗫嚅：我……我……也不知道……小童吼道：你主管收购，咋不知道？库管员说，肯定是金卫军交来的腌杏质量不过关，又掺沙子，那天收的时候，就觉得麻袋太沉，那姓金的还说装得瓷实，我提醒葛班长挨袋检查，他硬说没问题。小葛辩解：他是老客户，我想……小童头重脚轻：钱付清了？小葛怯怯地说付清了，收购原料和半成品都是当时兑现，是我疏忽了，是我的错！小童木然地望着这座"小山"，喃喃地：一个错字毁了一个厂子啊！库存全完了呀！

小葛骑着摩托捎带行李正要加速，看见街边走来的孙溜溜又刹车。他蔫头耷脑地说，夏厂长以收购的腌杏质量不过关为由找碴儿辞了我，主要是因为我追你，他心胸狭窄，你不喜欢我没关系，嫁给那种小肚鸡肠的男人就毁了一辈子。她望着远去的摩托思忖：小童这么小心眼，利用手中的权力打击报复"情敌"？晚饭后，她疑惑地找到哲明，才了解了根茎，急忙去杏脯厂找小童。办公室窗户透出灯光，敲了很久房门未开，只好悻悻离去。

小童空着肚子，把自己锁在办公室，懊悔、内疚、沮丧。管理出了漏洞，没有把好收购环节，虽然出台了制度，却没有执行力，除了将小葛辞退，还能咋办？上午硬着头皮去找镇长，敲门前犹豫了很久，无颜以对呀，辜负了领导的期望与信任。镇长也失望，告诉他咱们是贫困县，领导能拿出五万元来支持杏脯厂是给了多大的面子，我和书记使出了吃奶的劲。频频地点头认错并不能减轻内心的歉疚自责。镇长最后给杏脯厂指明出路，外地类似乡企早几年都改制了，要么倒闭，要么股份，要么私有，要他做好自负盈亏自生自灭的准备。他明白镇长的意思，政府不可能再扶持了，其实也没脸再伸手要钱，就是去认错。杏脯厂明天该怎么走呢？生产就要停止，账面赤字，连员工薪水也无力支付，他沮丧到了极点。

给员工放假后，小童骑摩托蹚过河，望见川地里弯腰拔草的兰蕊，控制不住倾诉的欲望。坐在大柳树下，兰蕊也汪着泪安慰他，掏出手绢：擦干眼泪，男子汉不能这样。他怅然：一切归零了。她说从资金方面讲是从零开始，可你毕竟有经验了啊。他眼珠泛红：空有经验也枉然！

她含笑：跌倒了不要紧，不愿再爬起来才可悲，电视上有位成功的企业家谈自己的经历，失败就是考验，是锤炼，缺了这一环的成功还是走不远，能顺风顺水就干成的，叫事业吗？我原来在城里打工，那家酒店的老板刚起步时，在街头卖麻辣烫，支一个钢精锅，弄几串菜，几年后攒下几千元，又借了钱开酒店，赚了亏亏了赚，最终干成了大酒店，资产一百多万。歌里唱的，不经历风雨，咋能见彩虹？

小童茫然地望着哀哀怨怨的河水，叹气说：不少员工也没有责任心……她说这是企业的共性问题，镇长指明了走向，入股或私有化是可行之道。他无奈地说，员工们没挣下钱，没钱入股，咱也没钱啊。她思谋说找信用社贷款，他说贷款要抵押，咱没有值钱的家当，只有几孔窑洞呐！她建议先找找信用社，再请镇长出面，以你的名义少贷一点，好赖杏脯厂还有资产。小童疑惑：镇长还能相信我吗？

她说："你一脸诚恳，做事踏实，管理杏脯厂又尽心尽力，领导会考虑的。我虽是纸上谈兵，没经验，但相信一句话，站起来就靠近成功咧。退一步讲，我种的杏树一挂果就有上万斤，到时也可以支持你。只要你管理好，配方好，又讲科学，就能让杏脯厂起死回生红红火火起来。"小童心头敞亮开来，倏地站起身：我先跑一跑贷款，再去大城市看看，到别的果脯厂打短工学些真本事。

第二十章

活人难，干点事更难，眼看小童顺风顺水却猛地栽一个跟头。天灾可怕，而人祸更悚人。人心是咋回事呢？存良那一棒子，给两家带来了灾难。大嫂恢复正常后，一烦躁就拿她和婆婆出气，要么辱骂要么"呸呸呸"。婆媳只能躲着忍着，寡妇拉娃娃，难！难了就烦呀！其实她也是半个寡妇，她没时间烦，劳累后倒很享受黑夜的那份静。

这一夜她坐在小屋前的照壁旁，葵花头大的月亮从明家山出来后，静静地移动，俯视着静静的山川，红河也很安静。鳌盖埂上一朵凤凰似的彩云让她想起大安哥讲过的传说，弄玉和萧史在华山虚晃之后，乘龙凤悄然隐居到咱这红河川，神仙眷侣琴瑟和鸣，在朝霞、春风、秋雨里常有沁心之音，因此玉玺台又叫引凤台。偏偏这时却有笛声传来，像透明的丝带，越过红河，游过树林，缠住她，死死地缠住她。

这幽婉的《别亦难》湿润芬芳，虫声鸟鸣也渐渐呼应，一道川成了音乐会的舞台。青春的梦、爱情的梦呼啦啦地汹涌过来，突围没有成功，她流泪了。这笛声里有一丝气味她闻到了，是明卓远的那种韵味。多年前他在玉玺台的教室里，吹过流行歌，吹过《苦乐年华》《我们的生活充满阳光》，还有什么《恋曲》。初学时还不流畅，可让她激动过，她望着窗外望着天空，做过白日梦。明卓远一下课就围着她转圈，后来索性和别的同学换了座位，和她同桌了。他的笛音像"燕子溪"，泛起她心中少女的情愫。

今夜的笛声无疑是卓远的，昨天素素说，前几日在河畔碰见周末帮助父亲种地的明卓远，他转弯抹角地打听她的近况，其实很多事他好像听说了，只是向素素证实而已。素素还说，他在县一中当老师，媳妇是县医院的护士，高个的美人，站在河对岸喊他们父子回家吃饭。现在回头看，那时的同学很亲，亲过兄弟姊妹。她是在高中迷上了鱼江河之后，把他们给淡忘了。

他们和鱼江河后来都是同学，有啥不一样吗，她说不上。再想，男人都相同，这人世间还有爱情悲剧吗？还有牛郎织女、梁祝、白蛇传以及哭哭啼啼的琼瑶剧吗？理性地看，人生就像高考填志愿，她填得太高了，估分不准，滑档了，没被大学录取，连大专中专的校门也没进得去，又重复了父母的生活。这笛音让她伤感，又好像鼓励她，挺起腰身活下去。

婚前婚后遭遇的风暴过去了，她珍惜这宁静，可这宁静很快就被一个男人搅浑了，这个男人正在夜归的路上。

龙娃坐夜班车到县城，再搭三轮车回村。她在石桥上看到他的那一瞬间，胸口怦怦着就躲开了。

龙娃玩赌输了个精光时，接到父亲的电话，说失踪十多年的姐姐要回娘家。他走进土门楼才知道姐姐一家都回来了，只待了两个晚上就被父亲给支走了。济孔闷闷地压低声音：她带着两个男人和两个娃娃回来的，我咋留她？他吃惊地追问。

父亲说当年她受不了饿肚子，后山那个愣小子的手还贱，离家出逃后，在火车上碰到人贩子，被卖到安徽的穷山沟，真想不到天底下还有比咱这穷的地方，那里光棍很多，人贩子除了路费就要了两百元，满村子里都没有人能付得起。瞎尻贩子也坏，就出主意让两家人卖鸡卖猪卖家当凑足了两百元，你姐姐就成了两个男人的媳妇，这两个男人还是堂叔侄关系，也就是你两个姐夫啊。来咱家住了两个晚上，夜里我和两个娃娃睡，他们三人就住在侧窑炕上，我怎么都觉得别扭，也怕时间一长成了笑话，就让他们早点走咧。他想，天下竟有这样的事，还让姐姐给碰上了。

龙娃爬上堡子山，坐在移动信号塔下，眼前闪过在骆驼巷深处平房里的碎片记忆。他的那三张Q咋就能遇到胖子的三个K呢？开牌的刹那他蒙了，听得大伙齐声惊叫"炸弹遇炸弹"，记得那双胖大的手搂走了他面前的存款单，搂走了桌面的一堆百元钞票，搂走了他的一切。他还能嗅到七八个人喷云吐雾的劣质烟草味，幺鸡身上的香水味，打嗝打出的方便面味，个把月没有洗澡的汗臭脚臭味。

那一天一夜光着膀子连轴转是为了打发生意萧条的日子，他却赌急眼了，被胖子的二三五"吃鸡"激怒了，摽上了劲。他说过玩牌就讲个痛快，赢就赢爽，输就输大。胖子不慌不忙地给他加柴烧火，说就喜欢他这种个性，人一辈子缩头缩脑平平庸庸活上一百八十年也没意思，就是个王八，玩就玩个心跳，赌注下得大更过瘾。他掏光现金掏出最后那张存款单时，有人说他是长胡子的男人，激他，他也豁出去了。包平安奚落了他：赢了钱高兴得头都充了血，一输钱就成了个鳖。他摇晃着站起身来时裤子粘了一下凳子，回头发现裤沟子渗出黑色的汗渍。秤博士说他被搞裸体了，幺鸡戏说他还有破了洞的裤头呢。他失魂落魄地回到房间，翻柜子揭褥子寻找随手放下的零钱，再打电话时幺鸡关了机，几天后才明白那个臭婊子跑咧。

他后悔得迟了，"后悔"咋不早点呢？他在大河岸边的石头上待了很久。彩灯装扮出城市的诡异，音乐喷泉也很迷幻。总结几年来的城市生活，酒店吃肉豪饮，卡厅K歌嫖妓，包养女人赌博，把能享受的快乐都痛痛快快地享受了。就这么完蛋了？钱被三张变幻莫测的扑克牌变戏法似的送进了别人兜里，包养的女人带上所有值钱的东西跑了。

贩铁挣了钱，也扬头甩屁眼地自豪了一阵，又回到了从前？城里人挖苦暴发户，有了钱不知要做啥，该咋活呢。存良捐钱给学校是值得，自己花钱做的都是些下三滥的事，羞得对人说。大肆挥霍与及时行乐打破了挣钱买房娶妻生子过城里人生活的那个梦。他想起了老家的爹，没好好孝敬，没带出来见世面，没买过一件像样的衣服。那天他撩起河水洗脸，骂自己是蠢猪。

后来，他还想东山再起，重新做人呢。邓老铁不给他借钱，晖茂说他的钱不借给玩赌的人，付高利息也不行。秤博士说刚给自己定了新规矩，不给任何人借钱，多守信用的人也不借，存良是条汉子，说话算数，可进了监，咱不忍心去牢里讨债，不忍心逼女人娃娃要钱，忍个肚子疼。又说现在的生意不好做，大市场不行，我讲情面，借饭钱路费，三五百元行。

包平安不借钱还教训了他一通，只是教训得迟了："我就是看不惯你那副德行，有钱显摆，按摩洗脚玩赌养女人，不知道的人以为你是个啥人物，不是百万大款，也是有权的腐败分子，忘了你是山沟沟里刨出来的土豆，折腾完了，也该鼠头鼠脑地过日子了。"他又一次深切地体会了没钱日子的难怅，连平日见面微笑的朋友一下子都生分了。城里就是钱的世界，没钱在公厕门口还要尿裤裆呢。

在城里自责还不算完。他从堡子山下来，想到河滩看看抽油的磕头机时，碰到了过路的乡亲，应付说废铁价格下跌，生意不好做，等机会再去，在外时间长了想家。老会长维平说："破四旧"砸毁关老爷庙，打算修葺，你是万元户，捐个功德钱吧。他只好撒谎说没带多的钱，以后捐。

又遇见鬓生银丝蔫耷耷的桂霞，孤儿寡母不用说过得恓惶，可连安慰她的毛毛票都掏不出。她还问是轿车送他回来的吗，又说吃惯了白面条就咽不下黄米饭，坐惯了轿子的腿，还能走山路。最后说得他哭的心思都有了："我思谋你发了，住上了城里的高楼，见一面都难。咋不把对象领回来让人开开眼？可别在咱老家找，南北二塬和一道川的女子娃把头打破哩！"

他看见兰蕊从"S"路向石桥方向走来，心里一喜，却发现她转身走向沟口。桂霞也看见了，咬牙切齿地说那个不要脸的狐狸精，把我害到这步田地，人面兽心的东西，嘴上讲的仁义礼智信，怀里揣着连枷拐子棍，害惨了我，她倒活得来劲，她家的土匪也在牢里享清福。他劝慰桂霞后，顺着月月嫂门前的小路走上桃树坪，又抄小坡下到溪畔，在砖瓦场门外的海红树下和兰蕊招呼上了。

其实兰蕊到村口就是找他的，存良交代还钱的事，要问龙娃。她不知道她当时脸红了，龙娃脸也红了，只是一闪。龙娃告诉她秤博士的手机号，她说明早就去镇上汇款，也委婉地拒绝了他陪她去的提议。他望着她的背影，那衣服遮掩不住的腰臀让他忽忽地就有了反应，又像赌博时抓到了三张Ａ，心快要跳出来了。再想城里的那些女人，揭起尾巴只能算是个母的。

雨季快要来了，忙完农活给果树修蓄水窝，很必要，承包的二荒地坡度较大，雨水顺势流走，太可惜。果树一夜间就结满了黄澄澄的杏子，几万斤的原料一下解开小童紧锁的眉头，一年挂果两次更好，杏脯厂很快从瘫痪走向蓬勃，兰蕊边干活边憧憬。彩云浸了水，用心险恶地漫延过来，才突然炸雷，向她抛撒晶莹的豆子，把她赶进坎子下面多年来洪水冲出的水潲眼，这只是恶作剧的引子。筹划已久的阴谋进入正戏：厚重的天幕暗藏巨型加工厂，抛射密集的白色乒乓球。果树无处可躲，折枝落叶，只有心疼，只能默默祈祷老天，别下这害人的东西。

更可恶的是，嵘嵘峁峁的雨水团结起来，拧成一股汹涌的湍流，冲出水潲眼，要将她推倒。她双手紧扶洞壁，弓腰让路，越来越猛的洪水还是淹没了膝盖。冰雹虽已停止，雨水还唰唰地倾泻，夜趁机包裹了山野。她焦急地渴望，暴雨啊，停停吧，哪怕一会儿，只要能下山。不会有人来接她，婆婆要照看枣枣，她也走不了这泥泞的羊肠山路。她觳觫发抖无处躲藏，暴雨下到天亮怎么办？要躲一夜吗？试图冒雨下山，又看到小鬼们正在洞外等待，硬着头皮一探出身就被瓢泼雨水从脖颈灌湿衬衣，只好缩回来。冰冷，恐怖，瑟瑟发抖，头顶塌下了土块，死亡的气息正在弥漫。

"哎——"她大喊一声，希望能被人听见，柔弱的声音没有飘多远就被暴雨、山洪和黑夜给淹没了。婆婆说，这一带山野邪气硬，以前撂过死娃娃，狼群欢度过喜庆的节日。谷里浑水猛兽似的狂吼，泡软的土块从崖面塌滑，传来动物求生的惨叫。厚重的黑夜拉开了帷幕，果然魅影飘忽，"鸢啊——"随着脆生生的吼叫，一个男鬼奔逃出场，经过洞口，脑壳破裂，额头咕涌殷红的鲜血，爬向鳖盖墚的陡洼，后面一群紧追不舍，似要讨命，老的少的男的女的，一身身黄皮包着排骨，青面獠牙哭号狰狞。她意识渐弱，身子变轻，晃悠悠迷瞪瞪飘到鬼门关前。

忽然眼前一道亮光一闪，劈开了迎面而来的牛头马面，隐约听到有人唤她的名字，想起老人们说过小鬼叫名若是答应就走了魂。激灵耳朵，一声接一声的"兰蕊"和不停晃动的手电光，豁开了黑暗，赶跑了恐惧。有人来找她了，好像是龙娃。她高兴地回应：我在这儿——

龙娃披着雨衣拄着铁锹连滚带爬地循声而来，手电光错乱地找寻后平静地射向洞口，她激动地挥手，身子恢复了重力。他抓住她的手腕，拉她走出洪水，取下塑料雨衣，不容推辞地给她披上：我戴着草帽，走，得绕道，山谷里涨了洪水过不去。他在前铲出脚窝。她跟在身后：你咋知道我在这儿？他说：后晌从鳖盖墚看见你在野狐坳做活，下冰雹放心不下，穿上雨衣戴上草帽到你家门外，只听见窑里大妈的哄娃声，估计你给困住了。她忽然语噎，不知如何表达谢意：你不去城里贩铁了吗？市场不景气，他说，当心滑倒。

他在雨中的照壁旁伫立了好久才回家，浑身湿透了，心却热得发烫。兰蕊是一朵雪莲，没有长到天山上，就在这普通的山村，只是还没有被人盯上。存良坐了牢，她迟早得让人给摘走呢。再不下手，就剩下后悔地砸腔子了。二荒地都有人种，何况水浇良田呢，看谁打得赢呢。存良兄弟，我对不起了。这么好的女人，又这么年轻，你忍心让她凉炕热身子地过上十几年吗？再说，我还能帮她分担重活累活呀。就让我先关照着她吧！她能让我进屋吗？得到她肯定要上坡要走弯弯路，容易得到的那是雪莲吗？

第二十一章

　　兰蕊第一次接到堵车挣钱的口信，是夏家成天刚黑来到小屋前传达的，有点神秘的口吻让她怔怔了一阵。夜里躺上炕想来想去想不明白，大清早是素素来叫她一起去，说看看咋个堵法，咋个挣法。

　　这一年来磕头机像蚂蚱爬满了峁峁墚墚，缓都不缓一下源源不断地抽油。罐车装满后不慌不忙地爬上坡路，过不了个把小时又一辆步尘而去。村民纳闷，河边沟谷的地下有油能想明白，可山墚上的磕头机咋数年来昼夜不停地忙碌呢？任葫芦说钻探队的人特有钱，个个有手机，那玩意儿一个就要几千元，顶咱种十年八年的烤烟，他们买城里的商品房，一套几十万。

　　更惊奇的是退休回家的任维力老乡长说，他儿子是石油公司的科长，说明家沟山上一口油井，刚勘探出来就以开发难度大、埋藏深、单井产量低和外部环境复杂为由卖给了彭姓老板，卖了　百万。油井其实很旺，彭姓老板三五年卖原油挣了一个亿。人们唏嘘着，一万元就够多的了，一个亿到底是多少，能装满一麻袋还是一粮囤？

　　兰蕊加入堵车的队伍里，在济民庄院旁的大路上，听到人们的议论，说红水县就有人偷油偷发了。那些被公安称为"油老鼠"的人，在输油管道上盖房子，或者和油保管串通一气……他们办法多点子稠，不过后来很多人坐了班房。

夏家成愤愤地说，靠山吃山，靠水吃水，天经地义，他们白白吃了咱家的牛肉，还不许咱喝口汤？老乡长说，国家规定地下矿藏都属于国有。济民说，既然是国有，有他们的就没有咱们的？起码也得让咱啃骨头吧！

这些说法，让她慌了一下的心不再慌了。

第一次村民聚集在大路中间，把油罐车堵停在亮坪上，七嘴八舌地声讨罐车的"罪行"：罐车没明没黑一辆接一辆，轰隆隆轰隆隆又吵又震，弄得沿途庄子不得安宁，窑肩子往下淌土渣，土坯院墙裂开了口子。夏家成和任葫芦出面交涉，几个司机无奈，打手机叫来石油公司驻地左经理和彭老板，就掏了票子，参与的人领到二十元的工钱才散去。第二次把罐车逼停后，他们的理由是沿途洼地里埋的是坟，震得老先人都不得安宁。家成的亲弟弟国成和堂弟兰成带头，两位经理没有那么痛快，叫任支书调解了。

后来再堵停油罐车，抛出的理由把兰蕊和素素逗笑了，"母鸡心情烦躁不按天下蛋""肥猪睡不了囵圈觉掉了膘""把牛和驴吵烦了，像阉了一样不发情了，耽搁了下犊下驹"。她们觉得有点刁民味了，有点霸道，有点像古戏里"此路是我开，此树是我栽，要想过此路，留下买路财"的劫匪了。

济民和一些老人也转变了，说有再一再二也没有再三再四，如此不知节制显得很不厚道，贫穷不能昧良心。任维平说头顶三尺有神灵，咱们人老祖辈从来都不做亏心事。由几人发展壮大到四五十人的队伍，觉得无理取闹了，觉得缺德了，最后散伙了。

拦了两次之后兰蕊就不想参与了，理是这个理，法子不是这个法子呀！可是抹不开面子拒绝，乡里乡亲的，闹不团结吗？当叛徒吗？后来才问明白，原来这不是自发的，是任支书暗中指使的，让大伙先闹，最后再请他出面，多弄一些，他当然拿大头。下次说啥也不去了，可村里传开了另一种瘆人的说法。

这两年，村里殡了好几个青年人，有的是外出打工殁了，有的是生了怪病，还有邓三娃，好端端放羊就滚沟了，找到时都僵了，脸色瘆人像中了邪。稳年老太爷说，山上山下到处打钻，肯定冲犯了山神。济民说山犯了冲，整个村子就没法住人了。会长说还是侍候好关老爷庙，保佑这一方水土，不要让外人说咱们难缠！这甚嚣尘上的谣讲，谁听了都阴，不由你不阴。

犯冲的说法让任文有了主意。作为点将村的老大，除了收取石油勘探队大额占地赔偿款外，向他们借款买车，再由儿子拓路施工，或出租使用以抵消赊账外，还多次以赞助修建村委会、帮助贫困户等名义要现金。"犯冲"大有文章可做，利用群众力量，让他们得到实惠，也是中央精神；还要让勘探队明白村支书的重要性，付出得心甘情愿。

找到阴阳师邓振邦询问。邓阴阳巧妙地说：信则有，不信则无。他启发：村里连续殁了好几个青年人，难道与这无关？邓阴阳带领支书走上门前的土峁：磕头机骑上山梁，针刺窝弓山的龙脉。窝弓山似一条巨龙从南塬趴伏下来，要到红河饮水，是适合居住的风水宝地，加上玉玺台关帝神的护佑，咱这山村从古至今平顺安定，人才辈出，现在勘探队没日没夜地折腾，闹嚷山神，诸事多有不顺。支书问：有禳治的法子吗？邓阴阳仰望窝弓山：祭山。任文说：我让村长负责，找他筹备，也给会长启发启发，别说是我的意思。

这次要搞大活动，村长认为夏家成合适。夏家成安心种地养猪，不愿再闹腾，推托让会长出面。任丰川说：老家伙们弄不了大事，阴阳说犯了山对谁都不好，别说发财致富，就是上山种地、下沟挑水能不能全身子回家都没个准，麻缠的怪事就能找上门，我是一村之长，是为全村人身家性命着想，给大伙撑腰谋事，这次要大阵势，多弄赔偿，参加的人至少挣个五白元。

夏家成迟疑片刻：犯了山就得禳治，要向勘探队讨个说法。村长说：你是牢靠人，嘴紧，我才私下找你牵头，我和支书是领导，抛头露面不方便，有啥事没法回旋，乡上知道了也不好看，支书说这是策略，退一步即使有啥事村委会也会保护你，会替乡亲说公道话，胳膊肘不往外拐。

会长的观念也大转弯，邓阴阳的话能错吗？心头泛涌起强烈的责任感，祭山太有必要了，在田间地头或串门时游说了许多村民，按照阴阳推定的黄道吉日举行隆重的祭山仪式，关乎全村人能否平安活着，口传各户男人参加。阴阳和会长组织编排，声势浩大的祭祀窝弓山仪式上演了。

邓阴阳在西山顶点燃高香，双眼紧闭念念有词，小刚在旁听差，辈分最长的夏稔年长袍大褂跪地续燃一大摞咒符，几十位老人跪伏祈祷。东边堡子山下亮坪上，二十多名青年农民横置粗壮的树干挡住油罐车，坐在铁锨、镢头把上啃起干馒头，女人做起针织活，男人抽烟聊天。兰蕊先后被家成、麦龙、龙娃撺掇，只好和素素一起加入堵车的队伍，也想看看咋个祭山。对面山顶一个时辰的隆重与肃穆，让她心里暗暗吃紧，真有山神要祭一祭？

这边罐车一辆接一辆排成了"列车"。人们没有等来勘探队经理，等来了一辆面包车，下来十几个身着异服焗毛染发的小伙，手提棍子冲向坐在树干上的村民，不由分说抢棒猛打。挑头的夏家成冲到前头拦挡时挨了一棒，村民慌忙后退，手脚利索的抱头鼠窜，动作迟缓的倒地翻滚，只听棍子打击身体的嘭嘭声，像摔西瓜似的。桂霞看情况不妙，绕过罐车溜了。

兰蕊和素素惊慌地躲避，两根木棍快落到头上时，龙娃大步跨过来，替她们挨了打。一阵急风暴雨似的殴打之后，这帮人挪开树干，坐上面包车扬长而去。倒地的农民浑身沾染尘土，头破血流倒地呻吟。油罐车司机打火行驶，长鸣喇叭庆祝胜利，兴冲冲爬坡而去。

坐在村委会等待勘探队调解消息的任支书，斟酌索要二十万元的赔偿后如何分配，却等来村民被打的意外，怒火蹿上脑门，立刻打电话给左经理："几百口人马上就到你们工地了，扛着铁锨，提着菜刀。"左经理惊慌失措地骑上摩托车几分钟就进了村委会院子，一脸无辜："任支书，这事真不是我指使，我们国企能使这种下三滥的手段吗？""是姓彭的干的？"支书猛然醒悟，看到段经理言辞含糊地默认，"我敢说你们事先串通好了。事闹大咧，我没法控制局面。"左经理慌忙说我给领导打电话请示，给你三万元祭山费。

被突如其来的暴打惊吓不轻，或坐或躺在路边的田地，祭山下来的人簇拥过来看个究竟。鼻青脸肿的夏家成说："头烂了，哪还在乎一斧头！走，找姓彭的去算账！"男人们一呼百应，除了伤势重得走不动路的，身强力壮的汉子或提棍棒或持镰刀，其余男人扛上锄头铁锹，蹚过红河爬向北塬山坡。惊魂已醒痛定思痛，谁也不再呻吟，暴打反而使他们无所畏惧，个个一副保卫家园大义凛然的模样，死也要死得畅快。在村委会的任支书已经电话汇报了上级和派出所，又让村长骑摩托跟随村民队伍以防过激行为。

彭老板接到县里一个要他立即躲避的电话，马上密令面包车将雇佣的打手送走，从山头俯瞰人群蹚过红河，钻进宝马车逃之夭夭。队伍冲进油井院子，将屋内办公用具一顿狂砸，正要推倒彩板房时，村长叫停。所长带领公安人员赶来，承诺一定让彭老板给个交代。村民不肯离去，等待现场答复。

任支书赶来愤慨地说："姓彭的瞎种，敢雇佣地痞流氓到我们家门口来行凶，一定要给他颜色看看。"人们赞赏的目光激励了他，他继续说，"点将村个个都是良民，我这支书都舍不得打一巴掌，他倒猖狂得很！"所长和刘秘书疏导了群众，最后是彭老板派人送来几沓现金，一部分交给村长，带领伤者去镇医院治疗；一部分交给支书，安抚人心；另一部分由所长带领乡镇领导吃喝。任支书对众人说："领导有话，大伙先回。狗日的姓彭的，看我咋缠碎他的脚呢！"

兰蕊把鸡蛋煮好，就约上素素一起去看龙娃。他的腰和肩胛骨被打骨折了，涂了几瓶红药水不那么疼了，耳朵嗡嗡声也小了，就下炕活动。素素擀的面条把父子俩给吃香了，桂霞送来狗皮膏药亲手给贴上了。

第二十二章

镶牙所越来越冷清，齐守元琢磨出路，亏损不起了，得折倒摊场了。

金卫军笑眯眯地走进来，掏出一沓百元大钞放上桌：给你的酬金。他推辞了一下，问：杏脯厂倒闭了，收购了发霉的杏肉，你干的？金卫军会心一笑：一是多挣点钱，二是给你爸争面子，要让镇领导和人们都知道，这杏脯厂不是谁想干就能干好的。齐守元跷起拇指：阿猫阿狗能当厂长，屯田镇早都流油了。金卫军得意地说：掺沙子是小，杏肉盐度不够，发霉了，库房里所有的半成品全完咧。姓夏的把小葛给开了。齐守元说：那小子没出息。

金卫军问牙所生意咋样。齐守元说：以前还有人气，现在只有气人咧！金卫军说早点关门，给你指一条发财之道，要搞新农村建设，行政村统一规划，统一修建二层小楼，你可以利用老爹的关系承包工程。齐守元眼睛一亮，又暗淡下来：老爹不知道啥时出来，说话还顶用吗？金卫军透露：听说很快就能回家，说话更管用，你慢慢琢磨我的话。

一位中年男人走进店：你上次给我补的牙，总是掉。齐守元漫不经心:补的肯定不如长的结实嘛。男人说补牙就为吃饭,结果一嚼就掉,好几次一吃饭就找不见了,吓得我以为咽进肚里……齐守元抢白一句:能屙出来。男人说最后从饭碗里找到了,重补一下吧?齐守元从容地说:你天天来补我都乐意,就是干这事的。"这次不应该再收钱吧?""你让我喝风屙屁吗?""是你没补好呀?"

齐守元冷脸说:"你吃饭,嚼的是面条是馒头,那么软和的东西,咋能把牙崩掉?是不是吃了铡下的玉米秆?"那人不悦:"咋骂人呢?铡下的玉米秆是喂驴的,是人吃的吗?年纪轻轻的,不讲道理嘛!就这么开店,也该关门咧。"齐守元狠狠地说:"再咒,我捣掉你剩下的牙!"那人气愤地瞥了瞥,无奈地离开了。

金卫军微笑着说:早点收摊,另谋差事。齐守元望着门外嘟囔:给他补牙,还不如给驴补呢。金卫军好奇地问驴牙也能补吗?齐守元淡定地说有啥不能补的。金卫军说:你二大家的那头驴太老,卖了几次,二百元也没人伸手,能补一口牙,肯定卖千儿八百元。齐守元一挥手:我让他把驴拉来。

镶牙所门口,齐永禄牵着毛驴。齐守元拿着工具为驴镶牙,毛驴想反抗又力不从心。路人上前围观:"真没想到,如今社会发展得这么快,驴牙也能补咧。""嗨,那大城市给狗看病的地方叫宠物医院,比给驴补牙的地方还讲究还阔气。""我就闹不明白,这毛驴一头上千块,补个牙还划得来。若给狗开医院,想得脑仁疼也弄不清,狗值几个钱?""城里人养的那狗,跟猫一般大,一只上千上万元,吃的是肉,喝的是奶,睡的是人被窝,动不动被女人抱在怀里,又亲又爱的。""真有那样的狗?""电视上常演,你没看过吗?""嗨,这么说狗比咱活得幸福!"

小刚经常帮兰蕊做繁重的农活,兰蕊抽空也给素素搭手凑紧。小刚成了村里的种菜大户,三轮车每隔两三天就去屯田镇或县城批发一次蔬菜,出售的前一天下午就得采摘清洗打包,连芽芽和豆豆也帮着提茄子。

三轮车装满小憩时,素素说以前心累,如今身子累,不过身子累只用睡一觉，心情不畅快却连做梦都不香，又问兰蕊分了家带个娃，锅台地里连轴转，钱从哪儿来。兰蕊说就靠野狐坳的杏树和苹果树。素素问养兔子挣了没，兰蕊说捏下五六百元，打算买头牛，和婆婆养的那头配对耕地。素素说买头母牛，又耕地又下犊。

兰蕊从素素手里借到三百元，和济民来到屯田镇牲口市场。

济民转了几圈，说，几个月没跟集，牛价这么高，三岁口的母牛涨过两千奔三千啊！兰蕊满面愁云：有没有便宜的？济民说就毛色差点的，一头也近两千，要么等到秋后，要么就买头草驴，喂养着下驴驹，攒下钱再倒换牛。她颔首同意。

济民瞅着一头毛驴，戴着湔色蓝布帽的牙行迎上来，领他到驴跟前。济民掰开驴嘴察看，驴主人说三岁的口，力气大着呢。和牙行在衣襟下面捏指和价，济民抽出后摇摇头。牙行又带他转了一圈：便宜驴有一头，在那儿。他跟随牙行走向齐永禄，打量毛驴，掰开嘴唇。齐永禄一本正经地说：三岁口的草驴，只是平时没有精心喂养，毛皱。牙行先和他襟下捏摸一番，又与齐永禄捏了捏手指，转身说：再加点。他摇了摇头。牙行和齐永禄嘀咕毕，小声对他说：主家有事忙着呢，这个便宜你就占了吧！

他转身问兰蕊：就一千元，看这驴咋样？她扫了一眼毛驴说：大人，你看好的，我没啥说的。一沓钱经了他的手交给齐永禄。齐永禄谢忱了牙行匆匆离去。济民拍拍毛驴后鞴满意地说：有点瘦，回去好好加些饲料，一上膘，是个丁当劳力。

兰蕊牵拽毛驴走到石桥，驮半袋小麦毛驴累出汗水，卧伏于地，如何吆喝抽打也不起身。村民陆续围过来，任葫芦抃下毛驴背上的粮食袋：咋驮不动半袋粮食呢？任维平说：肯定有毛病。葫芦问啥时买的，兰蕊说上一集济民大人帮忙买的，是不是没驮过东西，不习惯？葫芦笑着说：驴天生就是个驮东西的嘛，还要上训练班？又打起毛驴，跨上背测试力气。毛驴后腰弓挺不住，两条后腿跪到地上，把葫芦撂下来。村民大笑。葫芦爬起身，拍拍衣服上的土：狡猾的懒驴！

济民从操场走过来，诧异地说：怪咧，三岁口的驴力气正大着呢！任维平嘲笑：大个屁，葫芦骑上去就给压趴下咧。济民仔细地左看右瞧：不像病驴嘛?!维平指使一个小男孩：去叫你爷来。

胡须花白的邓兽医祖传医术，他蹒跚着走过来，问明情况说：把驴打起来。葫芦拉踹起毛驴，兽医先拨开毛驴眼皮后掰开嘴唇，问多少钱买的。济民回答一千元。邓兽医委婉斥责：你老眼昏花咧？活了半辈子，也算行家，花大价钱买老驴?!济民疑惑：三岁的口呀！兽医说：那牙是补上的。

济民双眼睁得跟驴眼一样大：驴牙还能补？兰蕊和大伙都瞪圆眼睛，很诧异。兽医让牵住驴头，掰开驴嘴一使劲把假牙全抠出来，村民忍俊不禁。济民捧着假牙，呆愣地嘟囔：哎日他妈的，果然是假牙！

济民和兰蕊牵着毛驴找到屯田镇牲口市场管理员，遭到回绝，最后在市场等到那位牙行。他推脱说不知道驴牙是补的，要想退驴只有去找卖主，以前杏脯厂厂长的二弟。济民看到了希望：那就好办，去找你妈说说话，好歹也算是亲戚，你日子这么紧，一千元赔不起呀！她面泛难色：齐厂长还在监里，家人看不起我妈，作难她，只怕她白张嘴还碰一鼻子灰。济民坚持去找一找，实在不成就作罢，不能眼看一千元扔进沟里，只听响声。

兰蕊伫立在街边瞅瞅巷口，又茫然扫视着行人。济民拉着毛驴蹲在槐树下，灰头耷脑反复自责：活了大半辈子，还没弄过这号丢人事。她宽心：谁能想到驴牙也有补的？他叹息：如今世道，真日鬼！眼巴巴地等到太阳西斜，唧唧嘈嘈的人群渐渐散去，失望地准备返回时，母亲从小巷慢慢地走出，她急忙迎上去。母亲惊喜地握住女儿的手：我心慌得蹾不住，原来你在这等我。母亲知道了买驴的事，犹豫了一瞬：我去找他。她说：他若不愿退就算咧。

母亲站在齐永禄大门外，硬着头皮央求：买你驴的是我女子，毛驴老得拉不动犁，没法革地，她一个人带娃过日子，紧巴巴的，就给退了吧？齐永禄黑着脸：凭啥？就凭是你女子？她若姓齐，不仅退我还倒贴呐！我卖驴，她买驴，成交了的生意，再把驴拉回来，旁人不笑我瓜子吗？她气愤地说给驴补牙，是骗人。

齐永禄理直气壮：她长眼睛是出气的？我骗人？你跟华家人日子过得好好的，年近半百离了婚，改嫁给我哥，是想做啥？难道不想骗些钱财吗？你这才叫骗人。她脸色煞白：你嚼人！齐永禄侮辱：屯田镇方圆几十里，像你这种不正经的女人有几个？听说你女子刚过门就生娃，这是遗传，是天大的笑话，娘俩都不知羞耻！她气息微弱：你红口白牙……等我哥回来再说，齐永禄说罢反剪双手离去。她眼白洇满红丝，眩晕欲倒。

看到母亲脸颊残留着泪痕，兰蕊强作欢颜说不退就算了，先把驴拉回，喂好也能耕地。母亲叹气：他是个混账！济民软软地蹲靠身子，取下耳朵上的喇叭筒点燃。母亲掏出一沓钱塞进女儿手里：别犟，拿上！娘母俩还生分咧？兰蕊推辞不过，怜爱地望望母亲：她瘦了！母亲问存良有没有指望减刑？兰蕊说他表现好，能早日出来。母亲哽咽：我一直觉得我命苦，没想到我女子比我还难，有没有想过……兰蕊说，我等他一辈子！母亲说：咱娘俩到底是咋咧？

她给母亲擦泪，说存良留下了钱，够花的，又进入商店，买回一袋饼干递给和济民说话的母亲，才拉驴离去。街上行人寥寥，母亲忧郁怅望远去的背影，迭声叹气，看到塑料袋时猛地愣住了——钞票叠放在底部。

不久，齐永才释放归来乘坐小轿车进入村子，他有意在村口大树下停住，慢条斯理地下车，面色坦然，从容地走向正在聊天的村民。人们纷纷向他问好，几乎都是同一句"回来了？"齐永才一副什么事也没有发生的模样，爽朗干练地说：回来了！有愣头青小伙问：大叔，再没事了吧？齐永才大度地笑笑：有事还能回来吗？有人坏了良心诬告我，检察院调查后，还我清白了，这不，县长的小车送我回来咧！他自豪地转身指指不远处的轿车。

有个妇女巴结地问还当厂长吗？他不屑地一摆手：巴掌大的小厂子，留给别人干，地区大型土特产公司聘请我去当经理。妇女说，还指望你做零工呢。他仗义地说：我走到哪儿，都惦记村里的人，有机会的。那妇女说新大妈在家天天盼你，为你祈祷平安呢。他点头致意后坐进轿车。

惊喜的兰蕊妈还是心有余悸。齐永才躺上炕说：拔了瓜蔓平了地，安省咧！她坐上炕头：万一有人再告状……他自信地说：干了十几年大事业，人情世故比谁都了解，我不傻，只要我不算计别人，别人要整我，哼，空炮蹄子！法律讲的用事实说话，得有证据，不是夜里捉鬼，看影子。

她说：别再外出当经理了，就在家养好身子骨，过安稳清静的日月。他踌躇满志：净说女人话，男人就是在外干事业的，心放宽，只要县领导不出事，我就平平安安的。话说回来，县太爷是上面派下来的，能出得了事吗？她说你瘦了，他说猴瘦有精神。

东屋也有喜庆的气氛。齐守元趴在炕上：牛蛋一下午高兴得又蹦又跳。玉莲躺在被窝：咱爸终究吉人天相！"往后可得好好孝敬。""又惦记爸的钱了？""向老子要钱，也为立业。""哼，先开汽修店，没挣钱倒让公安一顿拾掇；又开补牙所，没补几颗牙，找上门的全是回头客，架吵了不少。唯一成功的就是给二大的毛驴补了一口牙，卖了好价钱。"

他说："古代有个姜子牙，干这不成干那不成，老婆马氏咋都瞧不起，后来被周文王请去当军师，当丞相。人嘛，都有点背的时候。等我一走运，麻雀变成花膀鹰，要飞得高高的。以前没找到适合我的事业，现在有新目标了。"她追问啥目标，他坐起身挥手说揽工程，盖楼房。

她坐起身抖动胸脯咯咯地大笑：连鸡窝都不会修，还盖大楼？就能吹！他说，即使我没能耐，老爸有钱呀？她说，那女人才四十多，咱爸年过半百，若先走一步，钱财指不定是谁的。他转转眼珠，得想个办法。她附和，咱不能眼看圈里的大肥猪让人赶走，又辛辛苦苦地到集市一斤一斤地割肉吃，最好的办法就是让爸恨她，赶她走。他说那女人前些日子离家好多天，说回娘家，没准回了华家……有主意了！玉莲钻进丈夫的被窝：琢磨个好点子，另外，早点关了镶牙所。又戏说：要么，跟街上那个河南人卖狗皮膏药？他骤起兴趣：别小看

159

那卖药的。

兰蕊妈以为好日子来了，不料一向温言善语的齐永才忽然恶煞般凶狠起来，坐在沙发上一根续一根吸烟。心惊胆战沏好茶放上茶几。他瓮声瓮气：你站着，我问你话，结婚时给你的那五千元呢？我想知道你把钱给了谁，我不吝啬。她说花了些，剩下的给我女子了。

他瞪着眼说：明明转手给了姓华的老汉，以为我不知道？她说：没有。他欻地起身凌厉地呵斥：你花多少钱我都有，想咋花就咋花，但我不能答应你把钱转给以前的男人。你心里既然装着他，嫁我啥目的？是和姓华的商量好，假离婚骗我钱？

她欷欷地流下泪：永才，别冤屈我好不好？离婚，是受不了他的瞎脾气，受不了家暴。他气咻咻：你是气头上离了婚，心里还惦念他，嫁给我，只看上我的钱咧。她竭诚辩白：只图跟你过个安稳日子。

他痛心失望："跟我过日子？我刚被检察院带走，你就把钱转给华有德，就前几天还偷偷摸摸地给女子钱。我在看守所受罪，一想到家想到你心里暖暖的。咋也没想到，我一离家你三天两头地外出，到底去了哪个娘家？是姓华的家吗？我难过的不是在检察院受罪，是我上了女人的当！"她紧紧抓住他的手："我发誓，绝不骗你……"他甩开她："发誓能让人相信，我还去检察院受罪？向检察长发誓我是清白的就完了！"她说："你肯定听了牛蛋爸和他二爷的话，他们瞎说……"

他说："一个是我的同胞弟弟，一个是我的亲生儿子，他们的话我不听，该听你的？难道他们说的不是真的？说你女子刚过门就生野种，也是假的？看你女子，就知道你是啥人咧。挨拳头的女人那么多，咋就你离了婚？哼？就你这种不正经的女人四十多岁才离婚！"她脸色惨白，软瘫在地。他老脸铁青，愤愤地将茶杯摔碎在砖地上，溅湿了她，转身欲走。她本能地抱住他的腿。他踢开：贱货，嫁啥男人都是挨拳脚的！

第二十三章

兰蕊想拦也拦不住，龙娃随手推开了她的房门，走进了她的生活。

秋雨淋湿了白露，润透了晾晒的土地，抓住墒情扶犁摇耧，赶趟趟播种小麦。山上阶地里，小刚耕地，兰蕊一手牵驴缰绳一手攥掮绳，并着黄牛拉犁，汗湿衣衫。婆婆随后往犁沟撒麦种，枣枣蹲在绵软的地里玩土。

小憩时小刚无奈地埋怨：我爸呀，咋就看不出这驴牙是补的呢?!她擦擦汗水：大人不是火眼金睛，如今假的比真的还像，就当赶集时丢了一千元，倒牵回一头驴。小刚看见龙娃从山路走来，吆喝过来拉犁。龙娃跳下埂，夺过兰蕊手里的掮绳，说闲得筋骨不自在。兰蕊又接过婆婆手里的麦种，对龙娃说：你是半个城里人，走轻头的。龙娃拉得很卖力，毛驴和黄牛都跟不上。

秋收毕，兰蕊才腾出手到亮坪掰玉米棒子。苞谷叶子和缨子已经干枯，棒子头出现霉点。顾不了飘飘忽忽的小雨，钻进地里一干几个小时，直到坐在背篓上解困，才感到叶子划破脸的疼痛。

忽然响起沙沙声，龙娃撩开枯叶，掰着棒子说：前天你的辣红面香，今儿还想混一口。有根神经一跳，她婉拒，说咋能老让你帮忙。

他边掰边说：为了夜里睡得香，让我出出汗。她瞥见他领口肩胛处一道红檩子，问：拉犁蹭伤了肩？他说挑水扁担压的。扁担咋会压出这样的印子，绳勒的，她不落忍地说，拉的时间长，又不让我替换。

他往背篓旁边扔棒子时，看到她被汗水雨水浸湿的单薄衣衫，瓷住了。寂静使她本能地转过身：嗨——。他灵醒后视线下移至她脚下，掩饰窘态：我看……那像是个长虫！啊，她惊慌地蹦跳起来。他顺势搂住她：别怕，有我。他被她推开后，踩踏枯叶：是玉米叶子。

她惊魂未定。他捂住左眼，说打进了渣渣，磨得难受。她在衣襟上擦擦手，抬起来时犹豫了。他向前一步抱住她，嘴巴拱向她脸的瞬间又被推开。她润白的两腮倏地贴上两片花瓣，红红的，嗔怪：你……你……咋能这样？他交互拍打手背：爪子，叫你不听话！她捎起背篓不敢正视他：你走吧，我回家了。他伸手想接过背篓。她谢绝了，"花瓣"也谢了，拨开叶子唰唰地离去。

龙娃被看不见的缰绳牵着，不知疲倦地在山野溜达。爬上野狐坳，迈步鸽子滩，蹚过村口小石桥，几乎绕村一大圈，天黑悄悄走向大梨树，趁夜色蹑足健步上坡，伫立在老文化大窑外的桑树下，凝望圆圈的中心——兰蕊居住的新房窗户。他盼望她打开屋门，飘飘然穿过夜色轻盈地落在面前。很多次，没有等到盼望的场景，今夜在大梨树下却等来了桂霞。

一钩弯月像磨得发亮的镰刀头，就悬在山峁上空，割掉了村庄的噪声。桂霞站到身边之前他毫无察觉，依然仰望透出淡淡灯光的窗棂。"老牛吃嫩黍穗穗，绷得脖子困不困？"桂霞洞穿了他的心思，靠近说："上坡推门进去吧，费怎劲！"他醒过神：嫂子，是你呀。她戏说：你是不是想，若是那狐狸精该多好？他掩饰说随便走走。"那咋不站到我家门前望一望呢？"她鼻子喷笑，"那骚货勾引你咧？男人呀，就喜欢不正经的女人。"他说：她家缺劳力。她说，我也缺呀。她倏忽声色温柔：有句话我憋了好几年，你咋想起送我项链了？他说你对我好呀！项链不是随便送的，我睡不着觉时经常捏摩捏摩，她靠近他，月下它特亮，你摸摸，就戴在我脖子上。他犹豫着：那边来人了。

夕阳滑向窝弓山，亮坪阴下来。兰蕊正挥舞锄头挖苞谷秆，掸去根茬的泥土。

田埂跑来慌慌张张的芽芽，喘着气说豆豆玩耍时把黄豆塞进了鼻孔，用手指掏，却越掏越深，取不出来，爷爷让我来找你，妈妈跟集了。她撂下锄头拉着芽芽，蹭蹭来到小刚门前的场院。济民坐在碌碡上怀抱豆豆，心急火燎。她接过手电筒，对着豆豆鼻孔照了照，焦急地说进得太深，痛不痛？豆豆说不痛，就是憋。

不一会儿邓医生赶来，察看后压了压鼻翼，用镊子试掏，无奈地说：又圆又滑，娃娃鼻孔小，镊不住，不行就得去屯田医院动手术。她让豆豆堵住另一鼻孔抿住嘴，擤一擤。豆豆试了试，满脸涨红。济民担忧手术破相：把豆子弄进鼻腔，从嘴里出来就好了。医生认为不妥：万一夹得更紧，弄巧成拙了！她眼含泪花：那就送医院吧！

豆豆伸出小手擦拭她的泪水：大妈，能打个喷嚏就好了。邓医生一激灵：对，打喷嚏，芥末可以。龙娃走过来，说皂角好，不呛娃。邓医生一拍脑门：快去找！

龙娃撩开长腿跑上山坡，攀上大楸树旁边的皂荚树，摘下皂角滑溜一截纵身跳下，不顾带刺的树枝划破后背，跑下坡回到济民门前，掰开皂角送向豆豆鼻孔下方。赶集回家的素素抱着豆豆：乖，试着打。豆豆张嘴仰头，眨眨眼，一个喷嚏，连续两次便把调皮的小豆子给喷到地上。气氛一下松动了。豆豆望着素素的红眼圈，故意喷喷鼻子。芽芽指着龙娃的后背说：衬衣破了，有血。

晚饭后，兰蕊让龙娃换上存良的衣服，缝好他的衬衫清洗后晾上拉绳：你咋知道皂角能打喷嚏？他说："小时候，我妈用皂角洗头，我拿着玩，老打喷嚏，我妈的头发长，洗完后像黑色的缎子……她走到哪里，都要带着我，只是殁的时候，把我留下了……"

她想察看一下伤口，靠近他坐的杌子又迟疑。他猛地揽她入怀。她推开："不这样！我感激你……看你现在的样子，不是赔了本，就是把钱给糟蹋光了，还是进城好好挣钱，找个女子成家。"他说，我心里只有你！她说，我有家！她推他跨出门槛，从门缝窥视他融入夜色的背影。

秋夜变长，夜长梦多，有美梦也有噩梦，是梦就能折腾人。房屋和窑洞不同，被天籁之音包围着。虫声消匿了，鸟鸣划破静谧，射进窗棂，拨动心弦。她失眠了。龙娃消失在夜色，又硬扎扎暖烘烘地钻进她的心窝。自天降冰雹那夜，从野狐坳回家，劳碌寂寞的简单岁月渐渐被撕扯开来，露出娇艳魅人令人眩晕的色彩。分分秒秒组合链接起龙娃挥之不去的形象，不分昼夜。

存良离家后，独自上山下地，受风淋雨经雪历霜，除了婆婆偶尔问候一两句外没人能想起她。素素整天忙日月，好多天才打个照面。她只和山野田地打交道，与沉静的树木花草为伴。龙娃走进她的生活，分担繁重的田间劳作，使她因过度劳累变得麻木疼痛的身子渐渐地恢复过来，恢复了原本旺盛的女儿身。今夜她体内席卷一股股温柔的浪潮，浑身燥热渗出汗气。夜色是神奇的显影液，清晰地显现出龙娃健壮高大的体格、肩头的血色勒痕、被皂刺划破的肌肉。她的胳膊和腰身频繁地提醒诱惑她回味——他揽她入怀的那种奇妙的感觉，神经愉悦的瞬间。一次又一次地拒绝它，防止越轨。扪心自问，她不讨厌他，怀着深深的感激，尤其是傍晚他让豆豆脱离危险后。猜测出他不愿返城的由头，无疑是要接近她。

她觉得走在悬崖边，只管向前走倒也罢了，可向深深的谷底看上一眼，就禁不住浑身激灵，激灵之后倒有一种纵身一跃跌入草木茂盛花团锦簇的欲望。那是飞吗？这念头吓了她一跳，又看见存良的眼睛，要么眈眈而视，要么沮丧失落。

过去的岁月，存良的暴怒使她恐惧，疯狂与沉闷让她心生愧恶。如今他置身囹圄，十几年呀，多少个日日夜夜之后才可能回家。她甘愿平静，她是他的妻子，是伤害他之后依然得到他宥恕的妻子。岂能再有背叛丈夫的行为？人要活得理性，如果尽随了内心的那股冲动，还是人吗？雄鸡打鸣划出抛物线，窗纸一层层地涂染白漆。她仍无睡意，早点上山给老驴割些嫩草。

浓重的白雾弥漫，房外照壁影影绰绰。兰蕊挎起背篓拿上镰刀，沿着熟悉的羊肠小道向野狐坳出发了。静谧的村庄被大雾裹住，鸟雀不敢飞也不敢叫。红河贪睡，送来涔涔的梦话。潮润的雾气吻拂面颊。她蹲下身子割取瀼瀼的嫩草。树上的露珠敲打叶片和草丛，滴滴答答窸窸窣窣，说着私密的话。

她忽然觉得一只透明的斑鸠落在头顶，附了她的身，有翅膀，却不能飞。凉气从小腿侵袭上来，鞋子和裤腿湿了，挽起裤管减轻寒凉。上次因为下冰雹，她在果园上方的土坎下搭建了人字窝棚，随意置放了几块木板和破旧的麻袋，用作劳累时休息或者防止不测的天气。迎着大雾摸索过去，一只黄色兔子被惊吓，猛然窜逃，跌下悬崖的惨叫，让她很不落忍。她姗姗地行至窝棚口，向山谷方向竭力张望，自责无意中害了一条性命。

倏地，一双有力的胳膊从身后猛地将她环抱。"啊——"她惊叫着，侧头看到了龙娃的半边脸。他轻声说：是我！她惊魂方定，本能的挣扎依然未能拆开他十指相扣的双手，只好右手按在自己的胸口，使劲地喘息。她失去了反抗的气力，发冷的身体似乎需要搂抱的温暖。尤其是他急促的鼻息热烘烘地吹拂她的脖颈让她酥软，他的唇舌黏到她的耳根更使她眩晕，两腮像被火烤热了。

她无力抵抗却要抵抗，逃脱不了还想逃脱。一个声音来自头顶，坚定又脆弱：跑吧！跑吧！她的大脑掠过逃跑的念头，可身子却像淘气的孩子有意作对。这是一只绵羊和一只狮子的拔河赛，力量悬殊。他的手伸进她衣服的瞬间她全线溃败，不争气的身子像一只贪婪的馋嘴猫，饥饿了很久终于叼到一条鲜活的小鱼，任谁殴打拽扯也不松口，连肉带刺都要吞咽。她又觉得被枪顶住了后身，不愿挣扎，只有投降，只能躺上麻袋片，灵魂很快就被鲁莽的龙娃赶出躯壳，轻盈得像一枚鸽子的绒毛，飘浮到窝棚上空。

川道的大雾迅速升腾，田野和河岸的大柳树原形毕露。缭绕的浓雾听到天帝的召唤，袅袅地向着高空撤退。东山头隐现朝暾，倏忽间一股金光抖搂下来，掉在野狐坳。对面北塬的沟壑在蓝天上勾勒出乳峰曲线，大地无声地运动着。浓雾凝聚成白云，被阳光包装为绚丽的朝霞，飘向未知的远方。

羞怯的兰蕊整好衣服逃出窝棚，捎上背篓匆匆地走下山路。山川顷刻间活了，花草庄稼飞鸟野兽，都在注视她发烧的脸。她不敢抬头，担心碰见村民，唯恐来人打招呼，所幸村民各自忙碌。

在房门前碰见婆婆，她不敢正视，抱起枣枣进了屋子，胸腔内嘭嘭嘭嘭，欢畅又窒息。咬了几口馒头躺上炕，枕上叠方的被子闭上眼睛，那片花瓣还赖在脸上不想退去。她像做了贼，虽然看不见赃物。体内有一个气球，一个愧疚的气球越吹越大，婚外情，偷男人，不正经，私通，娼妇！气球还在膨大……

第二十四章

她严厉地告诫自己，不能一错再错，要迷途知返。黑夜里一切安歇了，只隐隐传来呼吸声。雉鸡却猛的一声"哈——"，拖着比尾巴还长的颤音，像嘲笑。粗犷的破锣嗓子，有损锦羽的形象，却能豪爽地喷放丹田的力量。

房内房外卷涌如水的夜色，一浪胜似一浪的静谧，可内心的骚动爬出被窝，像劫贼翻腾起来。她拿着铁锨，勇敢地注视墙头，只要他一探出脑壳就给他迎面一击。然而探出的面孔一点也不狰狞，是一张熟悉的脸，怎么忍心下手呢？房屋就在大门外，没有院墙，伸手就可以敲响屋门。

他闯入了她的家园，撩旺了她心头的暗火。在热炕上翻滚挣扎，期望一场暴雨将它浇灭，又似乎渴望被熊熊大火烧化。白天繁重的劳动并不能使自己在夜晚很快入梦，所有的努力都是枉然，她只有投降了。大脑的放纵应该比肌体的越轨容易被宽恕，她找到了理由。眼前闪过窝棚里的动感图景，心脏加速蹦跳，神经极力寻找那种奇妙的瞬间。大雾那天后她没有再上山，在照壁旁栽下木桩，一对一对结扎苞谷棒子悬挂起来。她在逃避他，觉得他也在躲避她。他也许后悔了，不会再纠缠，这是最好的结果。

东山头的谷线弹起红晕的太阳，氤氲的岚气像是一层薄纱过滤了它的光芒。大公鸡在树下打鸣，她提着镰刀捎起背篓上山了。要用手中的镰刀割断昨日，过上身心平静问心无愧的日子。他可能不会再来纠缠了，若再次非礼，就果断地斥责坚决地抵抗，甚至跳崖呢。有意在山梁上弯腰割草，站立擦汗，缓慢移动，好像特意为了让他发现。看见了更好，他要敢来，就表明态度，断了他非分的念头，免得没完没了地纠结。背篓已经装满嫩草还没有发现他的身影，她不时地向他庄院的方向张望。

朝霞涂红的小路只送来寂寞的一人，大安父亲。他像影子，每天都在山路上走一走，似乎在寻找丢在山野的麦粒；又仿佛在回忆、思索，长时间远望对面山上的天，恍惚的眼睛还流出泪水，活得自我，对谁都漠然，好像等待着一股劲风，永远地离开这里。

婚前那个多梦的少女远远地离开了，她活成了影子，在季节里转着圈，在山风里飘呀飘。河水比她还虚弱，不可能浮着她远去。又捎上背篓走向窝棚，直起酸困的腰身环顾山川河流，要大声对世界说一声华兰蕊要重新做人咧！想一把火点燃窝棚，烧毁让她羞愧的见证物，那龌龊的出轨。摸索衣兜没有火机火柴，又看见潮湿的木棍和编织的枝条上还在滴答的水珠。别毁它，当作警示标志，当作雷池，不要再越一步。很久以来她没有像现在这样俯瞰山腰梯田，也没有长久地徘徊，好像在徘徊中等待。太阳升至头顶，肚子里发出饥饿的声音，她笑了笑，难道要等待一只野狼扑来？

饭饱后，胸口堵得慌，有许多要说的话就哽在嗓子眼，坐卧不宁出入不安，忽而喘不过气忽而失落。临近黄昏又扛上铁锨走向野狐坳，抬头看到漫过北塬浓浓的乌云也没有退却，也许太害怕热炕上的夜晚，难熬，漫长。她从小就怕山野的黑，怕草木禽兽发出的声音，像神狐鬼怪，让她惊悚。可现在她忘却了恐惧，感到有一双眼睛始终盯着自己，有个男人就尾随身后。他会从淡淡的夜色里忽然跃出，将她紧紧地拥抱。而她要做的是，断然拒绝，一刀两断。

乌云打过几个闪，闷闷地吼叫了几声，渐渐地潮涌东南而去。头顶的上弦月纯净而低垂，像要掉到山头上。她丢掉了羞愧，只有焦急地等待。山下的灯光逐渐稀少，村口小华商店门口的那盏灯也熄灭了。只有蛐蛐在叫，满世界地叫，叫成了风，叫成了浪。

她失落地扛起铁锨，看到杜梨树下一个身影，是人是鬼还没有分辨得太清，就说："我以为你不来了！"龙娃顾不上说话，取下她肩头的铁锨抱住她。她挣扎不及就被他的嘴唇强硬地封住了口。她觉得身心顷刻间塌陷下去，塌陷得舒畅，释放着体内灼热的能量。躺倒在柔软的草丛，把那一坨蛐蛐吓了一跳，都不敢叫了。月亮有意要把光溜溜的两具身子照亮，还涂染淡淡的金粉，金粉不时地被他们抖落。风很温存，怕他们受凉，不忍吹。她看到杜梨树上结满了星星，像有一只巨手摇动树干，打算将这些熠熠晃荡的夜明珠震落到草地。刹那间她听到了它们纷纷坠落的声音，一颗颗堆积起来将她淹没，她飘飘然要死在温柔的光簇中。

她呼吸着草木野果清爽的气味，想，她就是一颗熟透的红苹果，孤独地悬挂在树梢，被龙娃一摇树身，不会朝任何方向飘，不偏不倚就跌在他的脚下。她身不由己，没有拒绝的力气，拒绝原本是变色的渴望呀！多少天来她以拒绝为由，一直热切地盼望他的出现，渴望他的拥抱和进攻。她坐起身："我不想再有下次，有愧呀！再甭这样。"他沉默了好久："我吃饭睡觉想的都是你呀！"

秋雨说来就来非常随意。华兰蕊往炕洞里填充穰柴，揭起毛毡，将大笼里没有干透的红枣倒上炕席。素素跷进门槛，来解闷。持续的阴雨，蔬菜销售几乎停滞，地里的红绿紫白越来越多地霉烂，焦虑心疼又无奈。兰蕊亲了亲豆豆，从柜盖笸箩取出核桃砸开，说天气预报明天就晴了，你正好歇息歇息，你黑了也瘦了。素素说：你气色好多了，眼睛有神采了，有好事吗？又狡黠地说，有人帮做体力活，缓过劲咧！

她唰地红了脸：还得感谢你家小刚。素素说：装，装糊涂，你打算这么守着？她说："……是的。"我是过来人，白天好过，黑夜难熬，素素说，要守这空房，夜再长也得悄悄地睡，得把自己锁起来，有人敲门也不能向窗外看，这太屈你了。她低头说："我不想再对不起他……"素素说：感情呀，不能用对得起对不起来衡量，有时对得起其实是对不起，对不起倒是对得起，想得越多反倒过得越糟，该明白时不能糊涂。最后说：小刚在街上瞅见你爸，脸色乌青，佝着腰，回趟娘家吧。

兰蕊劝父亲去医院检查，他固执地说是老胃病，买些胃药就行。窑里窑外，狼藉和尘土使她心生凄凉，花大半天拾掇卫生，清洗油污汗渍的炕上用品和衣服，又发面蒸了一锅馒头。安顿了两天，蓦地想见母亲，骑上那辆破旧的自行车来到镇上，在街头徘徊等待两个时辰没有见到，悻悻地走上校园后面那条小路。

小路旁增加了几户庄院，少了许多高大的树木。她爱走这条小路，喜欢仰望鱼江河家的阁楼房，听院内传来琼瑶剧的插曲，享受心跳的韵律。人生真像路边的打碗碗花，春天发芽，绽放明媚瞬间又枯萎。那时，她咋能想到如今是这样的生活呢？放晴了数日的天空又被霹雳取代，返回红河岸边，河水淹没了过水桥。她挽起裤管蹚水而过，走上河岸雪白的腿胫被走出勘探队驻地院子的任支书看进眼里。次日他通过麦龙队长约她到村委会，说：咱村缺妇女主任，你来干。她推辞，不会当领导，另找人吧。他抓住她的手：甭急着走呀。她看到他贴身过来，夺门而逃，跑过石桥才放慢脚步。

匆匆走进家门，还没平复心跳，就听屋外队长喊她。麦龙站在房门口问：叫你啥事？她惊魂方定：当妇女主任，我推掉了。夏队长深谙其意："玉米地里解溲，没准想摘苞谷棒呐！多加小心，那土匪啥事都能做出来。"

她没料到任支书竟然找上门。那天傍晚，支书在月月嫂家吃鸡喝酒，祝贺刘秘书擢升副乡长。酒精让刘副乡长软软地倒上月月嫂的热炕，他摇摇晃晃擂开夜色走向"S"路，爬上门前的小坡。她哆哆嗦嗦招呼喷着酒气的支书坐下，进院子把婆婆叫来。她抱着女儿听他说醉话："妇女主任一职……有很多人惦记……你干……发工资呢……"

他喝了一口茶，跷出门槛呕吐，清醒了些许，起身告辞，走下坡路。

惊恐不安的日子过得慢，这天傍晚时分龙娃带来了安全感。他提着一只中枪的兔子说：肥得很，炖了吃肉。沾染血渍的皮毛她不敢下手，叫来婆婆剥皮掏肚再下锅。龙娃啃着骨头：晚上我留心姓任的。婆婆担忧地说：要不买条狼狗？我总比狼狗强吧，龙娃背起猎枪跷出门槛，说，我当保安。

一段日子以来淡化了恐惧，兰蕊上山采摘酸枣。白云被微风撕扯成片片薄纱，湿润的山野热气蒸腾。缤纷的色彩涂染了树林，这是卸妆前最后的灿烂。雄雉飞过头顶，飘曳长长的尾裙。呱呱鸡雄浑沙哑的叫声，惊落彩叶。她拾掇了一笼红红的酸枣，坐在林中小憩，恬淡的景致，告诉她平凡惬意的生活意义，患得患失只能陷入迷惘。提笼下山，听到身后草丛的窸窣声，未及回头就被两只强劲的胳膊箍住。她以为是龙娃，侧头看到任文，惊悚得挣扎呼叫。他将她压倒在草丛：我是支书，让我弄一下。她竭力挣扎，仍不得脱身。

忽然"嘭"的一声巨响。任文颤抖愣怔，抬头看到几米开外端着土枪的龙娃，镇定地站起身：你干啥？龙娃瞪圆眼珠："放开！不许你骚扰她！"任文狠狠地说："你算啥鸟？她是存良媳妇。"龙娃从容地说："她现在是我的女人！"任文掏出弹簧刀，毫不退却："从现在起，她又是我的女人咧。"

龙娃端枪逼向任文，眼珠喷火："谁怕死谁是驴！你捅我一刀，我放你一枪，公平。你是支书你先来，朝胸口！"任文盯住指向鼻梁的枪管，慢慢地垂下握刀的手："你他妈光棍一根，我有家，还有点将村。"龙娃脸色铁青："谁碰她，我就崩谁，我能豁出命！"

任文软下来："就像上歌厅找三陪，咱俩轮换？""滚！""他妈的，你比我还霸道！"任文收起刀，瞥一眼哆哆嗦嗦的兰蕊，又瞪眼龙娃，嘲笑："瓜尿样子，别人睡女人图高兴哩，你睡女人讲玩命呢！"龙娃厉声警告："支书，我这枪，夜里最爱走火。"支书边下山边嘟囔："尿样，被窝里走火去吧！"

第二十五章

那天兰蕊在房后厕所淘粪，听得弧圈对面椿树下争吵起来，是哲明两口子。哲明爸见了她就用眼角夹，当然不便拉架。

临近中午，维根和老伴拉着奶羊上了小坡进了大门，随后就传来桂云的哭声。哲明妈好像说了句："挤好的羊奶就放在锅台，你不会热一热？擀好的面条在案板上，不能下锅煮一煮？"桂云应该是出了屋，大声质问谁家媳妇坐月子还下厨做饭？哲明妈长久的愤懑终于冲出了口："你不是坐月子，是坐年子，坐一辈子！"桂云揭短说没生过娃你不知道疼，没坐过月子你不知道受的那份罪，就能编派人。维根可能也看不过眼了，制止桂云："咋能跟你妈这么说话呢？"不一会儿，他出门爬上崖背，喊来了夏家成的面包车，拉着老伴出村了。

兰蕊挑着粪担走到桥头时碰见骑摩托的溜溜，说舅妈心脏病犯了，去县城住院，舅舅叫她回家取存折，从地里返回又看见骑摩托出村的溜溜后影子。在"S"路上，她放慢了脚步，前面是桂云抱着娃向大嫂家走。

桂云说婆婆整天给她弄的汤汤水水，狗都不吃，要遭老天报应咧。桂霞规劝妹子，不能胡说，传到哲明耳朵里不得了。桂云诉苦说哲明不回家，好像娃不是他的，肯定是因为惦记素素。桂霞给妹妹吃定心丸，说素素自从抓养芽芽后，见了哲明脖子也不给，和小刚过得美滋滋的，最后劝妹妹："女人就是给男人焐被窝的，被窝焐暖和，让他睡得舒坦，心里就有你了。果子结到树上，迟早有你的，即使哲明没钱，可你公公有，不给你也会留给孙子。"素素说桂霞嫂子后面的话没说出口，咽回去了。

一个星期后，救护车进村了。婆婆探视回来说，哲明妈虽然瘦了一圈，看上去还精神，不过那媳子不是个好料子，嘴里不骂动作上带着呢，踢门摔东西，敲碟子碰碗的，还不把哲明妈给磨死。兰蕊记着接生那份情，婆婆也支持她去一趟，听人说心脏病很可能睡一觉就没了。

她趁维根到村口叼空去哲明家，桂云瞥了她一眼就去树下挤羊奶了。她把油饼和熟鸡蛋放上炕墙时，哲明妈挣扎着起身，脸白得像纸一样，抓住她的手，张了好几次嘴没说出话，一个劲地流泪，最后说她想芽芽，捎个话见上最后一面。再说啥她就没记清楚，只听得桂云踢着卧在苹果树下的奶羊："起来！起来！整天只知道吃饱了卧着，活也活不旺，死又死不了，还不把一家人给拖死！"她安慰了两句，匆忙出了门。

她捎话给素素，素素犯了难，前些日子让芽芽去看奶奶，芽芽不去，说那个女人一见她就掐她胳膊的肉呢。她说老人数天天活着，桂云再混账无非冷眉冷眼。两人合计后，稳妥的办法是，等维根去镇上跟集，桂云放奶羊时，叼个空子，素素带着娃去，毕竟婆媳一场。

这一天终于等到了，兰蕊在门前放哨，眼看桂云抱娃拉羊拐过了"S"路，就让素素和芽芽快去快回。桂云平日一放羊一响，这天忘了给娃带奶瓶，把羊拴在路边的树上，抄小路回来了。等兰蕊听到椿树下传来吵嚷声时已经迟了，素素带着芽芽匆匆出了门，桂云追出来还叫骂着，她后悔给素素帮了倒忙。

素素给她说，哲明妈看见她很激动，让芽芽从板柜里取出黑木匣匣，拿出红布包裹的玉镯递给她，说留着芽芽长大了戴，推辞的那一刻，桂云挑开门帘冲进屋，骂婆婆要把家产全踢踏完了才肯断气。婆婆喘息说：桂云，我给你留下金的。桂云蛮横地追着素素屁股骂：以前纠缠我男人，如今又图谋钱财。

她和素素心慌慌地站在梨树下，还听得桂云哭骂婆婆："她是小刚媳妇，凭啥给她？我是媳子，啥东西不是我的？你躺在炕上，不败家不咽气！"她让素素找桂霞去劝，素素跑了几步吩咐芽芽去桥头等维根。她站在照壁旁时，看到桂霞进了哲明家的门又出来，慌张地跑上崖背，喊家成把车开来。她估计哲明妈又犯病了，谁知等到傍晚传来噩耗，哲明妈喝了农药，拉到镇医院没救活。她和素素都呆了，瓜瓜地待了半夜，一个劲地悔恨。

素素听到凄凄惨惨的哀乐，悲恸又歉疚，丧事因她而起。不能再迈进哲明家一步，便在路旁趁夜色给曾经的婆婆烧纸泼馓。能猜出那天走出院子后发生了什么，桂云肯定不依不饶咒骂才酿出悲剧。当时有十张嘴，也解释不清呀！她不会带走玉镯，可桂云不这么想。自责也于事无补，逝者已去，生者痛心。

最伤心的当然是哲明，妈妈下葬后的好多天，他独坐阶地新冢前默默流泪。她忍不住走过去，站在几步开外对着他低垂的脑袋说：人都一样，到世上来转一圈，走一趟，有的时间长，有的时间短。老人病得久，不想拖累家，咬牙走了无常，走的人一闭眼啥都放下了，活着的还要撑着活。你甭折磨自己，地潮，坐坏身子呢。哲明擦拭眼睛，沉默着。

丧事后过了两个多月，兰蕊听说维根去镇养老院不回来了。人们都说他受不了儿媳的窝囊气，说维根夹克衫袖口破了个缝，在家里吃冷馒头，把牙都给崩了，到镇上后经常咥得羊肉泡，下棋看报谈论国家大事，满福得很，说村里人小农意识，思想狭隘，无法沟通，在那里有话说，整天三丈高两丈低地一谝，轻松自在，叫人骂上也舒坦。

还听说，桂云给月月嫂说老公公难伺候，过不惯舒坦日子，还净折腾她，天刚亮就让她烧开水泡茶，热馒头吃早点，一顿饭不按点就吹胡子瞪眼；晚上烧炕，热了说他快被烙熟了，凉了说他快冻硬了；每次做饭就犯愁，他吃盐轻，稍多一点都能尝出咸，有一次做面片干

· 174 ·

脆一点盐也没放，问他咸不咸，他满意地点头，说刚合适。

不久后的一个雨夜里，兰蕊听到椿树下又传来桂云凄惨的号叫："我可咋活呢——"哲明扯着嗓子叫着："狼心狗肺的东西，在这山沟待一辈子吧！"她慌忙打开后窗扇，看到闪电照亮推着摩托的哲明，再一闪是门前坡口跪地呜呜的桂云。

原来哲明妈住院时，溜溜取存款单，桂云让溜溜抱娃，接过钥匙从柜子里取出私藏了，骗说没找见，桂霞知道后说救人要紧。她到镇上取出钱心里犯嘀咕，心脏病说蹬腿就蹬腿，花也白花，又把一万八存到自己的折子上，到县城只给了哲明两千元。进医院前还故意扯破衣襟，弄乱头发，说多半钱被贼娃子抢了。哲明问咋不报警，她说吓晕了，只记得一个高一个低，一个胖一个瘦，都拿着刀子，还说为婆婆着急，是溜溜走后才翻箱倒柜找到了存单。

桂云把这秘密透露给桂霞，桂霞又传给了月月嫂，最终传到维根耳朵里。哲明单位集资建楼，维根不知是有意还是无意，又传话给儿子。哲明不顾天下雨回家说要在县城买楼房，桂云说做梦都想住到县城，到时弄一辆高级轿车，咱带着儿子进城，把点将村人给眼热死呢。哲明骗桂云，说银行里有朋友，知道她有存款，桂云就信了，他把存单一拿到手就抡起巴掌。难怪哲明那么温暾的人，竟也发这么大的脾气。

第二十六章

兰蕊觉得就像在漩涡里挣扎着。

窗外的夜安静、沸腾。雪花团结起来，浩浩荡荡地擦亮黑暗，给万念俱灰的残冬覆盖梦的希望。照壁静静伫立着思索着，见证庄院的兴衰。雪花就是曾经闪亮过的思绪，少女时的梦啊，斑斓陆离。踩着白色的地毯，被梦牵引着、旋转着。躺在娘家热炕上，青春的旋律激荡窑洞的夜色，思绪肆意畅游，在半梦半醒之间憧憬缤纷的未来。雪地也有寒冷的疼痛，离开城市前，大学校园那场雪第一次刺透柔嫩的肌肤，她不愿再靠近雪和城市。也许因为读书孕育了梦想，现在看来梦想是个骗子，带你飞翔之后再将你重重地摔回土地。是谁撕毁了书本，从天空飘飘扬扬地撒下无数碎片？那些孤独的文字，无助地从天而降，悲怆地渗入泥土。梦想的核心就是晶莹的爱情，爱情破灭后，心就死了，就接近了动物。确切地说像圈里那头老驴，为了一把草料努力挣扎。生活就是毛驴拉磨，一圈圈地转下去。

谈何快乐呢？快乐和痛苦多像一对孪生姐妹呀，被思想紧紧地拴在一起。冻僵的肌体咋不盼望温暖呢？龙娃似乎成了生活中的温暖和慰藉，也是烦恼与痛苦。极力拒绝却又极力盼望，屡次纠结，丧失信心之后又告诫自己，他离开她的生活和心灵，能多一天就胜利一天。真愿为存良苦守空房十几年吗？承诺已露出根须，没准就被大风摇倒。

如果在这个朦胧的白色世界，鱼江河翩然出现，款款地走向小屋，那该多么让人激动和幸福呀！她会毅然随他而去，什么也不顾了。日月轮转，他肯定已拥有城市浪漫幸福的生活，哪会想起雪天雪地里的一个山野村妇？他怎会知道她为他生下了儿子，承受肌体与心灵的疼痛。好在能经常见到可爱的豆豆——生活中最闪亮的希望。

以前渴望夜，能做美梦；现在害怕夜，残梦是玻璃碎片，常常划伤她。春暖花开是漫长冬季之后的繁荣，眼前该如何熬过落寞和萧条？她清晰地意识到她需要男人。这个男人就是龙娃，也只能是他。心跳又加速，像窗外热烈飘洒的雪花。他会在雪夜里悄悄地到来吗？她想将心头所有的思绪统统赶走，只想他快快进来。浑身上下所有的神经与细胞好像禁锢了很久，忽然全部释放出来，开始欢呼雀跃，庆贺她的准许，期盼像雪花般自由旋舞。

他有好些日子没来，也许他不会来了。她总是拒绝他，或在亲热前，或在亲热后，虽然有些软弱。他会不会介意？也许他已经看出她的苦恼，不忍心再打扰她。若真是就此远离，她又多么孤独空虚与无助。且不说繁重的体力活计，只是这夜晚窗外的脚步声就足以让她胆战心惊。这个雪夜，他真的来了，或许是心灵的感应，听到她内心的呼唤。蓬松的雪毯送她一个惊喜，故意消匿了脚步声。熟悉的敲门声轻轻一响，她瞬间变成一只跳蚤，掀起被子下了炕，开门放他进来，雪花抖落在她的脖颈和手臂上，顷刻融化。屋里空气涌动起来，冷气流与暖气流疯狂地循环。

屋外的雪花飘洒得更加来劲，大有覆灭一切的势头，将院内高粱秆蓬篦的木架压塌，搁置在上面的冻白菜掉落下来。婆婆起身给熟睡的枣枣披披被子，走出窑门察看，听见院外有异样的声音，走到大门楼洞侧耳谛听，透过门缝，看到雪地一串若隐若现的脚印。

黎明前龙娃踏雪离去。她酣然入梦，被枣枣闹醒时雪霁日高。她神清气爽走出屋，迎面看见鬓丝泛白面无血色的婆婆站在雪地。未及她开口，婆婆冷言冷语：赶走了大灰狼，又来了黄鼠狼吗？她顿时涨红脸，羞愧地垂下头。婆婆继续说：我丢不起那人！还是那句话，要么改嫁走人，要么就乖乖地守着。婆婆转身进院，她的饥饿感也消失了，心慌意乱羞臊愧疚，关上房门愣怔着，无颜外出。

天色向晚，她让枣枣转告婆婆，步行回娘家去了。后来又从姨妈那里知道母亲早已离开了齐家。

齐永才去了庆平市，母亲受到刁难凌辱。那媳子知道公公相信了丈夫与二叔的撺掇，有了底气，经常夹枪带棒嘲讽辱骂。母亲忍气吞声，还抱一丝希望等待齐厂长回心转意。可大半年过去没个音讯，打电话就被挂断。儿子更换了铁锁，母亲一出大门就进不了院子。母亲常常站在门前树下，等待他们开门后急忙尾随进院。就连小孙子，也疏远她。有一次，母亲在院门外无奈地踅来踅去，看见放学后的牛蛋和小朋友在树下玩耍，巴结地求他给奶奶开大门，牛蛋却说她是个老妖婆，夜里就变成了鬼。那媳子还把母亲挡在门楼外，说我爸早都不要你了，还赖着不走，人活脸，树活皮，没脸没皮还不如到坳里跳池去。母亲死心了，带上随身衣服和简单的包裹跨出门槛，离开时还被那小两口追上来搜了身。

听姨妈说母亲出了齐家门就来了她家，没回舅舅家，舅母那张冷脸在外公外婆去世后更冷得像霜。姨妈知道母亲在齐家遭受的罪，心生酸楚，说宽宽展展地住下，再拉牲口再套犁，半路男人多的是。母亲从早起打扫庭院开始，一整天只知道干活，姨妈不忍心，劝她消停消停。母亲说在齐家不舒坦，如今多做活儿，睡觉还香。

可偏巧姨妈的儿子小伟驾驶的三轮车在崾崄出了事故。小伟给县城建筑工地送砖，除冰天雪地外几乎每天早晨都从村里砖厂出发。这条路走过无数次，一直平平顺顺，母亲进门后几天遇上这事，一家人送昏迷的小伟去了地区医院。她照顾家，照顾牛、猪和鸡，着急地盼着。个把月后小伟康复归来，母亲就去县城替人看庄院了。

天色将暮兰蕊找到蚂蚱沟的一处小院。母亲拉住她的手，泪汪汪地说，咋都没有想到，娘俩竟然活到这步田地。母亲说小伟归来，姨妈泡了一大盆药渣水，拿起笤帚从院子到每间屋子都仔细洒扫，嘴里还咕咕哝哝。这举动虽不能肯定是针对她来，但这却是驱赶晦气的风俗。当天夜里隔窗听见小伟媳妇对公公说，算命先生掐指算了，断定家里进了不干净的东西。那夜母亲睁着眼睛到天亮，早饭时媳子说有亲戚在县城，找人看老房子，她才到了这里。

透过窗棂树枝望着那轮圆月，她问躺在身边的母亲，年轻时爱过吗？外面有只鸟叫了几声，驱赶了沉默。母亲说年轻时在太平中学，组织红色活动时，有个男生总喜欢在队伍里凑近我，我总是心跳，他总是脸红，算是有好感吧，毕业前他约我到教室后面的杨树下，说想和我做好朋友，他是富农成分，我就抢先说都是革命同志。那时没有高考，毕业就回家劳动，别人介绍了你爸，你外婆反对，我说华家是贫下中农，我的青春我做主。母亲抹了一下眼角，那男生在对越自卫反击战时殁在老山前线了。

外面的那只鸟又叫了好几声，她问，喜欢过我爸吗？你爸二十出头，诚实，觉得还行，刚结婚一直把我捧在手心，母亲说，做了绝育手术后，他一个月都没跟我说过几句话，经常发愣，后来变得暴躁，就过起了打铁的日子，为了你就忍吧。她又问，我不在家，你咋过着？母亲说，那我就听收音机，听录音机，看电视，最爱听歌，时常站在塬边沟畔，琢磨那"希望的田野"在啥地方，"风雨兼程"能去哪里。

她说，女人都是为了孩子，牺牲了青春。母亲说，一代代往下付出，很公平，谁也没吃亏。她问人为啥要结婚。母亲说，一辈辈就这么活下来的，婚姻就像树上的喜鹊窝，住着安全，那些不做窝的野鸡，在麦地里下蛋，在草丛里过夜，稍不留神就被野猫呀狐子呀给吃了。她又问，那我咋看野鸡比喜鹊还多呢？母亲苦笑了，说，也许是人怕孤独，怕凄凉吧！

蚂蚱沟变化大，她终于认出这个院落是当年高考时住过的。那时心里的梦想是使简陋的房屋蓬荜生辉，如今翻建装潢后的华丽掩饰不住心灰意冷。县城旧大桥与河岸树林，只剩下碎片记忆。意外地看到明卓远走过桥头，她立即躲入枯叶荐落的树林。

她羡慕上了大学有工作的同学，却不愿碰见他们，因为走出校门就活出不一样的人生。女生穿上漂亮的裙子光鲜亮丽地走在城里，可以散披长发，可以烫染波浪，真好。现在看来，那时意乱情迷的确淡化了考取大学的愿望，至少失去了体面工作和进城的机会。她没踏上那个台阶，落到最底层，成了村妇。在学校做了错题可以改正，走出校门做了错事却要付出代价。她以前没有充分认识到乡村的苦。少女时代读过许多田园诗文，听过乡村歌曲，看过乡村生活的影视剧，甚至在城里打工时觉得人间真情似乎就在故乡。磨难使她明白，这些最底层的人，怀着脱离土地的梦想低头劳作，最终糊里糊涂地死去。也有让她心里热乎的，就是从土地直起腰走出去的人。她也曾为存良进城赚钱后的做派欣慰过，不因窘困而质疑他的捐款。她从小童身上能看到希望，祈祷他能干出一番事业。

冬天给她的心上覆盖了冰层，熹微的阳光无能为力。困惑愧疚迷茫失落，外出打工脱不开身，只有寄希望于山上的果树。婆婆不再提及"大灰狼、黄鼠狼"，可她却羞于正面看她，躲不过的事就让枣枣传话。深夜心里毛乱时，痛咬胳膊掐断邪念。若不是枣枣闹着看动画节目，连电视都懒得开。

从院里接出女儿，可以早教，还能防止越轨。白天她拉下脸拒绝龙娃，夜里给上了闩的房门再顶上铁棍，任他几次三番叩击也不下炕。隔窗劝他离开，甚至央求：你心里有我就别让我难堪。目睹他的背影融入夜色，又为自己的"无情"歉疚。

今夜半块月亮挂上桑树，枝丫遮拦不住诱人的光辉。山上传来清脆的枪声，仿佛就在窗外打响，子弹穿过窗棂击中心脏，坐起身看到隐隐忽闪的灯光，似乎听到中枪的猎物惨叫。他漫山遍野追逐兔子，发泄胸中的愁闷。注视熟睡的女儿，刚有睡意，又一声枪响，又一次心跳。肯定是幽灵附身了，给她穿好衣服穿上鞋子，带她出门，轻捷地来到鳖盖墚下，弦月接近杜梨树。瞅不见龙娃的身影，偶有矿灯扫射。墚洼上盖了一层银纱，竟有一个身影在向上爬，蠕动着，很慢地挣扎，他手里拿着的大概是双股叉，头发银亮亮的，好一阵匍匐，到梁上后握叉直刺，似乎伴有轻微的喊杀声。莫非是鬼？这念头让她发抖，又一阵风跑回照壁旁，环顾无人跟随，才推开房门。

窗外的树木安静下来，他可能回家了，脖颈刚放上枕头，又"嘭"的一声枪鸣，浑身激灵，索性蒙住头。感到室息时，隐隐有敲门声，轻轻地。掀开被子坐起身，轻声试问，谁？从门缝里传入他的声音：我。她急忙说快回家，夜冷。门缝里挤进了声音，跟你说句话吧。她披衣下炕隔门说，别敲了，快回家。门外似有脚步声远去。她轻轻地抽开门闩想看看究竟，他蓦地推门跨进来，紧紧地搂住她："在门外我就闻到你身上的气味，听到你心跳了……"她挣扎得很委婉："……别……"

她不知婆婆站在大门楼下，看到了月下房角竖立的那杆土枪，只听见大声咳嗽。她惊慌地赶出了龙娃，关门上闩爬上炕。不一会儿，窗外传入婆婆的声音：不要脸的东西，你进了夏家门，这日子就没有清静过，把我儿克进监牢，人不人鬼不鬼地活受罪，你在家不守妇道，弄这偷鸡摸狗的事，天下竟有你这种没有廉耻的女人！

天没亮她掮着背篓到大柳树下，目睹红河水冲破残冰蜿蜒东流，枯萎的树叶在寒风中飘零，烦乱茫然。龙娃又来纠缠，她冷冷地说，你逼我跳漩涡吗？他急忙退走了。风吹干了眼泪，吹乱了额前的发丝。

龙娃肯定是为了她找过婆婆，说是谢罪，掏出刀子划破了手腕，请求不要侮辱她，是他勾引她。婆婆说苍蝇不叮无缝的蛋，做人总得守点规矩，还说甭拿刀子唬人，这把老骨头赔得起！龙娃流着血说，不是威胁，是赔罪，求你宽恕她。

龙娃的灵魂被兰蕊的魅影勾走了，睁眼闭眼全是她俊美的脸盘、柔韧的腰身，还有好听的嗓音，有野山莓的味，她的气息都让他着迷。夜里坐在山梁地畔，想起她在他怀抱挣扎喘息倏忽心火喷燃浑身抽搐。说不出她究竟有啥好，可能说出以前睡过女人的不好。兰蕊让他丢了魂。用任文的话说，以前睡女人是图高兴哩，为了华兰蕊他真的会拼命。

可她爱他吗？炕头桌上随时翻阅的书籍让他产生隔阂，自己小学毕业，就识几个字。她爱过大学生，被弃无奈才嫁给存良。能想象出，当姑娘时她多么心高气傲。那大学生，肯定是个瓜尿嘛，这么好的女人竟然给踹了?! 他很后悔，前几年自己也是有钱人，是暴发户，却将幸福的日子给赌掉了，没有一件像样的礼物送她，更别说让她改嫁给他了。

费了牛劲才得到她，却没法占有。说心里话，有过恍惚的时刻，抱在怀里的兰蕊像一团迷雾，尤其在热炕上更看不清模样。她除了本能的需要短暂的快乐就是反复地拒绝，偶尔也有痴迷的依恋，但很快又悔恨烦乱。他没有读书人的心思，不知咋哄她开心，只想赖在她的炕上。曾经，他躺在自家冷炕上思谋得到她，遂了心愿就是他一生最高兴的事。可高兴了几天，就是满村子游荡，没明没黑地烦。他划伤手腕就能减轻她的苦恼吗?

月光覆盖了村庄，他拉长的身影投照在鳖盖墚下的阶地，头影落入黑魖魖的沟谷。他想起小时候站在老队长的窑门口，看见锅台上点着一炷香，还放着两个雪白的馒头，上面还有个粉红的点，那是祭灶神爷。他能流一碗口水，可最终还是没有吃到馒头渣渣。现在他吃到了，吃到了更香的馒头咧，可只是尝了尝，又剩下流口水了。他只好在夜里扛起土枪，追兔子，让她听枪声，听他胸口的急。他没有想到的是，听到枪声的还有桂霞。

风戏雪花的寒冷，没有拦住桂霞的脚步。可她在鳖盖墚下的山路上，看到雪洼上有个身影向上爬，缓慢地顽强地，爬了好大工夫，到了墚顶便挥舞着铁锨一般的农具，独自刺杀起来，动作虽不敏捷，幅度却不小。谁在练武功? 不对，这地方阴。她匆匆返回大梨树下，呸了几口唾沫。

恐惧吓不退对男人的欲望，两腿就是不走。终于等到了他，温言软语地邀他到家里暖和暖和。他犹豫了几秒，也许太渴望能与女人说说话，也许是惧怕自家冰冷的窑洞，随她去了。桂霞热情地拍打他肩头的雪花，将一只猎获的呱啦鸡烫毛劚肚下了锅。炕特热，上去焐焐脚吧，桂霞面泛红晕，夜黑，沟沟坎坎地乱跑，多危险啊，你瘦了，

·182·

炖好了鸡汤，多喝几碗补一补。

他胸内一股热流窜涌膨胀，惊喜地发现她也很温柔，再瞄了瞄温暖的被窝，倏地跨上炕头。心想，吃不上麦面馒头，先咬几口玉米面黄黄吧。

第二十七章

兰蕊搭手伺候自仁叔，听了麦龙私下的吩咐有点疑惑。

几年前夏自仁老两口被扶摇青云的儿子接进省城，安静猛然变成喧嚷，尤其是不能夜观天象，心慌慌头蒙蒙忍耐大半年才算适应。媳子竭力服侍，终究不散舒，居住在偌大的复式套房，言行不随意，连放屁都得铆劲夹住。屡次睡梦中回故乡，村口漫步桥头谝传是何等惬意，可以下棋、掀牛九，还可以随手翻翻线装古籍，看一看《周易》和《推背图》，琢磨以后的世事。儿子的书房看起来书多，装帧也漂亮，可没一本爱读的，只好上街去听听廓亭地摊的秦腔。老两口饱尝了鱿鱼海参鹿肉熊掌，游了北京和上海，浪了华东与海南。进了故宫，帝王原来生活在这里，世事真虚幻。他对老伴说，经了世事，我觉得像变了个人？老婆戏笑：没变的是犟驴性子锉刀嘴。

的确，他耿直的秉性与泾渭分明的是非观念并没有被唠唠嘈嘈的城里生活磨蚀和混淆，所不齿的做派若不能直言，准得憋疼筋骨。厅长带他去梦幻岛温泉洗浴后躺上沙发歇息，过来一女服务员要给他修剪脚指甲，他一收脚拒绝了，憋闷地返回。老伴笑着说，是不是臭脚害臊见不得人？他弯起中指敲着茶几："这不是剥削吗？"

对待身居高位的儿子，也不迁就。春节期间接踵而至的客人来送礼，私密动作也没有逃过他的眼神。他胸口结了疙瘩，一直谋算敲警钟，不料儿子总是忙，开会出差检查工作，一顿接一顿的饭局，不多的几次按点下班，电话不断还有人来访。

总算等住了一次，自仁用活生生的事例启发儿子。说村里的任纪魁，刚解放就是县商业大包管，当了干部吃得好穿得好，谁不眼热？因为贪污被下放回村当生产监管，晚上看场院，老毛病不改，偷粮食，我和维喜是生产队干部，顺着漾了的嫩黍颗颗找到他家，从斜窑麦草底下翻出了袋子，他当时就给我俩跪下磕头，带着哭腔说我这不得活咧，我坦白我交代，那一刻还有啥脸。我当时觉得他家人多，吃不饱肚子，就算了。后来他死了，儿子翻出箱子里的被面子，都让虫给蛀烂了，一盒手表，都潮坏了。歪门邪道弄得不算啥。人要管得住自己的第三只手，才能活得自在，活出人样。

他话一毕，乐乐就说累了，上了楼。显然没听进去，还反感。他生了一肚子闷气，又一次在客厅等到晚上十一点，说："我和你妈把福享了，死了也心甘咧，但我还是要念念紧箍咒，做人要谦和亮清，做事要规矩谨慎，只吃槽内的，不叼槽外的……"乐乐喷着酒气，起身敷衍地说知道了。儿子上了楼，他心里窝火，进入卧室对老伴闷闷地说：天一亮咱就回点将村。老婆劝慰几句睡着了，凌晨发现老头昏迷，送到医院才知道是脑溢血了。乐乐送他到省城最好的医院，请来国内著名专家手术治疗后，虽唇舌不灵活但能听清说的啥，反复絮叨的是要回老家。

百万元的轿车和救护车一进村，就被众人抬进老家院子，自仁三天后竟能下炕拄拐挪步了。探视的村民说：咱村空气好，醒脑；井水泉水香甜，养人，当然也祛病。

乐乐妈对小童妈说，想出钱请兰蕊搭手照顾，他爸最爱吃兰蕊做的饭。婆婆说亲门党家的，出啥钱呢。兰蕊也乐意照顾，天气好的时候还推着老人到村口看下棋呢。再说，省得龙娃纠缠。

罗县长赶到太平乡时，夏厅长已经走了，他有点失望，没碰个脸熟。可靠的传闻说厅长是省委马副书记线上的，要抓紧建立关系。当然，若等到夏老汉殁了再去吊唁，估计纷纷攘攘的乱事也不会引起厅长的注意。现在去探视，又觉得一县之长屈尊于农民家院，跌份不说还唐突，容易引起非议。又想，夏老汉是厅长的父亲，他恨不得也叫爹，跌份是谈不上。最后想县长是老百姓的父母官，去谁家还不是体察民情？便让谭书记备好礼品，天色将暗时赶到了点将村。

自仁在儿子家见惯了这"长"那"长"，都长着两个眼窝嘛，可心目中县长是大官，是县太爷呀！济民提高嗓门喊了三遍"罗县长"，他从枕头上抬起头，瞄了瞄站在脚地的几个来人，看清县长的面孔时黯淡的眼神猛地掠过激动的神采："县长……"颤抖的嘴没说出感谢的话，花白的脑袋重重地砸向枕头。罗县长关切地讲完客套语，一行人才离去。返回时授意谭书记要每天汇报老汉的病情，若有意外第一时间报告。谭书记又安排给支书，支书又让麦龙随时报告病情。麦龙私下叮咛了兰蕊，有不正常的苗头就马上说。

次日兰蕊发现老人病情加重了，嘴里再也没有吐出一个完整的词，偶尔"呜噜"几声连大妈也弄不清他要说啥。她立即告诉了麦龙，可直到傍晚时才来了一位屯田镇医院的大夫，输了液留了药，没收钱。兰蕊闹不明白，咋不派个县医院的好大夫呢，这大夫给父亲看过病，人都说医术不咋样。让她更不明白的是，三天后的那个清早，她跑着向麦龙说"自仁大人嘴不张了眼也不睁了"后，还是等到傍晚自仁身子凉了时县医院才来了大夫，救护车"哇——呜、哇——呜"地叫着进了村，阵势大得很，就是啥作用也没起。

她去村口买香纸时吃了一惊，村口停了百八十辆车，操场、村委会门前、路边以及准备回茬的空地，都占满了。叼着香烟的县政府司机小马给大伙介绍，本田、福特、三菱、奥迪、宝马……让人们唏嘘惊叹的是一辆奥迪竟一百二十万。马司机找到了被人尊敬的满足感，说："这⚡就表示从省城挂牌的。这挂蛋的绝大多数是公安系统的车辆，不过这几辆肯定是领导专车。挂蛋有什么好处呢？上路畅通无阻，一看蛋牌交警和交通部门就不拦挡。从这辆奥迪的牌子就能看出，主人绝对不是小官呀。那辆宝马的主人估计是个大商人，尾号是8，讲究'发'呀……"

兰蕊没想到，丧事基本不需要夏族人操心。罗县长亲自当总管，省厅的什么主任当副总管，买东西的车一会儿就跑一趟县城或地区，接阴阳和大客的都是高级轿车，院内院外站着的和进出的几乎全是衣冠楚楚的公务人员，把亲门家党的人挤得靠了边。济民私下笑着说，门缝溜了狗。

那些公务人员在孝子乐乐面前很肃穆很悲痛，有一个人跪在灵前哭得特恓惶，拍着大腿流着鼻涕，就像自仁是他爸一样。他们也很知趣，待一会儿就退到门外的场院，给新来的腾地方。她留意到了，这些人在礼簿上了情，又叼空进了乐乐媳妇住的侧窑，揭起大柜往里扔信封袋和包裹。

她去茔地时，看见罗县长带着一个外地阴阳打罗盘拉卷尺，更改了邓阴阳定下的坟阙，还鸣炮动土，家成和小华开始掘地修茔，族人总算派上了用场。家成精工细作椊得墓坑窑窑光洁平滑，哪知吕秘书带来工匠和砖头水泥，椊了棺窑砌了墓坑。家成喷出烟雾，空灵地说：自仁大人，活着住楼房，殁了住别墅，你把福享尽咧！

兰蕊是被济民安排记礼簿的，就收村里的礼。大安去世后她常给人们写春联，毛笔字写得好，还得了"新文化"的绰号。点将村多年来约定俗成，无论红白事就十元钱的礼金，如今谁也不敢靠近公职人员的礼簿，他们一出手一千元，把人唬住了，只好羞涩地把毛毛票塞进济民手里。维喜不解地问过济民，乐乐为啥要限额，济民瞪瞪眼低声说，你要把收钱人给累死吗？

她记完村里的人"情"，又被那个省上的主任安排往花圈上写挽联。孝子乐乐抽空走过来，第一次正眼打量这位族弟媳妇，看她运笔悬腕自如，跟玩似的，还点了点头。

丧事的仪程比点将村固有的更丰富更隆重，抬出省委马副书记"德高望重"的题衔后，村民都震撼了。吸引点将村老老少少的是自仁场院里的搭台唱戏，清一色县秦剧团演员，那些公职人员排队掏钱点戏，一次一百元，仅《大升官》和《三娘教子》就唱了好多遍，演员嗓子快唱哑了。

兰蕊不知道写了多少挽联，只记得庄院周围和门下的坡路都排满了花圈，下葬的那天凌晨烧了两个多小时，映红了几个山头。村民总结丧事，养儿就要养乐乐这样的。济民怅然嘟哝：自仁老哥，你命好。

下葬当晚，兰蕊看到罗县长带给乐乐的仕女图，这是县里茅姓画家的名作。县长索要厅长的墨宝，乐乐边写边说，求他字的人很多，一幅出价三五万，都拒绝了。济民从窑门口听到一幅字竟值三五万，心里一热，也让厅长写下"厚德载物"，如获至宝，欢喜地进了自家院子，喊来儿子媳子欣赏，忽然后悔，咋没多要几幅。两幅字就是小十万呀，若是换成现钱，一院房子就盖起来了。若存进信用社，利息也够花了。这样他就有了底气，就能挺起腰杆了，虽说是老腰喽。匆忙走出大门又觉不妥，对小刚说把咱家的花椒带上去看乐乐，让他给你写一幅字，能多写几幅更好，他明儿就要走了。

半小时后小刚回来了，拿回来一个草书"虎"字，芽芽和豆豆也凑过来。济民急忙挡住说，不能摸，这东西金贵得很呢！又让素素带上黄花菜再讨一幅字回来，小刚拦下了。济民一句"这一幅就值五万元"把一家人都惊了，但小刚还是觉得不能再去。也是，人不能太贪。济民又说这幅只有一个字，素素说电视里书法作品按幅算价，不按字数多少。

济民请风水先生，在村口夏家坪鼍嘴下的荒草滩看好了宅基地。麦龙说找任支书批一下得一只羊，又咬咬牙从维宗的圈里赊了一只五百元的绵羊，连夜送进村委会旁边的豪宅。任文还提出找一个旧铡墩，回家又让小刚把自家的那个拉上架子车送过去。他请村里盖房匠人做了估算后，对小刚说我去看你舅爷了。

济民把两幅字用布包好装进贴身的大兜里，背上布褡裢，装进馒头和咸韭菜，从衣柜摸出多年攒下的五百元去了县城，打算换回十万元修新庄子。

他找了个城郊私人旅舍，睡前将两幅墨宝压在枕头下，梦里也睁一只眼。在县城主街的墙上挂上两幅字后，不敢轻易眨眼，警惕每一个过往行人，连续三天停下脚步的不到十人，没有一人询价。第四天黄昏走来一位退休老汉，欣赏了一会儿问卖多少钱。他说一幅五万，那人瞪圆双眼，打量他啃食馒头的样子，戏谑："县城小，你到庆平市去卖，那里也有收容所。"济民沮丧地收了宣纸，返回旅店请教老板，才知道收容所就是流浪汉临时的家，才恍然，老家伙挖苦我，看来小县城没有识货的人，还得去大城市。

次日他趁早坐班车来到庆平市，穿过繁华的街道，刚将墨宝挂上市政府的围墙，就被城管人员呵斥赶到公园北侧的书画交易点。好不容易找到一个空地挂出，两人就走，心想城市大了有懂行的人，不料两人收完摊位管理费转身走了。

他眼巴巴地盯着行人，饥肠辘辘，看到旁边出售字画的中年男人生意红火，主动搭讪："你看这字，一幅能卖多少钱？"那人扫了几秒钟："裱一下，能卖两三百元。"济民按捺心头怒火："我知道卖葱的见不得卖蒜的，卖米的见不得卖面的。""同行拆台呗？没必要！说实话，字画行里各有所好。你要卖多少钱？""你不识货。""我在这儿卖字画十年，卖出了成千上万幅，没人说我是外行。到底卖多少钱？"济民沉着冷静："一幅五万块！"那人眨眨眼弹拨耳朵，反复追问后摇晃脑袋，喷笑着转过身去。

天色将暗，他才收了摊，沿街寻找个体小旅店，走得两腿酸困头晕眼花，也没找到和县城一样廉价的旅馆，只好住进小巷隐蔽的招待所。嚼完馒头喝罢开水躺上床，离村时那份精气神没了，心里开始打鼓，车费和住宿费花去不少，珍贵的墨宝竟然无人问津，莫非乐乐言过其实？退一步，能卖三万也行。已经到了庆平市，还得再坚持，行家不多，耐心最重要。

又连续等了三四天，几个路人只停了停步，连讨价还价的机会也没给。他瘦了一圈，眼窝深陷，双目无神，带着一副巴结的样子又主动靠近旁边的中年男人搭话。那人询问作品来历后，对着走过来的一位年过半百的男人说：裴主席，您看看。又对济民说：这是书法协会主席，给你评估评估。济民看到救星，热情地迎上来：主席，您是内行，好好看看。裴主席微笑地欣赏："字写得不错，但要上升到书法艺术的境界还有一段距离，两三百元还是值的。"济民不高兴地问：您知道这是谁写的吗？裴主席说：有题名呀，夏尚权的。济民说：他亲口说一幅能值三五万呢！

裴主席说："中国书协主席的一幅字才卖三四万，这字……你咋弄到的？""我是他大。""厅长那么大的官，求他办事的人以写字为名送钱。别说三五万，十万以上都有可能。说实话，这字放到市场不值钱。"

济民如梦方醒，明白了奥妙，软软地瘫坐在地上，呆愣愣好久，思忖再三，决定忍痛割爱将墨宝廉价处理，好歹弥补损失，挣扎起身，对旁边的男人说我要回家，这两幅墨宝就按你说的价格卖给你。那人伸手拒绝："那么金贵的玩意儿要么留着，要么处理给别人，我若收了，你还认为我蒙你、骗你。"

济民又压价，一百五十块。"十五块我也不要。你留着，有涨价的机会。行里人都知道，书法家一死字就值钱了。""胡说！当大的咋能那么想，还是人吗？"济民叫来另外几位出售字画的摊主，只有一人愿掏五十块，其余摇头晃脑不给脸子。一气之下折叠了装进衣兜，心想还不如回家用糨糊贴到窑墙上。

到了车站，济民正要上车忽觉内急，进了公厕一阵狂泻才轻松下来，摸摸裤兜准备的旧报纸已经用完，细想城里不如农村方便，厕所里找不到小土疙瘩，听得外面班车启动的马达声，匆忙掏出"虎"字，犹豫一瞬擦了屁股，站起身还留恋地低头看了一眼沾染污秽的宣纸蛋。

坐上班车心想，这玩意儿用作手纸倒很软和，只是不知道给自己抹黑了没有。咱的沟子总算金贵了一回，五十块钱擦的呀！汽车离屯田镇越来越近，他越来越懊丧。兜里五百块钱所剩无几，还欠任维宗一只羊钱，一千元就这么给糟蹋了，小两口拉多少车蔬菜才能赚得？他编一年的粪笼才能挣四五百块，得用两年工夫摆满几院子粪笼才能补回损失。心疼得差点休克，悔恨得老泪纵横，心想乐乐自小也是个老实娃娃呀，咋在城里生活二十几年，竟然信口雌黄，胡吹冒撂呢？是城市生活改变了他，还是当了官耍派头忘了他姓夏？真是应了村民常说的那句话：领导一说大话，老百姓就要遭殃。可谁又能管得住领导吹牛的嘴？戴不上嚼子，也戴不了笼嘴，比驴还难弄。大侄子呀，你害苦了老大，一千元就这么扔到沟里咧！

下车步行回家，长长地吐出一口气，前几年罗县长送了一千元，最终还是给捣腾出去了，看来领导的钱也不是好拿的。也许就是这穷命，想多了也没用，反复安慰自己才步履轻快起来。可一进村口，看到支书门前树枝上挂着的羊皮，胸口又猛然锥刺一般疼痛。过了石桥看到鼍嘴，终究迈不动沉沉的双腿，重重地一屁股坐在草地上，修新宅院的梦就这么破灭咧！

第二十八章

华兰蕊最盼望的这年夏季，却盼来了灾难。

从沙尘暴控制的初春，她就盼着果树开花挂果，盼着有收入。大半个冬天将自己锁在屋里，看电视，读书，教女儿识字，心静了。不割断，就是挥霍他的青春。多次催他早点进城挣钱安家，寻个知冷知热的女人。春节后成群结队的青年外出打工了，去北京、上海的，还有去西安、宁夏、新疆的，他却窝在家里，前几天还看见他走过大嫂门前的小路，回头扫视照壁。

她心肠一软，就死灰复燃，又燃起哔哔剥剥的烈焰。暮春的野狐坳仿佛巨大的温床，季节的妙手将它装扮成人间仙境。往铁桶盛满水，泉水逐渐显出他的倒影。他从石头上跳下来，把她紧紧地抱住。碰倒了铁桶，水流下山洼。他霸道急切地将她抱入果园草丛："别拒绝我，最后一次，我要进城咧。"她准备了很久的话说不出口，就瘫在他的怀里。云彩吻着青山，黄鹂在枝头调情。复活的虫蚁蚊蚋，死缠烂打在草洼拼命。一只鹁鸪刺破了平静的泉水，溢出液体，沿着细草覆没的路径，挂成一条亮晶晶的细绳。

盼着果子成熟，盼着他早日进城。他承诺，帮忙交完杏子就走。

小刚一家也打手收杏子，袋扛笼提担挑了好些天，才将半黄的杏子弄上路旁草滩，装上三轮车，送进小童的杏脯厂。浑身骨节都抗议了，双手肿胀，捏不住拳。龙娃给她抹着消肿草汁，说还是帮忙摘完苹果和柿子再走。她狠狠地拉下脸：你不走我就走！他只好答应了，带上她给的路费，那钱是小童支付的。他诚挚地说挣了钱回来找你，她说你就在城里安家。

这天她去鳖盖墚割青草，扫见龙娃背着包走上山路。怨就怨她一镰误砍了草根旁的蜂巢，一群愤怒的麻子蜂随后追来，密密麻麻罩住她的头部旋舞嗡鸣，像转动的斗篷，对着她的脸庞、脖颈和裸露的手臂一顿狂锥。她顾此失彼的徒劳反抗更激怒了这些小家伙，好几只直接在她眼皮眼眶迅速射毒，挡住了视线，给了其他战友痛痛快快复仇的机会。麻子蜂好像学过《孙子兵法》，最懂团队作战。在惊慌与疼痛中她绊倒在草地，晕厥过去。幸运的是明家沟的放羊娃喊停了从南塬骑摩托归来的月月嫂，不幸的是又喊回了龙娃。他叫来村医搭救了她。

桂霞没想到龙娃这个没心没肺的狗东西心情烦躁时就上她的炕，吃饱喝足快活完便不见了影子。热炕上想他怨他恨他，可他一出现，又怒放成了羞涩的花朵。立夏后，他再没踏进院子一步。她却越来越想他，夜夜地想，像最初飘落的雨滴渐渐连成线。龙娃小她几岁，虽说进城混了一趟没有发家致富，可是身体壮实，过日子是求之不得的，只是不能给他生娃咧。

桂霞最终发现，他的心思不在她身上，喝了隔院的迷魂汤。他摇头否认钻过兰蕊的被窝，说只是帮忙做些地里的重活。整日像个跟屁虫，迟早也会上她的炕。转念一想，尽管骂兰蕊是骚货，但凭感觉她不会和他混到一起，她骨子里有着念过书的女人的傲劲，更不可能凑成两口子。有好几夜她有意走过桑树，蹑手蹑脚地侧耳倾听兰蕊屋子，除了她和枣枣说话没有男人的声音。也许龙娃说的是实话。

让桂霞生气的是麦收时他给兰蕊割捆运扛，若不是碍于面子，真想跑过去将他拽过来。更愤懑的是大中午他竟然把兰蕊抱回家，还一路小跑的。不就是麻子蜂蜇了一下，能要命吗，看把他急的。那天在河岸大柳树下堵住龙娃：薄情鬼呀，下了炕就忘了我，整天围着骚狐狸转磨磨，想气死我？钻了她的被窝吧？他赔笑否认了。又叫他到家他也拒绝了，说安顿一下要进城。

这个浪荡鬼活活一只猫头鹰，飞来飞去常常出现在夜里，偶尔钻进她的被窝叼上一口肉便扑棱棱躲入夜色，多日看不见一根翎毛，可硬倔倔的抓挠抠挖一辘轳一辘轳在肌肤和心脏之间滚动。可以肯定他心里装着兰蕊，即使不进城，也不会在她门楼内安营扎寨，那骚货勾了他的魂，胸内咋不腾腾地冒火呢。

伏天的闷热与蚊子叮咬将桂霞折腾醒来，她下炕给黄牛添完草，猛听得对面婆婆家的土狗随意地叫了几声，走到大门口听到脚步声渐渐远去。忽然意识到可能是龙娃，轻手开门看见一个人影走向那边。尾随至桑树下，看清是龙娃。他轻敲窗户，低声地说了句什么。片刻后房门开了，他敏捷地侧身进去。

桂霞觉得浑身爬满了蚊子，肚子里一股股酸水汹涌翻腾。原来那个狐狸精早已勾他上了炕，她却被蒙在鼓里，被龙娃当猴给耍了。盯着暗淡的窗户，好像清晰地看到二人正在热炕上翻滚。火焰呼啦啦蹿上心头，真想跑过去砸开屋门，把他拽下来。男人天生不是啥好东西，最可恨的是那个不知羞耻的烂女人，太骚咧！存良也是个窝囊废，前几年竟然没有将这不要脸的给打死，没有将她犯骚的病给去掉。

她想跑过去冲进屋子狠狠地撕打那个骚货，可一想没准会吃亏，索性返回院子，看到窑门外墙壁上挂着镰刀，顺手取下来，借着淡淡的夜色在窑门口的石头上使劲地磨着，那霍霍霍霍的声音划破了夜。睡在炕上的强强声音黏黏地问：妈，做啥呢？她咬牙说：我磨刀呢，要杀猪！儿子翻了个身：不到过年的时候呢？她沉闷地说：杀两条腿的猪不必等到过年！

龙娃天不亮就要进城，来辞行，兰蕊犹豫片刻还是让他进了门。他站在炕前说，我进城挣了钱就娶你。她坐在炕上：我早已死了再婚的心。他好像流着泪问"心里有过我吗"，她狠下心来说"没有"。

他喑哑地说:"我原以为走到哪儿都有你牵挂,今儿明白了,啥也没有!小时候家穷,还没妈;在城里,缺个知心人问寒问暖;回到村,有你才觉得活着真好……原来啥也没有……啥也没有……"她不落忍:"……不想再那样了!"他说毕"照顾好自己",就转身出了门。

她长舒一口气,总算结束了,不怨他,只是悔恨。人不能把握自己,必有麻烦纠缠。可话说回来,谁又能不迷惑呢?除非是一条熟悉的河流,否则只要你蹚水而过,就可能遇到激流或漩涡,被淹没甚至丧命。龙娃给了她许多帮助,尽管隐隐看到他有企图,可在洪水里挣扎时向她伸出了手,她没理由放弃。也许伸出的这只手又让她滑向更危险的境地,但那只有天知道。

黎明时分兰蕊被梦惊醒——老文化举起拐杖打她,一忽儿拐杖变成一条白蛇。她睁开眼睛,听见桂霞破口大骂:骚货,我杀了你!她猛地坐起身,惊恐地看到桂霞冲进屋,挥镰砍来,慌忙躲闪,抓起被子阻挡。桂霞的镰刀又快又猛向被子抡砍。无处可躲,她索性跳下炕,用被子阻挡挥舞的镰刀。愤怒的桂霞看到兰蕊雪白的脖颈流下殷红的鲜血,手臂颤抖了一下,虚晃镰刀,趁兰蕊推搡之势退出门槛,骂骂嚷嚷慢腾腾离去。

她闩上房门,俯视白色的内衣被血染红,合上眼,倚靠门板缓缓地倒在脚地上。从睡梦中惊醒的枣枣大哭开来。婆婆听到院外动静,打开大门瞥了一眼走过桑树的桂霞背影,匆忙走向小屋,差点踩到门槛下面缝隙流出的鲜血,惊慌地叫道:快来人啊,来人啊!杀人啦——!正巧任葫芦去井台挑水,听见叫声跑上小坡,尝试数次,推不开屋门,只好叫枣枣打开窗户。

华兰蕊醒过来时躺在屯田镇医院,脑壳和肩膀剧烈疼痛,睁开迷蒙的眼睛看到坐在凳子上的小童和哲明。大夫正观察她的伤口:无人碍了。失血过多,休息;补交住院费,一千元不够。哲明看到小童面有难色,说:王大夫,她是我弟媳妇,你多关照,我这就去取钱。小童舒展眉头,注视脸色煞白的兰蕊:让你受冤枉罪咧。溜溜提着礼品进来,走到床边掖掖被子:嫂子,好好静养。小童气愤地说:"好个胡桂霞，害得夏家死的死，坐牢的坐牢，还下此毒手！我去报案。"她想伸手拦挡，无奈动弹不得。

她能下床就出了院，听说明晃晃的铐子把桂霞吓唬了一下。又劝小童和警察：大嫂交来了医药费就算了，把人抓走两个娃娃咋办。她回家后才知晓桂霞行凶的真正动机。素素探望时透露：月月嫂说去桂霞家串门，在大梨树下看见龙娃先进了门，等她推门时从里上了闩，那几日强强兄弟去了舅舅家。

她心里一咯噔，再回想桂霞持镰刀闯入所骂的脏话，恍然了。愤恨淡了，潮涌的是悔恨自责。奸情出人命呀，危险的三角情。可恶的龙娃，还信誓旦旦要娶她，竟这般口是心非！他的痴迷仅是生理需要？整天围着她转圈，做田间地头的重体力活计，持枪和支书拼命，将她从山上抱回家，只为得到她的身子，玩玩而已？这好像不是她认识的龙娃。怅然若失，真想当面质问，可他已经进城了。一切都过去了，难得清静。夜里蓦地意识到，她坚决地拒绝他，将他推上了桂霞的热炕，他去那儿解闷了，咋说还是自己错了。

她去鸽子滩割苜蓿，看到七八个村民正在挖大柳树。下掘树根一人深，硕大的土半球被麻绳密密地捆绑。从葫芦口中得知大柳树已经卖给省城开发商，整整折腾了五天，仅麻绳钱就花去八百元，下午大卡车就来接它进城。

她顿生难舍之情，急忙走向村口，在桥头正好遇见夏麦龙，问，你咋把大柳树给卖了？麦龙说前日石油公司老总和一个乌姓开发商来了，与县乡领导谈妥了捐款修路的事项，下基层视察油井时看上了大柳树。关乡长当场答应无偿捐赠，乌老板预支两千元雇工费，由任支书操心挖树。兰蕊说：挪死多可惜呢！麦龙说百年老树，我也不舍，领导决定，只能执行。

趁着挖树人吃中饭，她围绕大柳树走了几圈，用手抚摸岁月雕刻的树身，仰视巨大的树冠和虬枝曲柯，数不清的柳条依依不舍地挣扎挥舞。草茎编织的鸟巢空荡无助，茫然地依附于枝丫。大柳树就这么被捆绑着进城，它和青山忠贞地守望，还有河水的歌唱，还有孩子

· 196 ·

们，那些麻雀、喜鹊、鸽子们在枝头游戏乘凉，它是村庄古老肃穆温情的形象。想起树下的童年，惬意的小憩，痛苦时的依靠。

当两辆大吊车提起它放上康明斯车厢时，她流泪了。柳树根系离开土地发出了难分难舍的撕扯声，枝条伸出厢外不住地挥手。她默默地尾随到村口，像送行长者，或一位亲人。

第二十九章

更让华兰蕊痛心的是，果园竟然一夜之间被毁了。

前一天她还在侍弄果树，看到悬挂枝头即将成熟的苹果柿子分外欢喜，默默地算计收成。夜里躺上炕，听到推土机轰隆隆地吼叫，以为是拓路。天亮后走到野狐坳，看到被推土机推倒的一大片果树，成熟的苹果和柿子落满草洼，还顺沟往下滚，惊愣了一刹那，扑向推土机拉出了哭腔地喊叫：为啥要推我的果园——司机急忙熄火下车：你们村里说要修路，雇我连夜施工，铲平这荒废的果园。她软瘫在地，抓住一棵躺倒的杏树，像殇了娃的妈，嘶哑的嗓音含混不清：我的果园呀，我的果子——

凄惨的哭叫，唤来了从山路和梯田走来的村民。夏家成愤慨地说：那么宽的路故意撇开，非要从果园中间走。会长沉闷地说：以塬路坡度太陡为借口……小刚脸色泛青：那也可以从里侧开路呀！济民愤愤不平：即使要修路，也该先给兰蕊通知嘛！"我们的当家人，为所欲为啊！""孤儿寡母竟也遭人欺负！"素素将兰蕊扶起，拍拍她衣服上的泥土，不知如何安慰，流泪说：镰伤还没有好彻底……兰蕊失神无奈地扫视野狐坳沟沟坎坎坑坑窝窝七零八落堆积的果子，呆若木鸡，又昏厥了。

她醒过来，咽不下素素端过的饭菜，下炕穿衣时发现手被划破了，走出屋门，不顾劝阻去找夏队长。在村口磨坊，麦龙关了磨面机，一脸粉白：我刚听说出事了，前几天任文说修路，要经过你的果园，我不同意，说承包二荒地有协议，再说果树都长大了，到了摘果的时候，没想到他竟敢……都没脸见你，以前鼓励你干，一出事却没能力保你！他摇着脑袋，粉末掉落不少。

她径直闯入村委会。任支书捏着向日葵盘子嗑子儿，镇静从容：点将村每一寸土地都是集体的，更不要说二荒地，尽管你和村委会签有承包协议，可修路是公益事业，是造福一方的伟业呀！她愤慨地说：野狐坳都是荒地，偏偏从我的果园开路吗？"那是一条最佳路线！""即使最佳路线，也得提前给我说一声吧？""嘿嘿，村委会办事还要先征得你的同意？""难道合同就是一张废纸吗？""你多大的能耐呀，还要和村委会平起平坐吗？所有土地都是集体的，今天政策让你承包，就抓紧捡便宜；明天村里有用就收回，悄悄地闭上你那张烂嘴。"

她无奈地离开："我就不信没地方说理！"任支书望着她的背影喷出葵花子皮：他妈的，你是镀金的还是个镶银的，不让我睡。舒坦的事你不愿干，偏偏找难受，不爱吃蜂蜜偏爱嚼黄连。

她搭乘三轮车赶到乡政府，刘副乡长接待了她。他沏茶倒水，劝道：任支书一心为公，急农民之所急，修路富民，只是做法欠妥，行为过激，应该事先通知你，回头我批评，注意工作方法。

她又去找谭书记，任支书毁坏了我的果园！谭书记伸手示意她坐下：少安毋躁，果园占用的土地是什么性质？是分配给你的？她取出包里的协议书：二荒地，我承包的，和村里签订了合同。谭书记接过协议书，浏览一下：合同留下我再仔细研究研究，过几天派工作组下去了解情况，乡党委开会讨论后再通知你。她走出乡政府大院，看到太阳接近地平线，打消了去县上的念头，只有步行回家。

她起床时天还没亮，简单洗漱毕准备出发去县城。突突的摩托声一停，小童走到房门口："嫂子，昨晚乡镇领导找我，说果园被推了，要我劝劝你。我很气愤，我和你商量，咱去县城反映。"她思忖片刻，冷静了，取下肩头挎包挂上墙，劝小童回厂里："……既然乡镇领导让你劝我，肯定别有用意。"

俗语说和尚不吃牛肉却捶鼓解闷。小童太不容易，几年来全身心投入杏脯厂，付出多少心血，目前正是最艰难的时期，若再被找碴，事业大概要半途而废，也会影响婚恋。承包野狐坳二荒地以来，多少个黑明昼夜，平田整地买苗栽种，担粪施肥剪枝浇水，风里雨里的。那一棵棵果树就像孩子，是她用血汗养大的，是她的指望，就这么被毁了，心疼得流血，可有啥办法？推土机恼人的轰鸣还在持续着。

她觉得她都要冷血了，麦龙上门转达上面的处理意见：修路属于造福一方的公益事业，涉及的村民都必须无条件予以支持；给华兰蕊划出相同或更多的二荒地另签承包协议，鼓励退耕还林。又愧疚地说：是我让你白白地流了几年的汗水啊！她愣了很久，才说：我支持公益事业。她在炕上睡了三天，起来安顿妥当后就去镇上打工了，她去了棒棒的诊所，棒棒邀她多次了。

兰蕊虽然去了镇上，桂霞还是提心吊胆，听了月月嫂的话，买回一只狼狗。

那天在桥下洗衣服，她说支书叫人把果园推平了，心里特解气，真想把家里两只鸡捉到集上卖了，换几串鞭炮响一响，这事做得痛快。月月嫂说仇冤结得这么深，终究咋办，还是别较劲，好好奔日月，当心报复你。她说蔫人放不了响屁。月月嫂说蔫人才下口咬哩，你能叼空，她就不会瞅你打盹时拾掇你？

回家越想越后怕，万一那个不要脸的黑夜里冲进院子咋办，再抓破了她的脸……月月嫂还要给介绍县城的对象呢，那男人在城关镇信用社工作，殁了老婆。她怕配不上，月月嫂说你若描眉搽油，换上新衣服，穿上高跟鞋，也很秀溜！

三只下蛋母鸡和一只大公鸡没有换成鞭炮，换回一只狼狗。强强在父亲去世后变得沉默寡言，好像对啥也不上心，却与狼狗投缘，周末从太平中学回家就与狗玩耍，喂狗馒头。黑狗兴奋得蹭他双腿，两只前爪搭上他的肩膀，伸出舌头舔他的手，摇晃尾巴。桂霞说：喂馒头还了得？不把咱家喂穷？把麸子盆端出来。立立端出麸子盆放在院里，狗嗅了嗅，抬头紧盯强强手里的馒头。桂霞说：口味都给喂高了。强强不理睬，掰下一块馒头扔出几米远，狗跑过去一嘴吃掉。他又从地上捡起一截玉米棒子扔出去，狗叼回棒子放在他面前。桂霞看着麸子盆：把你狗大惯成先人咧！

星期天，桂霞身着新衣，精心打扮出了大门，站在梨树下向村口张望。陔塄林荫小路上，月月嫂带着两个男人走来。桂霞抻抻衣服拢拢耳际的发丝迎上去，还唰地漾红了脸。桑树下的强强正在逗狗玩耍，立立跑过来说：奶奶说妈妈要嫁人了，咱俩要遭后爹的罪。强强看到妈妈热情地和客人走进大门，命令弟弟去侦察。

立立跑进跑出几趟，说月月大妈说那个男人看上了妈，妈也特高兴。强强眉间皱出"川"字，说：咱俩都留在家，让奶奶做饭。立立说哪来钱花。强强说我不念书了，打工供你上学。立立说：奶奶说她和爷爷年纪大了，一闭眼就没人照顾咱俩了，你走了，我不敢睡觉呀！强强稚嫩的脸上有茫然，抚摸大黑狗。

强强正生闷气，看见妈妈像换了个人，喜气洋洋地送客人走下小坡，便走向大梨树，用手一指那个西装男人，命令黑狗："去，咬他！"黑狗两耳一竖，跳下坡洼，箭一般向那人扑去，"汪"的一声咬住他的西裤。那人立刻转身踢狗，极力挣脱。桂霞慌忙追过去，唬喊踢拽将狗弄开。男人蹲下身，用手揉腿，胫皮印上牙印。黑狗回到强强身边，摇尾巴摆功劳。强强吩咐立立，我先到明家坡口等你，你捎上我的那包馒头，咱去学校。

黄牛低头在溪边饮水，月月嫂牵着牛缰绳说："狗虽然没咬伤，那人心里结了疙瘩，看对象出这事，不顺乎。还有，我表哥说有人给那男人吹了邪风，说你逼死了丈夫，这事更没挽回的余地了。咱点将村离县城五六十里路，谁嘴这么长？"桂霞气白了脸："短命鬼嚼舌根！唉，我是不吃人的狼，心再善也得背恶名。再说那小冤家，竟能放狗咬人！像一头小叫驴，稍不留神被他尥一蹄子，整天不吭气，给你砸的尽是冷钉子。就弄不清，这娃像谁？大安也不是这脾气呀！"

月月嫂说先接着过，不急，夏天的杏完了还有秋天的枣呢。又说兰蕊去了棒棒诊所，你心静了，打起精神奔日月。桂霞说会不会又怀了野种，到诊所做起来方便？"你们姒娣呀……"月月嫂很有深意地诡秘一笑，捕捉到桂霞脸颊的红云，"龙娃进城的日子不短咧？"桂霞岔开话题，失落地说："我咋觉着活得不带劲？那个不要脸的一走，日子静得只有干活儿，吃饭也不香咧！"月月嫂说："你呀，是个属骡子的，只要套上绳索驾上辕，自个跟自个较上了劲就跑得欢！"

桂霞预感到往后的日月就是开水泡馒头，淡得胃酸。可没多久，棒棒却给了她一个惊喜，介绍了镇上的罗铁匠。这次她没有声张，去赶集时见了个面，双方都很满意，还给了五千元的彩礼。两个儿子都在屯田中学念书，三天两头还能见个面，吃口热饭。不出一个月，就坐上了家成的面包车风光地嫁到了屯田镇。临走时，还特意向公婆辞行，又串了村里要好的几家，眼眶还有些湿润。罗铁匠话少，铺子的生意红火。媳妇去年得了绝症走了，撂下一儿一女，铺子后面的两间房，缺个屋里人照顾。日子新鲜了十头八天，那十几岁的一儿一女勉强叫她阿姨，吃着她做的饭却和她隔着一层。在镇中学门口等到儿子，两个犟种没有一个愿意到她的新家吃口饭。她夜里越来越睡不着，铁匠累了一天，倒上床就鼾声如雷，还一身的臭汗味。他的衣服一泡进盆子，水就黑了。厨房太小，支不了床，没有退路。她还发现两个娃娃背着她给铁匠告黑状，生着闷气却不好发作。终于有一天傍晚，那个半大小子把她做的米饭直接倒进小院子的狗食盆里，说难吃死了。她的火一下子上来了，操起铁勺就想唬一唬他，教育一下这个不懂礼规的小子，嘴里还骂着粗话。那男娃冲向前面的铺子，哭喊得很夸张。铁匠心疼儿子，提着焊枪把桂霞追出大街，从下街追赶到上街，叫道：我把你的屁嘴给焊了呢。

桂霞被铁匠的凶相吓着了，夜色里不知不觉地走上了返回点将村的路。镇上虽好没啥可留恋的，铁匠钱多不归她管，炕上那点事也熏得难受，还不如夏家舒心畅快。半夜又走过石桥，走回自家门前，从门楣上摸出钥匙，睡到了熟悉又陌生的热炕上。憋了几天，终究还得面对村里人。济民说，坐娘家了？哦，刚一个月。桂霞早都想好了，说，铁匠是个暴脾气。月月嫂问，待几天？桂霞说，不走了，舍不下娃娃，还有咱村的乡亲。济民说，那五千元礼钱就净落了？任葫芦说：这比打工强啊。

第三十章

镶牙所倒闭后，齐守元在县城车站附近摆摊卖狗皮膏药。

围观的人越来越多，他旺起精神头，一手拿药瓶，一手在空中挥舞，两片薄唇呼扇："有人说药能包治百病，那跟说放屁是打雷一样，哄小孩的。我的药，百病中有九十八种病治不了，只治两种。哪两种呢？一是治骨折，治跌打损伤，有点石成金的功效。有的老乡不知道点石成金是啥意思。点石成金是说神仙手指石头就变成了金子。这当然是骗人的，有谁见过石头变成金子？没有！可我的药治骨折、治跌打损伤，能立马见效。"

他提起绑缚的公鸡，解开系住鸡腿的绳子："我折断鸡腿，一敷药，公鸡就能走路了。不相信？我知道你们不相信，看着，我要折断鸡腿了。"他倒提鸡的一只腿，两手用力一折，只听得轻微脆响，公鸡单腿蹦跶几下就卧伏在地，那条断腿僵直着无法蜷曲。"折断了吧？我再给鸡敷上药。"他取出一瓶药给鸡腿敷上，"看噢，一分钟，一分钟！"等到围观的目光集中到受伤的公鸡身上，他左手攥紧鸡大腿，右手握住小腿又轻又快一对接，将公鸡放在地上。围观者目瞪口呆，鼓掌欢呼，因为公鸡抖搂大红羽毛伸伸腿踱开了方步。

他得意神气地说："这是不是比点石成金还神奇?! 大家不要激动，我的药还能治一种病。这病只有成年男人才得，睡梦中经常跑马。其实床那么小，连只绵羊都跑不开，咋能跑马？有的两口子吵吵闹闹感情不和，咋回事呢？就是男人有了这病。我的药就能治这种病，保你……"

齐永才从庆平市坐车返回县城，提着小包走出车站不经意扫视围观的人群，隐约听到熟悉的声音，凑近一看儿子口若悬河，气得脸发青，拨开人群冲进去又砸又踢地摊上的药品，嘴唇颤抖："你……你……亏你老先人！"齐守元一愣："爸，你……你这是……"齐永才操起地摊上的木棍对着儿子屁股抡打，人群骚乱着散开，公鸡扑棱棱举翅乱窜。

齐永才砸了地摊叫上儿子回了家，拿出一沓钱，沉着脸说："先拿着零支使，不许搞歪门邪道，明天就去县城找建筑公司的谭经理，在他那里先干，多用心多请教。处理好人际关系，该大方时要大方，干一干中间的渠渠道道都熟悉了，再想办法承包工程。现在要搞社会主义新农村，统一规划统一盖房，到时我给罗县长说。"

不久齐守元从县城回家，吃过晚饭直奔新任村主任金卫军的庄院。听说新农村建设前期工作已经开始，村委会正在强征临街宅院和责任田，齐守元不解地问：村子北头有宽敞的土地，住在那里安静，为啥偏偏要临街修建住宅区呢？金卫军说："有粉要往脸上搽。"又取出好酒，两人豪饮一番。金村长吹嘘要在新农村建设中大展宏图，思谋将支书取而代之；齐守元夸口要进军房地产行业，从明天起招兵买马，找几个工匠或从职业高中物色人才。金村长说咱兄弟精诚团结携手合作，我力争小康村建设项目由你来做。齐守元说有肉咱俩一块吃，关系我疏通，具体操作全靠你。

酒后夜半，齐守元摇摇晃晃独自回家，走到家门口软瘫在树下迷迷糊糊睡着了。妻子打着电筒出门寻找，差点被绊倒，费了好大力气才将他弄进屋。天亮后他头昏脑涨，打喷嚏流鼻涕，走出小巷来到街上，心想去医院看病程序烦琐，索性走进棒棒的诊所。

齐守元一挑门帘看见华兰蕊,小眼睛就聚了光,明苏苏的,说感冒了。棒棒拿起听诊器夹住耳朵,装腔作势听他的胸口:"张嘴,啊——"他有意张开大嘴。棒棒说感冒重了,让兰蕊给打一针柴胡。他本想买药回家,看到兰蕊又改变了主意,慢条斯理地坐下频频窥视。

兰蕊离开点将村好几个月,脸庞上洇染的乡村色彩渐渐褪去,白大褂衬得她特好看。她拿着吸满液体的针管,他解开皮带褪下裤子,差点露出屁股蛋,她唰地羞红了脸。他磨磨蹭蹭地离去后,棒棒诡谲地说:对你有意思。兰蕊鄙视:不像个正经人。棒棒不以为然:"脸上能看出啥?他是齐百万的儿子!"

兰蕊没想到是齐家人,愣了愣,岔开话题:"昨天你外出,来了工作人员,要检查行医证,说如果出了医疗事故……""检查?又来催我送礼。"棒棒压低声音说,"有大病的人肯定去医院,到这儿来的,无非是头疼感冒或皮外伤,也就吃药打针贴敷的事,银翘片、去痛片、阿莫西林和感冒胶囊,打针就是柴胡,咱不打青霉素,不冒那险;再说啥药治啥病,都标着说明,看看电视上的医药广告,就增长不少知识,学着点,在外面干事不同种庄稼,要多长心眼。"棒棒听到门外的摩托声,脱下白大褂跷出诊所,跨骑上去抱住那个男人一溜烟走了。

兰蕊整饬诊所,齐守元走进门色眯眯地问大夫呢。她有几分慌张:有事出去了。他唬下脸:出大事了,你给我打了一针,屁股还疼,特疼!说着解开裤子露出屁蛋,让她看。她怯怯地扫了一眼:咋……红了呢?他夸张地呻吟:"是不是肿了?快用手摸摸,快!"她食指一摁:没肿。他让她揉一揉。她用镊子取出药棉按上去,看着被洇染了淡红色的药棉,似乎明白了,随口说:这药棉上好像是红墨水?他又唬下脸:明明出血了,这啥诊所,纯粹是黑店,我要去告你们。

她拿起电话:给你叫辆警车?他拦住她,坐在椅子上:你这么好看的女子,咋忍心去告呢。又盘问是哪里人,一听是点将村的,他问点将村有一个进了监的哥儿们认识不,叫夏尚秦,就是他媳妇生了个野种的那个?她猛然涨红了脸:你走吧!"咱们去跳舞,去唱歌?""我不会跳也不唱。""做个朋友吧?"她推开伸向她腰部的那只手，厉声呵斥：出去。有人来挑起门帘，他才离去。

兰蕊刚关了诊所的玻璃门，齐守元又来敲，哥陪你说说话，嬉皮笑脸软磨硬泡了很久。她恐慌又无奈：你和尚秦是哥儿们，他妹子你也欺负呀？他顿了顿：明天我在酒店备酒席，认下你这个干妹子。说罢向她噘了一下嘴，消失在街道暗淡的灯光里。

她担心齐守元再来纠缠，好几个月后，才知道他没有再来骚扰的原因。

来诊所的一个中年男人说："前一阵子镇北的金家村闹事了，村民在正建的新农村工地打起了'保护耕地，我们要吃饭'的横幅，惊动了县领导和警察。新农村建设是个好事，可叫那个村支书和开发商齐守元给弄坏了，工程就谈不上质量，盖得还不如猪圈。村民要求退还已经交付的集资款，还要求退还以新农村建设为名用作商品房开发的征地，停止拆迁旧房。带头的金正平说，一亩地六十元的补偿费连一袋化肥都买不来。

"罗县长说，现在全国各地到处蒸蒸日上大搞基础建设，咱们县领导也是为了改善老百姓的居住环境，下大力气把屯田镇建设成宜业宜居的明星示范镇，没有料到农民只顾眼前的二亩地，惦记虮子肉，刁难基层工作人员。不理解我们的良苦用心，住进楼房一下子提高了生活质量，不比睡土窝强？金正平说，关键是牲口不会上楼呀！"

另一个小伙子说："齐守元张狂得很，烫了毛，戴着墨色的料片子镜，背着个手人得很。恁是个瞎尿，人们给编了顺口溜：'齐守元，老鼠眼，马路上钉钉补轮胎；牙所开了两年半，一颗牙，一百元，吃了豆腐就寻不见，回身看到粪蛋蛋，虚惊一场冒汗汗；给人补牙不新鲜，能让老驴变青年；狗皮膏药真灵验，一贴就起狗皮癣；壮阳药真厉害，一吃马上腰腿软；新农村，搞基建，二层楼房不简单，房梁就像牛革子，楼板就像薄门扇；牙缝里剔肉一顿饭，民工工资老拖欠；肚里白酒一斤半，包里钞票十几万；又吃又喝又送钱，听说还要搞房产。'"

第三十一章

几天后，诊所又来了一个人，她脸先红了很快又白了。她刚给床上的一个病人扎上针，明卓远一身灰土拐着腿进来，脸和手都蹭破了皮。她吃惊地问咋弄成这样了，他的眼神亮了一下，苦笑着说摔倒了。看得见的伤口处理完了，才发现他两个膝盖都磕破了，小腿肿了，脚也瘀青了。她忍着内心的疼，说：去医院吧？他轻松地笑了一下说：还是你处理，好得快。两个人都沉默了，两颗心却怦怦着，有很多的话都没有说出口。他要掏钱，她一声不响地抓了一下他的手，轻轻地推他出门。

躺在床上的男人说："这就是明卓远，以前的县一中老师，现在给发配到屯田中学了。这人本事有呢，物理课都讲成艺术了，我儿子说他上课连书都不拿，讲得学生佩服得很，啥题也难不住他，就是不安守本分嘛，经常给人白写告状信，自己还上访，被警察打了也不长记性。前几天还混在金家村闹事的人群里，不知又让谁给暗算了。"她忍不住说，他是路见不平呀！那人坐起身说，不公平的事多了，把自己给气死了，只能落个笑话嘛，人都要学聪明咧！

这一段日子，来诊所的人都在评说明卓远，他已经成了全镇甚至

· 208 ·

是全县的名人了。有个病人印证了"暗算"的说法：街边卖麻子的人看到戴头盔骑摩托的人有意撞他，另外有人在小巷口认出了摩托车是大蚂蚱骑的，肯定是齐百万的儿子雇的打手。

来人还饶有兴致地说，明卓远对学生讲，多年来研究物与物之间的理论，竟然不懂人与人之间的鬼道呀，还自嘲地说过，他给学生娃讲科学，没想到科学的东西竟把他给套住了，皮鞋跟里被人装了GDS。又有一人说，明老师人变怪了，不和人打交道，傍晚经常在学校后面转悠，在烈士陵园外面发呆，可能遇见啥了！

兰蕊再也不能安静地待在诊所了，傍晚也去校园南面的沟壑边，也许想"邂逅"一下他，问问他他的伤口好了没，可好几次都没有碰见。她想起了历史老师讲过半个世纪前发生在这里的战争。听到了机关枪的嗒嗒声，看到解放军逃出马家军围困的屯田城，三五千人趁着夜色跳下陡峭的坡洼，顺沟溜出封锁线，回到彭老总的一野大部队，还有老乡转移负伤的战士以到城北隐蔽的山沟，冒着马刀割"壶"的危险掩埋牺牲的士兵，有农民献出老父的"寿材"，盛殓追求民主自由的热血男儿。不远处就是烈士陵园，隔墙就能望见矗立的纪念碑、矗立的信仰、鲜活的灵魂。

她被头顶"咏啊"的红头鸟叫吓了一大跳，这声音太像人的嗓门了。

没过多少日子，她听说明卓远辞了职，后来才听说他先在县城卖西瓜，后来去南方打工了。他的落魄，调剂了人们枯燥乏味的生活。

原以为从点将村来到屯田镇，来到少女时代梦想的码头，能找到缤纷的过去，结果却更迷离失落。小镇头顶的宝石蓝消失了，风还有些狂；阡陌寂寞，看不到情窦初开眉目生情；田野里播种不同的内容，永恒的是农民劳累的身影。夜色下悄悄地走进校园，昔日的教室个儿了，一栋大楼矗立在操场中间，连那棵巨大的垂柳也没了踪影，围起来的工地正在修筑家属楼。物是人非，青春转瞬即逝。踯躅在小镇的公路边，想起道路两旁原来高大的钻天杨，晨操时还仰望一条银河似的星空，像红河水那么宽。在马路上跑操，队伍转弯时寻觅鱼江河的身影，看一眼就心跳脸热。那时一脑袋的憧憬和一颗怀春的心……

她决定离开诊所去杏脯厂，一是心里总不踏实，棒棒凭经验看病，她也没有专业的护理知识，学了点皮毛，小诊所也人命关天啊；二是她喜欢和创业的人在一起，辛苦也是一种享受，小童叫了好几次，说她遇事能拿主意，杏脯厂破土出苗，势头很旺，在那里打工心情当然好。还有一个原因，就是怕见昔日的老师和同学，以前生下豆豆忍受家暴，不觉得丢脸，现在越来越难为情，好事不出门，坏事传千里，连镇上的人都知道了。

到了杏脯厂，她和小童理清了企业的走向，按镇领导的意思改为民企，厂房和设备照估价接收。最让人兴奋的是镇长答应出面给信用社和银行说情再贷一部分款，这样一壶水就开了。小童听取了农大教授的意见，入口产品最主要的是安全，果脯要改变过多依赖添加辅料的现状，尽可能接近本真的滋味，添加剂对健康有危害。他们搞了多次实验，配制出几种口味不同的杏脯，在街头请过路人品尝。以溜溜提出的"新生代"注册商标，事业上了道。

那个黄昏的晚霞，多年后一直在她心头呼啦啦地飘曳。她出了杏脯厂，走到柏油路上，要去探望父亲。这时西天飘起了一大片红缎子，阡陌上移动着两个身影，是小童和溜溜在散步。她想起小童说过，当耍娃娃时抢过溜溜的香荷包，看见第一个穿裙子的是溜溜，骑着自行车带她回舅舅家，腾云驾雾似的。空中拉起羞涩的幕帘后，头顶出现了大伞，开满无数金黄的油菜花，她流着热泪祝福这一对有情人。

担忧的事终究来了，瘦弱的父亲被松弛黝黑的皮肤包裹，胃袋里常年蠕动开水馒头咸韭菜，肺叶里呼吸的是烟锅源源不断送入的浓烟。昏暗的灯光下，孤独的父亲，蜷缩在简陋的炕席上，落满灰尘的锅台和笼屉里裂皮的馒头，又催下她的泪水，握住父亲根茬般干枯的双手再也说不出话。父亲挣扎起身，甭哭，不还活得好好的吗？她看了看柜盖上的药，说明天去医院。他坚决地摇头。

天一亮她索性拉着父亲的手出了门。镇医院检查后建议去县医院。县医院问询病情后，说立即住院。正好碰见当大夫的女同学，悄悄地跟她说去省城治疗，别拖延。

兰蕊本想看完病再回来，还去杏脯厂。哪料这一进城，就走上了一条轰轰烈烈又辛酸屈辱的不归路。

下

部

第一章

车窗外那钩弯月在南边山脊游走，兰蕊在梦的边缘游走。车在山岭上跑，走过了弯弯的曲线和起伏的曲线，崑塬都在脚下，离城越近心跳得越欢。走的是新开通的国道，一路顺沟，钻过一个隧道又一个洞，黑乎乎鬼楚楚的。

夜班长途大巴一头钻进省城车站，沉重地叹息一声。省去一夜住宿费，有倦意也划算。站外的路交错成网，要自己走。拆迁拓宽的街道故意为难她的记忆。好人指点了公交线路，进入省人民医院，大厅排满了人，空气被挤到头顶。

B超说是胆结石，主治屠大夫郑重急迫：胃肠道还有疾病，先做胆结石手术，交两万元押金，迟了胆汁外流有生命危险。她焦急地央求：先住院，我就去找钱。屠大夫说，那办不了入院手续。

从门诊大厅外的角落找到父亲时，他双手抱胸，面容黢黑，蜷缩成疙瘩，挣扎着起身拎包："咱们回家，不花冤枉钱，黄土地的农民，谁到这么高级的医院治病？刚吃了药，没事咧。"她紧锁眉头：没水，咋吃的药？他说到厕所龙头接了一杯，冲下了止痛片。

她耐心地劝说一阵，匆匆地走出医院大门，从小商店公用电话拨通龙娃手机。兰蕊只带了两千元，只好求助于他。崭新的大楼威风凛凛，吞吐着摩肩接踵面容愁苦的人。康复出院和慌忙进入的大门就是一个关口，是人间和地狱的关口，人民币就像通行证。

龙娃的到来化解了焦虑，可愁云依然不能散去，他带来三千多元，押金的缺口仍然很大。去小巷填饱肚子，炒面加剧了父亲的疼痛。心急如焚盘桓在诊室门口，等到屠大夫开门便跟进去，恳求："我寻了五六千元，先让住院，我再借钱，行吗？"屠大夫懒得赏她一瞥：医院的规定，我说了不算。

父亲快要扭成麻花，顾不了别的，打听到院长的办公室就边敲边推门进去，央求。郎院长鄙夷："医院的制度，院长更不能带头违反，人人都像你，医院早倒闭了，还能治病救人？"扑通跪在地板上，她泪水潸然："郎院长，求求你，我爸疼得昏过去了，先治疗，我马上去寻钱。"越发惹烦了院长：在这儿浪费时间，还不如赶紧去凑钱。软瘫了十几秒，回到门诊楼大厅。墙角不冷漠，让父亲蹴靠。龙娃看到她的绝望，提议到骆驼巷，那有私人诊所，先输液止痛。

龙娃栖身的这间小屋，简陋却让她不用为住宿犯愁。液体流入静脉血管，摁住了疼痛。他向贩铁的同行借钱，挨个敲门，又电话联系，还是空手而归，捏了捏杵在门口的兰蕊的手，想抚平脸上的愁苦，说有哥儿们答应借钱，可人在外地，要等几天才能回来。她努力地搜寻记忆中熟悉的城里人，脑中闪过夏乐乐，当大官有钱，应该会借的，虽然他回村从不正面搭理，阿辈哥与弟媳妇，点将村风俗就是背搭话嘛。

路人指点了交通厅大楼，门卫一听是厅长妹妹，不阻拦，赏了笑脸。敲开办公室，夏厅长意外了一瞬，警觉地听出来意，脸冷话也冷，说筹钱给儿子买婚房，房价一平方米两万元，手头紧。她不愿放弃这指望。他却起身拿着文件，说马上要开会。

街头不拒绝徘徊，曾经打工的"再回首"酒店在哪里？有必要去碰碰运气，一起做服务员的姐妹们不一定能找到，老板也许还在。公交送她到柏树街，拆迁重建面貌一新，哪能再回首呢？

河滨路上，一棵法国梧桐给她的肩膀一个支点，彩变的叶片一次次落下来摸她的头。水泥护栏支住她的双肘，担心失足。河岸芦苇苍苍，摇晃着，摇来鱼江河的脸，胸口又热又痛。隔着世界，不愿也不指望再见，却又多次彩排邂逅，现在想求助，可他在哪儿？城市熙熙攘攘，没人理会她，谁会慷慨援助呢？给小童打电话，还是为难他，算了，杏脯厂员工数天天巴望着工资，两千元他已尽力了。

素素和家成的收入不错，冲向路旁公用电话亭，拨通小华商店，约二人接电话。半小时后千里对话，素素爽快地答应明天就取出信用社的三千元定期；家成的口气着急又无奈，说前日刚买下三十头猪娃，没活钱，想法子凑。寒风攻击她的肌骨，夜色掩盖她的视线，微弱的街灯告诉她不要太绝望。如此算来才有六七千元，还不知家成有没有准信。

双腿虽然沉重，还能向东郊蹒跚。城里一切都很硬气，马路平整，踩不出窝；楼房有棱有角，硌着星空。行人很体面，也很淡然。大楼下躺着一位露宿的乞者，破絮烂被的一角露出头，真想走过去和那人坐一坐。银行两个字能擦亮眼，里面有钱呀。有人从自动取款机前取钞票，太新奇了，凑上去，发现他们手里有一张卡片，这是机器人吗？她也渴望变戏法，变出一张卡，让它乖乖地送出一沓沓的人民币，不需要太多，凑足住院押金就行。眼前恍惚，铁钳撬开了它的箱体，一摞摞都是钱哪，这不成了抢劫犯吗？

躲入偏僻的巷口，又看到了"钱"，三轮车上出售冥币，那妇女盯着她，渴望着。灯光故意诱惑人，百元大钞和真的一样，这种是纸做的玩意儿，从银行里取出来的真钞才能救命。脑海里存储的影视镜头跳出来，考验她的孝心，贫穷的女子卖身葬父，若有人愿意出钱，她真会当牛马屈身为奴。

不得不妥协，坐上路边的石凳。美容美体店偌大的玻璃窗洇透粉红的灯光，连空气都染成彩色，超短裙低开胸熊猫眼血嘴唇的年轻女子扭摆腰肢。究竟啥样的女子甘心卖春？听说收入不菲。村里人谣讲彩芸在深圳做这营生，维喜吃上了羊肉泡，还盖起了砖瓦房。她们拿出两万元医疗费不是小菜一碟吗！双手的神经跳了跳，无形的绳要牵她进去。起身跑出几步，这念头就是耍流氓，要玷污她。

父亲昏昏睡去，她能心静一会儿。龙娃愁眉紧锁：我又借了两千元，还想起存良以前给钢厂交过废铁，剩下两三千元没要回。她又看到希望：我明天就去要！龙娃自怨自艾：我脑子真让驴给踢了，玩赌输了好几万啊！她想坚持都不能，没听完他的话倒头靠在旧沙发上睡着了。给她盖上旧毯子出了屋，他愣在夜色里，能张口的熟人求了一遍，还能去哪里？他也急得能上墙了。

凌晨她被轻微的呻吟唤醒，尽管父亲辗转反侧，竭力抑制。床头去痛片的药瓶空了。诊所的大夫说输液不能根治，再拖延要命呢，耽搁了手术，我负不起责任。

她找过钢厂几个部门，无奈地在厂长办公室的楼道等候着。章厂长一走进办公室她就跟进去，急切地说我丈夫以前交过废铁，还有余款没支付。他让她去找回收部，她说找过了，得您同意签字。

他点燃一根中华烟，打量她，眼神黏着她的脸，听到夏存良的名字时，"哼"笑了一下：有印象，一对招风耳，人小鬼大，弄虚作假，余款我们不打算支付。她焦灼地说：我爸有病，等钱住院！他说你丈夫多次上演玩秤的把戏，没找公安处理已是留了情面，还敢来要钱？她双膝软了，跪倒哀求：我爸胆结石，疼得受不了，凑不够两万押金进不了医院的门呀，求您开恩解难，钱先给我，以后再还都行！愣怔一瞬，他起身扶她，起来说。她软瘫在地板上：大厂长，救救我爸，我一定会报答你的！

他俯视她楚楚可怜的神态和睫毛上水晶般的露珠，扶起她，和善地说：我答应。电话叫来尚部长，办理了付款手续。拿到三千多元现金，她向厂长道谢。他睃视她苗条柔韧的身段，又问押金凑够了？她刹住脚步：还没有。他递送名片说：有困难，打电话。

素素已将三千元电汇给龙娃。小华捎话说家成哥正凑钱，明天拉一车猪卖了，汇钱；村里人都着急，可能出手的也只有几百元。父亲说输液后不疼咧，买两瓶药就回家，不住院不手术，落下烂账，一辈子都还不清，五六十岁了，活够了。即使有钱做手术，万一死在手术台上，埋不进老家的地，闭不上眼呀。

悬铃木能感受到她急促的心跳和束手无策，一片片地撒下枯叶。手术再拖延……不敢往下想，折腾了两三天才借到一半押金，等到家成寄钱来，没准所有工夫都白费了。浓重的烟尘是这座城市冬季的面孔，化工厂肆意排放的气体无声地流窜。有谁在意街头千难万难的弱女子？想哭喊，喊叫有啥用？手指僵硬麻木，伸进兜里取暖，碰到那张名片，心头一亮：给厂长打电话！

电话打完后，她萎瘪的身体充足了气，弹跳起来，厂长答应了，是真的吗？当然得去约定地点看看。街车送她到河滨路水车园，身着西装的章厂长推着自行车竟在雪松树下等待。阴霾的城市开始飘雪花，来得惊喜来得突然。单纯的雪花在梦一样的高空飘飘荡荡，不知道等待它的是污秽的尘世，可不坠落又能怎样？

章厂长微笑着：我先说句话，不许再行大礼。她泪腺鼓胀，要进出的许多话哽在喉咙，这个中年男人的亲和力消除了她的陌生和担心：你穿得太单薄了。他眼神亮闪闪的，问她还差多少。她说才有一半。他掏出一张银行卡：给你一万。

她当然感激了，还有几分惴惴不安，跟进取款间：厂长，您相信我吗？他焊住了她的眼神：我阅人无数，相信你的。一沓现金在她手里颤抖，下巴也在颤抖，舌头僵直了片刻才送出一句话：我一定会还你的！他微胖的身体靠近她，掏出一支较粗的"钢笔"说，我用过的手机，还能打电话。她慌忙谢绝。他塞进她手里：有它就能找到你，只管打，我交足了费，快去！

办妥入院手续，她才吐出一口长气，柔声地劝父亲安心手术。翌日上午送进手术室后，她坐在走廊的椅子上，默然流泪，跑到走廊尽头的角落差点号出声了。龙娃捽住她的衣袖轻声说，放心，胆结石不算大手术。她向他道谢，他喉结滑动：咱俩还说啥谢不谢的，眼见你急得上房，又不能解忧，唉——她拉了拉他的手，若没你，都不知道在哪儿落脚。

她哪能想到，手术的尖刀却挑开了她的胸口，还缝合不上。

提出看结石时，主刀大夫递过彻底割下来的器官，如实说胆囊里没有石头，误诊了。呆愣片刻，也就是说误诊误切了没有毛病的胆囊，硕大的泪珠砸向父亲仰躺的失去血色的脸："爸，我害了你！""摘了也有好处，"大夫倒平静坦然，"永远不会得胆结石了。"父亲气息幽微，无所谓地笑了，给女儿宽心：省得留下疼根。连日来焦虑困倦，没有等到释然，只有懊悔，是她将父亲送进手术室的呀！这么说，真正的病因还没有找到，是麻醉药剂和静脉点滴暂时掩盖了疼痛。

主治大夫约她到值班室，申明责任不在他，检查诊断的环节可能出了差错，并说根据疼痛部位采用排除法判断，应重新对胃部重点检查。她觉得体内的筋骨越来越疲软，需要治疗的不是父亲应该是她。向来，大夫的话等同圣旨，"遵旨"才能健康地活着，"抗旨"意味着疾病或死亡。现在，这白大褂裹着的人咋越看越小了？也没心做别的检查，继续下去还不把胃给摘了啊。

龙娃送来盒饭，她对付了两口，走到走廊尽头，坐在低矮的窗台，俯视灯火下的城市，哽咽着。彩灯像鬼眼，迷惑路口蚁行的人。章厂长来电话，她似乎听到老朋友的声音。他说我的朋友是医学院附属医院著名专家，对胃病很有研究，我联系好，明天转院治疗。她蹦起身，对着"钢笔"连声道谢。深夜，俯视沉睡的父亲布满皱纹的脸，听邻床陪护的妇女说给主刀大夫与麻醉师塞钱的潜规则，自责得捶打自己的大腿，早都听说过"割开肚子要红包"，咋就没想到呢？

龙娃返回骆驼巷像丢了魂。那天一接到她进城的电话，他高兴得猴手猫脚的，就剩上树了。这会儿却低头拉蒙，快走不动路了。他看到她手中精致的手机，像空肚子吃了大蒜，挖得很。姓章的像一头健壮的公牛，他只是一只绵羊，头顶的角就是输赢两个字。若把姓章的看作奥迪，他还算不上破三轮，就是掉了脚踏断了链子烂了坐垫的自行车。厂长女人多，有资本玩，肯定还有一套花哨的独孤九剑。又是乘人之危，大概成功了一半。她想钱都想疯了，不用说除了感激还是感激。

这份感激若属于他该多好啊！这次进城，他就是奔着她挣钱的，别说赌了，吃饭钱都捏得细。退一步讲，他也得另找女子成家。离家前夜，老父亲敲着旱烟锅下了死命令，早点成家。岂料生意越来越难做，半年只赚了几千元。早明白事理不就啥都有了？心爱的女人还用得着下跪，到处求人？姓章的一定没安好心。眼下，要想方设法尽快替她还清那一万元。

他蓦然想起城西石化建筑公司院内那一大堆废旧设备，联系好几次都没拿下，要再争取。次日清早一去，物业经理说废铁价低，不处理，只好溜达到偌大的后院，再看一眼荒草中的塔吊模板和机床设备，又想起当鼻娃娃时杵在队长家门外，从门缝看他们吞咽肥肉片子的情景。从后门溜出时，瞥了一眼值班室，没人影。一辆康明斯竟开出去了，车厢里是塔吊设备，不过是新的。

忽然想，咱也雇辆大货车将那些废宝贝给拉走，直接交到小钢厂，最少也能卖五六万，还愁一万？又在门外树下暗暗地观察门卫室那位漫不经心的男人，看他检查盘问得不细，这是绝好的机会。谋划一夜，天亮去理发店烫卷了头发，在地摊买了带色的料片子镜，夹上仿真皮包，又走进这院子。还走后门，瞄一眼值班室躺在沙发上打盹的男人，款款地踱到办公大楼侧面，和康明斯司机搭话。

他说想利用中午休息时间，私下花两千元雇车，把后院的废旧设备拉到北郊，还说昨天跟物业路经理谈妥了，今天上午在公司财务处交了钱，办好了出门手续。看到这位沙司机有所心动，他继续说，你联系吊车司机，再增加一千元，抓紧时间装车，出了院子就给你付款。随后他带领沙司机来到废旧物资前：所有的金属全部装车。沙司机高兴地叫赵师傅开来吊车，麻利地装开了。

他说：我去值班室办手续，你装好直接开出来，我再给你买两条烟。月工资只有七八百元的沙司机被三千元撩拨得心火极旺，以五百元诱钓来赵师傅，铆足劲装好车，驾驶康明斯行至后门，轻踩刹车就准备外出。那位值班员打开房门，果断地示意停车。

躲在马路对面拐角处的龙娃看到康明斯被拦，匆忙打的溜走。他扔掉眼镜，直奔街旁理发店剃了秃瓢去了医院。一个星期后，他听包平安说笑话，石化建筑公司准备开除沙司机的公职，从后门值班员口中求证确有一烫发青年出入才酌情处理，让姓沙的下了岗。他歉疚，都是让钱逼的。

第二章

　　父亲转院做了胃部检查，确诊为十二指肠溃疡。方大夫是章厂长的朋友，预约后望闻问切中西药结合，开具处方，说先服药，半个月后复查。兰蕊犹疑地提着药包，心想花掉一万七八，在省人民医院误切了胆囊，这错究竟出在哪儿？转院，输液和检查费，还有手里的药费不过一千多元，能治好病吗？又寻思，一个大厂长出面，应该靠谱，先服药吧。

　　暂住在骆驼巷小炮楼上十几平方米的小屋，借用龙娃简单的灶具做饭，买来小砂锅熬药。两天后就有了药效，父亲不那么疼了，脸不那么蜡黄了。先不能牵挂老家，啥都得搁下，要清还巨额医疗费呀，不能寒了恩人的心。碰上好人运气真不错呀！不然从哪儿弄那么多钱？收到家成寄来的五千元，立即给厂长去电话，准备先还一半，结果他在北京出差。

　　边照顾父亲边打零工，去酒店当服务员，又觉得不可能长待，也许连工资没领到手就要回家。街头擦鞋的乡下妇女启发了她，心生念头，现擦现挣，能解急。夜里躺上床，听着父亲的鼻息算计收入，一天有四五十个客人也能挣四五十块钱，除去房租吃喝每月还有七八百元的收入。不料龙娃反对：擦鞋经常被城管追逃，收入也没那么可观，再说，这活儿让人看不起呀！跟我联系生意，挣了钱全部给你还账。

她琢磨过擦鞋的"下贱"，茫茫人海谁会在意可怜的农村妇女呢？不过有过这样的幻想，擦汗时不小心腮边涂抹上黑色鞋油，猛抬头发现西装革履的鱼江河正俯视她，唰地红了脸，找不着地缝。老家的同学说，他就在省城的一家大型企业工作，成了真正的城里人，在摩天大楼出入，在宽敞的套房幸福地生活。她只有羡慕和祝福。

她跟随龙娃联系生意没有结果。他宽慰：这么走来串去，和种庄稼一个理，是撒种子，一旦有生意也就只管嚓嚓地开镰收割。她明白他为她着急，这能和种庄稼一个理吗？地里下种几天就看到青苗噌噌地往上长呀！心乱的时候，接到章厂长的电话，带上五千元现金，来到约定的河滨路鑫淼大酒店。

他先她而至，独自等候在"玫瑰之约"的小包厢，握了握她的手，亲和地看了看她的脸：你就是传说中善良孝顺、美丽勤劳的女性，从古时候穿越而来。她禁不住潸然泪下，哽咽了。厂长像兄长，问服药后的效果，还说方大夫研制的中药好。她拭泪，微启杏唇：我没有你说的那么好。他说："孝顺，是你给我的第一印象；善良，能从你的眼神中读得出来；漂亮，这是第三次见面，一次比一次赏心悦目；至于勤劳，是你刚才告诉我的。"他握住她的手翻起掌心，"劳动让你的手变粗糙了，我当过知青下过乡。"

她羞怯地抽回手，从外套兜里掏出报纸包裹的现金，说先还五千，剩下的想法尽快还清。他坚决地推辞：何必拆东墙补西墙？又将纸包塞进她的衣兜，说：初次小聚，喝瓶洋酒，保健养颜。服务员端上鲍鱼，她说：点这么金贵的菜呀？他注视她，你认识这菜？她讲了打工的经历，又流露出返乡的打算。他问：你老家有金矿要开采吗？"您说笑了。""城里总比乡下好赚钱吧？你父亲的胃肠疾病还要治疗呢！""孩子和老人需要照顾。""我没看错，你是具备优秀品质的女人呀！"饭后她主动结账，他拦住，签了单，又塞给她一张卡：这是亚细亚商城的购物卡，买一身衣服，让省城更漂亮更妩媚。她拒绝的手被他攥住，好几秒才放开。

她走进骆驼巷时，龙娃从昏暗的路灯下闪出来。他觉得她越来越生分了，担心她一钻进人堆里就寻不着了。这次进城，大饼就葱也算一顿饭，削尖头找生意，闲下来就思谋咋和她走到一起。她意外地出现，让他暗暗地高兴了一阵子。老人的病一松，他的心思就活了，可是大厂长的出现，使他的心悬吊起来。

他拉她进了自己的屋子，坐上沙发就搂她。她轻轻地推开了：厂长说等我赚了钱一次还清，这些钱你先拿上。"何必生分？""欠人钱，我睡不踏实。"他挡住她掏钱的手，抱住她：我只想要你。她冷冷地推开他：我现在只想钱，别的啥都不想咧。

他摸她耳后秀发时发现那道镰伤：这咋咧？她讲了桂霞持镰砍她的经过。他惊诧地说：这么狠毒？"你进城的前夜，她发现你到过我窑洞，吃醋了。"她看到他低下头，"我知道你上过她的炕，她心里有你。"他急忙辩解："那段时间你不见我，我一时昏了头，说实话，就是躺在她炕上我心里还是想着你。"她说："不怨你，是我不自重，我感激你，一辈子会记着你的好，可不愿再像以前……想活得简单点，想多挣钱，甭让我心乱，好吗？"她上楼后，他软在沙发上。

第二次赴约的那天上午，她又让方大夫给父亲把了脉，走出门诊楼时接到厂长的电话。熬好药安顿妥当去了亚细亚商城，这里是省城装潢最豪华档次最高的百货商场，时尚与潮流的窗口，一走进去才明白数年来的乡下生活就是坐井观天。有一件非常喜欢的外套，标价三千元，像老虎的大嘴。销售员看了她的衣着应付一下就懒得再说话。

逃出商场默默地说，这样也好，免得抵制不了诱惑消费了厂长的购物卡，找机会一定要还他。到批发市场只花了两百元买了裤子和毛衫，提前到酒店，走廊窗外是流动的大河，是课本里那条母亲河吗？咋一点诗意也没有呢？厂长说介绍朋友，方便她打工，这是她期待的。

章厂长介绍在座的客人，都是带长的，她颇为踟蹰，农村生活使她怯场了，当迎宾时见过领导，都当人看，现在倒不知咋应付场面。厂长称她为"华小妹"，韩处长起身腾开厂长身旁的座椅，硬让她坐下。酒过三巡她略微放松了，向章厂长及其他处长、经理敬酒。她被关照不与男士同喝茅台，只喝红色的洋酒。红酒入肚，脸粉粉嫩嫩，绯红柔媚，只是目光不知该落向何处，低着头仍能感受到男士们有意无意的欣赏。市土地管理局的焦仕众局长举起酒杯对她说："家昌的茅台绝对是真的，可今晚喝进肚里有点酸，干杯！"铁路局的韩处长笑道："都怨厂长的红颜知己太文静太端庄太妩媚啊！"石化制造厂的沈经理转了转贼溜溜的眼珠："厂长高大帅气，磁性强。"

她依次敬酒时才看清了他们的面目。厂长的确鼻梁高挺、浓眉大眼，特男人。焦局长倒八字眉下的双眼似有太多的内涵，不瞅你也好像在关注你，还有几分霸道。交通局陆处长挺着孕妇般的大肚子，眼珠淡黄，话少。寸发使韩处长更显年轻、干练，他阳光的眼神总是停在讲话者的鼻梁上。频繁起身代替服务员斟酒的省建公司豆经理能及时发现桌上与碟子、酒杯有关的细节，偶尔与服务员插科打诨几句。沈副经理习惯从眼角眄视别人，她不知道这位曾是鱼江河的上司。当迎宾时羡慕能入座的女士，可今天有点无聊，盼望早点结束。章厂长总结性的讲话一停，沈经理就凑过去耳语。她听到"俄罗斯小姐"后，以照顾父亲为由先走了。

小巷黑暗的角落有一双眼睛，注视她走上出租屋，上楼梯时摇晃了一下，他猜到她喝了酒，也知道和谁喝的。手机短信说经常和领导吃饭，当官是迟早的事；经常和老板吃饭，发财是迟早的事；经常和异性吃饭，上床是迟早的事。当时一笑了之，现在眼睁睁看着心爱的女人正一步步向别人走去，还拒绝他拉拽的双手。她咋想的他不知道，明显的变化是脸上抹上了城市的色调，淡然冷漠，绝不是点将村那个睡土炕黏着他又推开他的女人了。自己"上炕"太随意，将到手的女人给推开了。她也许是急于还债，只想着钱了。

终于等到了一笔生意，迅速带她同去。省城房地产商寒祝看中了地价飙升的西郊地皮，收购了濒临倒闭的铅丝厂，计划修建五栋商品楼，公开拍卖原厂设备与废旧材料。龙娃赶到现场才了解内情，国企一私有化废品回收就没有太多的油水。既然来了，按潜规则也能分得一杯羹，不能让她失望。

今儿是月月嫂的丈夫邓晖茂做标主，哥哥做后盾。邓晖茂对同村的人心存芥蒂不冷不热，龙娃只能从包平安口中获得详情。他低声对她耳语：咱跟大伙走走过场，能赚两三千元。她眼神放光：真的？咋赚？他讳莫如深地微笑。两个小时的等待后，邓晖茂拿下了生意，陪标的走进郊区一间破旧的屋内。十几个男人和一位涂脂抹粉的年轻女子围坐在小桌旁，包平安从包里取出几沓百元大钞："晖茂说铅丝厂先做过评估，利润小，就三万元，咱们十三人平分。"她站在外围，看了看缭绕的烟雾浮荡的蜘蛛网，蓦然有种分赃的感觉，钱就这么挣？

龙娃捏着钱挤出来时，屋门被推开，冲进五六个焗染不同发色的青年，其中一位红毛扫视人群，狠狠地恐吓：谁也不许动！两名手持匕首的青年从包平安手里夺过剩余的钞票，凌厉地叫嚣：装进去的全给我掏出来，要不我就亲自动手，清理衣兜，包括钱包。众人全被吓得面无血色，分得的钞票乖乖地放在桌面，龙娃犹豫着。红毛大声说："我们不是强盗，我们代替政府执法，你们涉嫌欺诈、串标，这是违法行为；我们兄弟讲义气，只没收赃款，如果有人反抗，那就报警，把你们全抓起来，关进拘留所的黑房子。"

这恐怖的场面她从没见过，明晃晃的刀子让她颤抖，只好抓住龙娃的胳膊。龙娃不情愿地把钱送入红毛手里，握住她的手，捏指示意不用惧怕。那一伙人带钱离去时，红毛从兜里掏出一把手枪，对着众人晃了晃。她揪住龙娃衣袖走到街上，才觉得出窍的魂又附身了。

她背着龙娃来到市劳动局就业中心，哪能想到阳光那么好的天气竟被一位主动搭讪的妇女骗到了传销组织。

那女人说她推销的产品卖得快还能赚大钱，出租车送她们来到南山脚下的小二层楼时，看到周边的枯草杂物她疑惑了一下，那女人说先进库房看一看货物。一上二楼，两个小伙子就把她拽进去关了门上了锁。她要夺门而逃，被几位青年男女"请"进了小套间，几个人联合说教，也叫"吃小灶"。先说他们是好人，再说只要发展下线，缴纳六千八百元，就等着分红，最后看她服软了才把她带进"发财课"。

她无力反抗，四五十人拥挤在一个狭小的房间里，屡次彩排过的演讲与早有预谋的鼓掌像一幕幽默讽刺的话剧。接下来又回到大厅，三人以上成团成簇分组洗脑的滑稽小品隆重地上演。"舞台"背后是"禁闭室"，不愿发展下线给亲戚朋友打电话的人员正在接受"劳教"，限吃限喝限制打盹，让冥顽不化的都屈服了，拿过纸笔写信，或被带进隔壁窄小的固定电话室。所幸她被搜身时，"钢笔"躲过了，她伺机调成了静音。

　　这是一个让她震惊和痛心的黑暗世界。一位鬓发花白的妇女私下劝两个女儿想法子离开，可两个女儿坚决说一定要从这里挣到大钱，倒劝母亲不要阻挡发财的路。另一个中年村妇，愠怒地训斥儿子，恨铁不成钢，说在离深圳不远的地方，有总理特批的一个扶贫项目，目前是保密的，只针对西北落后山区，现在投一万元过几年项目一建成就有十万甚至二三十万元的分红回报，咱村来了这么多人，过几年人家都盖起了小洋楼，存款上千万，咱还有脸住那破房吗，我变卖家产，入了十万元，不赚到钱我绝不回家。

　　兰蕊彻底蒙了，这里的人是不是都中了魔法？最痛心的是，有个花骨朵一样的女孩，才十七岁，父亲在建筑工地受了伤，出来打工却被骗到这里，又被几个男子在厕所和"禁闭室"弄大了肚子。这个"准妈妈"扎疼了她的心。

　　从肌肤到骨髓的战栗，坚定了她尽快脱身的意念，再待下去，肯定会走火入魔的。救自己，也救这个女孩，还有这些可怜的人。所有的窗户都有防护栏，她想起了"钢笔"，借上厕所的机会，给厂长发了"身陷传销、南山脚下、小院二层楼"的短信，想起窗外的圆柱建筑，补写"水塔"两字。闭上眼睛努力地回忆章家昌的脸，甚至相信意念的力量。想凭双手挣钱，却沦落到这个类似黑社会的组织。命运为何如此捉弄人，前日被刀子吓了，今儿陷入"老鼠会"，再想想出租屋里的父亲，心酸呀！直至傍晚时分，五六位民警冲进屋时她才机械地起身，呆愣了片刻跑下二楼，看到警车旁的章厂长，差点扑进他的怀里放声哭了。

返乡的前夜，一场大雪挽留了她，长途汽车停发了。上午就接到章厂长的电话，原来是铁路局的韩处长给了她一笔生意。她和龙娃来到铁路局仓库的大院，曾科长指着一大堆废铁和几节车皮，说这一堆五万元。龙娃忍着，不敢露笑，跟进办公室给科长塞了红包，又来到后院，当着疑惑的兰蕊向邓老铁打电话。

　　整整三天三夜，切割装车，五辆康明斯将废铁运进钢厂。她拒绝秤博士的那一套。龙娃清还了邓老铁的高利贷，支付了所有开销，将净赚的九万多元交给她，她坚持五五分成，他只拿了两万元。她清还了章厂长的借款，顺便把购物卡也夹进信封。

　　夜晚，扣好出租屋的房门，把报纸包裹的五万多元压在枕头下，兴奋得睡不着。听着父亲的呼噜声，心里涌起热浪，我有钱了，一下子有了这么一大笔钱啊！彻底放弃了回家的打算，放弃和小童创业的想法。在城里挣到钱，也许能帮助杏脯厂，在乡镇一年的收入还不及章厂长请客的一顿饭钱。

　　不久，她又接到省建豆经理的生意。

第三章

梦幻岛温泉洗浴城，傲然雄踞在河滨路中段商业区域。洗澡的花样不少，池浴、淋浴、桑拿、鸳鸯浴。休闲放松任意选，按摩房、运动馆、棋牌室、膳食饮品啥都有，时不时还邀请著名曲艺社团演出。最能吸引支票消费的是豪华套房内疑似模特的小姐们，三月一批，从不同区域空运而至，或者洋妞，传说也有女明星。

华兰蕊仰躺浴池，两股按摩水流热乎乎地舐吻腰肌和臀部，持久贪婪，荡漾的水波不停地扭曲修长玉白的胴体，浴池上空的电视节目好无趣，闭上眼要美美地享受，却看到了这个季节的点将村，山上山下只有焦虑与辛劳，土地燃起火，金黄的麦田里是挥舞的镰刀，这才是天上与人间啊！

过去，劳作耕耘的间隙，揎起裤筒将脚丫伸进河水，惬意充实。如今有钱了，脱离土地被城市的气流托起，隐隐地不踏实，又本能地眷恋。通过厂长的关系网，仅靠废金属生意已经赚下五六十万，能在城中心买两套房。他还特批销售指标，只需向排队购买钢材的客商转手，轻而易举即大赚钞票。这能心安理得吗？不做违法事，心虚啥？人们不都这么做吗？

依恋这座城市，依恋的中心也许就是章家昌，从大厂长变成恩人，从恩人变成有魅力的男人，孤独时就得想他，心里才热乎乎，一次次压抑打电话的念头，天天渴望他磁性能安慰她的声音。他不止一次地让她从租住屋搬到雁湖花园他的私宅，一百五十平方米的套房，豪华装修。委婉地拒绝是担心若真的住进去，世界就小了，好像把自己给卖了，或者说变成如今盛行的二奶了。要记住恩情，找机会报答。又迷惑，他属于上流社会，要风得风要雨得雨，啥都不缺，她能帮啥忙？别说豁出命，命值几个钱？他是正人君子，心地善良，怎会有别的企图？以往屡次相处，或吃饭，或跳舞，或去 KTV 唱歌，他做出亲昵的擦碰，似有意又无意，点到为止，她心慌又失落。

温泉水激荡下血液舒畅地循环。出浴池进入桑拿房，欣赏着自己的胴体，闷得厉害又逃出来。女子搓澡，手法轻柔，滑腻的浴液抚触末梢神经，伺机点燃体内藏匿的穰柴垛。套上洗浴中心的短裤 T 恤，乘电梯上到八楼，司仪小姐送进房间，从外轻轻碰上锁。

穿着短裤和 T 恤的章家昌站起身，拉开更衣间的门:这有真丝服，换上吧。犹豫一秒走进去，她得捂住胸口，得平静下来，睚视关闭的屋门才拉开衣柜，眼珠被点亮——睡衣色彩纷呈款式各异。试穿了几件，选定米黄色，在镜前转了转，她是谁呢？走出更衣间，他惊喜地打量:"有气质！很高雅！"掩饰羞怯，环顾房间华丽的陈设:"这得花多少钱？"他轻轻地握住她的手:"花多少钱都值得！"坐下身，从摆上小圆桌的几盘精制菜肴推测试衣的时间不短。

司仪小姐敲开房门，准备斟酒，他谢绝。小姐婉约地笑了笑，退出后轻轻地关上门。他打开酒瓶，倒了两杯:前些日子特忙，今天好好地放松一下，来，干杯。她抿了一口:味道还可以。他说这是真正的 XO。别样的酒瓶，那 X 就是一个未知数，让人捉摸不透的数学符号，有钱了，却不知道明天要做什么应该做什么;那 O 就是一个圈套，隐隐地觉得会被什么套住，是金钱，又好像不是。他问:还不打算买房吗？房价上涨是必然，现在不出手明天就后悔。她说我没有固定职业，家里还有责任田……

他说丢开你的一亩三分地吧，现在有了积蓄，应该好好地做实体，干一番事业。她问能做什么。他与她碰了一下酒杯："开酒店，现在有钱人都做这行，我们厂的招待费一年就是两百多万。你若做酒店，我给下面打招呼，不愁没有顾客，不过，酒店一定要上档次。"她问得多少钱啊。他说先期投资要一百多万。她眼神倏地黯淡，开个小饭馆行吗？

他挨近坐下，揽她入怀："我给你投入一些，要保密；还可以找银行贷款。"她轻轻地本能地动了动身子，脸颊绯红，羞赧窃喜："有你做依靠，我才有胆量，如果挣了钱……"他端起酒杯，轻轻地堵住她温润的唇："蕊儿，喝酒！"她起身倒酒，连续数杯，她的泪簌簌流到口角，猛然扑进他怀里紧紧地环抱他的腰身。他不再掩饰渴望与冲动，抱她上床。

河滨路，微风有一颗怜悯的心，擦干了眼泪又抚摸头发，可惜没有一张嘴，只能呜呀呜呀地吻吻耳朵，似哭似安慰。疾驶的游艇在河心犁出波浪，差点掀翻漂浮的羊皮筏。这种乏困绝对是第一次，有生以来的第一次，浑身像被抽了骨头，大脑连一个新鲜的念头也懒得闪一闪。梦幻岛里度过的昼夜，的确如梦似幻，仿佛吞咽迷魂药，被一种既熟悉又陌生的冲动绑架了，这种冲动尾随撕裂的蛮劲。

恩人一下子变得模糊，很难清晰地复原。很久以来在心头流曳的绸缎霞光暗淡了，被云絮遮蔽。在床上，这个高大帅气管理着几千员工的厂长变成了一个贪嘴的小男孩，还有几分任性，激发了她体内母性的东西，最明确的意念就是付出。潜意识的判断似乎得到了应验，从跪下求他的那一刻开始，他也许期望的就是这个结果。之前这样一想就立即自责一番，玷污了他，对不起他正直善良的人品。给她太多的帮助，他后悔吗？那些高挑美艳的服务小姐随时听候客人的召唤，自己不过一个地道的农村妇女，他权衡后失落吗？分别时看到了他眼神的淡定与从容，只是没有读出明显的满足。

凭肢体的感触，他应该是快乐的！怎么又闪过交易和买卖的念头？马上予以否定，我和他之间不存在，不存在！肯定地说，他喜欢我，我也喜欢他，有感情做前提怎么会是交易？如果召唤那些美艳的小姐，那才是买卖呢！自信就这么恢复了？她有尊严，虽然曾经为钱所困。真有尊严吗？喝下几杯酒后身不由己，主动投怀送抱，这是良家妇女的正经做派吗？他内心怎么想，会不会小看她？有过私生子，被丈夫唾骂，和龙娃偷情，她是个好女人吗？是值得他付出的女人吗？只是这一切他不知道而已，否则还会投入地抱住她吗？

软软地坐上石凳，特想依靠。她为昨夜的上床感到羞惭，太轻浮？寡廉鲜耻？不过，付出了自己，好像还清了拖欠很久的账。他到家如何面对妻子，不会实话实说吧？他肯定向她撒谎。除了欺骗，能怎样？说假话的男人是伪君子吗？这个念头一下子将他的形象贬低了，真如人们常说的男人都不是什么好东西，那自己呢？不能再思索，担心回不了租住屋，倒有可能跳下这汹涌的大河。

路灯亮得早，怕人绊倒。凭栏而立，想起了龙娃，觉得他就在不远处注视她。对不起他，是她背叛了他，辜负了他。进城后，他尽力帮她，随时准备付出一切，不谈回报。她一直躲避，侍候养病的父亲大半年，使他不能轻易纠缠。父亲病愈回家之前，在铁路局附近租赁了小屋，瞒他入住，只有做废金属生意时才约他。屡次拒绝他到住处的要求，假托父亲需要安静为由，真心对他好就不能再耽搁他了，只有彻底斩断那种关系，他才会开始新的生活。还有，当他靠近，预感到冲动时，她就不由得想起桂霞挥舞镰刀的情景。拒绝了他，一副重新做人的样子，却水性杨花地喜欢上了章家昌，做了他的女人。想起存良，服刑的男人，快要忘了许下等他的承诺，自嘲地笑了笑。他出狱后就离婚，不配做他的妻子，给他金钱补偿以减轻负罪感。

漫无目的地走到雁湖花园小区门口，迟疑地挪移进去，仰望诸多窗户散射的灯光，顿生飘零之情。多年前初次进城，她这样渴望，与鱼江河相爱，鹣鲽相守居住高楼，浪漫幸福度过一生。她行至园中大柳树下，坐上椅子，避开仰射树冠的草坪地灯。不愿被照亮，就想在暗淡的夜色里静静地待一待。想起在县城给别人看家院的母亲，想起返乡的父亲，二老的生活都不容易，虽然经常寄钱回去。想起枣枣和豆豆，很久没见面，娃们可好？

　　蓦然发现大柳树枝丫陈旧萎缩的鸟窝，粗壮的树身疤痕，认出了这就是红河边的那棵大柳树，惊喜得喷出了泪。抚摸苍老的树皮，柳树奶奶呀，我们都被迫进了城，离开了纯净的故土，您思念点将村的亲人吗？一位诗人说，毛驴不愿进城，在山里驮重物；黄牛不愿进城，在耕耘土地；斑马进了城，在十字路口，遭到千万次的辗轧。难道农民进城竟要付出如此巨大的代价？她和斑马一样的命运吗？

　　她在雁湖小区购买了一套住房，虽然价格略高，但喜欢，尤其有大柳树做伴。一次付清房款就拿到了钥匙，精装现房省去许多麻烦，买了沙发、衣柜、双人床和生活用品就直接入住。第一夜没合眼，在三个卧室和宽敞的客厅转了好多圈，时而斜靠沙发，时而平躺席梦思，这缓慢释放的喜悦持续到了天亮。明确了目标，就按章家昌的思路开酒店，用时下的流行话说做得高大上。她对自己大声说：我是城里人，不再是农民咧！

　　虽然对酒店经营不陌生，但她认为很有必要学习管理。鱼江河曾说，大学的课堂并不刻意排斥校外的求知者。廉价购买了一身学生服，穿上洁白的旅游鞋，挤上公交车去商学院大教室听课。城市生活使她褪去脸上的乡气，出入校门从没引起保安的怀疑，走在校园却不时招来男生的青睐。偶尔听到男生经过身旁，故意说：美女是哪个系的？以前没见过呀。

　　她注意到，有一位瘦高个男生多次出现在眼前，在教学楼环形的走廊，镜片后面恍惑羞涩的眼神频繁地闪向她；下课走出校园时他有意无意地从甬道漫步，似乎缺乏搭讪的勇气，或前或后擦肩而过。女生的歆慕和男生的关注使她惬意又酸楚，如若人生可以重来，她会努力考大学，她并非不可雕的朽木！在大学听课的这种感觉仿佛洗涤了灵魂，她好几次拒绝了章家昌的电话约会。

　　她去过多家大酒店，留心观察，又参加了北方宾馆举办的酒店高级管理培训班，学员全是省城著名大酒店的老总，是章家昌为她联系报名的。理论拓宽了她的思路，意外的是见到了数年前同做迎宾的丁丽宁。在酒店大厅，她们握手时才认出彼此，昔日的朋友，再见面当然激动了。丁丽宁带她去办公室，她留意到门牌上的"总经理"。从办公室到晚餐的小包厢叽咕不休，最后走进靠河的小区。

丽宁居住的套房不大，布置得很有情调，衣柜里装满高档流行时装。她爽朗地说这房是以前的老板陈众豪给她买的。兰蕊问：你就这么过吗？丽宁说他老婆答应离婚，开口要了五百万，还不算两个孩子的抚养费，众豪认为太多，正扯锯。兰蕊质疑：他确定要娶你？丽宁絮叨："人总得讲良心吧，我为他做了五次人流，不知我以后还能不能……"倾听丁丽宁熟睡的鼻息声，她思绪乱了。当年面对陈众豪的死缠烂打，她毅然拒绝。他担心她辞职，只得收敛。没想到丽宁做了替身，红颜果真命薄？

女人必须有事业，这是她蓦然的感悟。丁丽宁提供了信息，向前路即将竣工的商住楼有两层铺面正准备招租，距钢厂不远。陈众豪本想再做一家酒店，无奈正与妻子分割财产，无力实施。她立刻前去洽谈，并交付了定金。章家昌一首肯，更有信心，去银行跑贷款。颇感欣喜的是雁湖小区的商品房两个月内价格飙升，半年前购买的住房增值不少。

不必怀疑，章家昌是有远见卓识的人，有他指点迷津可放心大胆地做事。但是不想再依赖他的金钱，亏欠太多，何必扯不断理还乱？内心深处的感激和喜欢，别想锁住她。装潢设计时，请教酒店培训讲课的刘老师。他指点：省城酒店林立，要想独树一帜，吸引市民的眼球和涎水，必须有自己的风格；深居西北内陆，人们渴望吃到南来的新鲜鱼虾等海产品，以海鲜为主，生意肯定兴隆。

她琢磨酒店的名字，踌躇不定，进了街边的起名店。先生故弄玄虚地讲解店名与生意之间深奥的联系，海鲜酒店起名最好用含水之字。她随口问：江河海鲜，咋样？先生颔首，又问她的姓名和出生年月，说："你的名字要改，和八字不符；再说'兰蕊'一听就是乡里人，事业做大了影响你在社交圈内高贵的身份。"

她自嘲地笑，农民还讲啥身份。先生郑重地驳斥："要做大事就得思想超前，如今就兴包装，名字尤其重要。"她问叫啥才洋气。先生翻书掐指："你出生的年份好，是我们国家非常特殊的一年；你是土命，沙中土，有财运，做事能成功；给你一些汉字选择，起个有鸿运的。"从先生手里接过一张纸，她应付道："那就叫华娅菲吧！"付费后出了小店，笑着摇头，真是唯心论，可一想不久后开业的酒店，未来生意是否兴隆，心内打鼓，宁信其有，不信其无，改个名字不难。抚今追昔，命运多舛，换名也许能转运。

把古圣先贤的箴语变成潇洒的墨宝，不用求人，挂上每个包间的墙壁，署名"点将村姑"；聘用丁丽宁介绍的掌勺大师傅和几位管理人员，招聘二十几位姑娘。开业前的日子，章家昌带来一沓钞票：你肯定缺少流动资金，我的钱不白给，就算入股吧，有利润分一点，多少都行。她解开愁眉，赔了呢？当然风险自担，他淡淡地说，又鼓励她要自信，讲了经营思路，提出指导性意见。临走还预订了一楼大厅和二楼包厢，说单位工会搞活动，中层干部来吃饭。

第四章

酒店开业的前一个星期，小童说更名后的新身份证办妥了，她乘夜班车回了一趟老家。牵心的是没有见到素素和儿子，济民说小两口带着娃娃去新疆种地了。

她听说了这几年发生的大事小情。

一是屯田镇过交流会时发生群众冲击镇政府的大事件。那年新农村竣工后，金支书煽风鼓动：咱们的小洋楼别墅，几步路就可以走到屯田镇街道，或住或典都是好地段，如果咱村的农民不要，那就给邻村人、生意人卖了，谁再申请宅基地，就沟边咧。人们一合计，错过机会就要吃亏，也没工夫担忧工程质量，即使塌了总有几分地吧，个人终究拧不过政府。齐守元乐得差点笑死，一鼓气在镇上和县城的蚂蚱沟、东关同时开发了四栋商品楼。

二是任大支书暴毙。听说是被油田勘探队告了，拿出了任文多年来吃拿卡要的白条，纪委工作组把任文关起来了。他撑了三天，最后看到自己亲手书写的歪歪扭扭的字据，理直气壮地说，我连一半都没有拿到手呀。一个月后就永远地闭上嘴了。

三是明卓远的媳妇坠河溺亡了。有人说明卓远去南方后，他媳妇方红娟做了别人的情人，有人说她晚上在县城大桥上散步，不小心坠河了。

四是彩芸回村后没几天就病死了。她挣钱给父母盖了一院房，还给哥哥娶了媳妇，听说染上了花柳病治不好，临死想见亲人。维喜和儿子在堡子沟埋了女儿，流着泪说，下辈子不吃羊肉泡馍了，吃糠咽菜，要让你念书考大学。

在长途车上，还听母亲说齐永才半身不遂了。

齐永才妹妹在你姨妈跟前遗憾地说，她哥被蒙蔽了，听不进她的好话，偏偏怀疑我有二心。他到地区土特产公司当经理，轰轰烈烈地干大事，却被儿子的狐朋狗友金卫军的弟弟给"将了一军"，把几卡车掺了沙子和清油的羊毛，通过齐永才交进公司，发往上海，后被上海那家企业给告到法庭，地区土特产公司一下子亏了，职工愤怒地堵在办公室讨要说法，齐永才才知道被金家那小子给坑了，当时就晕倒了，出了医院送回家半边身子就僵硬了。

那媳子和孙子把他的钱连哄带骗地弄到手，每天就是咸韭菜配冷蒸馍，还老断顿。齐永才给儿子诉苦后，媳子更毒辣了，扯断电话线，摔坏了手机，说再给儿子告黑状，就要在饭里下老鼠药，出入还老锁门，不让老东西爬出院子。一听齐守元在外耍女人就发脾气，把他当猪当狗地打骂，说上梁不正下梁歪。晚上睡觉还能折腾他，要么不烧炕，冻得他缩到炕角；要么烧得滚烫，把他快烙成肉饼了。那媳子连电视也不让看，他只能和老鼠做伴了，破顶棚上突突突突、叽叽叽叽地闹得欢。夏季的一个晚上，睡到半夜，觉得后腰里凉飕飕的，挣扎着翻过身，打亮电灯一看，原来是一条菜绿长虫（蛇）！

他妹子咋都想不明白，哥年轻时可是全镇全县的人物呀！从县果脯厂学了本事就在镇上开办了杏脯厂，甘草杏走州过县去东北下广东，哗啦啦地挣大钱，电奔子呜突突地一响，街上的自行车和人群哗哗地让开了，有人笑着说，像当年西坡村杨老头骑着毛色发亮高大健壮的驴公子威风凛凛，当啷当啷的。奖状多得墙上没处贴，还去省政府的大礼堂领过"优秀农民企业家"的奖牌。他坐过火车，坐过飞机，进过故宫，走过外滩，下过海南，嫌办手续麻烦才没去美国。求他办事的人多，想到厂里做工的差点把门槛踏断了。谁不说齐永才把人活成了！县长隔三岔五地约他吃酒店呢。后来遍布屯田塬的小作坊就像连阴雨后的狗尿苔，噌噌噌地蹿出来，偷工减料，就没个正经的"蘑菇"，入口的东西不是霉变了，就是碜牙，把行情弄瞎了，倒了灶。

她哥也彻底看透了，儿子忤逆不孝，还贪财、心黑，和金家兄弟明里暗里强取豪夺，虽然钱比老子挣得多，可欠下了人命，损了阴德，天能放过鬼不放过呀！再想想孙子，成天地混，只顾花钱，也是个不上正路的溜光锤。人啊，教子无方，纵有家财万万贯，终了还是要完蛋！

他妹子还说，她回娘家媳子玉莲笑脸相陪不离左右，说公公吃肉恶心喝牛奶吐，活血药吃多了伤胃，不少量进食厮在炕上不好拾掇。媳子一出门，齐永才哀求她设法转告儿子送他去敬老院。她也抹泪：给守元一说两口子要淘气，我带你离开就惹下了媳子，日后还进得了娘家门吗？能吃一口吊命饭不算太惨，有人给你拾掇炕上的屎尿就好得很！

做姑妈的当面夸奖媳子孝顺，拐弯抹角地试探：我闲着也是闲着，给你公公洗洗衣服吧？侄媳没反对，才换下老哥贴身的内衣和外套。那些洇染了污垢糊抹了屎尿的针织物，让她恶心了好些日子。离去时她禁不住说：好好的一个老伴，你硬是给踢踏咧！

第五章

黑色轿车驶离江河海鲜大酒店，车灯扫去街上垂柳的影子。章家昌握着方向盘，从酒店管理与经营方面做了预见性的指导，坐副驾的兰蕊轻轻地摸了一下他握挡柄的手。进入雁湖花园小区，他没送她回家，直接带她到了自己宽敞豪华的私宅。

她欣赏着室内的装潢陈设，顺手拾掇茶几上的酒瓶和易拉罐：这么大的房子，得花多少钱？他从后面抱起她弯着的腰身：可能五六十万吧。她温柔地问，我是第几个进门的女人？他咬了咬她耳朵："绝对第一位！""被子没叠？""有一次回家太晚，和妻子吵了嘴，到这里过夜。""你回家吧！"他的食指封住她的嘴唇：先泡热水澡。

他们居住的两栋楼相隔较远，中间是长方形的绿化带，整饬得精致。移民进城的老柳树适应了，随风摇曳。昨日一股冷风窜进城，像冬天吐出的蛇芯，会说话的和不会说话的都哆嗦开来。亭廊的灯也颤微微的，热闹转为寥落，只有一男一女分头静坐，他们都频繁地仰望东北角十八楼的窗户，那是章家昌的居室。

女人是章家昌的妻子甄爱红，她烫着大波浪鬈发。屡次跟踪后终于发现了丈夫的私宅，看着他车进小区，拨他手机却关机。若是十年前，她会尾随上楼，揪住那个野女人撕扯，如今没那心劲了。虽说他是名企的大厂长，是七八千职工的当家人，是成功人士，人群里的佼佼者，但在她眼里就是普通的男人、有不少毛病的丈夫。

初婚时，他大学毕业，高大帅气，意气风发，一心奔事业。小屋里日子过得简朴，就连握住笤帚清洁屋子时也仿佛握住了幸福。她全心投入家庭，相夫教女，在平静的欢悦里享受人生。后来，他的事业如日中天，应酬越来越多，回家越来越晚。后来，凭借女人的直觉知道他外面有人，从他接电话和来家的客人谈话中捕捉到蛛丝马迹，他与好几个女下属关系暧昧，尤其是财务处年轻的女处长。她哭闹过，他矢口否认。提出离婚，他却温存地劝慰不要疑心太重庸人自扰。

她明白他舍不下女儿，女儿也离不开他。还有坚定的理由，他曾说过她是旺夫命。唉，妻旺了夫，夫却忘了妻呀！不止一次地分析，结婚二十年来，日子越来越富裕，富得让人产生幻觉。在女人堆里，谁不羡慕她大厂长太太的身份？走到哪儿，她都是中心人物，别人低眉顺眼，就够她受用一辈子。她多次给他吹枕边风，为她们办过不少事。人活世上，谁不讲面子，谁没虚荣心？生气了说句离婚的话，真正走到那步，除了鱼尾纹，还剩下什么？再看如今世道，男女比例失调，离异的很多落了单，婚姻是她拥有一切的前提，为什么要拱手相让？那些小三们，做梦都想得到章家昌。

现在她却惴惴不安。从言行中看得出他动了真心，支支吾吾有意掩饰的电话少了，愣怔的时间多了。对她连虚假的温存也懒得敷衍，却勤于打理手提包里的现金和购物卡。还有，他对女儿爱心和耐心的骤然变化使她惶恐，她反复告诫自己，千万不能再说离婚的话，没准他正等她开口呢。遇到了劲敌呀，对手极可能将她打得落花流水。静观事态发展，避免与对手直面冲突，否则他肯定会站在小三那边。聪明的女人要把握分寸，不能将自家园子的果实随意让他人给摘了去。

冷风反复提醒她该回家了，让他们快活去吧，不就床上那点事嘛！又想，若早出生百八十年，男人娶几个老婆不是光明正大的事吗？如今社会还是进步多了，那些卑贱的女人只能鬼混，得不到名分。用母亲的话说，坐稳老大的位置，看她们能折腾出啥花样。

男子是龙娃。从江河海鲜酒店门口的夜色中开始跟踪，终于证实了他的判断。心堵住嗓子眼儿，四肢在颤抖。冲上楼去，敲开房门，照着姓章的面孔就是一拳，打得他鼻孔流血满地找牙，跪下求饶，夺回本该属于他的女人……或者，索性弄一包炸药，破门而入，扔到那狗日的床上，然后，嘿嘿嘿嘿……我还笑得出声吗？不就同归于尽嘛，有啥呀？死就死！我夏龙娃，就一山野小子，一农民，一穷光蛋，没啥挂念的，和姓章的一同炸飞，老羊皮帗小羔子，不吃亏。姓章的权和势、家和室眨眼就成别人的了。

姓章的娶城里老婆，玩厂里女人，还不放过一个农村妇女。贫穷也就意味着啥也得不到，得到了也会很快就失去。兰蕊筹借住院费时恨不能以命换钱，有钱人却能像及时雨，浇灌蔫耷耷的禾苗。他一下子理解了她在医院走廊放声哭泣的理由，肯定有一行感激的泪水。她有情有义，他不就是帮助了她才得到她的吗？姓章的救了她的老爹，还关照她挣钱，谁不感激涕零？一个女人除了给身子还咋报答？

凭良心说，他跟着也挣了不少，所以又没那么痛恨章家昌，现在手头宽裕说到底还是厂长的恩惠。当然他不可能就此感激姓章的，那个伪君子一开始就打兰蕊的主意，一面之交出手一万元，就是圈套。做厂长的女人就有了钱，啥都有了；跟自己的女人又能得到啥呢，床上那点事哪个男人不会弄？若真冲进去，没准她还会责怪哩！也许，他们不是那种关系……她是多好的女人呀！

夜深了，她不会下楼了。以前，无数次克制冲动，期望与她和好。从江河海鲜酒店开业的那一刻开始，心冰冰凉了，准确地说，得知开张的消息他惊喜后就难过了，比丢了钱还窝心。和她做生意时，她从不在乎行内规矩，尽可能让他多得。他用挣来的钱已经私下购置了一套二手房，种下梧桐就为引来凤凰，她是他心中的金凤凰呀。

她发了大财，在这么高档的小区有了住房，还拥有了大酒店。虽然她瞒他，但不难猜出是姓章的扶持。她稳稳地活成了人上人，他还在废铁烂铜堆里求生。豪华富贵比不上和她在一起，可女人喜欢有钱的日子呀。他已经被彻底抛弃了，心头卷起的风暴摧残着他。夜太黑了，他觉得要倒进枯萎的花园了。

酒醉的龙娃半夜回到骆驼巷，敲开秤博士的屋门，提着半瓶酒，说："我要死了……差点进不了骆驼巷……"秤博士眯着眼："有了钱还不快活？"龙娃说有了钱，却丢了女人啊！秤博士嗤笑："有钱还愁没女人？噢，存良的媳妇踹了你？""博士呀，咱赚多少钱，都没法改变下等人的身份……""净说醉话，有钱就能成老板、经理，再弄个什么会长、委员，就看你要咋样的女人呢。瓜尿！"

龙娃摆摆手说，要得到女人的心难啊！秤博士不屑："街边干净漂亮的公厕你不进，偏偏盯着别人门口的墙角撒尿，不是自找麻烦？兰蕊不是你老婆，锁不到你笼里。""我哪锁得住她？被章厂长弄走了！""好事落到头上，倒烦了！那女人有姿色，攀上当官的，你就能发大财！"龙娃喷出喝进嘴里的酒："你嘴里有下水道的味，你能舍得让你心爱的女人上别人的床？"

龙娃讨教，咋能心里好受点。秤博士说要报复姓章的，就写信告他腐败，揭发他贪污受贿，包养女人，寄给反贪局和省纪委，编啥都是对的，以钢厂职工的名义。你帮我写，龙娃说，我啥时活得像你一样快乐就好了。秤博士喝完瓶里的最后一滴酒，叹气："我比你烦，指望儿子念书有出息，不想早早就辍学进城，啥事也弄不成。"龙娃说就干咱这行，博士说咱这生意能长久？

秤博士玩秤的手法与时俱进，不再搞地下工作，开始研究高科技——制作电子秤遥控器。他观察电子秤的内部结构后灵感忽现，从商贸城买来电子元件，拆卸组装数昼夜做出烟盒大小的遥控器，专门对付电子磅秤，演练过几家电子秤，说："哼，啥高科技？遇见我这玩意儿统统举手投降。"钢厂拒绝交纳废铁的散兵游勇，只和大型回收公司打交道。他们只好将废金属运到郊区的蓝天钢厂，私企。遥控器大显神通，一车车废金属的重量全由这小玩意儿说了算，秤管员想破头也想不到。秤博士不仅赚过秤费，还赚赞扬。

酒桌上包平安跷起大拇指："真天才也，你若上了大学，发射卫星全是你的事了。"秤博士说，若有实验室，弄个什么飞行器是很可能的。龙娃建议弄出个像样的，摇身一变成名人咧。秤博士说："我不，就算搞出个名堂，还没赚钱，就让那些模仿造假的发了财。你辛苦好多年，让别人轻而易举偷走了技术，划算吗？看咱这骆驼巷，吃的喝的穿的用的，啥假的没有？小作坊又黑又脏，那什么箭口香糖什么宝饮料，还有什么屁儿卡担衣服，市场上有的牌子这里都有，三天两头小货车就拉走了，可不都卖出去了吗？"晖茂说：前天进熟肉坊瞎转，恶心得出门就吐咧，原以为乡下住土窝不干净，现在才知道，最脏的东西就在城里。

第六章

　　创业的热情激励着华兰蕊，她不知疲倦也无所畏惧。诚勉自己脚勤手勤，多看多问多动脑就没有跨不过的坎。她先到本市海鲜市场走访，又坐火车南下，考察后遴选出一家上等海鲜的批发店，谈好合同，以略高的进价订购鲜货。总结出两个字的管理：上班"严"，下班"暖"。按底薪加提成支付大师傅的工资，大哥长大哥短地称呼，使廖师傅很感动，挣钱又受老板尊重，还有何求？她最能理解服务员，把她们当姐妹，除工资和加班费还发放梳洗打扮的零花钱，月底总有小红包，安排轮休甚至带她们去唱歌。尤其得到客人赞赏的是，提醒点菜别过量，只要没上桌都可以退。把客人的冤枉钱变成泔水倒掉良心过不去呀。

　　在涉外事务中，只有按潜规则和工商、税务、供电、供水、卫生防疫部门打交道，不能再咽下父亲住院未送红包的后悔药。每年过节送出数万元的购物卡，还不算帮助过她的领导和朋友。结识了辖区的派出所所长，解决了酒后闹事。金钱是非常有效的润滑剂。

　　事业兴隆的成就感，让母亲放宽了心。夜晚她躺上床盘算收入，若将银行存款以百元票面取出，整整齐齐地排上床，肯定能当褥子使；若缝进被子绝对是冬天盖的。又哑然失笑，不被硌坏也被压断了气。还清银行贷款和章家昌投入的钱，又办妥银行卡，放入他私宅柜子。还有，前日宴请了铁路局的韩处长、交通局的陆处长、国土局的焦局长、省建豆经理以及银行信贷部的主任，喝了两箱茅台。人怎能忘恩呢？和他们接触不仅办事通畅，还能开眼界，获取很多信息。

酒店客人天天爆满，周末和假日还得排队。索性将经理办公室一分为二改造出"金兰"包间，余下十平方米能容身足矣，不必摆排场。金兰包厢作预留，考虑章家昌或其他重要的客人。她经常在进餐时礼节性敬酒，认识诸多为官者和成功的老板，她最欣赏的是鄂斯拍卖公司总经理青年才俊贲夥兴——他当过记者和编辑，见多识广，朋友圈里被誉为智多星，他有一双明亮的眼睛，眨巴下眼睛就有好点子。在江河海鲜招待过一桌客人后，他成了常客，说饭菜好，老板娘更好。每次吃饭总要打照面，总开玩笑说你是我的梦中情人呀。

有一次还弄了她一个大红脸，他说华总毛茸茸的眼睛里有千万座山、千万条河，有嵯峨磅礴的大山，有清奇秀丽的小山，河有喧腾咆哮的大河，也有蜿蜒幽静的小河。倒不是因为他的赞美，她喜欢他那颗聪明的脑袋。他二两酒液乍入肠，字字珠玑句句精辟，点评时事纵横捭阖。喜欢他八卦，但又不能久坐。

她约来贲夥兴，备好他钟情的石斑鱼和法国洋酒，讨教地产开发的秘诀。贲夥兴说："你所担心的根本不是问题，最主要的是先从国土局弄到地皮，要趁早，地价年年攀升，迈出这一步等于成功了七八成。至于资金问题，不难解决，酒店生意很火，可以抵押贷款。买地的资金先首付一部分，分三五年逐步还清。有了买地合同可以找银行贷款，现在地产利润巨大，银行乐得做这项业务。真正动工就简单了，找有实力的建筑公司先期垫资施工。"

她从贲夥兴的鄂斯拍卖公司买到一幅名画，约来焦局长，献上。他欣赏完宣纸上的驴子，说："最近有几块地要拍，很多开发商找我，各种关系弄得我很头疼。"又微笑，"家昌和我的父辈还是亲戚，你的事就是头等大事。说实话这行最赚钱，是暴利。"她诚恳地说："赚了钱咱俩平分。"他质疑:"五五分成?真正赚了钱就不这么想更不会这么做的,掏钱跟剜肉似的。"她满脸真挚:"给你写保证书,签合同也行。"他中指顶扶眼镜:"这事传出去,我的乌纱帽保不了。""我会保守秘密的。""包括家昌?""就咱俩知道。再说,我乐意把我挣的钱给你,是我的事。"他食指点她:"法盲!你合法,我犯法。"她保证:相信我!

他低声说:"目前拍卖的那几块地皮,地段都不错,开发成住宅小区一平方米利润最少两千,盖起两栋高层,按三万多平方米计算,就是七八千万。你要做,我有个项目,少投资能赚大钱,而且周期短,三年能弄一个亿。"她惊愕:那就给你五千万。他审视她的眼睛:又送了我一幅画,画的是大饼。她呆愣几秒,微笑:到时我送你一个很重的大饼,金子做的。你这朋友可交,他郑重地说,补充一下,五五分成咱俩每人一个亿。她惊喜,喝茅台吧?

凡事做起来肯定不容易,但也不会像想象的那么艰难。她被冲动绑架了,不单是挣钱,在这座城市修建一幢摩天大楼,似乎也有了她的位置。将酒店交给副手吴经理,通过焦局长认识了开发商,了解圈内潜规则,嗅出后台或关系的决定性作用,也见识了土地拍卖、征地拆迁的场面,人们都这么做呀。

第七章

　　兰蕊以为快要游上岸了，哪知还在漩涡里打转。

　　酒店打烊前她委婉地拒绝了章家昌的电话约会，可一条手机信息揪住了她的心。龙娃发短信说他快病死了，想见最后一面，附有详细地址。她拨不通手机，披上外套拎起小包，匆匆下楼跑出酒店打的而去。黑色奥迪刚停下，章家昌看到她乘出租走了，重启马达一路尾随。出租车在水泵厂家属院门口停下，她迅速下车，询问路灯下的老头，随后跑向单元门。

　　敲开房门，她就被龙娃一把拉入并碰上房门，抱到卧室，她玩命反抗。他左手紧紧地钳压，右手疯狂地撕扯她的衣服。她挣脱不了，龙娃哥，别这样。他一脸冷峻，猫眼像盯住了老鼠，吓得她浑身战栗，挣扎躲闪。壮硕的身躯死死地压下来，胡子扎蹭她的颈部，狠咬她的肩头。她"啊"地惨叫了一声，胆怯地蜷缩成雪白的肉团，他松了口又脱她内衣。她吓坏了，翻身下床跑出卧室，慌乱中冲进卫生间，听到追过来的脚步声，颤抖的双手慌张地销上门闩。

　　他使劲拽门，用力过猛拔断把手，愤怒地狠踹木门，俯身从木门下透气的隔条向里窥视：赤裸的肉体依靠墙壁，雪白的臀部软瘫于灰黑色的水泥地上，左小腿压在右大腿下。他心里"咯噔"一下，渐渐冷静。旧楼供暖管道老化，屋内阴冷，一丝不挂的肉体麻木不动。我错了，蕊儿，你出来吧，他长舒一口气，地上太冷，瘆骨呢。

温和地劝说没有得到回音，他躺在冰凉的地板上，我知道你和姓章的好了，你上了他的床，好多次我都想死，想和他同归于尽，也想拉你去跳河，想和你到阴间做两口子。从隔条缝隙看到她赤裸着身体微微地颤动，他哽咽："买下这房子，本打算和你过日子，没想到你有了钱，蹬了我，我活不下去！"他起身从厨房取来菜刀，坐在卫生间门口：城里没有亲人，你把我送到火葬场……他平静地割破左手腕，殷红的鲜血滴滴答答。

卫生间门打开了。她慌忙夺下菜刀，找来卫生纸敷住伤口，鲜血渗出来顺手指下流。她找不到可用的东西，索性取来胸罩绑捏他的手腕。他双目呆痴："闭上眼就解脱咧。"他拒绝去医院。她扶他进卧室，躺上床，确定不流血了，叹息："何必呢，我不值得你这样做，我对那事也没兴趣，只想挣钱，挣好多好多的钱，也给你一份。"他脸白得像死神摸过似的，将赤裸的她搂进被窝。

她粉泪盈盈，怜爱地抚摸他的面颊，趴在他胸口轻轻吻咬他健壮结块的胸肌与臂膊。他眼睛洇满红丝，紧紧地搂抱她，想抱成一个人：你真无情！她仰起脸，泪痕错综：有情就是误你！他也流泪了：和你一起，死了我心甘！

那夜她想用温柔消融他的黯然，柔指像弹拨古筝，激荡起他体内潜伏很久的音符。野狐坳山花烂漫蜂蝶飞舞，草棚在云雾里飘浮，杜梨树坠落粒粒果实，身子轻得滑在燕子溪上，滑到红河的漩涡处，水下黑暗的洞穴吸吮她，要囫囵吞咽了她，她抓住了柳丝，拼命挣扎，最后是他坚定有力的托举让她飞起来了，她像一只小鸟被开花的枝条弹飞了。这一流畅的和鸣有点瑕疵，那就是皮包里隐隐的手机铃声，因为她知道来电的是谁。

快乐就那么一闪。屋内的冰冷警告三九寒天即将到来。她给了他好久的温存后，穿好衣服捡起摔在客厅墙角的真皮小包，取出手机，果然是章家昌来电，犹豫后关了机。离开前，她给他的保温瓶烧上了开水，拾掇了一下满是尘土和泡面袋子的案板，在茶几上留下一沓钱，在床边吻了吻他的额头。

黑色奥迪在楼下停到深夜才驶离。章家昌不能确定她进了哪个单元，坐在车里等，手机也未拨通。华兰蕊可能遇上了麻达事，究竟什么事？偷情不必如此焦虑匆忙吧？蓦然想起在酒店里碰见过的青年龙娃，两人关系默契，凭对她的了解，她重情重义。想起开酒店后相处的时间越来越少，后悔给她指了创业的路子，也把她指远了。同情过后，罩住他的就是她的女人味。酒店生意兴隆，偶尔见面也只有三言两语，不尽兴，又困惑，这更令他一门心思惦念她。她本真的天性流露激发了他的怜爱，激荡他的温情。

事业起步至今，他与几位女下属，还有工作中结识的女性，无论一夜情还是两夜情无非过眼云烟。前些年出差北京，朋友约来心仪的女明星，贴身坐入酒桌，那种激动的情绪倏地荡然无存，瞄了几眼再也不愿转动脖颈，她浓烈的烟草味和香水味混合之后像农药味道，抑制了他的情绪，就连桌上的佳肴也无味了。而华兰蕊这个乡下女子，咋就魅惑了他？她感性单纯，依恋他，眉宇间的纯真无声地净化他的灵魂。初次捕捉到她眉心的真诚与忧愁，心就被一股怜爱揪住，它唤醒他内心沉睡已久的同情与善良，他乐意帮助她并期望获得她的芳心。她身上似有黛玉的风骨，沉醉于幻想时有类似女儿的神态，两唇之间偶尔喁吐诗意的句子能唤起他纯真的青年时代，也有对时下风行观念的忧虑与纠结。最使他恍惚的是，如此苗条柔弱的女子，站在桌前竟然挥毫泼墨，洒脱自如，像影视剧里夸张的中国功夫，落笔龙蛇顿生，毫不矫揉造作。

他能感觉到她内心隐隐的一股力量，一股不容压制或者摧毁的坚定。他走近她就走进了温馨安宁的天地，能立刻放下工作，舒缓心情。打个比方，关上事务缠身的办公室门，就进入别有洞天的湖滨别墅，随心所欲地在绿草地上躺一躺。这感觉彻底改变了他与她相处的心态和行为，面对兰蕊温和下来，任凭体内一股清澈的细流慢慢地凝聚，像欣赏独一无二的一件玉器，轻轻地触摸，全心地呵护。

这也许就是爱，但这份爱里似乎有一缕对女儿的成分。产生过离婚的念头，但几天后就摇头否定了，虽然以前他相信妻子是旺夫命，能带来事业腾飞的好运，当然近来淡薄了升官的欲望，但是就读高中的女儿是心头肉，必须给她一个完整或者看似温暖的家，有利于高考。他相信她的人品，不担忧金钱的投入，或者说合伙做生意，可他偶尔苦恼的是终有一天她不得不离他而去。每每想到这里，胸膛就似被针刺。他猛然想起明天上午九点钟的会议，才驾车离去。

兰蕊直接来到酒店，发呆了好一阵，窗外的天才亮。她取出抽屉里的镜子，照了照肩头青紫的牙印，才感到疼痛，头靠椅背仰视墙壁"善为本　勤于业"——酒店开业时自勉的墨迹。以前只要一跨进酒店，只要一忙起来，啥烦恼都没有了。

这个早晨却有被存良暴打后坐在河边那种僵死的心情，龙娃疯狂的举动在眼前重复，水泥地板的冰冷还在两腿之间战栗，那弹飞的快感让她内疚、恶心。金钱与事业带给她的满足和尊严崩塌了，自己究竟变成了什么样的女人，龌龊下流？道德败坏？渴望涓涓的溪水流过，却置身泥淖不能自救。咋样才能活得简单，活得踏实？她用温柔熄灭了他的愤怒，让他濒死的心又活过来，可死灰复燃不是她想要的。

有个声音反复地折磨她——你背叛了家昌！接下来咋面对他呢？犹豫好久还是给他拨了手机，那边挂断了。他生气了？他有预感？她相信男女之事绝对有神奇的感应。他让一个村妇变成有钱的城里人，还支持自己开创事业。她做了他的情人，喜欢他的事业他的成功，只要在一起就惬意，不像与龙娃那疯狂的偷情。她经常以忙乎酒店为由拒绝去他的私宅，她更乐意长时间与他聊天，喜欢与他逛街。

她认为他们之间不存在权色交易，因为彼此喜欢，似乎还有高雅的情趣。若不这么安慰自己，立刻会被生不如死的念头卡住脖颈，她就是三陪，就是出卖肉体的。还咋面对酒店的员工，凭啥领导别人呢？为之操劳的酒店还有啥意义，挣来一沓沓票子岂不都是秽物吗？

她若是个男人就好了，就名正言顺地与章家昌做朋友，甩开膀子干事业。正胡思乱想时吴经理敲门请示工作，随后是章家昌来电话，说中午过来吃饭。听口气他没有生气，该怎么解释呢？她不敢再照镜子，肯定是一副贼模样。

几天后她与章家昌乘飞机去海南。那天饭桌上初次听到大厂长给下属安排工作的语气，不容置辩地通知她陪他南行。她不得不放下约见焦局长的打算，送走只吃了两只龙虾的厂长。飞机升空后，他握了握她轻微颤抖的手，问是初次坐飞机吗。她点点头，说起飞机印象深刻的就是施瓦辛格的电影。他们谈了谈那位好莱坞的硬汉，她又说起了老电影《魂断蓝桥》。他太累了，睡着了。

她这才意识到飞上天了，窗外就是一片蓝。她想起玉玺台的校园，神话故事里的那些角色，都不存在，是骗人的。最美丽最值得尊崇的精灵世界也不存在，看来是现代科学尤其是飞机火箭摧毁了人们的想象力。地面上是挣扎活命的人，有存良、龙娃，还有母亲。

窗外炫目的光线射向她的肩头，她感到隐隐地痛，临行前有意蒙上膏药贴，盼望尽快痊愈，担心他发现。飞机飞进了层峦叠嶂的"雪山"，她觉得随风飘荡了一阵，看到下面蔚蓝色的大海，误以为一簇簇白色的浪花是巨鲸跃出水面。它在失足落水的那一刻又滑入跑道。接下来的几天，她感到被海浪抛起又吞噬，还有鲨鱼和海怪的追逐。

窗外就是海，天地之间是一条墨绿的玉带。这海绝不是她梦想的那个海——从诗歌和课本里认识的大海，美人鱼出现的舞台。她预想的竟然也没有发生，见到大海没有进入蔚蓝的梦幻，没有飘飘然。尽管前两天，海风贪婪地摩挲她的肌肤，撩曳着波西米亚沙滩连衣裙，还有章家昌的温存，可脚下酥软的沙滩不断唤醒她与土地的记忆，斩断了内心那根快乐的神经。

这样的念头一闪而过：身边是鱼江河，她就幸福地死去，死在这激情的海里。退一步想若和章家昌是名正言顺的夫妻，她也会开心。只有天涯海角，他才能放松地牵她的手。同样是男欢女爱，本质没区别，内心的感受却相去甚远，这是阴影下绽放的花朵，不见蜜蜂只有苍蝇肆意旋舞。她曾经期望能与家昌携手并肩，大大方方去想去的所有地方，逛街旅游，商场购物，出席宴会。

这间靠海的别墅就是他的私宅，初到的那天她清扫了屋子，耗时大半天。他采购了蔬菜海鲜，兴冲冲地说："好好地度一次蜜月。"又亲自下厨做菜，吃饭时斟酒搛菜，像温柔体贴的丈夫。那是她从未体验过的温馨，暖流和酸楚在胸内激扬，忽然有了非分的奢望。他像遇到红颜，吐露了许多心事，她觉得更贴心了，在浴室和床上的温存也让她享受了愉悦的夫妻生活。

然而她最不希望的还是发生了。黎明时分，她被撕扯肩头膏药贴的轻微疼痛弄醒，发现他手里准备了新的贴药，急忙翻起身。他已经看清了渗洇扩散的青紫牙印，又从她恐慌的反应意识到什么，煞白了脸。她将早已编排的腹稿说出来：一位熟悉的朋友非礼，拒绝时他咬青了肩头。他眼神飘忽，下床后把新膏药贴扔进垃圾篓，以外出办事为由走了。

这个熹微的早晨，她无心用餐，惶惑着，他肯定怀疑她的解释，再说她磕巴的嘴唇窃贼似的神色很可能出卖了她。那夜我咋又上了龙娃的床呢？怜悯他了？给他最后的施舍？还是告别礼物？她当时心肠软了一下，又好像被疯狂的记忆给控制了。她心肠一软，章家昌却心肠硬了。自私是顽固地生长在人体内的虎牙狼爪，是尖利的，是噬血的，一碰触必然要受到伤害。她难挨别墅内寂静的惶恐与躁动，想去海边，想瞭望阴郁的浪潮，想变成一只象拔蚌钻进沙滩，不留任何踪迹地消失。她拨打他的手机被挂断，一分一秒是一剑一刀，她坚持不住了。

章家昌回来了，听到踩踏楼梯的噔噔声，她瑟缩地跑过去迎接，看到他出乎意料地冷静，霎时语噎。他没有人发雷霆，瞥了她一眼："去住宾馆，房间订好了，拾掇屋子，所有容易变质的东西统统带出去扔了。"她努力了一番才说出一句话："还有不少鱼虾没有做……"他收拾衣物："扔了！"她猛地抱住他："你生气了？"他推开："单位来电话，职工闹事，要求涨工资，谋划着去省政府门口静坐，明早就回，机票买好了。"

也许他为工作烦呢。可离开别墅住进宾馆，他没有一点亲昵的举动，也不再提为她购买首饰，她觉得他海一样阴沉的脸可能会潮起海啸，滚滚而来。他开启小瓶酒，给她倒了一杯，盯着电视举瓶自饮。她憨憨地说：你累了好几天，又有烦心事，我再登记一间房，你睡个好觉。他噌地站起身拽住她：何必呢？放水泡澡。

章家昌为官多年，修炼了一副特能掩饰内心风暴的嘴脸。数年来无私帮助对她倍加呵护的恩人、内心喜欢的成功人士，在这间浴室变成了乡下的一头公驴，强硬霸道随心所欲。攥住她的胳膊或者箍住她的大腿，甚至揪扯她的青丝，肆意发泄。

她从未见过他野兽的做派，尽管他似乎有些许收敛，她还是被吓瘫了。起初让他尽情宣泄以减轻她的内疚，后来，越来越不堪忍受。挣脱后跑出浴室，他追出来，笑得很朦胧，看不清是假笑冷笑还是淫笑，说："我有点失控。"她躲缩在墙角，禁不住瘘痢哆嗦。他又温和地抱她上床，她颤颤巍巍，不敢不从，索性等待疼痛与麻木。

她捕捉到他怪异的眼神里的阴霾。豁然醒悟淋浴前他吃了什么，他并不相信她的解释，她听到他正在无声地辱骂：婊子、妓女、不要脸的骚货。她闭上眼睛，看到他握着匕首，捅进她的肉体又拔出来，拔出来又捅进去，疯狂频繁。她感到阴沉海水下涌来强劲的暗流，烂泥一样的身体正在下沉，正在被肢解，一块块一片片沉入墨汁似的深海，鲨鱼正龇牙游来，分辨不清嘴脸的海怪也包围过来……

只有四肢用力才不拉动下身的疼，下床坐在餐桌旁，吃着母亲擀切炒调的臊子面，暖胃又暖心。妈说钱没有挣够的时候，身子要紧，脸黄成了梨！三天后的兰蕊才勉强吃下一碗面条。手机又响了，吴经理说卫生局来人检查。她吩咐从吧台领取购物卡，春节快到了，他们来取年货了。

客厅的摇椅能舒展一下，落地式玻璃窗变幻了图景，密密的楼林静默着思索着迷茫着，雾霾在高空轻盈着飘荡着，大河低沉地呜咽着哀伤着。飞机搅乱了时空的秩序，恍若隔世。从海南回家就躺到床上，动不了，母亲的关心、女儿的依恋让她恢复了活下去的心劲，可睁眼闭眼仍是章家昌疯狂的嘴脸。他数次来电，她都挂断了！

约丁丽宁去酒吧，她听到了另一种苦。丽宁说，眼巴巴等到陈众豪离了婚，谁知这黑心鬼又睡上了一个小姑娘，就没娶我的打算，和他老婆撕扯多年，给小妖精办了好事。接着说去年认识了一个厅长，权力大，特牛。哎，我打个电话，让他过来。

她没想到，这么听话的厅长竟然是夏乐乐。他来到酒店，肥硕的肉脸闪过红云：是你?! 丁丽宁也吃惊了：厅长咋成了你哥? 厅长解释是弟媳妇。她瞬间蒙了，醒过神借故出去了。她意识到最想见的人还是素素。何必泪水汹涌，飞机和汽车专门消灭"遥远"，让思念变成零距离。三间简朴的平房，充盈着惊喜与欢乐。素素抓住她的手，泪花花在眼窝窝打转，问长问短；小刚端上土特产，又准备饭菜；芽芽出落成豆蔻少女，暂停寒假作业，沏茶又择菜；豆豆虎头虎脑，和三岁的小弟弟围着她转磨磨，讨要袋装的零食。屋内虽凌乱，却其乐融融，这难道不就是平凡生活的真谛?

夜深人静，她说明来意：想请你跟我走，料理酒店。素素说也很想和你在一起，这里没个说心里话的，只是这一大家子，哪能走得开，再说我一个农村妇女，管得了酒店? 她说干一干就全明白了，就你的脑子能做好。接着托出心里的安排：一家全过去，租一套大房子，两口子都去酒店上班，你管理，小刚在后堂采购，也可以开铺面，经营小童的杏脯制品，做代理，还有老家的特产；娃娃在城里上学，条件好。素素犹豫："这是好事，可……"她笑了笑：你好好给我打工还钱，不能开小差。素素嗔道，算计我多长时间了?

咱俩这辈子，就是锨头离不开锨把，分开就不成器。她翻起身，哎，在点将村种菜，咋一下子跑到这儿了? 素素给熟睡的女儿和小儿子边边披披被子："说了你别生气，豆豆刚上一年级，回家后委屈地问我啥是私生子，我当时眼泪哗哗的，就决定彻底离开村子，小刚也支持，不愿儿子受人嘲笑，也担心娃肚里结疙瘩。老公公开始不同意，最后也理解了，打算以后让他过来，一起生活。"她擦了擦眼睛说："你是天底下最称职的母亲，我不合格。咱村学误孩子，不过这里我也不满意。"素素说，太仓促，我跟小刚商量商量。又说小刚人好，我豁出去一咬牙就给他生了个小子。

她真想多待几日，年关近了，有许多拜年的事，只得早日返回。北风咋吼叫，心里还是暖洋洋的。一出机场，迎头遇见霏霏的雪花，进入市区从大巴车窗看到鱼江河就读过的那所大学，铁艺围墙内的雪松依然屹立，那年冬天……

第八章

　　章家昌认为处理公务像骑马放羊，挥挥鞭子就行了，可处理私事就有些蒙。

　　带领班子，召集中层以上干部会议统一口径；又召开职工代表大会，讲国内形势，讲钢厂发展，讲工资分配制度，亮出效益不错但成本高、引进先进技术投入大的理由。还特意谈反腐倡廉，自诩以身作则，从不乱花单位一分钱，上下班都骑自行车。台下一片哗然，不管赞成还是质疑，章家昌自己信以为真，台上总能达到忘我的境界，能迅速入角。

　　会后安排分管副厂长和各分厂负责人找到"刺头"谈话，讲明组织聚众闹事涉嫌扰乱公共秩序，属于违法，有意见通过正常渠道反映。针对职工提出的工资低于社会低保问题，作出如此答复：根据财务核算，明年效益允许的前提下考虑上调。职工们仿佛看到一幅画，抽象派的；或许乏了，习惯了，散了。下了大雨，再分片喷水，火情就控制了，就灭了。

　　他松活一口气，正常渠道反映就是餐桌上的苍蝇，只能算骚扰；明年啥情况，是否兑现承诺另有说辞。狗日的，一闹事就答应，是示弱还惯病。你们可以认为我是流氓，就算是你又能咋的？上级领导吃我的喝我的，还拿我的，不得护着我？流氓也是合法的，哼！

平息了事态还有几分自豪，可想起兰蕊就胸闷气短，被朝秦暮楚了，被利用了玩弄了欺骗了。办公室的座椅和家里的床，都不能让他安静。海南的别墅，她肩头的牙印，一次次反复地揪他的心，颤抖，愤懑。那夜她匆匆忙忙赶到水泵厂家属院，是有隐情的，她身边还有相好的。那夜在某个屋内，她和另一个男人劈了腿……种种推测与想象就像疯狗，咬了他一口。那个牙印，一圈圈地放大，是狼咬出的，是色狼；是鳄鱼张开的嘴巴，就要咬到他的头。

数年前初见的那一刻，她本真的天性吸引了他，浓郁的女人味陶醉了他，淡化了对金钱和仕途的热爱。所有的付出只希望有一个结果，她成为他的红颜，专属的情人。从不怀疑她的人品，而突然暴露的端倪令他狂怒，如今普遍存在诚信危机，慧眼识人的自信心崩裂开来。难道看似单纯本真的外表更容易藏匿水性杨花的心？

在宾馆里吞下春药，强抑心头怒火，报复似的发泄，恨不能将她穿透，目睹她疼痛哀怜的眼神又有点心软。当时，他明白情人的关系已到尽头，要狠狠地羞辱她一番，一脚将她踹开。可现在又越来越想她，她竟然多次拒接电话。也就是说，不等他抬脚就有可能被她给踹了。一想到分手，浑身就有被撕扯抓挠的痛楚。她的温柔聪慧顺从体贴迫使他放弃愤恨的念头，渐渐地怀疑自己做出了姑妄的推测，她不是随意的女子，也许真的遭遇了骚扰和强迫。

清晨他去办公室虚晃一枪就打的来到酒店，径入兰蕊办公室。她手里的抹布停在桌面上，神色怯懦地回避："章厂长——来了？"他握住她的手腕，生我气了？酒店忙，她挣脱，你应该好好陪妻子和女儿，过个团圆幸福年。他锁上房门，熊抱住她："爱，将我扭曲变形，变得自私变得疯狂。"

她转着头躲避他的嘴唇："报纸和网络，有太多的第三者报道，她们都很可怜、很悲惨，甚至枉送了性命，你真的喜欢过我，就该放手，我特想活得简单。"他一副真诚模样："我明白你感激我才走近我，今天我很想知道，你真心喜欢过我吗？当然不敢奢望——爱！"

她轻轻地推开他："你肯定蔑视我，认为我为了金钱就作践自己，说心里话，如果我拥有的资产全部送给你，能偿还亏欠，我会义无反顾地救赎自己，获得自由；贫穷让我失去了平凡人的平淡生活，我就像大楼外悬吊的建筑工人，晃荡着，很不踏实，金钱拧成的绳索它结实吗？你事业有成，帅气又是大男人，哪个女人不喜欢呢？我不知如何报答你对我的慷慨，因为你什么都有。我不敢有非分之想，只希望你这颗善良的心能再仁慈一回，放过我！"

手机铃音打断他的思绪，拒接后强吻她的额头："晚上到我那儿，我等你。"他匆匆离去后，她软软地坐下。他似乎有些释然，这让她觉得安慰，到底还是自己错了。再也不愿与他和龙娃有那种事，对男人丧失了兴趣。她和章家昌之间的那种看似平等的关系被撕破了，她看到了报复与玩弄的面孔了。现在，支持她走下去的只有金钱，憎恨过它喜欢过它，它使她忧虑使她迷失使她快乐使她疯狂。它是魔鬼，折磨她的灵魂！

吃完客饭就去雁湖小区十八楼的私宅，提前冲过澡开始品尝 XO，打开一万多元的液晶电视不仅为了驱逐寂寞，还想让舒缓代替焦急。构想她到来后的情节，微笑着给她一个紧紧的拥抱，像往常一样无比温存地进入浴室再进入卧室，不，太没有想象力，或者缺乏浪漫的创意，应该拉上窗帘，打开壁灯，利用漂亮的真皮沙发，或者在休闲厅地毯上，或者进入榻榻米室，得哄哄她，抹去给她的创伤……

在幻想中等待，在等待中幻想。九点多了，忍耐不住了，给她拨通电话。我身体不舒服，要回家休息，她温和的语气透出坚定，说完就挂断了。他失望，恼火，无处发泄，正好甄爱红来电话说家里有客人，悻悻离去。

客人频繁地来访，团聚又让他找回久违的融融天伦。甄爱红将年过八旬的公婆接到家中，照顾得无微不至；女儿梦远学习成绩优异，备战高考，从卧室出来就嗲声嗲气黏着他。家庭的重要性还是不能忽视，绚丽的彩旗终究不属于自己。

多数第三者千万百计渴望转正，使出各种招数，要么哭闹上吊，要么索取离婚保证书，要么以毁坏仕途名声相要挟，花样多烦恼也多。华兰蕊从没有要求过什么，顺从也温柔，简单又真诚，除了肩头的牙印之外。当然，没有承诺的关系像雪一样极易融化，这也是让人揪心之处。不过数年来的相处，相信她不会轻易地离开，贴上别人。再往后看，总有一天她还会属于另一个男人。

简单地想，假如没有任何羁绊，她也乐意嫁给他……他一下子犹豫了，她有不为人知的过去，有犯罪的前夫，显然不符合做妻子的标准；她还有孩子，重新组合的家庭成员太复杂，会有现在这样的气氛吗？相信她也一定会孝敬公婆，可梦远该咋办？无论是跟爱红还是留下，女儿都不会快乐，更何况高考也就剩下三五个月了。因此，爱红这面红旗绝对不能倒。

二十多年来，作为妻子她哪点不合格?! 结婚时他除了一张大学文凭什么也没有，她义无反顾地嫁给他，一心顾家。他如日中天的事业难道没有她的一份功劳？没有功劳也有苦劳呀！再说离婚，家产又该如何分割，那就等于割肉。毋庸置疑，家庭稳固是第一位，少年夫妻老来伴，已近知天命的年龄，不能乱了阵脚，平添烦恼。在外花天酒地够了才回家，她从不跟他大吵大闹。她不是智商低的女人，肯定有所察觉，佯装不知只是容忍而已。作为丈夫，好几年没对妻子尽义务，真有点亏欠。

元宵节，夫妻俩去公园门口看烟花。红的黄的绿的爆裂出硕大的花朵，极绚丽极短暂，礼花装扮夜空的梦境，弹拨青春期的某根神经。进入行人稀少的公园，似乎想寻觅烂漫的岁月。近年来幢幢拔地而起的高楼侵占了仰望的星空，匆匆的城市生活使人压力山大，只有占地面积两百余亩的公园上方显得空旷，留给月亮，留给清朗的光辉。年轻时与甄爱红约会就有这样的一个月夜，眼神充满爱意，心里荡漾甜蜜。婚姻将最初的那份情感淡化，锈蚀。顿生一缕愧疚，停下脚步，站在湖边的柳树下，握住她的手。妻子受宠若惊，立即依偎过来。他说，湖面结冰了。她摸摸他的衣服，别冻感冒了。

这句话说过多年，今夜却像老树开了花，激起他内心的温柔，浑身暖融融的温度持续上升，直至回家躺上床。爱红钻进怀，拱着他。他似乎忘记了别的女人，专注地爱抚妻子，有几句甜言蜜语在胸内鼓胀了好一阵还是没有说出口，也许觉得违心的话说出来她不信倒滑稽了。温存了好久却不见本能的反应，第一次感到汗颜。妻子立即安慰：工作辛苦，加上过年应酬太多，身体透支，睡吧！他自嘲，老喽！妻子喃喃地说：老夫老妻，说说话也好。连续两夜，他想好好地对妻子尽一次义务，却都落得垂头丧气。爱红使出招数也不奏效，宽容地倒头睡去。

几天后送走二老，在办公室给医院的朋友打电话，说身体出了障碍。朋友笑着说，再给你一盒好药。无心处理厂务，授权副厂长有特殊的事情电话请示。取药后去山庄打牌，放松，他娘的，钢厂事务影响了健康呀。夜里上床前偷偷地吃下一粒，轻轻地锁上卧室门，信心百倍：今晚我觉得浑身都是劲。妻子微笑：只要你按时回家，让梦远安心学习，就是幸福的日子。他脑海中忽然闪现海南宾馆中的疯狂，立即告诫自己一定要温柔，也很快驱赶了兰蕊的影子。

尽管在女儿入睡前就早早地上了床，可过了子夜仍无起色。等待使温存变得苍白，还多余，反倒让爱红燥热烦乱。摸着丈夫发烫的脸颊，禁不住笑道：这样也好，省得在外惹是生非！汗珠像能听懂话似的，沁出了毛孔，从头到脚，他欲言又止只好转身伴睡，越急越出汗，凌晨时困倦地睡去。

出门的碰锁声吵醒了他，妻子女儿走了，窗帘缝隙中透进了清晨。这时他发现它来了，多少个夜晚等待的时刻来了，来得那么倔强，那么雄壮那么自豪，牛气冲天！提起床头话筒，给妻子打电话，还没开口就听她说正忙。赖床，要等它疲倦休眠。华兰蕊又来了，就在眼前晃来晃去，擒又擒不住，赶也赶不走，固执地挑逗他，更使它兴奋不已。

下床取来手机拨过去，彩铃歌曲《大约在冬季》差点唱完了。反复听过几次，无奈地穿上衣服，决定去厂里，再虚晃虚晃就直接去找她，即使在酒店办公室，不管她愿不愿意，哪怕是强奸。这一杆枪似乎只能对付她，只想对付她，只有对付她才酣畅，才过瘾，才能排遣他的疯狂。

他穿着大衣走进办公室，常务副厂长马上就进来汇报工作，他不耐烦地说你全权处理。拉开抽屉，猛然看到年前中层干部送来的一堆信封和纸袋，打算将这些钱带往雁湖花园的私宅，装进黑色皮包又给司机拨通电话。说有点头晕，让司机小彭送他去酒店，特意坐上奥迪后座，说后面宽敞，别让他看出皮包和裤裆里的秘密。已经迫不及待，得先找兰蕊……

手机铃声让他心头一喜，细看是陌生号码就有些不耐烦。接通后传来中年男人的官腔：你是章家昌吗？他不悦地反问，你哪位？这个听筒传出的声音平静却不平常，敲打耳膜："我是省纪委的工作人员，请你现在到铁道宾馆104房间。"心脏像误踩了油门，轰地一响，嘴巴霎时像被撬歪："什么事？"手机里的声音坚定中透出命令："你过来，面谈。"

心慌慌得跳不动了，许多疑问涌上心头，哪个当官的听到纪委的声音还能从容淡定呢？肯定出事了，是有人揭发他，还是……他愣怔一会儿，迅速地决定，哪怕肚里藏匿活鬼也得去，也应该面对纪检组，逃跑与拖延都是错误的，是此地无银三百两。再说，纪委工作者也是人呀，正好包里还装着钱，关键时候能派上用场，谁不见钱眼开？声音微微地颤抖，让司机送他到铁道宾馆。

他双腿颤悠悠地敲开104号房门时，它彻底服软了，偃旗息鼓了。纪委两位工作人员非常客气地招呼他坐在沙发上，其中一位三十出头的青年沏好茶水，放到他面前的小圆桌。年过半百的纪检廖组长扫了一眼他苍白的脸，微笑道："章厂长，百忙之中约你过来，没有特别的事，只是例行工作。省纪委接到群众来信，反映你在工作中出现问题，归整后主要有工资过低、分配不公、任人唯亲，还有作风问题。有群众反映，就要调查核实。"

他悬荡了好久的心即将着陆，前三项不算事，有一大堆理由就怕他们不问；至于男女作风问题，是老思想老观念老掉牙了。纪委人员也不是活在真空里。如此推断，没有实质性的问题。

还是那些磨出茧的话：工资收入是由厂子的效益决定的，受成本过高等因素影响；分配是在相关的劳资规定基础上，以调动职工的积极性为目的，结合绩效发放，经厂务会职代会通过的；任人唯亲的说法不真实，目前厂里所用的干部没有自己的亲属，也没有私交甚厚的朋友，可以详细调查；至于作风问题，纯属子虚乌有，恶意造谣，毁坏他的名声，工作中难免要与女性接触，自然有闲言碎语。围绕这些核心他说得滔滔不绝，初进房门的恐惧化作委屈的泪水，把自己塑造成忠于职守鞠躬尽瘁的公仆，倒使两位纪委人员有点内疚。

廖组长急忙安慰："我们会秉公办事，兼听则明，偏信则暗，不会只听一面之词。党培养一个好干部不容易，工作中难免得罪少数人，不能排除发泄私愤的诬告。作为一个久经考验的好厂长，应该正确地对待，有则改之，无则加勉嘛。但愿今天的谈话能更好地促进你以后的工作，钢厂七八千职工等着你这个当家人，赶快回去上班吧。"谢谢你们的理解和支持，他如释重负，中午一起吃饭？廖组长一挥手：我们有纪律，你走吧。

他起身谦恭地向两位颔首致意，侧身后退，猛然想到所带的金钱，转身拎起沙发一侧的皮包，准备拉开房门。那位做记录的青年小范叫停了他，说："厂长，按规定我们必须检查您的皮包。"他一慌：检查皮包？"这是我们工作的一个程序，防止有人携带录音窃听设备。"廖组长解释："没有别的意思，配合一下。"他惶恐地保证：我绝对没带那东西。

小范坚定地拽过沉重的皮包，打开拉链。他慌忙说："廖组长，本想给你们表达一下心意……"小范被一沓沓钞票惊呆：全是钱呀！廖组长惊诧，微蹙眉头，思维出现了断层：你坐下，说明这些钱的来源。他不知道自己已经面色发白，下颌颤抖：真是一点心意。廖组长严肃地说：你这是侮辱纪检人员，必须说明金钱来源。小范点毕钞票："一个厂长，随身携带巨额现金……"他舌头僵直，磕巴道：是我的存款，从银行取的。廖组长追问什么时候，哪家银行。

章家昌明白，此时此刻什么样的谎言也难自圆其说，无论这些钞票姓公还是姓私都不能给出令人信服的解释，更经不住核查，如实交代就等于直接给自己定罪，立刻哀求：“我错了，我真诚地表示歉意，也愿意接受您的批评，廖组长，只为聊表寸心，请您千万别上纲上线，高抬贵手网开一面，真心希望您把钱留下，就我们三人知道……我先走了。”廖组长严厉地呵斥：坐下，不要回避我的问题。

丈夫被“双规”的消息，击中了甄爱红，她软颤颤的，坐上马桶发呆，理了理思绪，必须行动起来，不能坐以待毙。立即搜罗家里四处私藏的现金、银行卡和购物卡，再装进纸箱，天黑后费了好大工夫提下楼，打的送到城北的娘家，才返回做饭。梦远不悦地噘嘴：九点多钟才吃饭?! 爸爸呢？她强忍焦虑，掩饰恐慌，担心女儿知道，泄了冲刺的劲头，说爸爸去外地开会了。这一夜她当然睡不着觉，听说官员被“双规”后还能顺利出来的不多，家昌凶多吉少，一只脚可能跨进了监狱呀！

凌晨时分她想起雁湖小区的那套房，房里可能有钱。这不是怨他的时候，得找人疏通，首先想到土地局的焦局长，毕竟他和家昌是表兄弟，应该有好主意。

第九章

　　惊愕，寒噤，揪心，是兰蕊听到章家昌被"双规"消息时的痛切反应。

　　甄爱红打来电话，直接了当亮明身份，约她在十八楼见面。乍听是他的妻子，她闪过拒绝的念头，小三何颜见正室？可接下来甄爱红坦言家昌已被纪委带走审查，着急的腔调与压低的音量拎紧了她的神经，畏怯愧疚瞬间一扫而去，从酒店打的，无暇思索她是咋知道她的电话，是否了解她和家昌的关系。沙尘覆盖了城市，昏天黄地。家昌哥怎么了，犯了啥错？听说过"双规"一词，明白意味着什么，怨恨倏地消遁了。

　　犹豫就是浪费时间，敲开十八楼房门，被甄爱红的目光笼罩，指引，坐上沙发，还得到一听饮料的待遇。女主人疲惫焦虑地说：家昌被带走好多天，我托人打听没有消息，凶多吉少呀！她忙问犯法了？"纪委那帮人，找毛病还不容易？"甄爱红眼白布满细密的红丝网，坐在沙发对面的藤椅上，"约你来商量。"情敌似乎变成了姐妹，她两疙瘩眉头相对锁拢：我能做啥？甄爱红瞟了瞟她：虽然我们初次见面，但我早知道你的存在，结婚二十年，很清楚自家的男人；之所以约你来这，因为你是这里的常客。她两腮灼烫，龉舌缄唇。

甄爱红说：没时间纠缠是非恩怨，急需商量如何应对纪委，想办法救人。她抬起头，真诚地表态：托人吗，我出钱。甄爱红问家昌除了这套房，其他的在哪儿？她愣了愣，眼前闪过海南的别墅，心被扎疼：我不清楚。为了应对调查，要提前做好防范，甄爱红审视她的眼睛，你确定？她颔首后，甄爱红说：多数"双规"的官员最后都判了刑，无论咋说，咱们都不希望他蹲监狱，那样就毁了他的仕途，毁了他的名声，毁了这个家，毁了一切啊！她眼前闪过入狱后的存良，大面积脱落的头发和剥掉指甲的双手，焦急地说：只要能救他，倾家荡产我也心甘情愿。

甄爱红咬咬下唇，故作轻松地说："不需要你付出那么多，我托朋友打听，唯一的希望就是攀上老领导贾为民。"这个名字她听过，也知道多年前他是省上最大的官，提起他的人要么得意要么辱骂，似乎只有敬畏和憎恨，他是这座城市乃至全省上空的大半边天，高高在上，如何攀得？

甄爱红继续说：只要他说一句话，家昌就有盼头。她嘟哝，那么管用？甄爱红说：现在省上许多官员都是他在位时提拔的，大书记也曾经得到过他的提携，所以退休多年，依然举足轻重。如果你能做他的干女儿，说句话，家昌不仅不会去受罪，还可能官复原职。她苦笑：先不说能不能攀得上，他凭什么收我为干女儿呢？甄爱红不再委婉：你年轻漂亮，又会勾引男人。

她"噌"地起身，正色地问：你让我出卖自己？她说我就一农村妇女，比我好看的姑娘太多了，要这么想咋不找个漂亮的三陪？甄爱红说："别的女子愿意为家昌付出吗？再说，老领导难道品位那么低，什么样的女人都玩？冷静一下，我并不是让你去献身。八十岁的老头能怎么的你?! 无非和你做一忘年交的朋友罢了。"她腿软，坐下身，摇摇头：他身边应该美女如云，还稀罕我？

甄爱红有意打量她："我不是褊狭的小女人，鄙薄辱骂小三。客观地说，你面相好，身材好，还有普通女子没有的东西，也许就是气质吧。之前，从章家昌的异常反应就能想象出你非凡的一面。他和许多成功的男人一样，在外面有过不少女人，什么厂花、模特、演员还有家喻户晓的节目主持人，无非都是玩玩而已。可碰到你，他真动了心思。夫妻之间，有些事不用说就能感受得到。他沉默，若有所思；失眠，辗转反侧。我能察觉到他心里装进了一个女人，一个危及我身份的女人。他动过离婚的念头，只是最终没有说出口。不知道你结婚了没，作为女人，你肯定能理解我的苦恼，自己的丈夫和别的女人在外面鬼混，那种愤怒、狂躁、无奈和郁闷，茶饭不思无心工作，独守空房彻夜难眠，甚至想像泼妇一样大闹一场，但又顾忌身份。我出身于一个知识分子的家庭，接受过良好的教育，有着贞操观念，恪守相夫教子的传统……"

她面色惨白眼神羞愧，像偷窃别人东西时被主人捉住一样，扫了一眼甄爱红铁青的脸，起身为她倒水。甄爱红似乎忘记了焦局长的告诫，踩不住愠怒的刹车："他背着我购买这套房，和你在这里快活。你知道吗，多少次我就在楼下，在院子里转圈，想捉奸，想冲上来抓破你的脸皮……内心的痛苦一次次地折磨我，直到最后麻木。我恨过你，恨过家昌，想过离婚，可我舍不得经营多年的家，用双手和青春建立的家。我不清楚你生孩子了没有，当妈妈的怎能忍心女儿从小缺爹少娘呢？"她眼眶湿润，诚挚地道歉：我对不起你，大姐！

甄爱红倾泻了很久的积怨，又说："我女儿远远马上就要高考，怕影响学习，现在还瞒着她，说爸爸去外地开会学习了。远远特别崇拜父亲，万一知道真相，不知能不能承受得住这样的打击！这些天，我总提心吊胆。今儿约你来，不想吵吵闹闹，救人要紧。我想，你是章家昌喜欢过的女人，也得到过他的帮扶，不至于那么无情吧？我听说你刚进城那会儿流浪街头，无依无靠，家昌托许多朋友帮你贩铁，从钢厂批条给你销售指标，你从半个花子变成现在有头有脸的人物，如今他落难，你难道忍心袖手旁观见死不救吗？我相信你是个有情有义的女子，一定会知恩图报。说句不为过的话，为了家昌就是陪老领导睡觉也是应该的。"

兰蕊的脸忽白忽青，胸口剧烈起伏，屡次欲言又止。甄爱红起身："再说，攀上老领导对你大有好处，对你的事业有帮助。该说的我都说完了，你好好斟酌，想好了，给焦局长打电话，他是亲戚，是自家人，多耽搁一分钟，就少一分希望。"

绚丽从腐烂中衍生，暖从寒中来，生得迟，来得慢。这座城市在初春最恼人，遮天蔽日的黄风一轮轮，破坏好心情。河岸树木失望又怠慢，犹疑地发着嫩芽。

兰蕊依靠树身，凝望浑浊的河水，辛酸凄苦的日子咋就流不完呢？章家昌老婆的一席话，软中带刺扎破了她心灵深处包裹起来的痛楚，脓液蚕蚀了血肉，筋骨訇然倒塌。能想象得出，跨出十八楼门之后那女人肯定会对着自己的背影鄙视，辱骂。那婆娘克制愤怒就是要利用她，换取丈夫的自由。

可是，章家昌是救命恩人啊。眼巴巴地看着父亲被病痛折磨，若不是他出手相助，父亲没准已经……他对她的好太多了，哪能数得清？知恩图报是理智的说法，而内心一种温柔的疼痛默默地提醒，除鱼江河外他是她爱过的男人，更重要的是她真切感受到他对她付出过真情。他身陷囹圄，岂能见死不救？除了他老婆所说的招数，还有何计策？焦灼慌乱忧愁时，焦局长打来电话。

秦雨市是著名的旅游城市，被大片森林滋养得丰腴秀丽。市区东南的仙逸山，奇峰秀丽，岚气氤氲。谷底一条隐蔽的公路蜿蜒数公里，爬上半山腰的院落。几栋楼房依山修建，不恢宏雄伟却金碧辉煌，极似北京故宫，巨商和地方政府联建，损毁了许多珍贵的参天古树。集休养、会议和娱乐一条龙的度假村，隐藏起来，不为外人所知，也非常人出入之地。

兰蕊乘坐焦局长驾驶的小轿车来到电动伸缩门外，保安查看了精致的 VID 卡才允许入内。这一路，是哆嗦、迷惑的一路，她已被焦虑绑架了。焦局长说老领导在秦雨休养，市委路书记昨天已到度假村。又松开挡柄，握了一下她颤抖的手，宽慰地说："老领导曾经是权倾一方的大人物，见过的美女多了。之所以让你出面，毕竟女子容易接近，很快就能混个脸熟，只要他一开金口，家昌就有救。现在担心的是咱们可能热脸贴上冷屁股，他还不一定赏脸呢！"三小时的车程，他重复了章家昌对她的帮助，赞扬她是节义女子，承诺尽力支持她进入房地产行业。最后凝重地说，石化总厂的经理被"双规"后，十六岁的女儿跳了楼。

她胸口抖了一下，所有的思绪散逸了，一个念头清晰有力地指引她——再污脏的泥坑，也得向前走，向里跳了！章家昌哀求的眼神和他女儿绝望的呼救怂恿着她，激励着她。他曾经委婉地表露过，若不是在乎宝贝女儿早就离婚了。无疑，章梦远是他的心头肉，是他的命。万一女儿有个三长两短，他还咋活？

跟进富丽堂皇的酒店，从入住房间到坐上晚宴的餐桌，她神思恍惚，奢华的装潢隐约虚幻，只听得焦局长说脚下的一块瓷砖一千元，头顶的吊灯价值百万，还有零星的新词：微晶石、梅蒂奇。诸多猜想在见到老领导的那一刻都吓跑了，她的眼神顺着贾为民的一举一动。当一小伙与一中年女士陪他出现时，早已候在门口的路书记和焦局长急忙谄笑着迎上去。

老领导似乎要证明身板依然硬朗，走到主位沉稳地坐下，挥手示意他人入座。路书记紧挨贾为民就座，嘘寒问暖，称呼坐在另一侧的小伙子"孙秘书"，又向端庄矜持的妇女颔首。焦局长顺着路书记坐下，她只有坐首长正面的位置了。路书记介绍她时，老领导神采奕奕，注视她好几秒，含笑点头，之后再也没有赏她一眼。一丝喜悦，一丝惆怅，上下沉浮。首长直呼路书记的名字"忠贤"，询问省市领导的近况。

路书记尊重又随意的谈话使气氛轻松下来，她才仔细地观察贾为民，他没有想象的威严可怕，秤锤脑袋，寸余白发，红润的脸上有浅浅的皱纹，老花镜后面的眼睛不时透出坚定与霸气。路书记斟满一杯茅台酒，祝他健康长寿，又对中年妇女说：带来一对熊掌和两条娃娃鱼，饭后送过去，麻烦你烹饪，给贾书记补补身子。又真诚地赞美老领导是老泰山，要托他的福更好地发展仕途。

他们敬酒的时候，她才轻松地打量在座的各位。以前没有在意省城的路大书记，这下看清了他的面孔：高挺的鼻梁，略显疲惫的眼神，张开不易合拢的厚嘴唇。留意到每吃完一道菜，身着旗袍的服务员就更换一次客人面前精致的碟子，还有周到的细节服务。尝到菜品本真的味道，原料当然上乘新鲜。

焦局长用脚碰了一下她的小腿，意识到怠慢，她脸漾红了，起身的瞬间察觉首长注视她。站在贾为民身边敬酒时，路书记说小华是年轻美丽的女企业家，江河海鲜酒店的老板。首长眼含笑意地饮下一盅酒，对路书记说要好好扶持。

敬酒结束后手机响了，外出接电话，吴经理说一位男客人酒后摸了一把女服务员的屁股，引起争吵。她气愤地交代小吴给片警打电话，必须让闹事者道歉。她明白吴经理沉默的几秒钟，几乎是命令，一定要讨回女员工的尊严。挂了电话好一会儿才平静下来，返回包厢时只剩焦局长一人。他唬脸瞪眼：你回房间吧！

她回到了自己房间，慌乱着，忐忑着，不知道命运正在被隔壁安排着。

路书记坐在沙发上，问小华怎么不主动啊。焦局长急忙说毕竟是良家女子，有素质，也内向。路书记说："这当然好，给首长送礼不能是下等水货啊！其实，老爷子最喜欢矜持的女子。她天生丽质，只是打扮得土了一点。待会儿老爷子要洗澡，安排她提前进去。只要老爷子高兴，你就有希望。现在的一把手也当过他的秘书，只要他说一句话，你的副市长今年就能到位，你的信息我给老爷子递过去了。"

焦局长不住点头：全仰承您了！路书记又问，北京那套房子啥时能入住？焦局长说：寒老板保证下个月就完工。路书记说房款金额较大，处理时不能留下痕迹。后面的话还没有说出口，路书记就被小蜜的电话叫走了。

华兰蕊提着人参礼盒，按照焦局长的指点进入宸汤厅。女服务员热情地介绍更衣间、沐浴间、桑拿房、盥洗处、按摩床，以及休息室，还说热水是地下温泉水，有事请摁电子呼叫器。女孩离去后，她慌慌的心脏和飚飚的四肢不由支配地猛烈抖动；眼睛雾了，闪过秋日清晨的野狐坳、坠崖的兔子；耳畔轰鸣，是红河的怒吼、寒风的呼啸；肘关节与膝盖异常松弛，像要脱了扣。靠着更衣间的门，足足一刻钟的工夫才活过来，疲惫的心再也跳不动了。

环顾室内的陈设，不知比影视镜头里皇家后宫华丽多少倍，尤其是木质的浴盆古色古香而且做工考究。偌大的房间竟然无处放置手里的礼盒，它是多余的物件了。这是专供沐浴之处，并不像焦局长说的是个小型游泳池，他表达得真艺术。

心脏像个不听话的孩子又怦怦怦地急速跳弹，有意张大嘴巴喘气，是否应该离去？此行的目的是什么？凶多吉少的家昌哥呀，我是不是应该这么做？为了你，我不这么做又能做什么？焦局长再三叮咛，一定要主动，咱们是求人办事，只有讨得老领导的欢心才有盼头。又想起甄爱红的话，八十岁的老头又能怎样，也许是调情游戏而已。可这和上床有本质的区别吗？不都是出卖肉体与灵魂吗？

门外似乎有脚步声，不能再犹豫，为了搭救家昌哥。为了他，死何足惜？这个念头让她彻底平静了，没有时间再迟疑，不能贻误时机。走进更衣间脱下外套，只留下最贴身的三点式内衣，扫了一眼衣架上粉色、米黄和白色的三件修长的纱裙，选择了白色。放弃米黄和粉红，她认为这两种艳丽的色调暗含勾引的意味。

只有白色，是纯洁的，也是传统葬礼的象征。穿上纱裙，在镜前凄然自我欣赏，行将就义，镜中的半透明纱裙像是用迷雾裁剪而成，细腻柔软，极有垂感，映衬得胴体高贵起来。眼前又闪过大学宿舍和鱼汀河的初夜，泪水潸然……

宸汤厅的大门被推开，身着宽松睡衣的老领导走进来，随手关上门。她立即走过去，努力地颔首微笑，早已准备好的"请"字终于没有说出口。贾为民停下脚步，欣赏飘逸的"仙女"，眼睛是可以调控亮度的灯泡，由暗淡变得明亮，甚至散射出炙烤的热量。从仰视到俯视，他看清楚了站在两米开外的女子，白色的睡裙愈显颀长婀娜的身姿，款款移步时摇曳出迷人的波浪；两条修长的玉腿若隐若现局促不安，雪白圆润的两条胳膊写成了"V"字，双手拘谨地锁在腹部；清澈的眼神流溢单纯、胆怯与恍惑。

他应该在一瞬间做出了判断，这绝不是风尘女子更不是势利精明的女人，是良家妇女，人间尤物。他一变酒桌上老成持重的神态，脸变成了巨大的山核桃，贪婪的眼睛放射从容的目光，像男主人理所当然地猥亵女仆似的。"此女只应天上有，万水千山何处求啊？"他嗓音自带麦克风，步履稳健地走向她，手臂径直任性地搂住她的腰肢，"形适外无恙，心恬内无忧。夜来新沐浴，肌发舒且柔。兰汤三益后，颓然如醉眠。"

她恍惚，饭桌上的首长进了这门就换了模样，没有过渡就揽她入怀。她读过他吟诵的诗句，记得后面两句是"问我何所似，如与妇交欢"。他的手接触到她的身体时，她不由得颤抖了一下，看来没有侥幸，只能默然顺从，章家昌悲哀的眼神在警告她：放弃那些迂腐的观念，与时俱进救我要紧！但是，她的筋骨还是挣扎了几下。

他走向更衣间时，她喘了口气，借助打开壁挂电视放松心情。液晶屏立刻出现人与自然的画面：潜伏的巨蟒袭击了一只梅花鹿，鳞片蠕动的身体死死地捆缠猎物……她惊叫的同时，被一双手臂抱住，赤裸的肉体已经黏住后背，眩晕地环顾富丽堂皇的装饰，感觉自己失去人的形状，溶化成液体，流向下水管道，流向黑暗阴森的地下世界。

鸟雀的鸣叫暴雨似的，唤醒清晨，淹没了度假村。山路一个弯连着一个弯，缀满婉转的哨音。已经徒步下行三五公里，她独自离去，不愿与焦局长同行，有意关了手机。这里春早，山挨着山，山摞着山，起伏着绿浪，刷扫着蓝天。溪水与小路若即若离，滔滔不绝。几朵幸运的花告别樱桃树，借着清冽的微风，随溪远去。多数挣脱不了坠落的命运，陷入驳杂的泥草地。

一朵白云听到她孤独沉重的跫音，便从山顶出发，静静地，幻化成绚丽的朝霞，安慰她。麻木僵死的思想慢慢地苏醒，她记起了她是谁，又看到了少女时代的春天，闻到了圪垯村的空气。

而两天来在度假村的一幕又"砰"的一声击中她，双腿霎时生了根，可惜不能发芽，不能老树发新枝，不能再生。乏了，走进树林，坐上溪边的石头，脱下鞋子，将双脚伸进清澈的流水，冰冷的刺激反而惬意。过去的几十个小时，在人间地狱般的度假村里撕碎了肉体与灵魂。

现在才慢慢地修复，如果能像科幻电影里那些有生命的变形金刚受伤后完整地恢复该有多好！胸腔空了，听不见心跳，差点把头摇掉了，因为潜意识坚定地认为那个华兰蕊再也难以复原，变形金刚是没有灵魂的。真迷惑，网络报纸上那些以色易权的女人们，下床后给自己什么理由才能站起来，面对生活？从地心喷涌的纯洁玉液，让脚给玷污了。急忙提起双脚，搁置在鹅卵石上，别弄脏鲜活的溪流，下游还有汲水的人们。

贾为民答应给有关领导打电话通融，这是她出了宸汤厅还能行走的动力，灵魂被肢解后的慰藉，她实现了报恩。又一个念头使她战栗，章家昌难道不也是有权的人物吗？她莫不是权力游戏的祭品？不不不，她自责，不能昧着良心怀疑他的人品和他对她付出的真情。他是她爱过的男人里唯一爱过她的人，如果连这点也是虚妄的，那么三十多年来的人生岂不白活了？他留在她体内那些爱和恨的记忆，一股一股地涌上心头。现在，只祈求他能逢凶化吉。

徒步二十多里才坐上出租车，转乘长途客车，返回雁湖小区时天色已暗。在大柳树旁停下脚步，抚摸树身的皱纹，像看到了亲人，一腔的委屈酸楚化作泪水，喷出眼眶，不想擦，让它流吧。大柳树是知己，用鲜嫩的叶子摩挲她的脸，像温存的宽慰，像老文化在梦中叮咛……

第十章

兰蕊真正地恢复了单身，只有金钱能给她带来快乐和安慰。挣很多的钱，可以成就更大的事业，也许能找到那份活着的从容与坚定，找回迷失的自己。可哪能想到污点不是想洗就洗得净的，它烙在生命里了，像古代的一种刑罚。

酒店承接了亨老板的十几桌高标准包席，结账时卡机联不上网。收银员赔笑地解释是网络信号传输故障，姓亨的不耐烦地催促，用水萝卜粗的中指敲击台面，说他的时间很宝贵。收银员说要不用现金？他一个电话叫来一辆宾利轿车，司机从后备厢取出编织袋背进大厅，哗啦啦倒出一大堆一元票面的纸币。他让收银员清点，坐在沙发上跷起腿摇晃着。

兰蕊急忙下楼劝解时，亨老板双臂抱于胸前，狂妄的眼神变得贪婪，似乎要解开她胸部的纽扣。卖派他从山西来这里度假，是某能源公司的老板，在全国各大城市都有套房，北京有一百零八套；加拿大的庄园，送给女儿女婿，美国的别墅，儿子小两口居住；每年都到不同的地方待一待。最后说他吃遍全球，唯有你们的服务我不满意。

兰蕊谦虚地讨教时，他却凑近身子问：有俊女子吗？她说这是酒店，不是青楼。他低声说，如果你来，一夜一百万。她面失血色双手颤抖，霍地起身：你马上离开！"我睡好莱坞的国际影星，一夜一千万，你也按这个标准吧，钞票就在宾利后备厢。"他不愠不火，额头横行的皱纹上下滑动，说，"难道还有钱搞不定的?!一个亿？"随后掏出精致的名片扔在茶几上：想通了打电话。

她拿起卡片扔进旁边的银色垃圾桶。他伸长肥硕的脖颈，凑近她的脸，睥睨地说："你是啥金贵的货色？不就是厂长的情妇、二流婊子吗？"然后一跛一跛走向旋转门。她气得浑身发抖，扶住了沙发背。

汽笛开始应和、打岔，敲打卧室的窗玻璃，沉闷的一口气从胸腹出发，冲开口腔获得自由，我还活着？躯体温热，富有弹性，还得活下去。身子骨里藏着内鬼，一见她摇晃立刻狞笑，和侮辱联手，反复播放度假村那些赤裸的罪证，眼前黑了，没有光亮拯救，从酒店蹒跚到大桥，灵魂就要挣脱肉体。抓握栏杆纵身翻越的瞬间，被一个老人拉下来。清晨枣枣稚嫩的声音，乍听像豆豆，钢丝绳一般，又拽她返回人世间。昨天就像滚刀肉，哪能轻易被切开？还担心厂长，贾为民答应给省上领导说话，搭救"表哥章家昌"，让她找省检察院的阮局长。她怕见领导，让焦局长出面，不知结果咋样。

焦局长和甄爱红来酒店了。他凝重地说："这个案件，已经上报到了北京，要想彻底抹平已经不可能，阮局长说，省上领导给他打过招呼，给家昌量刑时一定通融照顾。"焦局长扫视她蜡黄的脸：我带来了重磅好消息，团结路中心广场的老商场要拆迁，黄金地段，很多有实力的地产商都在角逐，路书记欣赏你，基本摆平了各路纷繁复杂的关系，同意你做。

她愣了愣，才说：太好了，我一定建设一栋漂亮的大楼。他暧昧地试探：路书记夸你标致，和善聪明，有女人味，想约你坐一坐。她沉了脸："大局长，你还想侮辱我吗？"他尴尬地笑了一下，说谈正事，搞地产开发，要有公司、有资质、有注册资金，你目前还不具备这些条件，我给你介绍地产商腾远公司的寒祝，你先将地皮买到手，再和他联合。

通过焦局长的关系，她探望了章家昌。还以为是狱警弄错了，面前的老头儿新生了一茬白发。她反复审视后，捕捉到他熟悉的眼神，叫了一声"家昌"。他抬起头，两洼死水般的眼睛里是呆滞与疑惑，失去了生气，失去了自信。这是曾经领导七八千职工的大厂长，被前呼后拥的上流人物吗？

她满腔的话语哽住了："家昌哥……"白脑袋沉下去，半晌才说：不要为了我出卖自己，我已经完了。她哽咽：怎么才能救你出来？他依然低垂头颅：你还年轻，好好享受自由的生活！她说会想尽一切办法。他抬起头吼道：别用你的灵魂换我的自由，这不是我想要的。她出来后心如刀割，走出银行就去了阮局长的办公室。

好在脖子里的套索解开了，龙娃来了，是来告别的。

这天她从驾校练车出来，路过骆驼巷时心酸了好一阵，那时能挺过来，还得感谢龙娃。真是心有灵犀，晚上他竟然来到酒店，黯然地说，能在大老板的办公室坐一会儿吗？她忽然感到他也是一位亲人了，沏着茶水，听他说父亲关节疼得走不了路，要回家，就劝他带到城里来治疗。他说上了岁数，不愿出远门咧。她塞给他五万元的银行卡时，他拒绝了，说那套房我卖了，有钱行孝。她说，早点成家，才是行孝！

最后他才说：我心里有愧，搅了你和姓章的好事，是我向省纪委告了状。"你写的揭发信？"她猛地站起身，又疑惑地问，"你会写信吗？""让秤博士写的，我以为没有他，你就能跟我和好。"她叹息："为了救他，我被人侮辱……你不清楚他对我有救命之恩吗？""我错了！我想明白了，你是咱沟里飞出的长尾巴花翎膀的锦鸡，我就是一头驴，只配在乡下拉犁。照顾好自己吧！"他大步跨出门后，她软软地靠在沙发上，说不出心里是踏实了还是空落了。

好在素素一家都来了，有说心里话的人，能见到心爱的儿子，生活也有滋味。素素购买的新房还没装修好，先租房住下，送边边进了雁湖小区的幼儿园，芽芽和豆豆就近入学。同床而卧，从点将村到新疆，从种棉花到经营酒店，有说不完的话。她说箍住你拉长工，再苦再累都得忍着！人啊，挣钱就像烤柴火，挣得越多熏得越黑，先黑皮后黑心。素素戏笑道，老家人电话里说，你成了酒店大老板，钱多得用板箱装呢。她说，钱再多也不如咱姐妹在一起好。

老家来人了，像亲人，带来让人迷恋的乡情。

金兰间里似乎能听到燕子溪的呢喃，能看到点将村的石桥曲径。小童和杏脯厂销售经理哲明到省城，顺车带来进城寻夫的月月嫂。兰蕊觉得都是一家人了，尤其地道的乡音更亲。小童带来了消息，大安哥的两个儿子不仅长大了长帅了，还都上了大学，她觉得很安慰。小刚拽来犹豫的素素，久别重逢的情愫涤荡了昔日的纠葛。只有邓晖茂心虚，以沉默掩饰，担心妻子察觉隐情，同居的女友又生下了女儿，临时借哥哥的空房接待。月月嫂很客气，向丈夫交代子女考上了大学。兰蕊遗憾小童婚事从简，没有事先告知，只好举杯祝贺。

哲明微有醉意，给小刚敬酒：酒杯太小，盛不下感激，下午见到芽芽，我心安了。我干不了大事，只想做个好父亲，小刚说罢提前告退，借口照顾娃娃。素素一问景况，哲明一肚子心酸让酒精给捣腾出来。好好的超市，借款还没还清，让桂云给搅黄了，周转的现金动不动让她没收了，几个女店员莫名其妙地让她辞了，就因为跟哲明多说了几句话。兰蕊问小童，事业兴盛了，还有啥打算。他说点将村只剩了空巢老人，想帮扶。

月月嫂眼圈泛红，瞥瞥丈夫，难抑伤感：赚钱赚钱，不知赚了钱赔了啥！素素两腮通红：老家一处庄院，新疆两间平房，这里一套楼房，不知家在哪里？哲明头伏桌沿，口颤道："以前认为黑夜是睡觉的，年过不惑才明白，前半夜是回味过去的好日子，酸呀！后半夜是思谋往后的岁月，愁啊！"

兰蕊强忍酸楚，安排小童和哲明住下，去素素那里挤一张床。素素说：你在哪儿，我觉得家就在哪儿！兰蕊说："心里一个男人，村里一个男人，牢里两个男人，身边……没有一个陪我经风历雨的男人！"

心里的那个男人终于出现了，让十年前的华兰蕊彻底活过来了。

从土地局回到酒店，她扫了一眼靠窗的雅座，心怦然一跳。向柱子挪步，观察，周身血液泵上头顶，身子抖了抖。果然是十年来日思夜想的鱼江河，他正和一漂亮的女子对坐进餐。她轻轻地挥手，拒绝提水壶的女服务员扶她，绕过柱子，躲过鱼江河的视线，正好看见邻座客人刚走，便背靠着他坐下来。鱼江河称女子鹿心玫，问她咋知道了自己的手机号。鹿心玫声音里有喜悦：多年不见，你还是那么精瘦。他说，你和贫穷分手了，嫁给了富裕和上流，何必再回首？她说，我结婚那天，好像看到了你的影子。他沉默了。

她说特别怀念过去，多次来这家酒店，也许是因为它和你有相同的名字。他说很遗憾，不认识酒店老板，否则我建议改名。她说前日回娘家，翻出了你写给我的诗。他可能是一副吃惊的样子：只记得写过许多汉字，算不得诗。

她黯然，说：你否定我们的过去，或者说爱情？他应该是酸涩地笑了，和她碰了红酒杯：爱情其实是一种精神病，哎，结婚了不应该留着那些东西，婚姻的规则你懂的。她好像喝了一大口酒，说婚姻的规则就是面对心爱的人，只有酸楚！她问他，那年你为什么离开？他说，我认为你坐宝马车比自行车好……兰蕊绕回吧台指了一下鱼江河的座位，给收银员说搞活动免单。她看着鱼江河离去后，便向鹿心玫走来。

她坐在鱼江河的位置，微笑着搭讪：饭菜可口吗？鹿心玫点头应付。她说觉得鹿心玫面熟，问是不是在银行工作。心玫说，在中央广场的银行。她说曾经找过信贷部的谭主任，贷款。心玫说，自己和他在同一层办公楼。银行的姑娘都很漂亮，你特有气质，她盯住桌面的盘子，看来饭菜不合你的胃口？心玫不陌生了：我吃过好多次了，挺好，今天是因为……她问，和男朋友吵架了？心玫说，曾经的。她递出署名"华娅菲"的名片，又记下了心玫的手机号。

青春期的爱，藏在心灵深处的爱，支撑她越过困厄的爱，又开始在体内奔腾。

果树一夜之间开了花，开了三千朵，开出了一轮满月。城市永远躁动着涛声，一浪浪的，到底将他给推上了岛，距岸很近，不要将这一段距离减为零。她只要望得见他就够了，这样的相遇最好，面对面能说啥？能做啥？这就很安慰很幸福了。

看得出他和姓鹿的女子有过不寻常的感情，他咋还没有结婚？他成熟了，稳重了，有一丝眼神也许叫愤世嫉俗，沉静时眉宇间透出使命与责任感。他好像并不愉快，心思凝重。姓鹿的女子真让人羡慕，那么漂亮，单从长相来比不必服输，可城里出身、文化气质、流利洋气的普通话，让她刹那间气馁，她才是鱼江河喜欢和追求的那类女子。

怎么一眨眼就自卑了失落了？反应太迟钝，十年后才看清他的心思。末班公交车平稳、安静，给了她不同往日的夜晚，天地之间全是星星，彩色的，活着的。大河两岸的星火呼应、守望，再黑暗的夜也不漫长，不绝望。那夜，她梦回故乡小镇，飞上了宝石蓝色的天，都看不到黄土地了。

第十一章

在回设计院加班的路上，鱼江河迷路了，走回了过去。

那年通过同事史业勋认识了在市医药公司上班的鹿心玫，觉得她白大褂上面的那张脸虽不算漂亮，可说话时露出的白牙像两排小方糖，当时还问她办公室地上袋里滚圆的东西是什么，她说是南方运来的西瓜。他问甜不甜。她看了他一眼，眨眨睫毛："那得亲口尝呀！"他要到了她的传呼号，只一遍就记到了心里。

第一次约会是在街心花园。他飘进街心绿化带，看到小叶黄杨篱住的月季正努嘴儿准备为他开放，穿过高楼间隙的缕缕阳光打算串起草丛的"珍珠"，石椅上的葡萄藤，争先恐后地抽出了嫩芽。她从甬道走来，淡青色女式休闲西服，勾勒出了芭蕾舞演员的身材，苗条不瘦弱，丰匀无赘肉，用建筑美学来看，线条简洁流畅，直线曲线浑然天成。她一坐到身边，他感到被一团云霓轻轻地裹住，从那一刻再也不肯散去，城市忽然迷人起来。

后来他每天都骑车去接她，两车并行，像腾云驾雾。周五在家属楼下等到了她，送她去值夜班。临到公司门口，她含笑地问，你经常接送我，为啥呀？他话卡在喉咙，说不出来。翌日清晨接到她，她说昨晚到了值班室，就吐了。他追问原因。她说都是你给气的。他说那句话硬是说出口，它的分量就轻了。

那个夏天，在她家的钢琴前，他右手弹曲，她左手和弦，陶醉在《春江花月夜》里；在河岸垂柳树下听微风送来野鸭的情话，在公园湖边看月看蛙；上山采桃子和野草莓，他用枝条和山花为她编织草帽。他觉得他们就是两只鸽子，喝了米酒，在山和楼的上空飞来飞去。他们去爬山，在新建的山庄前荡秋千。走过了馒头山下的樱桃园，登上了山顶的亭子，她陶醉地听他畅想未来。她说，希望有一天能看到你设计的雄伟建筑。

在星星最多的那夜，在街心葡萄架下，他拥抱了她。绿色的藤蔓编织小屋，芳醇温柔的气流旋涌成一个热气球，包围着他们，随时可能脱离地面。她醉眼迷离，喁喁地问，相爱是什么滋味？他借助路灯淡淡的霓光，摘下叶子后面的一粒葡萄含在唇间，送进她口里："就是这个味！"她翕动嘴唇，哑然失笑。夜含情脉脉，裹着他俩，挡住噪声。

立秋后他就感到了寒意。鹿心玫的母亲约他到公园门口，支开了女儿，郑重地说：做朋友我不反对，谈对象不行，你们单位效益差，你没有房子，也买不起车，结婚是人生大事，我不想让女儿嫁人了还居无定所。他当时没太在意，微笑着点头。她似乎并不讨厌他，同意一起逛公园。

鹿心玫有意慢下脚步，看到母亲和妹妹走在前面，猛地紧紧抱住他的左臂，泪水潸潸地说："妈妈说啥我也不在乎。"这一瞬间，他眼眶湿润了。阵雨淋湿公园，母亲与妹妹躲进观鱼亭，梧桐树冠罩住他俩。她说，昨天我告诉妈妈恋爱了，她一听你没房，不赞成。他说，单位筹建住房，不久就会有的。她说，妈妈说你家在乡下，买房结婚花销大，以后日子紧。他很自信：一切都会有的。

他意识到自己属于"月光族"，微薄的收入让自己缺衣少食。鹿心玫注意到他从不在意饮食的粗疏，经常请他去小酒店，点好荤菜，自己随意吃几口，愉快地看他饕餮。他想总有一天要回报心爱的人。

他们坐街车去商场，他说特想给你买礼物。她笑着从他衬衣兜里掏出几张零钞，说，我就知道不超过五块，你知道我为什么喜欢和你在一起吗，你有两样东西：书和梦。

接着来了冷雨，一场紧逼一场。有一天他们游泳回来，心玫妹妹给他通风报信，说母亲去单位找他们了。反对的态度并没有缓和，次日骑车接心玫时看到她母亲在一旁监护。几天后，心玫趁母亲外出的机会见了他，流着泪扑进他怀里，说妈妈不让我出门见你，叫来小姨和舅舅劝我。又说舅舅介绍了对象，妈妈要我星期天去见面，我不愿去。

他陪她去相亲了。麻雀集合在省军区家属院外的槐树上，喳喳地烦他。他迷茫了，仅靠微薄的收入何时才能购房，才能得到心玫妈妈的许可呢？即使心玫愿意等待，她妈妈会答应吗？不足半小时，心玫一阵风似的来到他的身边，紧紧地挽住他的胳膊，歉意温存地说，对不起。她拉着他一起去坐缆车。

他被思念牵引，深夜还坐在她家楼下的花园亭廊；周末登山，在林立的楼房中寻找她的阳台；屡次拨打她的手机，不是关机就是被挂断了。在 QQ 上，心玫告诉他手机已经被母亲没收。他对着山谷轻声呼唤她的名字，只有空荡的回音。

回到宿舍看月亮，不明白它要诉说什么。它照得见心玫的脸庞和玉颈吗？月色中看到窗台上的鱼缸，映亮红箭的迷梦。春天买回的观赏鱼，精心养育还是死去一大半，小缸养鱼是残酷的。想起那次去心玫家，听她弹琴，看她家里的大鱼缸。也许，自己对于心玫就像是那个小小的鱼缸，不能使她得到幸福。夜成了思念的稿纸，索性写下一页页诗行，这些爬上素笺的字是活的，都有一颗心。

他生日的那天，正好是星期天。心玫向母亲撒谎后来到他的房间，依偎在他的怀里说，父母吵架了，就为咱们的事。他已经算过了，一套房三五十万，不是几年内就能搞定的，再说单位集资住房被暂停了，即使能顺利修建也要十几万元，工资不吃不喝全攒起也得一二十年啊！心玫随口说："是呀，你的确太穷了。"这句话像爪子，挠了他的脸。他借故陪妹妹买衣服就送走了她，没有给她道歉的机会。

傍晚心玫提着蛋糕红着眼睛来给他过生日，尽管她的闺蜜小杨从中圆场，也没有让他开心起来。他许下"祝心玫幸福"的心愿吹灭了蜡烛，吹熄了心头的火焰。送她到楼下，说完谢谢就骑车融进了夜色。

后来他觉得心玫是一副奔跑的模样，想要抓住他，抓住爱情。"我把户口本偷出来，咱俩先领结婚证？"他否定："你母亲生气，不开心，我们还有快乐吗？快乐是幸福婚姻的前提。"河面飞来的风，撩她的长发，擦她残留的泪痕。心在流泪，笑在脸上。他一下子觉得胸中空了，激情和梦想不见了，真切地认识到自己就是这城市最贫穷的人，和心玫的未来更加迷茫。她还在挣扎，还在坚持。他却变得脆弱，变得敏感。

考上上海那所大学的研究生，南下前，他最后一次约了鹿心玫。说心里话，要忍痛割爱了。那个黄昏，阵雨给亭子拉起雨帘，不一会儿澄澈的夜空彩云追月。他取下树枝上的塑料袋说，我宿舍里养的鱼，就剩下这一条红箭了，养到你家鱼缸吧。又送给她七彩的"满天星"，说夜里熠熠闪烁，会说话。

第二年的暑期他返回这座城市，狂挽爱情的力量和勇气激荡在血液里。在大学里，几个女同学的暗送秋波和当面表白使他明白了"除却巫山不是云"。一年多没有联系，他想给她一个惊喜，坐在楼下的院子，透过连翘枝条注视心玫家的单元门，心头泛涌起甜蜜的等待。没有盼到心玫出现，却见一辆宝马开进院子，掉头后停下。他见过这种豪车，一辆车值三五套房。几分钟后，单元门打开，他惊喜地看到鹿心玫出来，身着橘红的筒裙款款地走向宝马，修长的玉臂拉开右侧后门低头坐进去。宝马缓缓启动，驾车的青年摘下墨镜，他白净帅气，回头向她微笑。他一屁股蹾坐在石椅上，礼品袋子砸向花砖地面。他挣扎着走出小区，打出租车去找史业勋。

从史业勋口中知道了一切。史业勋媳妇和鹿心玫是同事，也是要好的朋友。

鱼江河读研后，心玫多次想通过史业勋联系他，可鱼江河跟这个城市失联了。鹿心玫在失恋的痛苦中坚持了半年，母亲托人介绍来年轻的银行行长。行长一次次送给她昂贵的首饰，开着宝马带她兜风，她还是没有答应。后来她被调入银行，加之母亲半夜坐在床上不睡觉，说心脏不好，没准哪天就死了。她心软了，答应了。

他还记得，后来在公园门口和鹿心玫母亲碰了正着，要逃离却被叫住。她打量着他说，小鱼啊，你有文化也帅气，就是……他说，阿姨，你反对我就离开了。她说，所以今天见到你，还愿意和你打招呼。她又说："我女婿最近升了银行行长，市中心有五套房，你可咋办呢？"鱼江河淡淡地说："我开始买彩票了！"

第十二章

华兰蕊招聘人才，成立娅菲地产公司，着手地产开发的前期工作。寒祝摆平了二十几位地产商，在市政招标大厅，她如愿拿到团结路中心广场的那块地皮，以很低的价格。在金兰间宴请陪标的诸位，极品菜肴和烟酒让他们尽兴而去。给焦局长银行卡时，他拒绝：咱俩不是绑在一起吗？明白他的心思，不勉强，免起疑心。

深夜回家，卧室里一老一小轻轻的鼻息，提醒她轻手轻脚地躺上自己的床，回想白天招标的情景扑哧笑了，看似严格的流程实则是表演双簧，竟然都能心照不宣桴鼓相应？原以为只有戏剧里才出现的情节，没想到生活里随处可见，比舞台更深刻更精彩。常见花谢叶落，今天才察看到土层下面的根须，被虫蚁噬咬着。不能任思绪继续下去，那样快乐就会消失，该琢磨如何修建地标性商贸大楼。

列车激荡呼啸，先送她到上海。乘出租赶到寒祝介绍的建筑设计院，一看商贸大楼效果图，太大众化。又赶到另一个设计院，这份图有特点，表达了设计师前卫的理念，却让她联想起机器卡通片，也否了。寒祝曾说这两家设计院设计过不少出色的大楼，颇有口碑。

索性逛一逛大都市，去南京路给家人和素素以及酒店的员工购买饰品，次日坐公交在市区东西南北穿行，浏览一栋栋高楼。之后，她北上首都。

古建筑气势恢宏，现代高楼摩天震撼，返回途中却深感遗憾，她青睐的几栋现代"艺术品"竟然都出自洋设计师之手。当夜忽然想起曾经在鱼江河的宿舍，看到过建筑学课本和绘制的图纸，他应该是学的设计专业，相信他有智慧有能力。如果由他来设计一幢大楼的蓝图，她将它变成雄伟高耸的实体，永久地矗立在城市，该多好呀！

这个念头使浑身所有的细胞欢呼雀跃，唤回多年前爱慕他时那种甜蜜的感觉。不同的是，单相思固然美好，却因不确定性带来隐隐的酸楚；共建一座独特美丽的大楼，有超脱肉体之爱让人愉悦的意义，这意义更纯净更高贵更长久。恋爱失败了，事业若能完美结合，心灵的创伤就能得到抚慰，死了也幸福。

以了解贷款为由，约鹿心玫来酒店，兰蕊亲了亲她的女儿高梓萌，给了一瓶优酸乳，上了几道菜。心玫喜欢石斑鱼，喝着鸡尾酒，说可以帮忙贷款。她打量着心玫的衣着，聊女人的服饰，最后话题转到鱼江河。心玫忽然伤感：他还单身，饮食凑合。她酸涩地问，你爱过他？我妈嫌他穷，他自尊心强，没有坚持，心玫说，他们设计院效益差，没积蓄。她说，婚姻讲究门当户对，做行长夫人肯定比嫁给他幸福。心玫摇摇头，一脸酸楚。

她抓住话题，问他在设计什么。心玫说工业与民用建筑，楼房呗。她说我朋友搞房地产，正计划盖商贸大楼。心玫双眸闪起焰火：那你给说说，设计就让他做，现在都讲关系。吴经理敲门进来，请示是否给税务员小妙免单，她点了头。心玫猜出她是老板，歆羡她事业有成。

创造的冲动让鱼江河快乐起来了，实现夙愿的机会也来了，太庆幸了。甲方没有太多的具体要求，也无组织和领导的干预，想象力回到青春期，在小镇的上空故乡的田野自由地飞。翻阅城市的历史及西部文化，凝重的土地不仅传承深厚的思想精髓，也融入了高科技的飞天元素。这座城市古时为军事重镇，如今是现代工业给养之源。

十几平方米的出租屋，禁锢不了远古拓荒的号子、圣贤哲思的星河。灵感使他从椅子上一跃而起，大脑和手指被一个神秘的幽灵温柔地驱使，开始了愉悦的设计。起名"三象"商贸楼，象征盛满思想仙丹的大葫芦，象征盘龙昂首欲飞，象征火箭点燃的瞬间。

连轴转了几个昼夜，设计的初稿完成了，鱼江河舒筋活骨，渴望一顿大餐。进入源道小店，没坐稳身子，似曾相识的声音喊他，邻桌等待上菜的卫蔚然正招手——她是他曾经的同事。她邀他一同进餐，介绍了同桌的表妹单筱纯，又对表妹说，他是个才子。

单筱纯骨感秀丽，夸张得很本真:我从没见过真正的才子长啥样，哪方面的才子呀？为什么我总是看到那么多庸人呢？妹妹是个才痴，蔚然说，因为才子经常独来独往。难怪，筱纯说，我特别好奇，才子们究竟栖居在什么样的巢穴，如此难得一见。

忘了斯文，饥饿让他加快了咀嚼吞咽的节奏。筱纯不停地为他搛菜，惊讶地说:姐姐，他好像一年没有吃饭耶？蔚然停箸观看:像从实验室出来的。筱纯又搛起肉块放进他的碟子，轻松地说:就是从水泥管子里爬出来的也没有关系，运气好，碰上咱俩。不好意思，吃了几天泡面，他说，今天我买单。我们从网上团购的，卫蔚然说，能请你吃饭真是太不容易。

饭后经过小巷路口，他随口说:我到了，住在里面，要不进去坐坐？卫蔚然准备告辞，单筱纯却调皮地笑道:姐姐，我特想看看才子的住所，是不是食无鱼、居有竹！要防止盲目崇拜，就得揭开神秘的面纱，蔚然故意对着妹妹说，要不你随他去，我回家照看女儿？单筱纯拉住蔚然的手，低声说:天黑，我没那胆量，万一才郎变成豺狼怎么办？他只得硬着头皮，带路走进筒子楼的走廊，觉得筱纯嘴巴带刺，不过扎到皮肤上不疼。

整理床铺，招呼她们坐下。卫蔚然为打消尴尬，坐在床边，劝他不用忙。单筱纯似乎没有看到屋内的狼藉，径直走到桌前，俯视设计草图，说，原来是个画素描的才子，画的是南瓜和茄子呀。他苦笑，整理桌面。

设计图纸你不认识吗，卫蔚然走过来说，电脑应该更新了，要不影响工作。不知如何招呼时，蔚然手机响了，女儿来电话。送出门后，筱纯还笑说，才子就是才子，一下子让我回到了小学三年级，想起那时的美术课。他复查验算时，偶尔还想起单筱纯，真是可爱呀！

两天后下班回来，发现门缝有人塞进了稿纸，捡起一看，娟秀的字迹表达了对写字楼设计中基础、结构最核心部分的疑问。他笑了笑，胸有成竹。不过，对于幕墙设计提出的建议他很感兴趣。想到单筱纯和卫蔚然，这间蜗居没有别人光顾过。蔚然是学文科的，那天晚上也没有看清图纸，看来只有她了。

他疑惑地按照稿纸留下的电话拨过去，果然是单筱纯，甜润的声音响起：请我吃饭，再给你建议。

三象楼图纸送到腾远公司，寒祝饶有兴趣，约来华兰蕊，赞赏的同时担心成本过高。她抚摸图纸，手心一股温暖的热流迅速导入胸膛。看不懂蓝图，翻来覆去欣赏效果图，满脸钦敬：造价多少？寒祝思考了一下：约三个亿吧。她惊诧：三个亿？只是估计，有可能还要高，他很有信心地说，不过这栋楼盖起来，肯定是地标性建筑，不敢妄言世界，在我国绝对属于建筑艺术精品。

她的喜色没有淹没最后的忧虑：资金缺口太大，咋办？他手拢头发：话说回来，钱不是问题，分三方面解决：一是找有实力的建筑公司，垫付前期建设资金；二是工程开始后，采取图纸预租或预售的办法吸纳资金，这个地段好，粗略计算能有一个多亿；三是找银行贷款，当然，我也可以给你投资，我和焦局长都是朋友，就按行内规矩，不多收费用。她润洁的脸俄而变红："那就是它了！寒大哥，这事还得仰仗你，很多事情你就直接出面。"他赞赏地说：和你合作很愉快，你是巾帼不让须眉，大气，想成事也能成大事！

后来她又从效果图看出蕴意，整幢大楼就像两只瓢合在一起，立刻想起"合卺"，心头一喜。然而焦局长不赞成，理由是成本高，犹豫地说："那栋楼也许……"她没有听到他后半句，绵里藏针地说服他。寒总又来电话，说设计图纸送到省建设计院加盖公章时，引起哗然。

第十三章

　　兰蕊不放弃，但寒总慎重的态度使她产生了聘请权威专家评审的想法。通览互联网上世界著名标志性建筑，又咨询了数家设计院，最后联系到美国、意大利两位设计师。

　　三象楼设计图纸的合法问世，就在腾远公司九楼会议室。寒祝做东出面，真正运作的出资人华兰蕊乐意担当后勤服务角色。除美国著名设计师史密斯·卡拉特和意大利设计师大卫·盖里，还请来北京、上海的五位专家，研讨设计的图纸。

　　上海姚姓设计师精瘦睿智，在寒祝客套之后首先发言："这是我多年来看到的最具特色的设计，最有想象力的艺术品。如果不听介绍，我还以为是国外设计师的作品。这个方案，大胆地涉足建筑设计中结构力学常人不轻易碰触的敏感地带，并且处理得合理、巧妙。这位设计师太有想象力了，整幢楼看上去就像一只硕人的葫芦，很有意蕴。"

　　大卫·盖里五十多岁，头发和络腮胡子都已经花白，眼神流露出钦敬，通过翻译说："这应该是一位经验丰富的设计者，悬挑束筒的空间结构、奇特的单元结构幕墙、曲面线条的流畅过渡、顶部风压振动的处理，都是匠心独运，令人叹服。"

北京的宋姓设计师，年届六旬，严肃冷静："我认为，对于结构的核心部分，国内外目前还没有形成定论的计算结果不能回避，必须共同验证。"

美国设计师史密斯·卡拉特一脸质疑，通过翻译发表意见："必须验算，每个环节。"

寒祝说那就有劳各位，从专业角度提供可行性数据证明。兰蕊心怀恭敬，看着专家们在笔记本电脑前忙碌，默默地为他们沏茶添水。经过三天的集体工作，除北京一位专家提出局部外墙的修改意见外，其余六位设计师们全票通过评审。身兼上海一建筑设计院副院长的姚设计师当即表态，给写字楼的设计图加盖公章。史密斯·卡拉特曾为上海市设计过一栋奇特雄伟的高楼，在验算证明之后由衷赞赏："这幢楼一诞生，将是世界著名的建筑艺术杰作。寒先生，我有一个请求，能不能见一见这位设计师呢？"寒祝说：通过了评审，当然要安排见面，明天上午九点。

兰蕊想，一定有一辆光速缆车，在她和故乡之间，闪来闪去。音符，空气，鸟雀的嗯哨，唤醒了初恋的田野。夜像瓶子，盛满酒，醉了她，甜蜜幸福。怎么有那么多的眼睛？眨巴着，不同的景里唯一的少年，她的爱！

踩着旋律来到腾远公司。会议室隔壁的房间，开了窗，可以俯瞰楼下的大门通道，寒总带着七位专家进入大楼。能默默地为鱼江河做事或与他合作真的快乐，见面肯定尴尬，会引起他的不安。以临时有事为由，委托寒总主持当天的会议。

他出现在大门口，那身影像启动按钮，键通了她的胸口，心脏加速了。他身上的西装是自由市场的地摊货，一两百元的平民服。他变化不小，长发变短了，步伐稳健了。房门只需打开缝隙，就能看清楼道。他向这边走来，从容淡定，脸上少了润泽的血色，眼神熠熠生辉，还有使命感与责任感赋予内心的沉着坚定，十年来才正面欣赏。他就是按照她想象的样子成长起来的，真正的大男人。迄今为止，在生活里出现过的男子，谁也无法与他比拟。立在会议室关闭的门外，亲切又陌生，欢喜又酸楚。

鱼江河走进会议室，寒祝热情迎接。七位专家的眼神嚓嚓嚓地射向他，都惊愕，设计师如此年轻，似乎乳臭未干？史密斯·卡拉特竟然起身走过来，和他握手。寒祝介绍了在座的专家，请他对设计做说明。

他紧张了一下，平静下来后说："首先感谢腾远公司寒总给我充分自由发挥的机会，其次感谢各位专家对设计方案的肯定，接下来简单地介绍一下设计的理念。我省是华夏人文鼻祖伏羲的故乡，又是现代科技飞天的码头，也希望我们的民族富强腾飞。因此，该栋楼我简称为三象楼，从正南、正西、正东分别观看：像巨大的葫芦，盛满先贤圣人璀璨的思想仙丹；像发射卫星时点火的瞬间，主楼为火箭，裙楼是尾部喷火激起的烟雾；像盘龙昂首欲飞……"

专家们不约而同的掌声总结了他的讲话。门外的兰蕊蓦然觉得有一群鸽子从里面飞出来，飞过头顶，她似乎也有飞翔的幻觉。他可能没有注意到，若从正北来看，是更有寓意的合卺之象。有人走过来时，她才迈着轻盈的步伐离去。

她花了三千元，从市中心高档西装店办了一张购物卡，回酒店吩咐吴经理按最高标准备宴，又叮咛将购物卡交给寒总，转送鱼设计师。自闭在办公室直至中午，隔壁传来鱼江河磁性的话音，深沉而不喑哑。暂停片刻后，话音越来越清晰，原来他和史密斯站在她办公室门口交流，只不过开始她听不懂他们的外语对话。最后史密斯用生硬的汉语强调："我的公司，付你一百万，美元，年薪。""这片土地需要我这样的人，母亲病了，岂可远行！"史密斯似乎听懂了，真诚地说："带上你的妈妈去美国，治疗……"

他似乎是苦笑了：谢谢您，史密斯先生，现在，我还有重要的工作。史密斯应该是沉默了一会儿，说，鱼先生，我留下联系方式，你再考虑考虑。他的态度让她心里温暖又踏实，要尽快地让图纸变成大楼。

陪同专家们的敦煌之行结束，她到腾远公司，与寒总商量规划报批和支付设计费用。他说：鱼江河忽视了索要价码，按照地产行业内的价格也就十几万元的设计费。她转述了史密斯和鱼江河的对话，说：按照老美的价格，咱确实付不起，我想也别轻视他的智慧，三十万元吧。"你……你的钱你做主。"他很意外，"如果当作艺术品，那三十万元不多。"

她问：你在薇馨小区新开发的楼盘，有没有精装的套房？他说典藏了几套，有一百二十平方米的，有人给一百万，我没出手。她说，优惠一套，六七折，以后合作中还你人情，我出钱，你将房子赠送给鱼江河，也算是补偿设计费。"给你就六折。"寒祝惊诧地说，"这不是一百多万的设计费了？"这么有才的青年，她说，三十多岁还买不起房，成不了家呀！

他诡异地问：美女，这是同情还是爱情？她掩饰：他是我朋友的朋友，就当帮我的忙。他自尊心强，永远也不要提起我，否则他会拒绝。原来如此，他释然，不过，你这不是为商之道。我既想做商，她说，也想做人。说正事，要想很快开工就得好好打点一下上上下下的相关部门。听寒祝介绍建筑市场层层转包的内幕，她忧虑，利润被吃了"过水面"，施工队伍只能从建材做手脚，以次充好，咋保证质量。向省建豆经理讨教，他说如果不嫌累就可以合同约束肢解分包，环环把关。不能怕累，只求工程优质。她研究合同，请教了向明律师事务所的魏所长。

刚破解一关，又来了新的问题，省内外许多建筑队打起省市领导的名义，志在必得。寒祝应接不暇，她心力交瘁。哭笑不得的是，省长秘书介绍的孙某，是省长曾经的司机，竟挂靠省建公司也来承包工程。哪位童子也不能得罪，他们身后都是腾云驾雾的神仙。敷衍的同时，从豆经理口中了解到国内著名的建筑企业，先北京后上海以及广州深圳，实地考察后锁定三家建筑公司。

单筱纯的出现撩开了鱼江河头顶的阴霾，柔和的光照着，心窝暖了。伶俐的她毕业于交大建筑专业，提出过三象楼的修改意见。她是才女，两人志同道合。给蔚然去电话，委婉地告知自己的景况。她平静地说，表妹拒绝过富二代和官二代，就喜欢你这样的才俊。他苦笑，柔软的语言能抵挡得住现实的糙粝？推托了单筱纯的数次邀约，最终还是身不由己，被她的率真和风趣吸引。

他们伫立在新建大桥的栏杆旁，俯视大河。她说，我非常喜欢哈蒂德的作品，欣赏她的疯狂和特立独行。他说，她是解构主义大师，获得过普利兹克建筑奖，看她的作品有什么感觉？她陶醉地说：性感丰满的柔美曲线，很动态，以及潜伏于体内的刚劲与热烈；我有时想，哈蒂德的灵感很可能来源于她的浴室。

我没有过多关注哈蒂德，他说，我热衷于安东尼奥·高迪和伦佐·皮亚诺的艺术品。我觉得高迪一生都没有长大，一直是个孩子，好多作品像是泥巴捏出来的，也只有他才能理解他的作品，很好玩的。她说，哎，你为什么喜欢皮亚诺呢？他惊奇于她的观点："他从不抄袭，善于创新，自我突破；从他作品里能感受到蓝天、土地和人的内心，能使迷失的人们在冷静清醒中找到自己。"

她微笑：你说可能会放弃专业？"设计不是我的唯一，"他说，"漂亮的房子不是幸福生活的唯一。如果把整个社会看作一个宏伟的建筑，只有合理精准的力学结构支撑才能长治久安，才能形态各异色彩纷呈；如果无法左右结构，能清扫灰尘也是有意义的。"哥哥，你别说得那么深奥好不好，她娇嗔地说，我只知道一份牛排吃不饱就再来一个比萨饼。他笑了：咱们去吃西餐。她说：还以为你和高迪一样只专注于图纸呢！

从大桥走到餐厅的路上，他忽然觉得单筱纯像一棵青翠的芦苇，纤柔而刚性，毛茸茸又清芬芬。她吃得很少，一个劲地给他切牛肉：我想你设计的"大葫芦"一旦建成，肯定会收获无数的点赞，到那天，你请我吃大餐，从设计费里拿出零头。他微笑：还没有谈设计费。你总是出人意料，她说，不过也只有你这样的人，才能从蜗居里设计出如此宏伟的蓝图。拿到设计费，我想买一台新电脑，租一间较大的房子，他说，希望能遇到一位不在乎房产证的丈母娘。你做梦，她呵呵地笑，不过我有一套空房，新新的毛坯房，可以考虑租给你。他问租金多少，她说工资卡交来就行。又岔开话题问，设计楼房的人住不起楼房呀！

从寒总手里接过住房钥匙，意外，欣喜，太需要它了。房子的价值应该超出了设计费，那一摞摞巨额现金他不好意思再收了。约会单筱纯，数年前被心玫母亲击倒的自信得到恢复，金钱和粮食一样能带给人们生命和虚荣，至少内心踏实，不恐慌了。在江河海鲜酒店，兑现承诺的同时向她求爱。在靠窗户的雅座，饭后他掏出精致的小盒子：送你一串项链，从上海给你买的。她责怪：乱花钱，你需要开支的地方太多。

如实地告诉她是腾远公司给予的套房，她没有喜形于色，淡定地说，这是住蜗居吃泡面的人才应得的。推开盒子，又不屑地说：我对那些金呀玉呀的玩意儿没有兴趣，你最好送给那些涂红唇粘睫毛的女子，你一夜暴富，可以为所欲为，再见！

他一头雾水，熟悉的人忽然就陌生了。街心花园一朵玫红的月季孤独地绽放。强扭的瓜不甜，随缘吧！过了几天，却怅惘悲凉，前些日子渐次呈现的缤纷世界关了门。不能错过她！单筱纯拒绝接听电话，也不回复短信。他想，不喜欢金银首饰一定会喜欢他的作品。

爱情一词，总让他想起故乡白杨树上的喜鹊窝，固定在枝丫上，在大风中摇晃，在细雨里坚守，充满温柔和甜蜜。看来喜鹊并不是无缘无故地被人们视为吉祥喜庆的象征，是天生的建筑大师，是浪漫的爱情主义者，高居土地的上空，粗茶淡饭却比翼齐飞。他绘出灯笼状的"鸟巢"，受到父亲做木工活的启发，周末从馒头山上割下柔韧的荆条。

大学校门口的数次等待，终于见到了讲师单筱纯。以请教建筑与美学为借口，邀她散步。爬上山顶幽静的树林，走进那间土坯房，她看到木橼上悬挂的绿色大气球，问谁挂的。他拿起带刺的树枝刺去，"啪"的一声，爆出大灯笼似的"喜鹊巢"。她惊喜地抚摸着，窥视巢内的结构。他说为你制作的礼物。她灿烂地笑：我喜欢，能带回家吗？

初秋的夜晚看完电影，他和筱纯站在市中心三十二层的摩天影院外，鸟瞰大河和两串"珍珠"。他怕风大，抱住了她："我们离星空很近！"一颗流星划过，似有余温。她说："星辰无数，却能永恒，看似凌乱，实则相互吸引相互作用又保持合理的距离，像早已设计好的；社会也一样，完美科学的制度才能长久，高峰体验的权力就是划过夜空的流星。科学家根据探测器发回图片，发现火星上曾有冰川和河流，推断可能适合人类居住。如果移民火星，你最想做什么？"他说建造许多漂亮的房子和大桥，有想象力的、各具特色的。

她说："住在漂亮的房子里，人们就幸福了吗？柏拉图也憧憬过理想国，想象总是美好的，如何实施是关键，比如你要修建宏伟的建筑，必须有结构力学等一系列的理论知识作支撑。我从苏格拉底与孔子的著作里看到了以人为本的国度和纲性秩序的社会，我认为不同种族就像色彩纷呈的花朵与果实，而人性的弱点和根须一样都是深层的本质的，只有制约劣性才会弘扬优秀，我特别喜欢读杰弗逊……"

他紧紧地拥抱着她。

第十四章

这是华兰蕊幸福又心酸的一天。

从楼梯旁储物间门口看婚礼的主台，灯光使身着红西装、前额明净的新郎鱼江河伟岸挺拔，那神采是她从来都没有见过的，但渴望过，无疑是幸福的。她倏忽想起深山里那汪泉水，让老太婆变成小姑娘的神水，它在哪里，真想去喝一口。

一位气度非凡的老者携手着白色婚纱、青丝盘扎、玉颈裸露的新娘单筱纯踩着《婚礼进行曲》走了上去，把纤纤玉手交给了鱼江河。她摸了一下自己略显粗糙的手，立即装进兜里。说新娘的娘家在天上，她信，看那一双眼睛，有梦幻有纯真，有脱俗的雅，这是在什么样的家庭里才孵育出的仙子呢？肯定不是在黄土地，不是在窑洞里。当那圆润藕白的胳膊挽住他时，她战栗了。司仪的赞美和台下暗淡的光线掩护了她，她看到独自坐在角落里擦了一下眼睛的鹿心玫，随后在热烈的掌声里轻轻地离去了。

她本想与鹿心玫打招呼，又担心被新郎发现，也怕自己不会撒谎让心玫起疑。这婚宴，也是她定下的，为此推掉找上门来的生意。最高档次的宴席，最低的折扣，很难保本，就是免费办婚宴也心甘情愿，只怕引起怀疑。她爱金钱，不肆意挥霍，连衣着打扮也从简，甚至很抠门，可为他心甘情愿。

她被婚礼的热烈烤煳了。新郎和新娘赠信物拜天地，还有司仪深情渲染浪漫的爱情故事。她眼前闪过夏家庄院的婚礼，她和新娘频繁错位，支离破碎的是大学、宿舍、校园里的雪花，涝巴畔的惊喜忧愁，窑洞里流泪的新婚夜，分娩的疼痛和存良的拳头。服务员疑惑的目光像巴掌，也没拍醒她，她像蜡像似的杵着。

略显粗糙的一只手碰了碰她胳膊肘，给她擦泪。模糊的视线里显出素素的轮廓，猛地扑进她的怀里。素素拉她上楼，进了办公室，暗哑地说："不哭！"她凄然地笑，又自责："他大喜的日子，我咋这样？""上午看到新郎的名字，还以为是同名同姓的，站上台我认出了，变化不大。""终于有家了，有人照顾他了。"

素素认真地说："华经理，我郑重地向您提出辞职，明天就买火车票，回新疆种棉花。"她惊诧地问为啥？素素说："他若知道豆豆……""我保密，再说他不知道我的存在。你走了，谁给我擦眼泪？""你和我妈一样心肠软！凭啥还这样对他？"她擦拭眼角："哎，我从寒总那里说定了三居室的套房，价格很优惠，明天去办手续，写你的名字，别想逃跑，好好给我拉长工！""你就一周扒皮！"

兰蕊刚擦干眼泪，阮局长就进了办公室。

他说章家昌主动交代了他在海南、上海购买的住房，和一些现金，罪证确凿，我给法院苟院长打过招呼，少判几年，服刑时还可以在医院疗养。她祈求：能不能再想想办法？他笑着说，这个案子在北京挂了号，这是最好的结果；再说，章厂长没有挺过来。又低声说："案子取证时，有人反映你是他的情人，有权色交易，我给下面打招呼，说与案情关系不大的枝节就砍掉，办案人员在调查中没有发现你和钢厂的往来账目有问题，只听说你得到钢厂的特殊优惠，当然类似现象普遍存在，都淡化处理了。"

她灰暗呆滞的眼珠动了动，两腮通红：和钢厂业务往来正常合法。阮院长还问她和老首长熟吗？她低头说只见过一面，朋友带去的。他称赞她是不寻常的女人，能经营这么高档次的大酒店，有魄力。她说，还想求局长一件事，一个亲戚误伤了自家兄弟，在庆平劳教，想办法减一减刑。他说，把名字给写下来。她把字条和一张购物卡塞进他衣兜。

兰蕊领到施工许可证的这天，多情的小雨袭击了城市。规划局十五层大楼的窗外，北面的一顶小山绿成了一朵火焰，屹立的古塔沉默着，从何时起依恋这座城市了？是什么让时间与命运颠倒错乱？她想从点将村的土地种出希望，想从野狐坳的果园摘下富足，和小童发展壮大企业，不承想真正属于自己的事业竟在这里。雨丝织成晶莹柔软的手帕，擦拭楼房、街道和树木，可惜纯洁的雨水最后统统汇入了浑浊的大河。

从开始报批项目，经过诸多部门加盖近百个红色公章后，终于修成正果。纸做的"许可证"太沉了。仔细一琢磨，每一道审核都是必要的，偏偏那些正常的公务办理成了关卡。幸亏有焦副市长这位靠山，打通好多环节，才不致浪费过多的时间。逃出大楼，漂亮的花雨伞掩护着来到自由的河滨路，想亲一亲小雨时，寒祝来电话，要商量工程招标。

她的微笑包装着坚定，建筑队伍必须高资质、有信誉、有实力。斟酌复杂的关系很可能变成障碍时，寒祝征询她的意见，是否要打出老首长干女儿的旗号，她红了脸。他立即说只是拉大旗作虎皮，还说许多女人当不上"干女儿"着急上火，为了工程质量委屈一下，主要对付那几个有来头的人。

她犹豫，沉默，白了脸，还是点了头。过往的经历是一道疤，再悔恨也无法消除。铃铛大小的青苹果，一旦被冰雹击伤，无论长得多么硕大红艳始终有痕。命运看似有多项选择，她怎么一步步走向了痛苦无奈？即使另有坚守节操的方向，谁又让她在关键时候昏了头？前日，她还婉言谢绝阮局长的电话约会，去歌厅K歌，男人也叫人烦！从寒祝的表情看，该有几分荣耀才对。一味地痛悔并不能改写过去，不得不勇敢地面对，多多挣钱，做大事业是最好的慰藉。

最后确定了上海的一家建筑公司，曾在北京修建过著名的高层写字楼，颇具实力。她带领娅菲公司的两名年轻的员工，到北京与甲方接洽并询问查看了工程质量才放心而返。又犯愁省招标办能否通过，寒祝说不用担心，按潜规则进行。建筑大厦的招标办大厅，主台背墙上"公开、公平、公正"的大字让人顿生庄严敬畏，工作人员冷峻的表情、评审专家们认真的态度让她有一丝不安，万一让不具备实力的队伍中了标呢？

　　虽然参加过地皮拍卖会，她心里有数，但那是有焦局长做靠山呀。肃穆的气氛很压抑，她出了会议室，碰到寒祝的女秘书小陶，才知道上海的这家建筑公司提前接洽了招标办，其他几支队伍属于陪标，专家们进会场前得到提醒，心知肚明。大楼图纸是心爱的人设计的，要将它当作一项伟业去做，当然要选择一流的施工队伍。"三象楼"奠基仪式的日子，出自方姓风水师的指点，他是寒祝多年的朋友。参加仪式的有市委路书记、焦仕众副市长等领导，还有省城地产界几位大享。虽然方先生说是黄道吉日，但昨夜从西伯利亚袭来的寒流猖狂地肆虐着大街小巷。市委路书记讲完话，拿锨铲土时，一股劲风刮起微尘吹向兰蕊，眯了她的双眼，她擦拭后返回酒店安排接待。在酒宴上她礼节性地敬了酒，找借口溜出来，她怕脸红，怕想起秦雨市的"行宫"。饭后寒总陪同领导去山庄打牌前说，鱼江河只接受了住房，把钱退回了，让咱们发展事业，或者搞慈善。兰蕊笑了一下，说那就别再勉强了。寒祝摇了摇头：一个真砸钱，一个真拒绝！绝！绝！

　　支撑兰蕊的只有这栋蕴含了大爱的地标性建筑。去工地察看时，有人直呼她的名字，回身看到安全帽下一张熟悉的脸，曾经的村长邓会明。他辞职后外出打工，组织起百余人的施工队伍，在上海、北京两地参与过多栋高楼的建设，尤其首都的鸟巢也凝结了他们的汗水。一攀谈，知道她才是真正的老板后，他肃然起敬，最后放心地说，这就不用担心拖欠工程款了。她戏谑：若施工出了纰漏，不仅要扣工资，还要回老家收他自留地里的庄稼。她看到这些民工太亲切了，傍晚在大酒店摆了十几桌，上了顶级海鲜和好酒。

晚饭后兰蕊送豆豆回家。小刚和素素还在酒店，芽芽就读于寄宿高中，家里只有她和豆豆。很久没有静心地看看儿子了，他长大了，比她的个头还高，眉宇和鼻子像是从鱼江河脸上复制而来，眼白白得发蓝，眼珠黑出几缕郁悒。她静静地坐在床边，目光爱抚他伏桌写字的后背，起身想摩挲他黑发茂密的脑袋，又觉得不妥。

他回过身，眨眨双眼皮：妈妈——她心里一揪，且热且凉又蜜又醋，泪水在眼眶转了好几圈，轻柔地说：素素才是你的妈妈！他低下头：我在村里上学时，就听同学说过我的身世，我的爸爸是谁？他在哪儿？你爸爸就是小刚，他是个好爸爸。她意识到泪水流到嘴角，便背过脸说，养育的恩情大于一切！他固执地追问：是因为我的出身，给你带来了痛苦？

她抹了一把面颊："不！每一个生命都是一个奇迹，都和着爱和痛、和着血与泪来到人间，都是可爱的平等的。母亲之所以为母亲，就是因为能承受巨大的痛苦。小刚和素素配当你的父母，以后你会理解他们，感激他们。你可以将我当作业余妈妈，我会看着你成长，鼓励你，祝福你。有两个妈妈幸福吧？"他眼神里的郁悒和疑惑被微笑取代了：大妈真好！

第十五章

南北两列山脉绵延着，呵护着城市。一只雄鹰滑过碧空，穿过白云，盘旋翕翅落在一座高耸的楼顶。这幢鹤立鸡群气冲霄汉的建筑就是三象楼，深蓝的玻璃幕墙散发出庄重典雅高贵的气质，集观光、酒店、公寓、写字楼以及顶级商业一体化的特性，吸引着市民，或驻足而立，或仰视赞赏，或摄影留念。

它的主人华兰蕊习惯从十九楼的办公室俯视疾流的大河，还经常下楼在人群里随意走走，听听议论，帮他们拍照。一天有几个洋人围着大楼走了几圈，指点评议，一位过路的女子向围观的市民翻译，老外要将这栋大楼收入世界奇迹建筑之册。除了说该楼是"火箭楼""葫芦楼"，还有人说是"玉杵楼""炮弹楼"。她尤其喜欢站在对岸的河滨路仰望它伟岸的身姿，观赏倒影。成功淡化了过去的曲折与辛酸，遗憾的是，大楼竣工仪式上鱼江河没有出现。听鹿心玫说，设计院出了一桩腐败案，刺激了他，他去年参加公考进入省纪委，听说正在交通厅参与调查高速公路的腐败案。她在他的婚礼之后，不再意乱情迷，有回归理性的融融暖意，这温暖能慰藉内心深处的孤独。

三象楼荟萃了省内外许多大亨，其商业地位日渐蹿升，租赁成了抢滩登陆。资金回笼迅速，加之部分出售，建筑成本基本结清。当然，她没有忘记最初的承诺，给焦副市长数次私送现钞。往日忙碌之后的安静没有了，应酬耗去许多时间。那些有名的富商，见她毕恭毕敬。频繁的邀约、隆重的宴会和贵重的礼品，使她纷乱疲惫，也隐隐地满足了女人的虚荣，只是无法填补她内心升腾的另一种虚空。

从楼顶的观景台环顾南北两列山脉、逶迤的大河以及密密的楼林，活在这立体空间的人们，内心世界可有这样的高度？我成功了？环顾所有建筑都俯首称臣，向下看都平面化了。

她触摸到心灵的渴望，观看大剧院上演的音乐会和名家戏曲，疑惑为什么观众寥寥。参加文联联谊会，感受到技巧包装、炒作渲染胜过作品的思想。随丁丽宁去过省城高大上的文化山庄，在打牌娱乐的游戏中角逐项目，很快就失去兴趣。参加过多次文化与企业的培训，那些所谓成功的人士把无知当作荣耀，曲意"诠释"古文化，吹毛求疵于圣人，践踏经典。看见戏园便走进，很想回味故乡传统剧目的那种韵律，唱罢断桥的"白娘子"未及卸装便直奔观众席，摩蹭着有钱的老头挂红施舍，颠倒了那份尊崇。悄然进入舞场和迪厅，这些彩灯闪烁下的青年正在狂热地挥霍韶华，茫然地摇头晃脑。不，这不是她憧憬过的城市，梦想中的城市又在哪里？她踩着河岸松软的泥土爬上玉塔山，抚摸干枯的泉眼，仰望倾斜的白塔。山下楼林里遗存的老街老巷都被拆迁开发，拓宽的街道充满茫然的车辆和行人。她找到省城大学的校园，在文学院蹭课，听敬业的老教授纵论文史，成为教室里学生寥寥的几大"常委"之一。

她想起在办理地产手续时结识的史业勋，土地局的副局长，他有诗人范儿，谦和儒雅，按规矩办事不故意刁难卡要。史业勋从市政公司考入土地局，仕途顺风顺水。约至酒店，听他娓娓谈天论地追古说今，再诵读他的诗文小集，很享受，只怕常约滋生误会。

行业协会邀她参加宴会，在省城档次最高、经常接待北京客人的西部宾馆举行。院内仿佛举行豪车展览，她驾驶那辆二十万元的轿车自惭形秽，知趣地停在楼后角落。告诫自己，不能贪慕虚荣。虚荣就像收养老虎幼子，一旦养大便作难，放其归山于心何忍，留在身边终会伤人。

大厅金碧辉煌，硕大的吊灯不可一世地悬挂在正中央，两百多名省内地产界巨头和多名受邀的为官者欢聚一堂。西装裹不住挺起的大肚皮，名表、名牌、金银首饰都来了。相比而言，那些带长的领导朴实无华，可他们个个头上一顶乌纱帽，再大的老板见了也得低头。

她在丁丽宁的撺掇下去了亚细亚商城，买了一件晚礼服，花去五千元，心疼了好久。负责人郑重地邀请建设厅领导作了简短的讲话，菜品还没有上全，开发商们纷纷起身敬酒，排队走向领导的酒桌。

若没有寒祝委婉的指引，她真担心找不到合适的位置和恰当的语言。同桌一位苗条的女士，发丝一根根似乎都经过理发师的整饬，穿着墨绿色长裙，脖子、耳朵、手腕和无名指上都是灿灿的饰品，雍容自若，兰指微翘，掐着红酒杯的细腰也冲向带长的酒桌。寒祝说焦副市长去北京出差了，又简单地告诉她社团活动、协会内潜规则和八卦趣事，随后带她去敬酒。

她不显山露水的应景之举，很快成为整个宴会的焦点。晚礼服毫无保留地显露出她高挑的身材和柔滑的曲线，细细的银项链自豪地挂在玉润的脖颈上；一双漆黑的眼眸遥远又诗情，令对视过的男人险些醉倒。天性的真诚流露，无声但强有力地击败所有在场的矫揉造作。

这一点她并不知道，敬酒即将结束才留意到其他女性尤其同桌那位的眼神，无意成为中心却成了焦点。想安静地吃点小菜，许多男士却向她敬酒，赞美她是巾帼女杰，成功的企业家，还索要电话。宴会的前半场是围着领导打转，后半场她变为众蜂旋舞的花蕊。

好不容易安静下来，耳后一个男中音：妹子，哥哥给你敬杯酒。她一抬头，是齐守元。她诧异，你怎么在这儿？他嬉笑，坐在她旁边的空位上，说我都不敢认你咧，我在新区筹建独立学院，搞教育，培养人才。她问：教育两个字你会写吗？他压低声音：嗨嗨，妹子，这场合得给我面子呀，我做的是大学，归属交大，我是董事长，目前还兼任校长，教学楼都建好咧。她鄙夷地审视，你小学都没毕业，还要教大学生？士别三日刮目相看，他说，我现在本科学历，还是名牌大学。花钱弄的？她说，听说你在屯田镇开发商品房亏了，卖不出去？

他淡定地说：能亏到我头上？咱有地方政府和银行支持，不过，我有先见之明，地产开发前景不容乐观，我有了新的发展方向，承包修路工程，还开办学校，坐着挣钱是上策，教育产业化真好。她苦笑，满脸无奈：我原想宴会后好好睡上一觉，看来今夜无眠了。他色眯眯地调戏道：见到我太激动了？她鼻子"哼"了一声：我为孩子们的未来犯愁！

他索要手机号，说常联系。她说："有必要吗？薰莸不同器呀！"他没听明白：改天我一定拜访一下你妈，她毕竟是我的后妈，虽然你做了贾书记的干女儿，但咋说你也是我哥儿们的媳妇，还是干兄妹呢！她说：我真想哭！说罢起身向寒祝告辞，对注视她的男人们点点头，走出大厅。寒祝来电话说明天还要组织去秦雨市，去行宫度假。她坐进轿车，说要回老家看望父亲。

她累了。尤其是齐守元的出现，击垮了她内心的又一根柱子。驾车逃出城市，心情豁然，听到故乡亲切的召唤。手机三番五次地呼叫，才减了车速，一看是小童，便接通。

太意外了，本想悄悄地回家，不但小童知道她返程的消息，连县委罗书记也知道。小童说，罗书记在县城温泉宾馆设宴接待。她急忙推辞。小童委婉地说：罗书记说你是咱们全县人民的骄傲，很有必要欢迎你荣归故里；他也很关心我的企业。前半句话听得多了，后半句让她陷入沉思，能理解小叔子的难处，也明白罗书记让他打电话的用心。

在县城桥头她跟随小童的面包车开进宾馆，内心一丝畏怯在见到罗书记后就消失了。温泉宾馆装潢带有浓厚的地域特色，宽阔敞亮，说明地皮没有省城的昂贵。书记带领七八位县领导迎接，其中一位影响了她的心情——新上任的谭副县长，原来太平乡的书记。

进入豪包，推辞不过，只好坐在罗书记身旁。他介绍在座的副书记、副县长、宣传部部长以及秘书，郑重地宣布"欢迎我县著名的企业家华娅菲晚宴"开始，赞美她年轻、漂亮、能干，瞥了一眼微笑不语的小童，夸张地说："华总还有一绝，不为外人所知，就是书法自成一体，挥毫泼墨，翩若惊鸿。"宣传部长恍然：难怪罗书记准备了毯子和笔墨。

她以开车为由谢绝了敬酒，罗书记说宴会后安排了温泉沐浴，给你留好了房间。又说先喝酒，我的地盘我做主。酒过三巡，其他领导轮流向她敬酒。谭副县长特意举杯：华总是女中豪杰，几年前我就认识了，那年任支书毁坏你的果园，我将他狠狠地批评了一顿。她强作欢颜：过去的就让它过去吧！罗书记说让她尝尝特色菜肴，又将话题转移到新生代杏脯厂。

她看到小时候常吃的饸饹面、搓搓面、花花面、荞面凉粉精工细作之后竟然荣登大雅，和鱿鱼海参鸡鸭牛肉摆在一起，亲切又感慨。罗书记大设饭局，难道真是因为她成了企业家？忽然想起昨夜齐守元的话，心头明朗了，姓罗的是要从她身上接通省上大领导的关系。

原来堕落能换来虚荣，为何她却自卑、痛苦、悔恨呢？一听温泉洗浴就两腮发烧，仙逸山的行宫更是耻辱的标志，跳进消毒池也难以濯净灵魂。不过，有必要通过路书记给省上领导说说话。

宣传部部长打断她的沉思：华总，咱们县正在修订《县志》，像你这样的人物最有资格载入史册。她面有愧色，委婉拒绝。罗书记说：点将村是全县最牛的村子，夏家是最显赫的家族，出了大厅长又出大企业家；华总低调，不愿张扬，这需要编辑主动搜集信息，整理资料。宣传部长说：记者在门外候着，华总，请赐墨宝。

第十六章

从不醉酒的兰蕊这次醉了，清晨醒来，父亲给她做好荷包蛋。老人的气色好多了，从简陋但整洁的窑洞看得出他的心情不错，说昨夜是小童送她回家，小两口经常来，送吃送喝。碎片记忆正在复原，浓重的夜色，车灯下的乡间小路。庄稼花草加工出的气流清新潮润，弹拨沉睡的思绪。

门前的小路还串着杨柳树，却串不到槐椿墚，荒草没了腰。还是那棵杜梨树吗？更粗壮了，伞冠曾荫佑少女的时代，枝头挂满了梦，酸的甜的，落了结，结了又落。埋葬初恋的土坑不见了，梭梭草已经封实了。这片窄小的土地，像一张麻纸，记录着撒种、敲打土疙瘩、拔草、摘食酸涩的杜梨果，在树下安静地翻阅诗歌小说，如痴如醉地思念心仪的鱼江河……几株槐树和椿树支撑着坚持着思念着，泪珠是省略号，一粒粒渗入野草丛。

告别父亲，驾车下坡时，停下来瞭望捉迷藏似的蜿蜒山路，小时候上学常走的羊肠小道，那无忧无虑的童年呀！南塬的山峁轻岚轻雾缭绕着，有仙气有仙乐，纱纱的，幽幽的，像笙箫里流出的。地球都不停地转着，这里的一切还没有变？变了认生，不变又遗憾。

还是在变，只是变得慢。红河上新架起的大桥顺利地送她进入村口，操场竟然阒无一人，寂寞的小石桥等她很久了。溪床裸露着石子，玉玺台上的学校早已撤了，门前的坡路被齐崖斩断。操场上矗着三层米黄色的小洋楼，是新建的村委会。点将台因水土流失和挖掘垫路，只剩下二十多米的一条驴脊梁。

她走上小坡，跨进阔别数年的家门。正在院子晒小麦的婆婆一脸惊喜，灰头土脸上绽开纹理密集的"花朵"，迎上来：蕊儿回来了！她急忙放下礼物，握住婆婆粗糙变形的双手。

探望村里的长辈，到济民叔家，她没忘记心里的秘密，问他见过鳌盖墚上深夜的鬼影吗？走出济民家，远远地看到鸽子滩龙娃和桂霞正犁地，可以趁机去探望他的父亲，避免见面，也不想见他，不必搅乱了心情。已逾古稀之年的夏济孔，气色好转，只是还那么沉默，话少，前后不到十句，只是眼神活泛一些，盯着她时有点别的意味。放下礼品，嘘寒问暖，留心窑洞拾掇得干净整洁，看来龙娃和桂霞已成事实夫妻的说法是真的，心里踏实了。

走上窝弓坡，层层荒芜的阶地充分证明农民对耕耘的失望与放弃；峁塬川道许多磕头机正玩命地抽油，似在诉说人们对金钱的追逐与痴迷。俯视玉玺台灰瓦白墙的校舍和默默耸立的柏树，有朗朗的读书声和稚嫩的歌声回响。金色童年从这里开始，像小鸟有了翅膀，有了飞天的梦。如今，寂寞和香火成了它的主人。

黄昏了，得赶紧走一走鳌盖墚和野狐坳。新修的柏油路把果园撂在一旁，盘山而上。那一片茂盛的果树七零八落，枯死了一大半，还有几株挣扎地活着。苹果树上稀疏的果子等不到主人，早已萎谢了；松鼠沿溪而来，在核桃树枝蹿上跳下地忙着收获。这里的每一棵树，都是她亲手栽培、提水浇灌、施肥剪枝，像孩子，数年来竟无情地将它们遗弃，这些孤儿正在自生自灭。墒情好的土地，沉淀了辛勤的汗水和痛苦的泪水，滋养贫瘠的希望简陋的憧憬。

山其实不是山，是沟壑纵横的峁塬，多想听听游出窑洞游过田野的笛声呀，清越激荡，缠绵依恋，可村里只剩下老人和儿童了。红河水老了，能跷过去，苟延残喘着。欣喜的是，坳里那眼山泉依然活着，喟喟晶莹。掬起一捧，还是那么爽、那么甜。蹲下身子盛满一瓶泉水，要带它上路。登上圪梁，三角草棚还坚强地伫立，心跳得快了。轻轻的脚步惊飞草丛里一只雉鸡，接着便是潜伏的一群，呼呼啦啦地飞向坡洼高大的白杨树。

草棚新修过，当然是龙娃，心里掠过热辣辣的痛。野草没过膝盖，沿记忆的曲径下山，忽听"咴啊——"一声，红头鸟飞上鳖盖墚。接着又一声"悔啊——"，她纳闷，那鸟的叫声的确变咽。

天刚黑小童夫妻回来，捎带了杏脯制品。返乡探亲的邓大哥带领十几个民工进院子，提着酒水、特产和几只雉鸡：妹子，大伙都记着你的恩情，听说你回村了，想表达心意，可想破脑袋也拿不出个像样的，激素猪，肉不香，正经的土鸡绝了种；你见过世面，啥山珍海味都尝过，最后大伙觉得这山鸡还算是纯正的，口味也好，回去让大妈炖上。

她感谢，又歉意地笑：我一回来，害得野鸡都不得安生。好多村民都来了，小院更热闹。朴素的话，有乡下的变化，有城里的传闻。她为他们斟酒、搛菜：若有机会进城，不要见外，打电话我去车站接你们。咱村风水好，出了两个干大事的人物，老会长说，不过当官的乐乐头仰得高，只能望到天，还是咱兰蕊好，外面干大事，回家当媳妇。

鸟鸣划破了夜，夜淹没了山川和时间。伫立在剥落泥皮的照碑旁，云彩排演，月亮出浴，恬静安谧是憧憬与省悟的襁褓。她背叛它很久了，恋它却要离开它，我水性杨花吗？就让我用眼睛、耳朵和双手再感触你最后一次吧！我想飘，用我的翅翼擦着川道的庄稼滑翔，贴近峁塬的树木上升。忽然，一匹黑骏骏的烈马从玉玺台上空腾跃而过，扬鬃甩尾，骑士挥刀向前，豪情万丈，昂扬轻盈地飞上东方山头，后面还尾随着一群，奔腾着。原来济民并非妄言。烈马驮走的不只是骑士，还有她的心。

济民也听桂霞说过，鳖盖墚上有鬼。这夜他闲不住了，想去看一下那鬼倒是长啥样。走出大门，就遇见龙娃。龙娃想再去看一眼兰蕊，又怕惹桂霞生气，更怕自己心里乱。一听济民说要看一下那鬼样，也来了兴头。两人在墚下的埝头等到后半夜，也没见个啥影子。济民说女人煞气软，容易看见阴司。龙娃不死心，忽然说，那鬼可能是听到枪声就出来。济民说那你背枪打兔子，我到墚下睁大眼。龙娃说现在不忍杀生，连野鸡都不麻了。济民说，你放空枪。龙娃就回家背来老土枪，去了旁边的野狐坳。

济民点着一根香烟，藏在废弃的老饲养站的破窑里。枪响后，济民蹑足出来，向洼上扫视。扔过几个烟头后，果然一个身影拼命地向上爬，虽然弦月躲进彩云，仍能看清那"鬼"头发麻白，手里握着双股叉，匍匐着，动作迟缓却玩命冲锋着。济民给龙娃打过手机，悄悄地尾随着。那身影好不容易爬上墚顶，便刺杀起来。

龙娃没有靠近就对空放了一枪，那身影和双股叉都倒在草丛里。弯月亮了，两人凑近俯下身子，分明是人。那人睁开眼睛，沙哑地喊：我没有负伤，不要开枪！龙娃叫了一声：自义大人？济民扶起自义，老哥你这是干啥，咋还装神弄鬼了呢？自义呆滞的眼神渐渐活了：这不是上甘岭吗？济民苦笑着说，这是咱点将村。鳖盖墚，是咱们家呀！

小屋最后一夜，藏匿多年的往事前呼后拥爬上了兰蕊的土炕：初嫁、胎动、争吵、劳作和夜读，艰难岁月里奄奄一息的梦想，茫然出轨的冲动与羞涩。鸡叫头遍时，隐约听到房外的拐杖捣地声，老祖母从窗户向里张望了很久，最后说：山里沟坎虽然多，摔下去土是软的；城里街道平，可人心里的漩涡多，跌进去就得淹死，留下来吧！一声枪响，她从梦中惊醒，翻腾到黎明，下炕后到大窑门前点了一炷香，焚了黄表，摸了摸破旧灰白上了锁的双扇门。

原打算天一亮就走，这夜里的一声枪响却吸引她又上山。顺便向老祖母和夏老师的坟冢告别，这是最后一次。碰边的枣树下坐着自义，影子似的长辈，见面除了点头从没有一句对白。他在哭，听到她的脚步声回过头，那一双漠然肃然的眼珠第一次泛起温情。她劝他保重身体后，他夸她心善，替他行了孝，说大安可怜，就因娶了狼莛婆，催命的鬼。她说枣枣爸脾性瞎，他摇了摇白头，揩了一把老泪，说该死的没死，该活的却殁了。

她带上柜里的笔记本、名著、宋词、书法字帖，这些是她寂寞时最忠实的朋友、她的闺蜜、生命的一部分。给婆婆留下一沓钞票，在每个窑洞看了看，抚摸桑树擦干眼泪，驾车出了村口。

石桥附近聚着不少的村民，老人多，这是多年来少有的场景，都为她送行。泪水不愿离开，坠落，渗入土地。她清楚这是一次彻底的告别：她的户口已经转入省城，今天还要解除夏家媳妇的法定身份。阮局长帮忙给存良减了刑，半年前去探监时，他主动提出离婚，并托狱警转交协议书。铁窗内那个谢顶的、掐扳指甲尖的陌生男人，曾经的丈夫，明天就成路人了。她还配做他的妻子吗？撤乡归镇数年，走进屯田镇政府提交申请书之前，脑海里却闪过他昔日的模样。

点将村，玉玺台，我就要离开，彻底离开，要把你们变成思念。峁塬沟壑、草木庄稼、羊肠小路、曲折的小溪，古老的窑洞和坚守的乡亲，将成为永远的记忆。别了，年年如期而至的季节，欢腾喧闹的鸟兽虫蛙，那风雨冰霜里度过的青春花期；那浸满泪水的岁月，辛勤劳作的耕耘，善良包容的亲人；严冬对于暖春的渴望，深夜寂寞的土坯屋思念心爱的人，热烈又绝望。别了，这熟悉的土地，这条终生流淌在梦境的河流……

兰蕊在小童的办公室见到明卓远，竟怦然心动，体内涌过热流。从过去的教师、无业者到如今的律师，这个曾经暗恋过她的少年成长为沉稳的男人。他浑身散发的磁场，能安抚浮躁的心。他与她聊叙昔日校园的情谊，临别时真诚地说：岁月无情，商海无情，善自珍重！这句平淡的话，多年来没有人对她这样说过，她差点哽咽。

参观了新生代杏脯厂，很欣慰，企业正稳步良性发展，这里曾寄托过她的梦想。和小童商议成立贫困资助基金会后，开车上路。要为家乡做的事太多，这是首先想付诸实施的，她乐意出资，由小童监管也放心。轿车还未驶出本县地界，手机频繁来电，只接通小童的号码。他说，去外地出差的县长刚到庆平市，要请她吃中饭。她推辞了，转达有机会在省城一定为县长接风。刚放下手机，焦副市长来电话，说准备评她为劳动模范，还有事要见面商量。

红河大桥旁边的白杨树下，龙娃擦净旋耕机，坐在岸边的石头上，抬头望望若隐若现盘山的柏油路，点燃一支烟。厌倦了城里起起落落的日子，如今平静的生活给了他内心的平静，放弃看望兰蕊的冲动，也不愿伤害桂霞对他和父亲的真情。

他想再看看她驾车离去后沉寂的路，清风摇曳两旁密密的苞谷棵。中午一场迅疾的暴雨，让红河激昂地喧腾了。桂霞走来，大笑得直不起腰："你猜，昨天他们用啥招待兰蕊的？野鸡！是野鸡！真是笑死人啊！"他瞪了她一眼，启动马达，"突突突突"地走了。桂霞咬咬下唇，乜了他，尾随着。

第十七章

　　济民以为这一辈子就要这么黯然地下场了，没料想老天给了他一次变成富翁的机会。

　　他头顶峁塬上散漫的流云，款款地走过通往野狐坳的山路，哼着秦腔，悠闲得快要变驴了。日子一天天揭过去，兰蕊回村转了一圈而引起的心热也渐渐地淡了，兰蕊命里有财呀，自己就是穷命，就是眼前随处乱飞的野鸡，一辈子就是住崖面巢穴、吃虫吃草籽、睡土窑窑的野物。好在没啥烦心事了，小刚协了兰蕊的势，在城里过得好，自己也跟着经了世事，这把老骨头啥时摇不动了，一埋了事。尽管素素老打电话叫去城里住，他都回绝了，这山山梁梁的多散酥呀。种一把粮食填饱肚子，想弄啥弄啥。想吃啥水果山上都有，还不要钱。他随手摘一颗金黄的梨子，咬了一口，看着落了一地的果子，还真有些可惜。小时候半夜起来偷着摘，也吃不着个甜的。世事变了，青年人都像喜鹊一样飞走了。山下几户老庄子，让野鸡给占了，在窑里抱窝呢。红河水又挣扎在淤泥和荒草之中，半个月前的连阴雨让它发了大水，淹垮了北岸新修的道路。齐经理失踪了，村民无处讨要赔偿款。听说齐经理就是齐永才的儿子后，他想起那头老驴和假牙，很纳闷：

·312·

为啥如今世道总是贼鬼溜娃子呼风唤雨呢？本分规矩反遭人欺辱呢？孤独的夕阳抚慰沟壑坪川，漫山遍野忙碌着祖先憧憧耕耘的魅影，耳畔响起前辈谆谆的训导。莫非这些传承也到了永远埋进土里的时候？

夜色从窝弓山下的沟壑蒸腾，黑雾急速弥漫。坐在鳖盖墚绵软的土地，双手抱于脑后，依靠着玉米秆垛，眺望对面北塬鳄鱼似的岜峰，回味昔日的凄苦与欢乐，渐渐变成一只打灯蛾扑棱起来。想着想着竟然睡着了。一觉醒来，蓦地发现山下亮坪的土路缓缓移动着两盏灯光，到祖坟地就熄灭了。他摸黑下山，在阶地老饲养站的破窑前蹲下，俯视黑影。那人挥镢挖了挖，又操起铁锨铲土。凭直觉，此处是自仁的坟冢膀子。那人究竟要干啥？掘墓贼？很可能，乐乐是大官呀！又蹊跷，有开车盗墓的吗？他蹲麻了腿，席地而坐半个时辰，那车开走了。应该是那人深埋了物件，走下荒草淹没的小径，来到自仁坟头，踩踏平整过的虚土留下的印迹，带着悬疑回家小憩至天色微明，又来到坟地，难道乐乐与谁结怨，埋下了青石或者驴蹄子？或者炸弹？不会是乐乐藏下东西吧？走过自仁上锁的老庄院，又向邻居打听后，确定乐乐几年未回点将村。自仁老哥走了，若有谁让他不安宁，咱岂能袖手旁观？

子夜，他挥舞镢头挖开谜底：一镢把深的土坑放置两个鼓囊囊的大皮箱，用数层塑料布包裹。撕开豁口，拉链挂着小铜锁。他用镢刃撬开一个箱子，打亮火机，满满的新崭崭的贴着封条的百元大钞，是冥币，不，是人民币！取出一沓，摸索数了两遍，一百张，一万元。他起身环顾，寂静无人，偶有夜鸟噙哨，取下别在耳朵上的烟把，吸了几口，仔细清点，整六百沓，六百万？我的姑爷呀！镇静下来，又撬开另一个箱子，点亮火机，黄澄澄金灿灿地晃眼。熄了火，伸手抚摸，沉甸甸的金条。他浑身软塌塌地匍匐在箱子上，回想多年前经常梦见一篅钞票一篅金银，就圈在自家的窑里。夜凉侵袭催醒大脑，无疑是厅长孝敬老爹，这小子，埋下冥币就可以了，咋……也许是赝品，如今啥假货没有？都是真伪难辨。他分别抽取一根一沓，盖上箱子掩埋酥土，给自仁嘟哝：老哥，娃儿不懂阴司的事，别给了一堆钱

313

在阴间不通用啊！待我验明真假。

　　济民在野狐坳和燕子溪岸分别让龙娃和家成查看了一张崭新的百元纸币，都说是真的，胸内掠过阵阵激动。在村委会的小洋楼前听到人们津津乐道电视新闻中有关廉政之风刮倒许多大官的话题，忽然明白自仁坟地的秘密，无疑是厅长惶恐不安转移私藏赃款。这是黑钱呀！原来干大事业风光体面的侄子竟然是贪官啊！咱夏家老祖训说，昧良心的钱不能赚，赚了也不得安生。难道进了城就忘了本？听说维勤老汉绊断了腿，他从商店买了礼品，爬上窝弓山腰，要探望这位孤老头。敞院窑洞门口，维勤倚靠穰柴垛晒太阳，听到脚步声，拄着一截树枝挣扎着身子，抬起皱纹丛生双眼空洞的脸寻望来人。济民瞅了瞅双膝跪地的发小，心头泛酸。他就像稔年去世后留下的那只狗，在燕子岸下的淤泥里孤独寂寞凄惨绝望地等死，尽管给它喂过不少馒头，还是没有活下来。葫芦妈心肠软，每天送一碗热饭延长他的生命。济民回家揣上那沓钞票，搭乘家成的面包车买回两箱泡面和火腿肠送去，还有药品，把剩下的钱压在维勤的炕席下。天黑后他坐在自仁的坟头说：老哥，我这么做你不会怨我吧？逢年过节和清明我给你烧冥币，少了你就给我托梦！摸着夜色忽然想，自小到老天天渴望发财，今儿就有一堆钱财埋在地里，为啥不悄悄地搬回自家窑洞？停下脚步回望黑魆魆的坟地，似乎看见自仁和祖先们严厉斥责的目光。躺上热乎乎的土炕，一入梦便担着两大皮箱走出墓地走进自家庄院的草窑，打开箱盖没有看见黄金和钞票，倒是一箱盘曲纠缠的菜花蛇和一箱蠕蠕攘攘的蚰蜒，惊叫着翻身而起，嘟哝：不义之财真害人！以前盼钱财，无非是着急娶儿媳和新修宅院，儿子在城里有了楼房，又有了红火的日子，要钱做啥？

　　济民有意淡忘坟地的秘密，偏偏葫芦找上门来借钱，媒婆牵线南塝一位年轻的寡妇，十六万元的彩礼只凑够了六万。贫穷忠厚的葫芦眼看奔四十了，焦急无助的眼神戳疼了他的心。数日激烈的心头风暴后，是夜又来到坟地：老哥，葫芦子可怜，你就帮帮他吧！老哥若是能应个声该多好啊！正思忖，空中一只鸟"哇——"地叫了。他笑了：那就挖！环顾无人，挥锹刨土，流汗半小时又带回十沓百元钞票。夜静炕烙，索性顶死窑门，拉亮电灯，一张张把十万元数了好几遍，手指的快感导入心脏，咱也过了有钱人的瘾！次日天亮提笼走过葫芦门前，喊他到玉米地，撩开笼里的菠菜叶说：小刚给我的养老钱，你悄悄拿去，甭对任何人说。葫芦就地磕头喜极而泣。济民惬意地走到村口，迎面碰见会长。会长说手头若宽裕就捐点修缮庙宇的钱。他忽然一颤，莫非秘密已经泄露？仔细一琢磨，别人知道了还不打破头？会长也不容易，一心为公，修庙堂也是祈望一方平安。最后一次，济民扛着铁锹踩着暗淡的月色寻思着走出家门。山上突突的马达声和闪闪的矿灯提醒现在还早，那是从南塬下来抓野鸡的贩子。他走走停停躲躲闪闪生怕被人发现，穿过玉米地溜到坟地边，坐在铁锹把上点燃香烟。

野狐坳一带的野鸡和呱啦鸡招来了猎贩，用麻醉药浸泡玉米粒诱骗这些单纯的居民，夜里张罝后以枝条划拉草丛晃动灯光驱赶夜盲惊飞的精灵误入网套。今夜两个年轻人早早地装满了三轮车，坐在鳖盖墚边的杜梨树下，吃完咸菜就大饼咬开啤酒瓶盖惬意畅饮。一人扔掉空瓶，拿起望远镜望了望对面山峁灯泡下分秒不停的磕头机，又观察淡淡月色下的山野河流窑洞树木，最后发现墚下坪地的济民，疑惑地锁定刨土时晃腚的黑影。

济民屈蹴在土坑，翻开两个皮箱盖，警觉本能地环顾后，打亮手电欣赏金条和钞票，好好地看个够。他回附：老哥，会长要修庙，我拿两万元，你肯定会答应，玉玺庙保佑咱一道川的平安啊！今晚是最后一次，再不打扰你了。说完取出两沓揣进内兜，合上箱盖，包上塑料布，挥锹掩土。刚填平，忽听身后玉米叶沙沙作响，回头扫视，不见人影，只有微风拂过。点燃一支烟，坐在酥软的土地上，不急于回家，这些真金白银埋在地下好可惜，<u>丝丝曼曼扯手绊脚不忍离去</u>。好一阵内心挣扎后，他猛地起身，最终下定决心不再涉足此地，弯腰抓铁锹把时，那家什竟然缓慢地向苞谷地移动，锹头快要碰到玉米秆了。他倏地头皮发麻眼前一花，软软地倒伏在地。

被摇晃呼叫弄醒后，济民渐渐感到逸魂还身了，原来是龙娃恶搞。龙娃笑问：大人，黑天半夜你在坟地刨啥？济民坐直身子：下午看见有只兔子打洞，担心毁坏自仁的坟，你跟踪我？原来龙娃傍晚从山上背负一捆树枝经过野狐坳，瞅见苹果树蓦然想起兰蕊，坐下来回忆那段心旌摇荡偷情纵欲的日子，怅然失落，走过坪地时发现夜色下的济民正在掩土，解下麻绳藏身玉米地开起玩笑。济民扛上铁锹催促龙娃离开坟地，怕他怀疑。翌日清早，济民交给会长两万元的同时，只求保密。之后他鬼使神差地来到坟地，软塌塌瘫倒在挖开的土坑边，两箱财宝竟不翼而飞咧。他匆匆赶到济孔家，把龙娃叫醒，问是不是又去了坟地。龙娃眯着双眼一脸茫然，又从济孔和桂霞口里询问，判定龙娃没有作案，忽然想起抓捕野鸡的商贩。连续数日他独坐在坟地，怅惘发呆。

第十八章

　　鱼江河和纪委同事调查案件结束后，天降一场大雪。经过大学门口时，他禁不住走进去，走到曾经住过的那栋宿舍楼前，想起了昔日的校园生活，站在雪松树下，蓦地看到了十多年前那位纯情的女子华兰蕊。

　　回头看，一上大学，他就迷恋上了美术系的唐姓同学，缺乏围追堵截手持玫瑰单膝下跪的勇气，含蓄隐蔽的招数使用过几次无果而终，熊熊的火焰熄灭了，转为黑色炭块默默地燃烧。那时初春的校园弥漫着发芽的声音，他从冬青篱笆旁邂逅了龙爪槐下的她，对视的瞬间有两条柔滑的丝线缠绕绾结，心脏像线轴猛烈地转动。也许他和她都羞于启齿，虽没有语言交流，他脚步还是很轻盈，在操场上一圈圈地飘。后来他意识到自己变成肿起来的梭子，缠满丝线，悠长的那一头被她牵走。他恨双脚，咋没有走过去，摘下她那朵微笑？再后来，他愉悦着酸涩着，想到成熟的蚕，想到作茧自缚。

　　心中有人就显得无情！尤其是对华兰蕊，他时而亲近时而疏远。她默默地喜欢了他七八年，从故乡追到省城，像一朵山丹丹花在距他不远处绽放。他从她那里隐隐地得到了动力，因为她驱逐了他青春期的困惑和寂寞，在繁重的学业之余总能感受到融融的春意，可他明白这并不是他期望的爱情，他喜欢她的美丽却下不了决心恋爱。她和千里之外的故乡一样使他茁壮成长，但他并不愿与她厮守终生。

高原小镇像一棵千年巨树，带阁楼的小院是温暖的巢穴，他从那里孵化出来，消化最多的是世界名人传记和经典文学作品，是父亲带回来的，他是镇上的图书管理员。古今中外那些叱咤风云的人物常常在阁楼上空盘旋，风花雪月的故事在窗外的田野收割了一料又长出一茬。

华兰蕊走近他时，不是翩然降临。他在树下唱歌时，她顺着沟边小路回家，慢下脚步好像是听鸟叫也听他的歌声。他渐渐地注意到了她，邻班的女生，青春的韵味没有被朴素的衣着掩蔽，春色正浓谁能关得住呢？在校园垂柳树下，在校外阡陌和沟壑边，她就是他的影子。那个夏天他摘下一颗黄澄澄的大杏子送给她后，她红着脸接受了，就相识了。他听到了她甜润有点婉约的嗓音，看清了弦月的眸子，睫毛眨巴着要眨出话来。她的气息温存地裹着他，在校园或者在阁楼。所有的日子充实快乐起来，阳光柔情，星星迷离，季风里轻轻地游荡着笛声。

那时月朦胧鸟朦胧。功课和梦想把她挡在咫尺之外，这种感觉扫去了青春期的忧郁，留下平静的欢悦，不愿她靠得太近又不忍心她离去，他要考大学，要去远方。对他的痴情，像把她的能量注入了他的马达，他动力充足，腾空起飞了，如愿以偿；她的油箱却空了，抛锚了，落榜了，只好追到城市去打工。他的世界变大了，意识到喜欢她就像喜欢故乡，留恋她就像留恋过去。

从唐同学身上看到了期望中的爱情。可一厢情愿地热乎了三四年，想选修她的课，却只能在窗外旁听。大四寒假，极度失落，隔年就要毕业，天各一方，没心劲回家，喝了酒还去校外镭射小影厅排遣苦闷。

对她说为了考研而放弃回家有一半是谎言。她红色的旗袍点燃了他心头的火，她温柔依恋的眼神鼓励了他，似乎不靠近不体贴不顺遂就是轻视冷落，握住她的手搂住肩头，吻她的耳腮本能地拥抱抚摸，似乎等待她在某个环节委婉地提醒他拒绝他，但她没有，耳鬓厮磨肌肤相亲直至云卷云舒。他鼓胀的神经松弛下来，大脑僵滞了片刻，立刻意识到做下本不愿也不该做的事。鲁莽的身体潦草地收场后，胸腔内汹涌起愧疚。虽有夜色掩饰还是无颜以对，只有缄默不语佯装入睡。他心里装着渴慕的女神却对她如此做派，是对偶像的亵渎，对她的背叛，也是对她温柔的欺骗，简直是畜生！

他利用了她的爱，随随便便就掳掠了她的贞洁，连一个情爱的字或者承诺也没给，哪怕是谎言，至少也是对她付出的安慰。她不是随便的姑娘，酒店经理、许多老总和有身份的客人对她垂涎却无法靠近。他当时狠狠地咬过胳膊皮肉，觉得自己就是一只猥琐的鼠，不配躺在她的身边。他甚至还不如那些人，他们起码没有给她造成伤害。她也许不认为是伤害，是为爱而付出，可他明白她并不知道他心里浓浓地爱着一个姓唐的女生。冰冷的后背阻挡她芳气逼人的玉体，他阻挡她试图与他卿卿我我的渴望。可他依然能感受到她愉悦的情绪，她对他热烈的单纯的爱，黎明离去时那轻盈的高跟鞋敲击地板的声音，也好像传递出甜蜜和幸福。房门碰上锁后，他试图起身，才感到自己成了一堆软瘫的肌肉，缺少筋骨。

转念一想，大学校园恋爱司空见惯，校园周边出租屋的鸳鸯双双对对，毕业意味着劳燕分飞。他们是相爱的，至少看上去是相爱的。哪怕转瞬即逝，起码在那个瞬间也会有真实的谎言。而他呢？后来她叩响房门，他能从空气中嗅到她兴冲冲的情绪。他选择了逃避，像蜷缩在阴暗角落的低级动物，无颜面对她的一往情深，用沉默给了她决绝的回答。透过宿舍窗玻璃下角，看到她在雪地里徘徊、离去，他胸内砸响了破碎的声音。

她是一厢情愿吗？在小镇在中学，他与她为数不多的几次谈话洋溢青春的热情与活力；在省城他与她走过街心花园，关心她的打工生活提醒她自我保护，这是不是暗示了什么？他应该早点说明，他们只能是朋友，或者兄妹？她没有明确表示他又如何启齿？真的那样做了，她很可能黯然神伤悄然离去，这好像又不是他要的结果。是怕她伤心，更重要的是不愿失去她的温情，即使不常见面他也能感受到。的确，她和阁楼里孵育出的梦想一样，和故乡的土地一样，能源源不断地给予他生命的力量。

　　她在雪地里肯定期待他的一句承诺，等待他的一个态度。从宿舍门把手先后解下水果袋子与盒装皮鞋，他的心脏有过罢工的预警。把她留下的五十元纸币夹入日记本，塞进箱底。他不愿也不敢打听她如今的生活，只能虚伪地遥祝她幸福。

第十九章

"三象楼要拆迁。"焦副市长的这句话，像巨蟒倏地袭击了兰蕊，死死地捆住她的身体，要挤出胸腔最后一口气。

当时就在金兰间，他似乎认为这是个好消息，说年初省委来了新书记，两个月前又从外地调来姓权的，在邻省就以拆迁出名，外号"权拆拆"，接任市委路书记。他上任的第一次会议上就严厉批评城市发展滞后，主要领导观念陈旧，街巷要重新规划，尤其是团结街，该拆的一定要拆，市容市貌要大变样，要争创全国一流文明城市。有官员委婉地说，玉泉小巷是三百年的老街，属文物；三象楼已成地标性建筑。权书记嗤笑：几百年的破房子不仅和现代化的城市不协调，更是给社会主义脸上抹黑，至于三象楼，你们所说的地标性建筑，其实是这座城市的耻辱，它啥也不像，最像鸡巴，一个大鸡巴！

兰蕊愤怒：姓权的脑子里净是什么玩意儿！焦仕众从容地说，拆迁不见得是坏事，不白拆，要赔偿的。她焦虑地问，路书记能不能说上话？他说权书记有背景，路书记去了省人大，靠边了。她又问老贾书记呢？贾为民病重，去上海治疗了，他说，估计将不久于人世。见她绝望，压低声音：好事来了，你倒愁眉苦脸，城投公司和拆迁办的主要干部都是我提拔的，会多赔偿，比十年的利润来得快，另外，用赔偿的钱，再搞开发，建商品房，目前的利润一平方米少说两三千，几年后你也能摸到福布斯榜了。

三象楼是她的命，是她心灵世界的合卺之体，意义胜过一座金山，是她割舍土地远离故乡的归宿。"三象楼繁荣了我省的经济，成为金融贸易发展的标志"，这是前任省领导表彰时的讲话。前不久，从庄严的大礼堂接受劳模荣誉的那一刻，血管注入一针特殊的液体，浑身湍涌凝重的责任与使命流，媒体里主旋律的道理和说辞好像专门对她讲的。她的设想不由得与国家、社会和人民联系起来，更深层地理解了活着的意义。

五天后市拆迁办姓欧阳的青年带着五个人找到办公室，送来红头文件，指出三象楼就在规划的道路上，必须拆除。她哀求。他命令：华总，拆迁没有任何商量的余地，你唯一能琢磨的就是赔偿款的事。他们离去后，她电话求救路书记，得到他离开了市委、不好再插手的回答。

最后她急了，从电话记录本里找到贾书记的手机号，拨不通。又想起省委的郑处长，酒店的常客。他说省委书记很忙，无暇接待，还透露书记支持市里的工作和规划方案。她彻底绝望了，从省委大院出来，在十字路口闯了红灯。交警叫停了车，看她面无血色，以为她病了。

商谈赔偿的前一天，焦副市长在江河海鲜酒店做了她大半天的思想工作，最后说："除去给商户的赔偿和建楼成本，再给你五千万元的补偿，我私下和他们沟通了，给你增加到一个亿，这笔钱你得多少年才能挣回？这是个便宜买卖。另外，市上的领导要通过你的公司走账，以赔偿名义增加一个亿，用作一些账务处理和给下面部门办福利。只有提高补偿标准、增加面积才能通过审计。你知道此事的利害轻重，保密再保密！不过，跟他们商谈时，你可以再提高条件，两亿是底线，不能后退。一次谈不拢可以暂缓，有我想办法。相关的人员需要打点，按照我这张字条上的人名去做。"她机械地点头，明白了他为什么不反对拆迁。

他临出门时的一句话使她不再那么绝望：只要有钱，可以再建一栋三象楼嘛，甚至可以修建得更气派。这是唯一的希望了，还有别的法子吗？她该披头散发哭天抢地？明卓远和魏用长两位律师都说过，妨碍公益项目拆迁是可以通过法院强制执行的。

次日上午在三象楼的办公室麻木地接待欧阳一行人，虽然协议按预计赔偿金额签订，但她气断声吞万念俱灰。不愿搬迁的商户聚集起来形成围墙堵住街道，迅速赶来的一群特警，扭拽强抬着将其塞进几辆防暴警车，呼啸而去。她软软地倚靠着河边柳树，眼前闪过野狐坳，闪过推土机碾过果园，想起不久前浑身充盈的使命感，酸涩地摇摇头。

兰蕊在朋友的电话祝贺中流下痛心的泪，雷厉风行的拆迁队将三象楼周围封堵，要做定向爆破。素素陪她到现场，做最后的诀别。乌云翻滚，抚摸大楼的额头，仿佛为它拭去临终的泪水。一声沉闷的巨响，若不是她抓着素素的手，可能就晕倒在地。她不忍心看它倒下，闭上眼睛。几秒钟后，大楼除震落一些幕墙玻璃外，主体依旧傲然耸立，像威武不屈的壮士。

围观人群哗然时，从隔离门内走出一个拆迁队员，诧异地赞叹：太意外了，太少见了！她急忙走过去，想知道究竟。他认出了她，感慨地说：你修建的大楼如此坚固，把爆破组的专家弄出一头汗，他们在全国各地成功地爆破无数次，百发百中，今天却蒙了。她又哀求：那就留下吧？这不可能，他们正在现场合计，要加大炸药用量，他抬头仰视大楼，真是百年工程，的确可惜呀！素素扶她走到街边，取出手机拍照。

她依靠栏杆，呆望大楼，心又开始流泪。别人从拆迁中获利，获得快乐，她却痛心。咋就不能和别人一样活着？是脑子里装着不一样的东西？应该还有一个人是痛心的，当然是鱼江河。它是他的智慧和心血，是他一生的梦想。她蓦地醒悟，一个人只顾追逐金钱，那就不会有这样的烦恼和痛苦，理想主义是悲壮的。她渴望鱼江河的忽然出现，她不想再躲着他。

"轰隆"一声沉闷的巨响，地面剧烈地震颤，这个耸立了一年多的"大葫芦"迟疑了几秒钟，直降塌陷，地面卷起浓浓的尘浪，让几百米外的人们惶恐地逃跑，兰蕊却瓷在原地。几分钟后素素才从渐渐变淡的尘浪里找到面蒙尘灰的她。

她盯住堆积如山的残骸，难过地说：这些优质的水泥和钢材，眨眼就变成了废品！素素取出纸巾为她擦泪。她强打精神：我还能再盖一栋气派的大楼吗？素素颓丧地说：如今天气变化快，自留地都划不来种咧！

三象楼爆破的消息，把鱼江河击倒在秦雨市的宾馆。当时他正随工作组调查案件的线索，电视播出的新闻画面，也爆破了他，他摇晃着倒在地毯上，脑袋磕在床头柜上。次日匆忙返回省城，站在一堆废墟前，他心碎了，炸药爆破了他的智慧和梦想。妻子怀抱女儿，把痴呆的丈夫劝回家时，已是夜里十点。三象楼是他的慰藉，也使他了无遗憾地安心于如今的行政工作。每天早晨上班时看到省委门口值勤的武警庄严屹立，油然升腾崇高神圣的情愫。肃然矗立的纪委大楼，唤醒他的使命与责任。

而今夜，他瘫倒在沙发上。筱纯端上饺子："大楼虽然没了，你的蓝图不会消失，作为一个典型的设计案例，在大学课堂上，我会传授给学生的。"

山林里的斑鸠孤独地叹息，雪松在轻风里旋舞绿裙，白杨树颤动着无数风琴的叶片。这是亲人，是离开屯田镇的精神家园。山腰的塔吊将馒头山包围了，只剩攀登时那条沟谷小径。山顶最后的一片绿，坚守着阵地。是乌云还是晚霞？变幻着，阴暗着，绚丽着，鸽哨赞美着粉饰着。这一座青山快要被蚕食了，他们堕高埋库大肆开发商品房，还要在山上修建别墅。那里曾是他和鹿心玫荡秋千的地方，现在开挖了。

被提升为副处长，鱼江河感到充实而凝重。机关工作磨蚀了他的棱角，使他懂得默默前行，讷言敏行。抛下钟情的设计专业，就为做官？主流媒体让他有了春江水暖鸭先知的预感，不久便听到来自北京的声音，那是铿锵的廉政之音。春花在沙尘暴频繁来袭中还是盛开了，还是开得那么艳。

从北京学习归来，监察厅厅长分配给他一个新的任务，处理一沓群众来信，内容是检举揭发主管市政建设的焦副市长。厅长叮嘱：第一次独当一面，要稳、要准、要证；特别提醒，姓焦的背景复杂，很有势力，多年为官，非油条即狐狸，不打草惊蛇，扎扎实实做实外围证据，有进展随时向我汇报。他详细地阅读信件，理清思路，很快制定出调查方案。

华兰蕊政治嗅觉迟钝，没有感受到那股清冽的风。

理想和信念再次激活了她，她计划购买东郊的一块地皮，开发商品房。图纸设计，当然还找鱼江河。寒祝说那是他的一碟小菜。她还有远景规划，给他充分发挥才华的机会。过些日子进京寻找发展机遇，在首都修建一栋高大雄伟永远耸立的建筑。她了解到开发商的潜规则，小面积、低总价又改规划偷面积的把戏。这些非己所愿为，宁可少挣，也要心安。

就在她悉心筹划时，丁丽宁来到酒店，竭力掩饰慌张的神色：蕊儿，检察院正秘密调查夏厅长，你知道我和他好，帮帮忙，给贾为民说说话。她愣怔：听说他在上海住院，不省人事。丽宁说你们虽是一个族里的亲人，我知道关系淡，就看在姐妹多年的情分上。她说，他的父亲有恩于我。丽宁说，他对我好，我曾想过给他生个孩子，也不要名分，可是纪委和反贪局经常折腾他，给弄出病了。她问啥病？丽宁说，咱姐妹不是外人，他呀，一听纪委就尿，一听检察院就屙。她想笑却笑不出：那咋见人？丽宁说，变女人呗，每天上班前垫上卫生巾。忽然想起婆婆的暗疾，那是生活所迫，而厅长老兄，是贪欲所致。

给阮局长拨通电话，探听乐乐的消息。他语气平静：是正在调查，有人检举揭发，他是你什么人？她说，他是我哥。电话里传来笑声：我也是你哥，怎么见你一面这么不容易呢？她明白他的心思：您到酒店来，我招呼您。他说那就不必了，我喜欢安静的去处。她用"抽时间拜访您"结束了通话，本想和丽宁合计，可她的手机无法接通。

两天后，曾经颐指气使的夏大厅长竟然形容憔悴灰不溜丢地出现在她面前，进了办公室，客套几句后询问丁丽宁的去向，又探听她和贾书记关系的虚实。她直截了当：我给阮局长说了，他会帮忙的。他的眼神镇定下来，颧骨上的皱纹绽出笑：听说你在搞地产开发，有事就找我。目送他离去的背影，想起具有长者风范受人尊重的自仁老叔，他们是父子吗？无论咋想，还是看自仁叔的情分。

　　酒店的客人锐减，尤其是公款桌饭，还有不明身份者出入，机敏地观察客人，偶尔拍照，悄然离去，据说是纪委暗访组的人员。华兰蕊从酒桌听到"光盘行动"，以及"老虎、苍蝇"一起打的话题。多年来冷漠的人们突然关注时事，津津乐道，郁积的愤懑得到酣畅的释放。她受到感染，好像站在初春的野狐坳，发芽的绿色让胸口涌动喜悦，甚至不在乎营业额的下降。听到最多的话题，就是市长和局长落马的消息，失踪、跳楼、溺亡或自绝于车祸，还有许多官员毁于情妇，又是红颜祸水。看来，漠然并不等于麻木。

　　市委权书记跳河的消息，让兰蕊惶惶起来。金兰间一个浑厚的男声说，贾为民死了，咱省应该能好好地发展了，省人大路副主任被带走调查，焦仕众估计也有问题。她去隔壁包厢，以征询饭菜是否可口为由，观察在座的五位客人，应该是政府的工作人员，不会是妄言。

　　返回办公室立刻给焦副市长拨手机，被挂断了。老领导去世了，模糊了很久的形象清晰地闪了闪，遗忘，只有遗忘内心才能平静。路忠贤帮过不少忙，去人大前还打通了夤缘之径，让罗全卿当上了庆平市纪委书记，当然是她让他们挂上了钩。路忠贤和焦仕众关系好，荣辱与共，替他们担忧，猛然想到自己会不会被牵扯。蓬勃的野狐坳变了天，飘飘洒洒的白网落下来……焦副市长来电话了。

第二十章

夜黑，停在郊区树下的小轿车更黑。焦副市长扶着方向盘透过风挡玻璃注视前方：这里叫洄水湾，是一个打捞尸体的地方，从上游主要是市区经常有溺水而亡的人漂流到此，很多无人认领。

副驾的兰蕊抖了抖，裹上了恐怖的紧身服，窗外黑沉沉的，轿车隐隐发出变形的咯吱声。坐车逃出市区，有三四十公里的路程，还没有等到他所谓的"重要事情"。赔偿款到账后，她通过各种途径，数十次将一亿元的现金送给他，换来他的微笑，也得到他更多的关照和信任，他们像忘年交的兄妹。

"省纪委可能正在调查我。"看到她惊愕，他继续说，"有人举报，估计是彩虹大桥工程没有中标的老板，泄私愤，诬陷我，纪委那些鸟人，不干实事，专挑刺，人无完人啊！别的事我不怕，就是咱们之间……"她恍然，毅然保证：焦哥放心，谁也别想从我口里得到什么；再说，你和路书记待我不薄，我岂能恩将仇报？

他转过脑袋瞥了她一眼：纪委那帮人也是有手段的，虽然现在没有辣椒水和老虎凳，大灯泡照着，几天几夜不让合眼，谁都会崩溃；我了解你，有情有义的巾帼女杰，一旦进去，你成不了江姐，招架不住。"那咋办？""有时我想，法轮功分子喝了什么迷魂汤，能活生生地把自己给烧死。""我去自杀吗？你是让我从这里跳下去？""我有那么狠毒？再说大街小巷都是监控呀！是我错误地估计了形势，没有料到政治气候会骤然变化。否则，就可以提前准备，外逃啊，异国的世界很精彩！现在，我想，最好的策略是你先躲起来，人间蒸发。你的公司和酒店委托给朋友，如果我安然无恙，你再回来。"

她毫不犹豫：我明天动身。夜和乌云搅成一团，但隐隐的雷鸣和远处山头的闪电郑重地警告暴风雨就要来了。他说：现在下车，把手机扔进河里，它会暴露你的行踪。她迟疑着，哆嗦着，盯住身边充满杀气的副市长，他不再是往日那位亲切的老大哥。她说把卡留下，里面有很多号码。他的眼神像刀子：别取，全扔了！她推开车门，双腿颤抖，回望了一下轿车，愣了片刻把手机扔进河水。在倒下的瞬间扶住了银杏树，大雨点敲醒了她。

坐进车，焦副市长诡异的笑被闪电照亮："你是不是担心我把你推下去？不说交情，你这么美丽的女子，天生的尤物，男人的心肝，我也舍不得啊。虽说臀部有一点小刀疤，也是瑕不掩瑜呀。""你咋知道……"她的心一揪，有逃跑的欲望。他是不近女色的正人君子，是值得信赖的大哥，怎会知道她的身体隐私？他笑了："你的皮肤太光润了，细腰丰臀的曲线真迷人，喂过孩子的乳头还那么粉粉的，每次看到视频我就想……其实我是个怜香惜玉的人，从不强迫弱女子。"

她一把推开车门：不告诉我咋回事，我就走了！他抓住她的左手腕，她抽了回来。他说："娅菲，别生气，在仙逸山度假村的那夜，你被录了视频。我后来去度假村开会，无意中知道此事，为保护你，找到老板，花钱买了回来，现在是网络时代、信息时代，若有人给你传上网，岂不又是一个艳照门事件，你早已声名狼藉了。"

车内的黑暗虚无地掩饰她的窘态，身边的这个男人非常熟悉她的隐私，也欣赏过她和一个老头的床戏，你确信老板没有复制？你放心，他说，路书记出面，他们是朋友，更重要的是考虑老领导的形象。她眼前闪过路书记怪异的目光，浑身骤起鸡皮疙瘩。她的灵魂被雷殛出窗外，大脑被击穿了一个空洞。逃跑的本能消失了，她已无处可躲。

焦仕众以善解人意的口吻说："别往心里去，如今男女之间五花八门的事多了，好多女人主动卖春，色诱领导，当情妇，做二奶，还以此为荣呢！你不同，在大首长的床上很被动，好像一个受害者。我能理解你当时的心情，为家昌遭受屈辱已经很不容易了。不过话说回来，你终究不是那种放荡的女人，在床上还不够风骚，没有让老领导尽兴，家昌其实也没有得到全力帮助。"

她被耻辱折磨，又有愧疚："去仙逸山之前，你说去陪老贾，陪酒陪唱歌，其实你们心里清楚，骗我跳进污水坑，我彻头彻尾地出卖自己，还没有达到目的，现在，你们倒看着猥亵的视频取乐！""你误会我了，我于心不忍，幸运的是，这东西在我手里。"他说，"最近我意识到，我也很喜欢你的。"

她苦笑着摇头：世上有那样的喜欢吗？为啥不把它销毁呢？等忙完这一阵，他说，把U盘给你。她问：为啥不在天亮之前？说罢推开车门，踩着积水走向护栏。

他没有抓住她的手，急忙下车，在她翻过水泥围栏的瞬间抱住她：你要干什么？她眼神僵死，让我从这里跳下去，结束我污秽的人生。他拽回她："今晚，我是想和你说说心里话，叙叙情，不是羞辱你，更不是让你自寻短见。我不会让你的隐私传播，你是个善良的女子。现在，你要冷静，咱们一心一意对付纪委那帮人，一荣俱荣，一损俱损啊！"

她瘫在副驾，衣服湿透了，仅有的一点意识让她觉得仿佛蟒蛇张开了大嘴，正在吞咽她，软弱的身体强烈地渴望黑暗渴望死亡："送我回去，明早就上路。"

她的大脑像死机了，拾掇行李，在素素的建议下乘坐长途汽车奔向新疆，一天一夜的颠簸后来到小刚一家曾经居住过的屋子，清扫了一下倒头就睡。睡眠是最幸福的时刻，清醒过来就会被烦恼俘虏。素素说得对，坐火车就暴露了行踪，实名购票呀，回老家也等于白折腾。忽然脚底发凉，如今已无家可归，故乡的窑洞不时掉落土块，父亲租住在屯田镇；和点将村离了婚，亲手建造的土坯房不再属于她；进城多年，客居的感觉始终伴随她，再大的套房无非栖身之所，不是家。

这简陋的屋子收留了她，安全踏实了。想从小包里掏手机，才想起已被扔进河水。世界在远方，她被隔绝，被遗弃。她在逃避，被耻辱所恫吓。是潜逃，畏罪潜逃。我一直努力地忘却仙逸山，天真又无奈地渴望它没有发生过，在我的生命里。偏偏有一只邪恶的眼睛将它记录下来。皇帝的新装原来并不荒诞，是真实的生活，我不知不觉地做了一回主角。它若泄露出去……

焦副市长焦老哥，闪电照亮他多变的面孔。拿到视频很久了，咋不早告诉她，偏在那夜？是纪委令他恐慌，要挟我？他向我示爱，是想玩弄还是别有用意？去仙逸山之前，以救家昌为由诱骗我走向堕落？难道路书记不了解家昌的案情，不认识检察院的领导？饭桌上他们默契地配合，就是把我当作礼物当作玩物送给姓贾的老头儿？楚楚衣冠下真的包藏着阴谋？局长升至副市长难道与此有关吗？

我有罪吗，无罪为何潜逃？她向来合法经营，不做昧良心的事。至于吃喝送礼这些看起来违法的事，难道不是全社会通行的规则吗？反过来说，你不吃喝送钱能办得了事吗？权力就像虎牙狮爪，你不扔块肉又怎能过得去呢？

在国人瞩目的大会堂接受的劳模荣誉，是她最为满足骄傲的记忆。怎么一转眼，成了罪人呢？当年，家昌哥批条子，她空卖钢材指标赚钱，扰乱整宿排队的秩序。焦副市长借助赔偿，套取国家的钱，那是纳税人的血汗啊！人生的道路没有黄白线，没有红绿灯，不知不觉就走歪了，而且很不容易发现。难道她应恩将仇报，检举揭发？究竟，她错在哪儿？情和法，天生就是矛盾的吗？

房子狭小，窗外的天地无比广阔。没有手机，与世隔绝了。焦躁了几日，就不再惦记生意、地产开发和金钱。去邻居小刚的表弟家里上网，和素素通过QQ对话，了解到母亲和孩子们都好，酒店的生意略有影响，焦副市长依然在位。

整饬房间，品尝粗茶淡饭，忽然理解了素素和小刚曾经在这里度过的平凡岁月，虽辛劳却一定是温暖、充实和欢乐的。翻阅带来的记事本和书籍，看到二十年前生活在故乡的那位少女，没有被城市猥亵的自己。被模糊又诱人的理想指引，为粉红迷离的爱情而失重，漂移在乡间的土路上，穿梭在沟壑灿烂的花树间，醉倒在杜梨树下。在泪眼蒙蒙中找到了真实的自己，苦于无法穿越。

当然她无法彻底忘却远方，上 QQ 时，意外地看到昵称"尖尾雨燕"的丁丽宁。她开心直爽地说她已经生活在美国，在一座华人很多的城市安身，落脚地被称"二奶村"。兰蕊内心弥漫着流浪失落的情绪，忽然觉得自己老了，看到一个满头银发双唇嚅动的老太太，拄着拐杖四处漂泊。

我的家在哪里？故乡日渐塌陷的窑洞，那里有我的梦；点将村夏家的土坯房，那里的艰辛和苦难淬砺了我；城市的住房，成就了我触摸蓝天的事业；这间砖混小屋，让我在审视与反思中批判自己的灵魂。我已经被连根拔起，却不知将移植于何处。土地正在急剧沙化，我能在何处发芽？难道我应该出逃异乡他国，或坐等身陷囹圄？

QQ 消息说，存良到酒店想见她最后一面，准备带走枣枣。她给素素回复：从酒店账面支付五十万元现金，并转告他，女儿在城里生活，利于成长，请他保重。次日素素发消息：他拒绝带钱，也没有提起女儿，沉默了很久，说要去浙江打工，小刚与他喝完酒，送他去了火车站。

小刚的表弟媳妇端上手工荞粉，执意要她吃上一碗。她吃出了小时候家的味道。忽然 QQ 哨响，隐身的"金钱豹"发来信息：省纪委专案组具体负责人是鱼江河，据说你曾经帮助过他，速速联系，不要暴露行踪，付出多少现金都行，只要将他拿下。"金钱豹"就是焦副市长。

她站起来，像抖落了一身雪花，潜逃的恐惧瞬间消失。不是因为握枪的是鱼江河，指望他网开一面，侥幸躲过一劫；正因为握枪的是鱼江河，她变得无比清醒，我有错，我有罪。我不能再逃避，应该自首！

潜逃到什么时候？还能去啥地方？暂时的平静不能停止内心的纠结。她不想面对他，更不愿让他知道，华娅菲就是华兰蕊。她该如何回复金钱豹呢？他掌握着她出卖肉体与人格的证据，就是死，她也不能让父母、孩子以及亲朋好友蒙受羞辱。她多么渴望承担一切罪责。

就在她孤独无助时，有一个男人正向她走来。

第二十一章

　　根据来信和网民提供的线索，鱼江河从外围落实了对焦副市长的多条检举信息：以家人及他人名义违规办企业；索要财物，收受贿赂；与多名女干部关系暧昧；为其胞弟谋取工程项目，强征强拆，低价圈地，支持、策划动用公安、黑社会对业主跟踪、传讯甚至审讯，中断通讯等违法行为。

　　私下走访中，工业城的业主们义愤填膺，反映在违规拆迁公告下，焦副市长的胞弟指使地痞流氓到处骚扰，强拆楼房；为阻止网民发帖，调动大批警察挨家挨户搜查。

　　城投公司一位实名举报人提供了焦仕众和娅菲公司关系甚密，早知道三象楼位于规划的道路上，还给土地规划部门打招呼通过报批，在拆迁补偿中，虚报面积和成本套取巨额资金。银行调查焦副市长的个人存款竟然不足五万元，他想起贪官们藏钱的手段五花八门。有一封匿名信，揭发焦副市长通过地下钱庄洗钱，将个人上亿的资金转移出国，还说他保护下的许多工程靠政府的资金支持，最终使大量资金流向境外，因为他的女儿在澳洲。

　　身为父母官，肆意攫取私利，疯狂跋扈。他明白了，原来三象楼就是一个骗局、一个阴谋。虽然掌握不少线索，但最主要的证据不易坐实，焦副市长胞弟夫妻半年前就出逃美国。他和小组成员老宋意见一致，从娅菲公司着手，寻找突破口。老宋说，娅菲公司的老板华娅菲，前些年因为钢厂章家昌的案件挂了号，是厂长的情妇、贾为民的干女儿，检察院说调查后没有违法。一个女人，不知廉耻，真是社会的垃圾，鱼江河严词厉色地说，约她问话，不管多硬的后台。

鱼江河和老宋找到娅菲公司的办公地点。员工说华总好些日子没来了，找她的人不少，都联系不上，手机打不通。一位姑娘说可以去江河海鲜打听，那是她的酒店。鱼江河愣了愣，酒店不陌生，数年前婚礼就在那里举办，当时是鹿心玫联系的，说老板给了优惠。他心一软，又立刻警醒，不能徇私渎职呀！

他和老宋一进入酒店旋转门，就被杨素素看见。她指使吴经理上前招呼，匆匆躲入后堂。尽管她已经从一个纯朴的村姑变成如今成熟洋气的副总经理，还是担心被认出。二人随吴经理走进办公室，说明来意。吴经理说，华总去南方考察了，可能丢了手机，无法联系。

走出酒店，鱼江河手机响了，寒祝约他到水岸国宴吃午饭。和老宋分别后，他独自去寒总的房地产公司。久未谋面，寒祝热情地沏泡正宗名贵的大红袍，说，我原以为很快就能听到世界著名建筑设计师鱼江河的大名，没想到今天见到的是鱼处长，你一肚子才华，就这么埋没吗？他说没有好的环境，才华变成精华，也会被炸毁的。寒祝颔首："三象楼我也觉得很遗憾呐！娅菲公司委托我开发，从设计、建设队伍到施工，每个环节都以质量为先，说实话，我从来没遇见像华娅菲这样一丝不苟的女强人，好像要将它建成千年文物，留给后世。因为她的苛刻，我没少和她红脸。"

他质疑："她应该做成豆腐渣工程，偷工减料，节约成本，再最大化地追逐补偿款，才符合逻辑吧?！"寒总说："你误解华总了，她是我很钦佩的女子，你不了解她，当时她不愿直接面对你，说是朋友的朋友，若不能愉快地合作，倒驳不开情面；三象楼被拆之前，她拉下脸，到处求人。爆破后，她精神近乎失常，我和朋友开导了她很久。"

他说，大楼的收入可观，哪个财迷不难过呢？寒祝的笑容早已消失："她是著名的劳模呀！"他说近年来当完劳模又做罪犯的不少，一个没有底线的女人，金钱和荣誉什么捞不着呢？寒祝皱皱眉头，盯着鱼江河，胸腔内的愤怒在喷出鼻孔的瞬间变成了笑："做女人难，做成功的女人更难，在无助和迷茫时，谁能保证不走错一两步？男人主导社会，女人不知不觉地就做了牺牲品。""这是二奶和情妇流着泪的说辞，没想到，寒总竟有宝玉的情怀啊！"

为了缓和气氛，看到办公桌上精致的砚台，鱼江河说：蘸墨的，还是欣赏的？寒祝取下玻璃罩：我是个粗人，不写字，这是正宗的洮砚。他察看墨绿色石头经过能工巧匠之手变得神奇，二龙戏珠，栩栩如生，赞赏是精品。不愧是设计师的眼光，寒祝微笑说，你识货，就送你吧，我家里还有一个更大更好的，走的时候，我开车送你，顺便带上。不，谢谢，他说，市场价值多少？

寒祝坐上转椅，说："当作工具买，八千元嫌贵，当作艺术品，十万元也不亏。和你设计的三象楼一样，普通人认为就是模样别致的大楼，而对于行家来说，才是艺术精品，可比肩高迪的作品，巴塞罗那我去过，流连忘返啊！""是不是艺术品已经没有意义，昙花一现。"他叹了一口气，"当时你支付的设计费，在行业内很高了，是按照艺术品的创作估价的吗？""以艺术品而论，设计费偏少，给你的住房，成本价也很低。国内好多有特色楼房的设计费，都是非常高的，若请外国专家设计更是高得离谱。参照史密斯·卡拉特对你估价，一套房那点酬金只能算是小费。客观地讲，很多普通的楼房设计无非照搬照抄，你的设计属于创造性劳动。"寒祝敞开西装衣襟，"说实话，是华娅菲的意思，受她之托，包括套房和西服。如果是我，单是设计费就得砍掉一大半，我是商人。"他说，那我还得感谢华总了？寒祝说："她独具慧眼，很欣赏你，把凤凰看成乌鸡的人太多了；三象楼的建设，还应该感谢焦副市长，他也帮了不少忙。"

他温和的脸色被严肃取代："他明知道三象楼在规划的道路上，却有意支持上马，难道不是一个阴谋？"寒祝怔了怔："他应该不知道，再说拆楼是新任权书记的决定。"鱼江河呷了一口茶："你们是朋友，但你并不一定了解，他们早都密谋妥当，盖楼就是为了拆迁。焦副市长，老谋深算；华娅菲吗，情妇，没有操守的女人，你也信？"寒祝脸色泛青，双唇颤颤地沉默了一会儿，说："鱼处长，我也不绕圈了，焦副市长和华总，还请你手下留情。"

他恍然，原来寒总约我，是为说情？寒总说，中国就是一个人情社会。他面含笑容："难道外国人都是冷血动物吗？情是法的腐蚀剂，法网断了，每个人都可能是受害者，也可能是罪犯。我很感激你给我提供施展才能的平台，也相信寒总不会让我放弃职业操守。""我很钦佩你，从鱼工到鱼处，你都是一丝不苟的人。"寒祝还说，"不过与人方便，与己方便嘛！"他嘴角剩下一丝笑意：寒总还是劝华娅菲配合调查是上策。"坦率地说，真不知道她的去向。"寒祝一脸真诚，"吃碗面片吧？"

他委婉地谢绝。返回途中不禁自问：我是个无情无义的人吗，冷漠狠毒，不食人间烟火？转念想起焦副市长的种种劣迹，热血蹿涌。对恶人的姑息就是对民众的伤害，放纵寡廉鲜耻的女人，就是纵容道德沦丧助推世风日下。对一个人的"狠"，也许就是对大众的警醒和拯救。不难揣猜寒总的心情，他们都是朋友。我当然也是寒总的朋友，如此逻辑下去，法有何用？

调取华娅菲手机通话记录单，查阅银行往来账目，鱼江河发现：很多次提取大额现金都和焦副市长有电话联系，看来城投公司举报人提供的线索真实可靠。这是最好的突破口，可这女人也逃之夭夭了。他推断，获得巨额贿金的焦副市长当日的去处和其他联系人都值得追究，尤其两次还与境外和深圳有频繁的通话。境外极有可能是他的弟弟，深圳又是谁呢？

华娅菲最后一次取款的这天，交警部门的监控内存更新留下仅有的记录，焦仕众驾驶黑色专车出了市政府，驶过大桥消失在玉塔山下偏僻的九龙大道，夜里七点五十返回，在市区穿行直接来到花园小区。鱼江河从物业值班室电脑搜索回放，五号楼前的镜头记录了焦仕众下车后，拎着较沉的旅行包，用钥匙打开单元门。甬道摄像头显示，二十八层朝阳的套房窗户在两三分钟后透出亮光。物业人员说该套房房主为冒桂琴女士，无人常住。

他和老宋到辖区派出所核查，了解到冒桂琴是焦副市长弟弟的妻子，断定此房可能是罪证之所，整理好调查结果，向厅长作了汇报。厅长双臂锁在胸前：最近来自各方面的说客太多，压力我顶，你们放手去查，时机成熟直接约谈。

上午九点，鱼江河、老宋和年届而立的小麻走进市政府焦副市长办公室，亮明身份，带他外出谈话。焦仕众冷峻狡黠霸气的眼神闪过了一缕惊恐，但很快就消失了，他配合地随他们来到铁道宾馆。小麻摘取他皮带上的一串钥匙，上面挂着小小的水果刀。他平静地笑了笑，似乎说我才不会自决呢！

焦仕众国字脸，焗染过的黑发很茂密，倒八字浓眉，嘴角顺八字纹，塌鼻梁。他说在工作中原则性强难免得罪人，对诬告绝不意外。他早做了准备，请在安全局工作过的老毛给他和妻子作了心理辅导与训练，以镇定从容地对付纪委；把手机存储卡内的信息彻底删除了，用醋浸泡后再扔进滚滚的河水。

鱼江河察觉到他最初颤抖的右手很快伸展自如，一改惯常的询问方式，只提出他以别人名义违规办企业的群众举报，让他静坐思考，然后走进套间，迅速打开焦副市长的手机，翻查"常去地点"，多数普通用户不知道手机隐含的这项功能。手机内没有去花园小区的记录，果然狡猾。焦仕众以轻松的唠家常方式消融对立的僵局，小麻应付着。鱼江河拿起小皮包和老宋出了宾馆。

老宋提议用钥匙开门，鱼江河说他不会随身带的，不过试试也行。来到花园小区二十八楼，试开结实厚重的防盗门没有结果。鱼江河请辖区民警配合，授意物业人员以卫生间漏水泡了楼下住户为由给房主打电话，号码却已停机。眼前闪过焦仕众狡黠的眼神，难道他还会藏赃于房，用这么老套的伎俩？

　　他带老宋迅速返回宾馆，释然地对焦仕众说，去工商局核对了信息，违规办企业的举报不属实，约谈是例行公事，市长公务繁忙，不耽搁了。放走焦仕众后，老宋坚持那套房里会有证据。鱼江河认为如果证据不足，就打了草惊了蛇。

　　半个月的蹲守，鱼江河预感蛇要出洞，前日焦仕众的新手机和深圳一个号码有过频繁的联系。果然在子夜，焦仕众警觉地从二十八楼分两次搬下四个拉杆箱，装进后备厢时妻子在一旁打下手。鱼江河迅速坐进轿车，让司机跟随焦仕众的黑色轿车。穿过市区，到高速路入口，向厅长汇报目标可能在转移赃款，他得到保持适当距离继续跟踪的指示。厅长立刻与公安沟通，请求配合。

　　两小时的跟踪，鱼江河推测，焦仕众的目的地是深圳，很可能要向境外洗钱。黑色轿车高速狂奔数小时，驶入服务区，夫妻换了位，继续赶路，似乎不恐慌了，从容了。鱼江河也换下司机，放慢速度，几乎不出现在前车的后视镜里。上午十点多，焦仕众夫妻停车在服务区吃饭，他在下一服务区咬着菜夹饼，扫瞄路过的车。半小时后，焦仕众的轿车开过来，他一手握方向盘，一手打电话。妻子在副驾睡着了。

　　深圳警方从焦仕众通话的号码查到在步行街摆摊兑换外币的叶姓女子，提前在榕树下布排了便衣。傍晚女子约来三个小伙，在不远处的巷口等到了黑色的轿车。从后备厢取下四个拉杆箱时，警方收了网。焦仕众试图脱身，恐慌的眼神触碰到便衣警察身后的鱼江河时，绝望了。警方突审、破获了地下钱庄，也坐实了焦仕众的罪行。

　　鱼江河电话向厅长汇报了焦副市长先后十余次，经叶姓女子通过香港向境外转出三亿多资金的事实。老宋带着工作人员立刻搜查花园小区的套房，毛坯屋内摆放的许多纸箱都空了。临走时，老宋发现阴面房间小茶几上放着银色的手提箱，揭启后红绒内衬上只有一张银色的轻质金属卡片，于是随手带走。

　　从深圳返回，鱼江河特意交代另一在逃的关键人物华娅菲，应尽快缉拿归案。厅长胸有成竹地说，让她一个人先反省一阵子，她的酒店效益很好，应该不会长久地藏猫猫。不过，我联系公安，让他们配合一下。另外，你还有新的任务，跟随吕主任带领的工作组去乐民市，协助调查中央特批的案件。

第二十二章

明卓远独自走上玉玺台，伫立在瓦破椽露的教室前，目睹窗框破烂的塑料布和红锈的铁锁，黯然落泪。在这里，他由懵懂认识文明，从山村看到远方，有了梦想和信念。为什么一句句做人箴言最终都变成"谎言"，变成一道道剑伤和无法抚平的疤痕呢？

往昔的童声笑语里，他清晰地看到一位羊角辫少女，沉静温柔，黑漆漆的眼睛扑闪着梦幻与热情，她就是贯穿他青春期的单相思对象华兰蕊。是心有灵犀吗？夏尚瀚来电话，告诉他一个惊人的消息：华兰蕊被通缉了！

明卓远按照杨素素提供的地址来到新疆，敲开房门，一瞬间敲破了小屋内的寂寞迷茫与无助。兰蕊拉开门扇，惊慌演变为惊喜，意外转化成期待，狭小的空间限制了她逃避的条件反射，歉疚和激动在她脸上绽开僵硬又亲切的微笑，那张苍白的脸布满迷惘已经很久了。

她右手臂抬起又迟疑地垂下，他伸出的右手在胸前停顿一秒索性举起向后拢了拢额前的发丝。她示意他坐在简陋的沙发上并急忙沏茶：我是罪犯！你不躲，倒追过来？他想减轻她的负罪感，呵呵地笑：我是律师！她双手递送玻璃杯时，两颗硕大的泪珠砸进茶水，又歉意地缩回打算重沏。他夺过茶杯，眼睛濡湿："我想品尝辛酸和痛楚的滋味。"她哽咽："我咋变成了一个坏人呢？"

他喉结滑动："你误入了沼泽。焦副市长已被审查，你去自首吧！"她疑惑：他帮扶过我，难道我要过河拆桥？他说："人民的公仆却干了许多危害人民的事件，贪腐的罪证已被查实，他必然会受惩罚。我推测，他利用你就是为了达到敛财的目的。你为他保守秘密并不能开脱他的罪行。你重情义，也许误解了圣人的'义'，我认为'义'首先应该是正义。一个副市长谙熟国家制度，却在法律的皮筋上秀特技，以权谋私损人利己。你和许多竞争的同行一样，不得不采取相同的手段跨越原本合理的条规去做事，撞上了法网。过河拆桥的苦恼其实是重情囿义！逃避，就像漫长的冬季等不来惊蛰，内心的熬煎只会越来越重。"

几乎与外界隔绝的日子寂寞灰暗，她快要丧失语言能力了，不知如何表达心头的欣喜与感激，屡次张口结舌地尝试，才如实叙述与焦副市长的交往、交易。他轻松地说："你虽然和焦副市长合谋贪污，是从犯，主要犯罪事实是行贿，自首也会减轻量刑，三五年之后你会获得新生。"目睹后窗射进的阳光落在暗黄的挂历上，她渐渐地活泛：我去隔壁做饭。

黄昏的枝丫、入夜的繁星暗送春的气息，聆听深沉浑厚与温柔呢喃的絮语。他说我陪你去自首，等你自由。她说我不值得你这样做，我已经不是那个扎羊角辫朴素纯洁的女孩了。他说："不管你经历了什么，你的灵魂依然是圣洁的。"她说你别让我过得惶惑，我习惯了孤独。他说我的一生，注定了等你！

深夜的微风轻轻叩击窗棂，一墙之隔的两间屋子荡漾着浓浓的温情。他意识到和她交流不用太多的语言就能彼此会意，是默契吗？他也从没像今夜这样踏实地躺在床上，心头不再孤寂凄切。她从厨房墙面的镜子里看到面泛红晕的女子，似曾相识。对了，是多年前暗恋鱼江河时的那个少女。鱼江河是条月下的河，鸣奏着梦幻似的乐曲分秒不歇地向前流动；明卓远是一汪清泉，不溢不涸地坚守着，喟喟地倾

· 341 ·

吐晶莹的情愫。他的到来，让她复活生动，心不再流浪。他带来故乡的气息，那股温馨沁入肺叶，使她迷恋渴望。

万物都要发芽了，她怎能枯死逃匿？无疑，自首是结束负罪糟磨心灵的唯一出路。焦副市长已经被立案调查，她该如何准备证言不使他罪加一等？检方掌握的证据能让她为他分担罪行吗？替"恶人"开脱真是罔义吗？胸口蓦地一揪，又想起他说过的那段视频，想起他最后一次阴冷多变的眼神，看来他是要挟她，让她为他保守秘密。撇开情义，如实交代，一切只能等待命运的裁决？踌躇彷徨快使她崩溃，毅然决定天亮就随他去自首，又不禁为这一念头战栗。

拉亮台灯，要驱散纷纭的思绪。盯着炕墙熏黄的报纸，看到碳素笔书写的微小稚嫩即将模糊的字迹：生我的妈妈在哪里？她触电般地坐起身子，这是豆豆的字体，泪水喷溅出来。

第二十三章

鱼江河在去加班的途中，接到了经侦队陆队长的电话，说华娅菲可能现身了，问他同去不。他忽然很想见一见，这个成就过自己理想的寡廉鲜耻的女人究竟是一副怎样的嘴脸，便约定在江河海鲜酒店门口碰头。

陆队长和另一名警察都穿着便衣，三个人伪装成上楼吃饭的模样。到了经理室门口，队长正要上前敲门，刚好出来一位十几岁的男孩。男孩扫了一眼来人，明亮疑惑的眼神与鱼江河的目光相对，之后才离去。刹那间他想起影集里自己青涩稚嫩的照片，尤其是鼻下的青髭蓄势待发，只是这双眼神多了几缕早熟的郁悒。男孩转身走进金兰间，又回望了他一眼，似有笑意。这扇门像魔幻之门，打开了二十年前的时光。

陆队长还没有来得及再次伸手，门内又走出一位成熟优雅的女子。她愣了一下，淡定地说，你们来了？我准备明天就去自首，今晚还想安顿一下。鱼江河电击般地呆住了：这迷惘的眼神与他目光焊接的瞬间变得惊喜忧郁，满月似的面容上两个眸子曾经荡漾过的柔媚幻化成深深的具有穿透力的温情。他的视网膜迅速成图与脑海存储的趋于模糊的印象重合之后，心脏急速跳动，脱口问："兰蕊！是你吗？"

陆队长似乎明白了，和那名警察悄然而去。

她点点头。他睁圆惊愕的双眼："……华娅菲就是你？"她双颊酡红，敞开门，做出请进的姿势。他跟进门打量她，低声追问，"你的确是兰蕊？"她眼眶旋转着泪水，目光轻抚他："你瘦了！"

他眼睛湿润，你一直躲在我身后，为什么不让我看见你？她轻轻地闭上门："华兰蕊已经死了，我的确是华娅菲。"不，你是兰蕊，还是我梦中的模样，他的泪水喷出来，一把握住她的手说，我一直以为你在老家。她抽回手，抹了一把眼泪："我刚从新疆来，安顿一下，见一面亲人，天亮后就去自首。"

这时隔壁金兰间的素素走进来，一看是鱼江河，就说："那么多贪官你不抓，偏偏欺侮一个弱女子？"明卓远随后而入，认出了惷怔的鱼江河，主动握手。鱼江河同这位昔日校友未说完完整的两句话，门口一直注视他的那个男孩又吸引了他的目光，是豁然会意的眼神。明卓远颔首示意他们继续谈话，退出房门。

夜色下的大河倒流起来。鱼江河扶住栏杆，百年铁桥正在剧烈摇晃。风抚着华兰蕊，吮干了她的泪珠。他双手抓住她的肩头，在粉色灯光下察看她已经出现细微纹路的脸庞，猛地抱住她，让她的泪水流进他的怀里。

她嘤嘤地哭，像个女孩，拱了拱他的胸膛："你知道我流着眼泪想你的时候吗？在洞房的热炕上，在下雪的夜里，在点将村的山墚上，在南方的海滩上，被引诱被侮辱时……我的眼泪会弄脏你的衣服。"她推开他，为他擦泪。

她凝望大河上方的星辰，想起屯田镇，说初春的桃花杏花总是伴随飞雪，校园的甬道湿漉漉的；原野绿油油的小麦扬花时，常常遭遇连阴雨，阡陌滑腻腻的；白露一到，开始下种，不慌不忙的绵绵秋雨黑明昼夜撕扯不断，雾蒙蒙的。

他说城里的楼房高耸傲然，街道错综茫然，年轻的心被诗和远方勾引得欣然勃然，擢开乱纷纷闹攘攘的人流追寻理想的旌幡，不知不觉就忘记了故乡，甚至背叛了自然。

她说：第一次返回老家，流完眼泪听从命运的安排，埋葬了初恋，嫁给窑洞，生儿育女，听古经耕耘平凡，做好梦渴望发展，想拓宽父辈们走过的道路。

他说：我从校园走向企业，再到校园，再回到社会，待到云霞散尽，才看到轻率放弃的真情，自私虚伪地安慰自己，不愿伤感遗憾，在茫茫人海里重新寻找爱情，最后才明白，我苦苦追求的女子都必须和你一样，美丽善良率真；我原以为我是一支射出的箭，轻盈地飞翔，永远向前，今天似乎又回到了原点。

她说，我常常想起两排高大的钻天杨树，变绿变黄变秃，默默坚守，贯通高原东西，一头太阳升起，一头月亮落下。树下就是通往远方的道路，他惋惜地说一上路就是十几年，哎，刚才那个男孩应该是你的儿子吧，都那么大了。她泪水喷出来：是我们的儿子！鱼江河睁大双眼，说不出话来。她说，我已经答应过他的妈妈保守秘密，你也保守秘密，更不要打扰他的生活。

他喉咙迸出哭声：我，我——答应，我想象得出，你经受了多少屈辱和痛苦！

这是母亲应该承受的，其实，豆豆现在的父母最合格最称职，我们应该放心，她擦干眼泪，再次进城，我追求金钱，拼命挣钱，金钱腐蚀了我的灵魂，玷污了我的人格和尊严，我死过不止一次，但肉体还顽强地活着，也许还渴望再见你一面……

他说：你用金钱成全了我，也成就了我的事业，虽然昙花一现。她说：我还有一个梦，支撑我活着的梦——从监狱出来，你再设计一栋更雄伟的大楼，我将它盖到不被拆迁的地方，永远屹立在天地之间。

他凄楚地说，天一亮我就构思，只是我怎么都没有想到，我最终抉择的事业竟然将你送上了囚车。她苦笑，你真想让它停下来吗？他又握住她的手，我愿意让它停下来，换我上去。

她诚挚含笑地说，这就够了，你不要放弃职业操守，能使社会弊绝风清的赎罪我愿意承受。我会涅槃重生吗？

他铿锵地说：会的！明天我送你。

她望着河岸的灯光，不，你继续你的事业，明卓远陪我去，他能理解我所经历的遭遇……

河岸的灯光点燃遥远的幽思，簌簌的微风刺激泪腺，朦胧的夜色沉闷的水声令人入梦。黄夜，他送她返回住处后，在河岸神游：返回屯田中学，徘徊在庄稼蓬勃的阡陌，俯视沟谷夭桃秾李，那个朴素单纯痴情的女孩始终不远不近如影随形。

凌晨的寒意把他赶回办公室。他想让自己静下来，便随手将案头卡片式的U盘插入电脑。昨日老宋办妥退休手续，拾掇办公桌时交给他，说当时查看没有发现有用的资料，就搁置在抽屉。既无重要的文件，又何必存放在那间"金库"？显示器上出现了几个市领导讲话稿，似乎没有别的内容。

翻阅数次，终于发现隐匿的图标，加了密，根据占用较大空间推测很可能是图片视频之类的文件。按照常人设置密码的套路，以焦仕众的生日和数字组合尝试半小时仍无果，蓦然意识到一个五十多岁的男人不会设置太复杂的密码，输入1—6几个数字后，图标顿时放大成流动的画面——金碧辉煌的房间内，高挑的白裙美女被一男人缓慢地拉到床边。

他判断这又是"艳照门"，是媒体屡屡爆出的活春宫，焦副市长应该是男主角。腐败分子穷奢极欲，把下流龌龊的行径当作风流韵事记录珍藏。可随着画面渐渐清晰，看到男人是一老者，面熟，不是焦仕众。再细看，老者很像原省委的老领导。焦副市长收藏这样的录像是取乐还是另有企图？

那女子被慢慢地脱掉白裙仰躺下来，在赤裸的老人伏上身时，她修长优美的躯体触电般地挣扎扭动，吐出幽微的呻吟，蓦然向右侧扭过头来，蹙眉咂唇，闭合眼睑，左眶一颗晶莹的泪珠滑过鼻梁。凌乱的黑发从额头一绺一绺地滑落，遮掩双目和嘴唇。随着画面推进，那女子抬起颀长圆润的玉臂拭泪撩发，扑闪漆黑的眼眸。

他惊悸颤抖，锁眉注视，这不就是华兰蕊么？急忙推进点击画面，竭力找寻女子面容的特写，在最后下床时，她双腿垂下床沿坐直身子的瞬间，眨了眨迷惘的眼睛微微地摇了摇披散黑发的头颅，趿着拖鞋离开画面。

他浑身的血液涌聚在胸腔，被壅塞着无法向外辐射。这个修长光洁的胴体熟悉又陌生，她从多年前大学宿舍的床铺下来，遭受什么才被迫躺上那张床？他不肯不愿不敢相信那就是她，她是温柔聪慧的女子，怎会走上这样的道路。

他霍地站起身，一拳捣向显示器：不，不不，不会是她！可能是一位容貌相似的女子。不是华兰蕊，他为什么还是如此锥心疼痛？他清晰地听到来自胸腔的声音，汩汩地流血，晃了晃没有倒地。单筱纯来电话催他回家，他的嗓子已经沙哑了。街灯渐次熄灭，太阳还没有升起。鱼江河在长途汽车站含泪送走华兰蕊和明卓远，徒步走过河滨路，看到穿校服背书包的学生，想起了豆豆，这个突如其来的儿子。这个蓬勃鲜活的生命蓦然出现，考问他的良心与责任。人的一生，其实就是和欲望斗争的一生，不能很好地控制欲望注定是失败的人生。只有法律才能阻止邪恶欲念的泛滥，才能规范行为，才能使劳动和智慧成为推动社会发展的正能量。

省反贪局阮局长到乐民市检察院，以特殊的身份在看守所一间安静的小屋约见华娅菲，捕捉到她眼神里殷殷的期望，说：我掌握了你的案情，量刑可能到无期；我们是老朋友，心里着急，你这么年轻漂亮图谋大业的女子蹲大狱真是太可惜了。

她问：你能帮我？他说：轻判或者无罪获释非常困难，不过……她说，有这份心意就该重谢你。我对钱没兴趣，他微笑地说，做我的相好吧？我会揎起袖子打通各个环节让你出去，自由地活着。

她黯然回答：我还是在监狱里赎罪吧！他说，我会善待你的，你没有尝过坐监的滋味，那些女牢头狱霸凶狠下作，丢你进去就被整个半死，再出来已是不人不鬼的黄脸婆了。死，是一种解脱，她凄然绝望地说，在里面，我的身体受到折磨，在外面，我的灵魂却被打入了地狱。

在乐民市看守所，鱼江河轻声地呼唤"兰蕊"。她缓缓地坐下身子，慢慢地抬起头，视线透过窗框落在他脸上，沉静苍白的容颜变得温润和暖，微微地摇头：我是华娅菲！他凝结在胸腔的语言化作两行热泪：我能为你做什么？做好你自己，她双眸闪过爱恋宽容与关切，最后沉静暗淡了，说，若死去的华兰蕊让你心痛，那就请你在屯田塬圪垯村，我娘家门前的槐椿檩作一次祭奠。

他颔首，又问：我不知怎样才能挺直腰身？

她站起身，亲近一下那片熟悉的土地！说毕抹了一把泪水转身离去。

遒劲料峭的狂风把鱼江河推向看守所门外的一棵沙枣树。他攀握枝条，抵抗被推倒。沙枣树死去了多一半，只有树梢一枝还绿着，在风里庄严地宣告着。手被枯树皮划伤，虚空摆动的躯体被模糊片断的意识牵引，透过长途汽车车窗玻璃看到稀疏的人流里明卓远走出火车站的身影，他才渐渐地想起自己的姓名。

毗邻乐民市是绵延广阔的雅丹景区，俗称"魔鬼城"，这一片沙化的土地上长久地矗立着人模鬼样的傀儡，扼杀拒绝生命的绿色，红毛风狞笑着恫吓着歌唱着主宰着。

槐椿檩燃烧着阳光，爱针灸着鱼江河。一定有能量从地下和空中注入身体，可以脚踏实地，步履轻盈，踩到了《诗经》，曲径绕檩，通向远古的农耕；风最轻柔，情人似的，缠绵着天籁之音和袅袅的芬芳；红河瘦成了记忆，断断续续地吟哦着关关雎鸠；弧状的阶地和山下的田野茂盛着，荒草试图虚掩岫窑里的凝重与秘密；玉玺台庄重肃穆，供奉着纯朴的人们对圣贤的怀念与尊崇。

能看得见，抛物线连接着弧形的小径，印着华兰蕊的脚印，还有她洇出的泪珠。多年前告别故土时，那么豪迈，被城市引诱。今天，他幡然醒悟，只有土地才能源源不断地给予自己力量。爱弥散着，荡漾着，从垂柳的竖琴扩散，摇曳在井田，典藏在梯田的书简中。蓝天没有线条，任翅翼随意滑翔，都是优美的乐音。走过石桥走过陡崖小路，在大梨树下仰望坡路上面的照壁……黄昏时从鸽子滩跐过红河，爬上北塬，悬挂在山梁的小路，飘曳着，像一次朝圣。塬上，是宽阔自由的土地，平等祥和的星辰。

这夜，从家园阁楼的窗户，他看到玉玺台起航了，土地像一片麻纸涂染了月光荡悠悠飘浮起来，生灵从树枝振翩起飞。淡蓝的天空透射玫红，像华兰蕊的微笑。

（初稿 2013 年 4 月 8 日—2018 年 7 月 9 日）

（修改 2019 年 3 月—2020 年 10 月）

2020 年 10 月 20 日